공상과학의
재발견

KB092129

공상과학의 재발견
소설과 만화로 들여다본 한국 공상과학 연대기

초판 1쇄 인쇄 2022년 6월 20일
초판 1쇄 발행 2022년 6월 30일

지은이	최애순
펴낸이	이영선
책임편집	김종훈

편집	이일규 김선정 김문정 김종훈 이민재 김영아 차소영 이현정
디자인	김회량 위수연
독자본부	김일신 정혜영 김연수 김민수 박정래 손미경 김동욱

펴낸곳 서해문집 | 출판등록 1989년 3월 16일(제406-2005-000047호)
주소 경기도 파주시 광인사길 217(파주출판도시)
전화 (031)955-7470 | 팩스 (031)955-7469
홈페이지 www.booksea.co.kr | 이메일 shmj21@hanmail.net

ISBN 979-11-92085-48-7 93800

이 책은 한국출판문화산업진흥원의 '2022년 인문교육콘텐츠 개발 지원 사업'을 통해 발간된 도서입니다.

공상과학의
재발견

소설과 만화로 들여다본
한국 공상과학 연대기

최애순 지음

서해문집

머리말

대중문학에 관심을 가지고 초창기 유입기부터 시대를 훑어보는 작업을 한 지 꽤 오래되었다. 《조선의 탐정을 탐정하다: 식민지 조선의 탐정소설사》를 낸 지 10년이나 지났다. SF로 관심이 이동한 지도 꽤 오랜 시간이 흘렀다는 의미이기도 하다. SF에 관한 연구가 어느 정도 축적되어 있고 관심을 가진 지도 오래되었지만, 아직 여러모로 부족하고 못다 읽은 SF도 무수히 많다. 그러나 SF 관련 연구나 강의에서 늘 아쉬웠던 것은 외국문학을 중심으로 강의하고 외국문학을 중심으로 읽는다는 점이었다. 그래서 늘 대중 장르 연구에서 한국문학 혹은 외국문학이더라도 한국에서 어떻게 수용되었는지를 살피는 데 중점을 두어 왔다. 더불어 한국에서 SF가 어떻게 받아들여졌는지를 이해하기 위해 당대의 사회 문화사적 담론을 함께 고찰해 보았다.

최근 김초엽, 천선란, 배명훈, 김보영 등의 활약을 등에 업고 강세를 보이는 SF는 국내에서 가장 낯설고 이질적이었던 장르라고 볼 수 있다. SF가 국내에 정착하는 데 오랜 시간이 걸린 이유로 '공상'을 둘러싼 여러 오해와 아동·청소년의 유희라고 인식한 것이 바탕이 되었다고 생각한다. 이에 나는 '공상과학'이라는 용어를 내세우고 공상과학에 대한 대중의 인식이 어떠했으며, 공상과학은 시대마다 무엇을 담아냈는지를 들여다보고자 하였다. 그것이 바로 이 책에서 SF 대신 공상과학이라고 쓴 한 가지 이유이다. 또 다른 이유는 서구의 장르 그 자체가 아니라 우리가 받아들이는 감수성을 반영하기 위해, 국내에서 사용된 용어를 가져와서 그 안에 담긴 시대의 흐름과 대중의 욕망이나 감성을 들여다보고자 하였기 때문이다. 그래서 외국 작품이 아닌 한국 작품을 대상으로 했으며, 외국 작품을 번역한 작품일 경우에는 그 작품이 국내에 끼친 영향과 당대 사회 문화사적 관계에 주목하고자 했다.

공상과학만화 관련 글을 쓰는 일이 가장 어렵고 힘든 과정이었다. 연구 대상을 소설을 중심으로 삼다가 처음으로 만화와 만화영화를 포함하다 보니 여러 어려움이 있었다. 공상과학만화라는 편견도 있지만, 만화 연구자들 사이에서도 공상과학만화를 어떻게 보아야 한다는 선입견이 있는 것은 아닌지 여길 만큼 설득하기가 힘들었다. 그런데도 공상과학만화 연구가 아직은 미비하여 누군가가 하지 않으면 잊히고 말기 때문에, 미약하나마 기억의 끈을 잡고자 쓴 안간힘 정도로 너그럽게 이해해 주면 좋겠다. 이 책에서 공상과학만화 장은 1960년대와 1970년대에 나고 자라서 어린 시절을 추억하고 싶은 세대들에게 돌려줄 기억소환을 위해 마련하였다. 나 역시 〈돌아온 아톰〉과 〈마루치 아라치〉, 〈은하철도 999〉, 〈미래소년 코난〉, 〈들장미 소녀 캔디〉, 〈소공

녀)를 보고 자란 세대인 만큼 그 시절 저녁 6시에 들던 만화영화 주제가를 잊을 수 없기 때문이다.

나는 〈임신하는 로봇과 불임의 인간〉(르몽드 디플로마티크, 2019)에서 차페크가 제시한 '후세를 낳을 수 있는가'에서 로봇과 인간의 차이를 찾으려고 하였다. 그러나 미래에 인조인간도 아이를 낳을 수 있게 된다면, 혹은 인간이 아이를 낳을 수 없게 된다면, 우리는 무엇으로 '인간'을 정의할 수 있을 것인가. 〈임신하는 로봇과 불임의 인간〉에서 나는 '안드로이드도 인간과 같은 꿈을 꾸는가'라고 질문을 던지며 시작했다. '꿈'은 잠잘 때 꾸는 꿈일 수도 있고, 미래에 이루고 싶은 꿈을 의미할 수도 있다. 잠잘 때 꾸는 꿈이든, 미래에 이루고 싶은 꿈이든, 그 안에는 인간의 욕망이 꿈틀댄다. 잠잘 때 꾸는 꿈이 과거와 얽혀 있다면, 이루고 싶은 꿈은 미래와 얽혀 있다.

나의 미래를 상상할 때, 혹은 꿈이 무엇이냐고 물을 때 우리는 흔히 '직업'을 생각한다. 그러나 꿈은 우주여행이 될 수도 있고, 건강하게 오래 사는 것일 수도 있다. 미첼 토이의 《깊은 밤 마법 열차》(웅진주니어, 2022)는 '직업'을 넘어서서 우리가 꾸던 '꿈'을 다시 떠올리게 한다. 잠들기 싫은 밤, 창문 너머로 마법 열차가 호기심에 들뜬 소년을 부른다. 소년을 태운 마법 열차는 도시의 명소와 강가를 지나 하늘, 달나라, 우주까지 간다. 상상만 해도 얼마나 짜릿하고 신나는가. 어린 시절 누구나 한 번쯤 꿈꿔 봤던 순간이다. 한밤중 마법 열차를 타고 달나라와 우주를 가고 싶은 어린이의 꿈이 어른들에게는 허무맹랑하고 헛된 망상으로 보일 수도 있지만, 그 꿈 덕분에 우리는 지금 우주선을 타고 우주에 가는 것이 가능하다.

이 책에서 다루는 공상과학에는 바로 지금 가지 못하더라도 미래에 달나라로 가고 싶은 꿈이 담겨 있다. 그리고 마법 열차로 가능했던 그 여행이 과학으로 실현되는 날이 오기를 욕망한다. 현실에서 일어날 수 없을 것만 같아서 도술이나 마법으로만 가능했던 판타지의 세계가 미래의 어느 순간 실제가 되기를 욕망하는 것, 그것이 바로 인간의 본성이다. 하늘을 날고 싶다, 우주를 여행하고 싶다는 욕망이 가장 강렬했을 때 공상과학은 우주 개척 서사를 담아냈다. 죽고 싶지 않다, 오래 살고 싶다는 욕망이 강렬하게 남은 오늘날의 공상과학이 무엇을 담아내고 있을지는 자명하다. 그것이 공상과학이 현실로 실현될 때 우리가 마냥 기뻐할 수만은 없는 이유이다. 그렇다고 하더라도 우리는 공상과학을 통해 불가능을 꿈꾸고, 가지지 못하는 것을 원하고 닿을 수 없는 곳에 닿기를 원한다. 그래서 공상과학이 주는 유희의 공간은 설레고 기대된다. 공상과학이 무엇이냐고 따지고 묻기 전에, 공상과학이 비현실적이라고 비판하기 전에, 즐길 준비가 되었다면, 이 책을 읽어도 좋다.

일러두기

-본문과 인용문 등에서 굵게 표시한 부분은 모두 저자가 강조하기 위해 표시한 것이다.

-외래어 표기는 국립국어원 외래어표기법을 따랐으나, 경우에 따라 예외를 두기도 했다.

차
례

6 발전·진보를 향한 욕망:
1970~1980년대 공상과학모험 전집

'공상과학'에 대한
오해를
넘어

복거일은 우리 사회에서 과학소설 분야가 황무지에 가까울 수밖에 없었던 이유로, '과학소설을, 문학을 진지하게 대하는 사람들이 관심을 가질 만한 가치가 없는 열등한 소설양식이라고 보는 편견'을 들었다. 그리고 그 편견이 뿌리내린 것은 과학소설을 '공상과학소설'로 부르는 관행에서 비롯되었다고 한다.' 한용환의 《소설학사전》에는 과학소설이란 용어는 없다. 대신 한용환은 Science Fiction에 대한 번역어로 공상과학소설을 택했다. 그는 공상과학소설을 "과학적 사실을 바탕으로 하여 **실현 불가능한 허구적 세계**를 이야기 형식에 담는 것을 특징으로 하는 소설의 유형을 지칭하는" 것으로 정의했다. 여기서 눈여겨볼 것은 '실현 불가능한 허구적 세계'라고 지칭한 부분이다. 공상과학소설은 문학이 현실의 반영이어야 한다는 전통적인 관점에서 볼 때, '도저히 믿을 수 없는 세계' 또는 '황당무계한 세계'로 통상 간주된다는 것이다.

아이디어회관에서 SF세계명작을 낼 때도 SF를 '공상과학소설'이라 번역했다. 다른 SF전집의 해설에서도 과학소설보다 공상과학소설이란 용어를 더 우세하게 사용했다. 해리 해리슨의 《우주선 의사》를 번역한 이홍섭[2]은 '공상과학'이란 용어를 SF에 대한 번역어로 사용하며, 작가 설명에서 해리 해리슨이 공상과학신문도 편집하고 공상과학도 가르친다고 했다. 그러나 작품 설명에서 "이 작품은 **단순한 공상과학소설**에 그치지 않고, 청소년을 위한 하나의 문학작품으로 밀도 높게 사건이 전개되고 있다"라고 하여, 일반 문학작품과 공상과학소설을 분리하고 공상과학소설에 대해 '단순한'이라는 수식어를 붙인 것을 볼 수 있다. 이는 국내에서 공상과학소설이 어떻게 인식되었는지를 보여 주는 사례이다. 파란만장한 활극과는 달리, 미래의 것이면서도 현실성이 있는 작품이라고 평가하는 이홍섭의 견해에서 그동안의 공상과학소설에 대해 현실성이 떨어진다고 인식하고 있었다는 것을 알 수 있다. 'SF가 아니면 상상도 못할 공상의 이야기', '끝나고 나면 허무한 공상' 등으로 표현되어 '공상'은 거부감이 있는 단어로 받아들여졌다. '단순한 공상이 아니라 확실한 과학적 근거가 있는' 것을 '과학소설'이라고 생각했던 당대 인식에서 SF작가들은 공상이 아닌 '과학소설'을 쓰기 위해 장황한 과학이론을 마치 강의처럼 설명해야 했다.

SF는 현재 소설뿐만 아니라 영화, 애니메이션, 드라마, 웹툰 등의 다양한 매체에서 통용되지만, 다양한 매체가 발달하기 전에는 '과학소설'로 국한되어 사용되었다. 과학소설은, 휴고 건즈백이 Science Romance[3] 즉 "과학적 사실과 **예언적 비전**이 뒤섞인 멋진 로맨스"라고 정의하고 Scientifiction이라 명명한 데서 유래한다. 로버트 하인라인은 과학소설을 "현실 세계, 과거와 미래에 대한 충분한 지식, 자연과학적 방법의 중요성에 대한 철저한 이해에 기반을 두고 있는, 가능한 미래의 사건에 대한 현실적 고찰"이라고 정의한다.[4] 이런 정의에 힘입어 SF는 과학적 사실과 가능한 미래, 또는 예언이 강조되어 터무니없는 공상과는 구별되어야 한다는 목소리가 높아졌다. 사실 Science Fiction이라는 용어에는 서로 모순되는 '사실적인' 과학과 '비현실적인' 공상Fantasy, 상상Imagination, 허구Fiction, 로맨스Romance 같은 개념이 결합되어 있다. '과학소설'이라고 번역할 때도 현실이 아닌 '허구'라는 의미가 포함되어 있다. 그래서 '공상과학'이라는 번역도 오역이라고 볼 수만은 없다. '공상과학'이라는 용어에 대한 거부감은 '처음부터 잘못된 번역어로 들어왔기 때문에 바로잡아야 한다'는 당연한 인식에서 비롯되었다고 볼 수 있다.

국내에서 Science Fiction이 처음부터 '공상과학소설'로 번역되지는 않았다. 오히려 식민지시기 처음 들어올 때는 '과학소설'이라는 용어 그대로 들어왔다. '공상과학'이란 용어는 *Fantasy & Science Fiction*이란 잡지를 일본 《SF매거진SFマガジン》에서 '공상과학소설'로 번역된 것이 국내에 그대로 유입되면서 사용되기 시작했다.[5] '공상과학소설'이라는 용어가 Science Fiction에 대한 번역어로 널리 쓰인 것은 1960년대 이후이다.[6] 1950년대까지만 해도 과학모험, 모험탐정, 탐정모험, 탐정, 과학 등의 장르명이 혼재해서 쓰였다.[7] Science Fiction의 용어가 변화한 데에는 '과학소설'이란 장르가 국내에 유입되어 정착되는 과정을 담고 있어 눈여겨볼 만하다.

공상과학이란 용어는 1960년대부터 사용되었다고 하더라도 '공상과학'에 대한 대중적 기대나 감성이 그 이전에는 없었다고 볼 수 없다. SF의 번역어로 과학소설을 달았으며, 공상과학은 하나의 결합된 용어가 아니라 '공상'과 '과학'이라는 각각의 용어로 분리되어 상호 대비되는 언어로 사용되었다. 〈과학의 공상〉, 〈과학과 공상(나의 백일몽)〉, 〈공상적 사회주의 과학적 사회주의〉, 〈사회주의의 발전〉처럼 공상과 과학은 짝을 이루어 상호 대비되는 언어로 사용되었으며, 특히 사회주의에서 공상적 사회주의와 과학적 사회주의를 구분할 때 쓰던 용어였다. 공상적 사회주의자가 과학적 사회주의자보다 이상가나 몽상가로 불리는 것은 이와 같은 대립 때문이다.

식민지시기에도 공상은 과학의 대립어나 현실 또는 실제와 대비되는 용어로 사용되기도 했다. 그러나 〈공상에서 실제로〉, 〈공상으로 종료되다〉, 〈십 년 전의 공상이 현실화〉처럼 '공상'을 완전히 실현할 수 없는 것으로 인식하지 않았다. 현실성이 떨어지고 실제로 이루어질 가능성이 희박하긴 하지만 먼 미래에는 실현될 수도 있다는 것을 배제하지 않았다. 〈발명과 공상〉에서 보여 주는 것처럼 발명 아이디어의 원천인 공상은 터무니없고 현실과 거리가 멀어 보이지만 발명으로 탄생하기도 한다는 점에서 식민지시기에는 발명가의 자질로 '공상'을 꼽기도 했다.

'공상과학'은 해방 이후 1950년대 후반부터 공상과학소설, 공상과학영화처럼 장르명으로 사용되었지만, 투명망토나 타임머신과 같이 아직 실현되지 못한 미래의 과학적 발명에 대한 상상의 의미를 내포한다. 식민지시기부터 발명으로 이어지는 공상의 의미가 이어져 왔다고 볼 수 있다. 따라서 이 책에서 공상과학이란 용어는 장르 자체로 한정하기보다, 아직 실현되지는 않았지만 미래사회에는 출현할지도 모르거나 출현하면 좋겠다는 가정에서 비롯된 인간의 욕망을 담은 공상을 포함한다. '공상과학'의 어원에서 그동안 과학적 기반에 무게중심을 두었던 것에서 '공상'으로 무게중심을 이동하게 하려는 필자의 의도가 담겨 있다. 문학에서의 현실성, 리얼리즘이 강조됐기 때문에 상대적으로 판타지의 전통이 약했던 국내에서 창의적이고 융합적인 인재를 바라는 것은 무리다. 이 책에서는 공상에 대한 부정적 혐의를 벗기고 공상의 긍정적 의미를 되찾아 주며, 공상과학의 본질은 우리가 그동안 끊임없이 터무니없고 허무맹랑해 어린아이의 것으로 치부해 왔던 '공상'에 있음을 보여 주고자 한다.

공상과 과학으로 분리되어 사용된 식민지시기의 '공상'은 허무맹랑하고 터무니없다는 의미에 한정되지 않고 '이상', '미래사회', '현실로 실현될 수 없는 것' 등과 같이 의미와 함의가 다양했다. 〈구직자 격증, 공상을 품고 경성으로 올라온다〉에서 알 수 있듯이 공상은 비단 과학이나 현실과 대비되는 용어로 쓰이지 않고, 이상이나 꿈과 비슷한 의미로 사용되었다. 식민지시기 공상과학에서 미래에 대한 기대가 담겨 있거나 1960년대와 1970년대 공상과학만화에서 어린이들이 과학자의 꿈을 키웠던 것은, 터무니없고 허무맹랑한 것을 그리는 공상의 이면에 꿈과 이상과 기대가 내포되어 있었기 때문이다.

1932년 1월 1일부터 《동아일보》에 '공상가의 만필'이라고 하여 여러 작가의 글이 연재되었다. 그중 김상용의 〈백 년 후의 새 세상〉에는

1920년대 공상과학소설이나 유토피아 담론에서 볼 수 있었던 미래 이상사회 건설에 대한 기대가 담겨 있다. 공상 또는 공상가는 〈공상〉, 〈공상자〉와 같이 단독으로 신문의 취재 기사로 종종 실려 있었다. 공상가는 몽상가와 비슷한 의미로 사용되었지만, 터무니없고 허무맹랑하고 현실성이 없다고 비난받거나 외면받기보다, 사회개혁을 시도해 더 나은 미래를 꿈꾸는 이상주의자로 인식되기도 했다.

그렇다고 하여 공상에 기본적으로 담겨 있는 비현실성에 대한 경계가 없었던 것은 아니다. 〈참빗질만 자조하면 비듬은 없어져 공상하면 생긴다는 건 억설〉이라는 우스꽝스러운 기사도 실려 있다. 아동에게 공상을 많이 하지 못하게 하기 위해 공상을 많이 하면 비듬이 생긴다는 격언 아닌 격언으로 훈육하기도 한다. 기본적으로 아동이 공상을 많이 하고 아동의 활동이 공상과 밀접하게 관련되어 있다고 본다. 〈아동과 공상〉, 〈꿈결 같은 공상을 이상에 선도 넘치는 생명력을 조절한다〉처럼 아동의 공상을 조절하거나 선도하려는 움직임은 식민지시기에도 있었다. '돌멩이가 말을 한다', '하늘에는 누가 살고 있을까' 등과 같이 말도 되지 않는 아동의 터무니없는 생각이 '공상'이라고 일컬어졌다.

그런데 공상이 어린이에게 현실감을 떨어뜨리고 성장에 부정적인 영향을 끼치는 것일까. 어린이의 꿈은 현실적이기보다 비현실적일 때가 많다. 그리고 실제로 실현되지 못하는 것이 대부분이다. 실현되지 못한다고 하여 현실성이 없다고 하여 어린이의 꿈을 의미가 없다고 할 수 있을까. 어린이에게 그렇게 현실성을 강조해 왔는데, 창의성을 가지라고 하는 것은 이율배반적이다. 식민지시기에는 공상을 비현실적이라고 하여 부정적으로만 바라보지 않았다. 비현실적인 공상이 실제가될 가능성도 있지 않을까, 이루어질 것 같지 않은 이상적인 미래사회가 올 수도 있지 않을까 하는 막연한 기대를 품기도 했다. 그리고 100년 후 오늘날 우리는 터무니없어 보였던 공상이 실현되는 현실과 마주했다.[8]

　한용환은 쥘 베른의 《해저 2만리》가 핵 잠수함의 도래를 예견했다는 면에서 미래사회에 대한 공상이 결코 허무맹랑한 허구 그 자체로서끝나지 않는다고 했다. 바로 그 점이 독자의 흥미를 자극하는 요소이며, 과학 지식의 문학적 수용에서 창안되는 이 허구의 세계는 그래서동화적 세계와 연관되어 있으면서도 풍부한 재미를 아울러 갖추고 있다고 했다. SF를 접할 때 독자(또는 관객, 시청자)에게 매혹적으로 다가오는 부분은 바로 미래사회에 대한 '공상'의 영역이다. 아직 가 보지 못한세계를 얼마나 충격적이고 얼마나 예측하지 못하게 그렸는지를 확인하게 하고 예측하지는 못했지만 그런 사회가 올지도 모른다고 생각하게 하면서, 그러한 공상이 현실과 격차가 클수록 공상과학의 세계 속으로 빨려 들어가게 된다. 따라서 공상과학에서 '공상'은 가장 근본적으로 독자의 흥미를 자극하고 재미를 선사하는 데 필수 요소이다. 공상과학소설과 과학소설은 국내에서 둘 다 SF의 번역어로 쓰이지만, 우리에게 다가오는 어감이 서로 다르다. 연구자들은 과학소설을 선호하고, 일반 대중은 연구자가 그토록 밀어냈던 공상과학이란 용어를 끊임없이 부활하게 한다.[9]

2020년대에는 오히려 SF의 번역어로 공상과학이란 용어가 더 우세하게 사용되는 경향을 접할 수 있다.[10] '상상이 현실이 되다'라는 공상과학소설 공모전의 문구에서 볼 수 있듯이 과학보다 '공상', '상상'이 부각되는 시기이다. 비과학적·비현실적이라고 규정했던 것들이 실현되는 오늘날, 공상에 덧씌워진 부정적 혐의는 벗겨져야 한다고 본다.[11] '공상과학'이라는 용어를 둘러싼 논의들은 연구자와 대중의 괴리와 충돌을 드러내면서 학계와 대중이 문제를 인식하는 데 차이가 있음을 고스란히 반영한다. 대중에게 공상과학은 허무맹랑하고 비과학적인 것이 문제가 아니라 언제나 매혹적이지 않은 미래를 재현하거나 재미가 없는 게 문제이다.

과학소설과 공상과학은 둘 다 SF의 번역어로 쓰이지만, 소설이 아닌 다른 매체로 넘어가면 과학영화도 어색하고 과학만화도 어색하다. 우리가 그토록 치열하게 과학소설이라고 해야 한다고 주장한 것이 무색하게 공상과학영화, 공상과학만화, 공상과학애니메이션이 편하고 익숙하다. 공상과학이 황당무계하고 터무니없는 공상으로 비추어지는 것은 그것이 다루는 영역이 경험의 영역이 아니기 때문이다. 우리가 경험하지 못한 미지의 세계, 미래 세계에 대한 갈망과 상상은 때로 터무니없어 보이고 어처구니없어 보이기도 한다. 아직 완성되기 전의 발명에 대한 공상이 허무맹랑하게 들리는 것처럼 말이다. 발명가의 아이디어가 비웃음거리나 조롱거리가 되었던 것은 비일비재하다. 그러나 2000년대를 거치고 2020년대인 오늘날 우리는 공상과학으로 꿈꾸었던 미래가 현실로 가능해지는 것을 경험했다. 공상과학이란 용어에 대한 거부감이 사라지고 오히려 여기저기서 앞다투어 사용한다. 더불어 터무니없는 망상이라는 부정적 혐의가 씌워졌던 '공상'도 자유로운 아이디어나 상상력의 원동력을 제공하는 것으로 적극적이고 긍정적인 호응을 얻는다.[12] 북한에서도 미래 세계를 그리는 SF에 '과학환상문학'이라는 용어를 쓴다.[13]

과학소설이란 용어를 선호하는 연구자들은 실현할 수 있는 과학의 세계를 계속 검증하는 데 주력한다면, 공상과학 마니아는 좀 더 자유롭게 즐기는 데 치중한다. 그 안의 세계가 얼마나 멋들어지게 매혹적인가, 현실과 얼마나 다른 신선함과 충격을 선사하는가 하는 경험해 보지 못한 미지의 세계를 들여다보는 데 몰입한다. 따라서 공상과학의 묘미는 현실에 바탕을 둔 상상이라기보다 오히려 '현실과 벌어진 간극'에 있다. 공상과학과 현실의 간극이 벌어지지 않고 현실과 일치할 때, 공상과학은 미래에 대한 꿈과 기대보다는 디스토피아를 그려 왔다. 1960~1970년대 공상과학만화가 당대 현실에서는 실현될 수 없어 보이는 황당무계한 로봇과 우주를 끝없이 펼쳐 내며 현실과 간극을 벌였기 때문에 어린이들은 꿈을 꿀 수 있었다. 그것이 터무니없고 황당무계한 우연의 질서가 주는 '공상'의 자유로운 활동이다. 그동안 공상과학에서 현실에 바탕을 둔 '과학적 근거'가 핵심으로 인식되었고 작품을 평가하는 기준으로 작용해 왔다. 그러나 공상과학의 핵심을 '과학'이 아니라 '공상'에 둔다면 작품을 바라보는 기준이나 독자가 그것을 읽는 이유가 달라질 수 있다. 이 책은 공상과학에서도 '공상'의 의미와 가치를 되찾고자 하는 데 일차적인 목적이 있다.

SF가 연구자에게는 과학소설로, 대중에게는 공상과학으로 분리되기 시작한 것은 해방 이후 1950년대 이후이다. 연구자들이 아동·청소년문학이라는 이유로 또는 '공상'과학이라는 이유로, 또는 만화라는 이유로 연구대상에서 제외하거나 소홀히 다루었던 〈우주소년 아톰Astro boy〉, 〈은하철도 999〉, 〈로보트 태권V〉, 〈태권동자 마루치 아라치〉는 한국 아동·청소년이 성장하는 데 원동력으로 기능했고, 지금의 성인들에게는 추억으로 남아 있는 공상과학의 영역이다. 최초의 본격 SF라고 일컬었던 문윤성의 〈완전사회〉나 복거일의 《비명을 찾아서》보다 대중에게 남아 있는 것은 추억의 공상과학만화(영화)다.

공상과학은 우리가 경험에 보지 못한 미지의 세계에 대한 상상이다. 해저 탐험, 저 하늘 너머 우주, 오지의 섬, 미래 세계 등 우리의 경험을 벗어난 것에 대한 상상이 공상과학의 영역이다. 상상이 우리가 경험한 현실을 바탕으로 하는 것이라면, 공상은 경험해 보지 못한 세계를 꿈꾸는 것이다. 환상이 일어나지 않을 세계를 그릴 수도 있다면, 공상과학에서 공상은 우리에게 다가올 '미래' 또는 곧 완성될 '발명 도구'이거나, 아직 가 본 적 없지만 개척될 가능성이 있는 '우주'의 세계다. 공상과학에서 공상은 지금은 실현할 수 없어 보이지만, 미래에는 우리가 마주해야 할 것이고 발명도 완성되기를 바라는 것이며, 우주나 바다 아래 들어가 보지 못한 세계 또한 있기는 하지만 아직 가 보지 못한 세계이다. 공상과학에서 꿈꾸는 미래는 우리에게 곧 닥칠 것이기 때문에 흥미진진함을 불러온다. 그리고 우리의 경험을 넘어서서 우리가 상상한 것보다 훨씬 충격적일수록 재미는 배가될 수밖에 없다. 과학소설보다 공상과학이란 용어가 더 매혹적으로 다가오는 것은 대중에게 SF 세계에서의 재미는 과학적 사실보다 불가능을 꿈꾸는 미래사회에 대한 공상이기 때문이다. 따라서 공상과학이란 용어는 미지의 세계에 대한 모험과 스릴, 현실과 공상의 괴리에서 오는 충격적 반전 등 우리가 어디까지 허무맹랑하고 터무니없는 공상의 세계를 펼칠 수 있을 것인가에 대한 도전을 내포한다.

공상과학은 과학과 달리 허황되거나 망상된 것을 그린다고 하여 당시 과학의 세계에서는 실현할 수 있는 과학의 영역과 상반되는 개념으로 사용되곤 했다. 그러나 이루어질 것 같지 않은 미래가 현실로 구현되는 걸 보면서 공상과학의 영역은 인류의 꿈을 담아내는 무한한 상상력이 확장되는 공간으로 다가왔다. 우주선을 타고 우주로 날아가는 꿈은 식민지 조선에서는 허무맹랑한 공상과학이었다. 그러나 오래전 실현할 수 없어 보였던 공상과학의 영역이 몇백 년 뒤에 현실로 실현되는 걸 직접 경험했다. 비행기로 하늘을 나는 게 가능해졌고, 바다 밑을 탐험하는 것도 가능해졌으며, 우주여행도 가능해지기에 이르렀다. 공상과학의 영역은 실제 과학과는 똑같을 수 없다. 그것은 실현될 수도 있고, 실현되지 않을 수도 있다. 다만 인류의 미래에 대한 꿈이나 욕망이 담겨 있는 것이다.

국내에 처음 유입된 과학소설의 작가인 쥘 베른의 작품 중《지구에서 달까지》는 공상과학이 담은 대중 감성이 무엇인지를 이해하는데 도움이 된다. '달에 가고 싶다'는 인간의 소망을 실현하기 위해 동화 속 토끼가 되어 달에 가는 것을 꿈꾸는 것은 '환상'이다. 그러나 대포를 쏘아 달로 가는 방법을 고안하고 거리를 측정하는 것은 공상과학이다. 대포를 쏘아서 달로 가는 것은 허무맹랑하다. 달로 가는 것을 꿈꾼다는 것 자체가 이미 터무니없고 허무맹랑하다. 달로 가기 위해 고안한 장치가 터무니없고 비현실적이더라도 미래에 발명될 수도 있는 것이다. 그것이 바로 공상과학의 영역이다. 공상과학은 지금 당면한 현실이 아니지만, 언젠가 우리의 현실이 될 수도 있다는 데서 초현실적 세계와는 다르다. 지금은 미지의 세계이지만 우주도 미래도 언젠가 우리의 현실이 될 수 있다는 것이 공상과학에서 우리가 공상하는 영역이다.

이 책에서는 공상과학이 SF의 번역어로 쓰인 만큼 SF의 번역 및 유입과 발달을 따라가면서 시대별로 대중이 공상과학에서 기대한 것이 무엇이었는지를 들여다보았다. 그러나 공상과학을 장르명인 SF의 번역어로 국한하지 않고, '공상과학' 자체가 가지는 감성에 주목해 보고자 했다. 공상과학 하면 떠오르는 우주, 미래사회, 발명 등이 다루어지는 이유가 그것이다. 특히 과학이나 현실과 대비되는 언어로 쓰였던 '공상'이란 용어가 공상과학의 감성을 이끄는 핵심이라고 판단해, 그동안 부정적인 혐의가 씌워졌던 '공상'의 긍정적 의미를 되찾고자 한다.

서구를 향한 동경

공상과학의
시작

1

초창기 공상과학의 유입:
쥘 베른과 《비행선》

〈해저여행 기담〉, 《과학소설 텰세계》, 《모험소설 십오소호걸》, 《과학소설 비행선》 등은 모두 쥘 베른의 작품이 원작인 것으로 알려졌으나, 최근 《과학소설 비행선》은 쥘 베른의 《기구를 타고 5주간》이 원작이 아님이 밝혀졌다.¹ 공상과학이란 용어가 아직 결합되어 쓰이기 전이라 기담, 과학소설, 모험소설 등이 쥘 베른의 작품 표제에 달린 것을 볼 수 있다. 〈해저여행 기담〉은 완역되지 않았고, 《십오소호걸》은 1912년 당시에도 오늘날에도 과학소설보다는 모험소설로 읽힌다는 점을 고려한다면, 초창기 유입된 공상과학으로 꼽을 수 있는 것은 《과학소설 텰세계》와 《과학소설 비행선》이다.

　《텰세계》와 《비행선》은 시기에도 내용에도 차이가 있다. 《텰세계》가 대한제국 말기인 1908년에 번역되었다면, 《비행선》이 번역된 시기

科學小說飛行船
과학소설비행션

東洋書院
發行

과학 비행선 (飛行船) 아속 啞俗

◎ 뎨일쟝

일난 공화호고 텬졉거랑흔데 거마가 답시슬흐야 인력거
사차 자동차 등 속으로 쎌둘너 셧고 쎄잇고 쳔소롬 만
소뮈이 화물소소 복작소소 흐야 들고나고 나고들며 구름
깃치 모혀들고 알뮈 갓치 모혀들어 잇다 금소소소소 손소펴
쳐눈소리가 련다를 뒤집고 산악이 묻어지눈듯 쩌셩소소
굿쳘싸가 업스니 여긔눈 영의나흐면 미국누육 마쳥셩공
쳠이라
그러면 그 소동들은 누육의 일반사회로 지식을발견게 셰

피험션

과학科學
소설小說

텰세계 (鐵世界) 終

하남이로고, 그 티 두 사 룸살이 운것 도 하 남이 요, 인비 평셩제 지 죠 만 컷 고, 남의 안
나 는 이 제 러 옷 엇 나, 그 티 랑 출 넌 우 머 물 을 죽 엿 스 니, 하 남이 로 다
성을과 우리 장슈촌의 쳔인을 죽일 흔 번 하 매 흥 지 아 니 치 못 흔 노 라
우리장슈촌, 만셰
우리나셩인죵만셰
우리나쳔인죵만셰

《(과학소설) 비행선》표지와 본문, 계명대학교 동산도서관 소장, 저자 촬영
《텰세계》표지와 본문, 국립중앙도서관 소장

는 조선이 일제의 식민지가 된 이후인 1912년이다. 명목상으로나마 국권이 있다는 것과 국권이 완전히 상실되었다는 것은 차이가 크다. 그런데도 이 두 작품을 과학소설 유입기의 '초창기' 작품으로 묶은 이유는 《비행선》이 번역된 이후에 번역이든 창작이든 한동안 과학소설이 게재되지 않았기 때문이다. 이후 다시 과학소설을 접할 수 있게 된 시기는 미래과학소설 〈팔십만 년 후의 사회〉가 《서울》에 1~2회에 걸쳐 게재된 1920년에 이르러서이다. 그리고 둘을 묶을 수 있는 가장 큰 이유는 그 작품들이 과학을 통한 '부국강병'을 내세웠기 때문이다.

또 다른 하나는 두 작품 모두 근대문학인 〈무정〉이 1917년 《매일신보》에 발표되기 이전에 번역된 신소설이라는 점이다. 《텰세계》의 번역자가 이해조이고, 《비행선》의 번역자가 김교제인 것도 두 작품을 한데 묶어 논의를 개진할 수 있게 하는 데 영향을 끼친다. 김교제는 이해조의 계승자이며, 애국계몽사상을 반영한 번안자이자 창작자였기 때문이다.[2] 1908년 당시 이해조가 창작한 신소설은 정치적 성향을 내포하는 애국계몽사상을 담았다. 따라서 《텰세계》는 과학소설이라는 장르적 독해라든가 신소설(통속소설)의 재미를 주는 것보다는 과학소설이라는 표피를 입은 정치적 성향의 소설로 읽히는 데 목적이 있었음을 유추해 볼 수 있다. 원작의 연애 소재가 삭제되고 연철촌의 묘사에 많은 부분을 할애한 것도 그러한 성향을 보여 준다. 이에 비해 《비행선》은 정치적 성향보다는 재미를 주고자 하는 통속소설의 면모를 더 보여 준다. 《비행선》의 결말이 조국이 아니라 사랑하는 사람을 택하는 것으로 마무리된 것도 《텰세계》에서 오로지 국가의 이익만을 생각하던 캐릭터 설정과는 차이가 있다.

1908년에서 1910년대 초기에 유입된 초창기 과학소설은, 1920년대 미래과학소설에서 제시하는 이상사회의 건설과 1930년대 발명·발견 학회로 연결되는 식민지 지식인의 발명과학의 꿈으로 이어진다. 식민지 조선의 공상과학의 영역은 1908년《텰세계》로 이상사회를, 1912년《비행선》을 통해 과학발명의 기대를 드러냈다.《텰세계》를 통한 이상사회에 대한 기대는 1920년대 미래과학소설이 꿈꾸는 이상사회 건설, 유토피아 담론으로 이어졌으며,《비행선》을 통한 발명과학에 대한 기대는 이광수의《개척자》에서 시작해 김동인의〈K박사의 연구〉를 거쳐 1930년대 발명학회로 이어졌다.

이 장에서는 이상사회의 건설과 발명과학이라는 두 갈래의 양상이 결국 부국강병에 대한 꿈으로 귀결되는 과정을 보여 주고자 한다.《텰세계》와《비행선》의 원작에는 서양의 제국주의 시선이 짙게 깔려 있지만, 번역되면서 발전된 과학으로 문명을 이룩한 서구를 닮아가고픈 부국강병에 대한 식민지 조선의 욕망이 드러나기도 했다.

1920년〈팔십만 년 후의 사회〉와 1921년 정연규의《이상촌》이 나오기 전까지 과학소설은 현재 발굴된 서지목록에서〈해저여행 기담〉,《텰세계》,《비행선》이 전부이다. 앞서 언급했듯이〈해저여행 기담〉과《텰세계》는 쥘 베른의 작품이 원작이고,《비행선》은 국내에 잘 알려지지 않은 프레드릭 데이의 작품이 원작이다. 현대 독자에게도 익숙한 쥘 베른의 작품을 과학소설로 분류한 것은 당연하다. 그러나《비행선》은 닉 카터의 탐정물로 당시의 용어로 장르명을 달자면 탐정소설이라고 하는 것이 마땅하다. 그런데 왜 과학소설이라고 달고 '비행선'이라는 제목을 붙였을까.

　이 장에서는 지금도 널리 알려진 쥘 베른 원작의《텰세계》가 아니라《비행선》이라는 탐정소설이 과학소설로 들어왔다는 점에 관심을 가지고, 1910년대 당시 독자들이 어떤 점에 매료되었는지를 고찰해 보고자 한다. 국내에 저자도 제대로 알려지지 않은 미국 싸구려 잡지의 닉 카터 탐정물이 어떻게 1910년대에 번역되었는지 제목이 왜 '비행선'으로 바뀌었는지 등에 대한 해답을 제시할 수 있을 것이라 기대한다. 더불어 1910년대 아직 공상과학이란 용어는 등장하지 않았지만, 공상과학에 대한 대중의 감성이 무엇이었는지를《비행선》을 통해 들여다보고자 한다.

동양 쇄국주의와
서구 제국주의의 충돌

《비행선》의 원작은 쥘 베른의《기구를 타고 5주간》으로 알려졌다가, 강현조에 의해 미국 다임노블 잡지에 연재된 프레드릭 데이의 탐정 닉 카터(니개특으로 번역됨)가 등장하는 탐정소설임이 밝혀졌다.[3] 실제로 작품 속에서 탐정이 등장해서 살인사건을 해결하는 서사를 따르고 있다. 그런데도 계속해서 쥘 베른의 소설로 알려진 것은 본문 내용을 직접 접하지 않고 서지사항에만 국한된 연구가 낳은 결과로 보인다.

궁금한 것은 탐정소설이 원작인데 표제에 '과학소설'이라고 달려 있다는 점이다. 바로 이 표제 때문에 쥘 베른의 작품으로 오인되기도 하는 양상을 빚어냈다. 그렇다면 왜 탐정이 사건을 해결하는 탐정소설에 '과학소설'이라는 표제를 달았던 것일까. 당대에 이 작품은 탐정소설의 면모보다 '비행선'이라는 제목이 뜻하는 하늘을 나는 기구가 훨씬 신기하고 이목을 끌었던 것으로 보인다.[4] 비행기의 발명으로 전 세계가 하늘을 날고 싶다는 공상이 실제로 실현된 것을 경험한 충격에 빠져 있던 상황에서 '비행선'이라는 발명품은 표제를 '과학소설'로 다는 주된 요인이 되었을 것이다. 그러나《비행선》은 '황당무계한 공상과학소설', 탐정소설적·모험소설적 요소와 제국주의적 편견이 적절히 혼합된 통속소설이라고 평가된다.[5]

《비행선》은 뉴욕 기마장에서 살인사건이 벌어지고 탐정이 그것을 추적하는 내용이 전반부 서사를 차지하는 탐정소설이지만, 제목에서 내세운 '비행선'처럼 1910년대 초반 당시 국내에서는 현존하지 않는 '가상'의 발명과학 기구들이 등장한다. 노연숙은 근대 초기 과학소설은 용어 그대로 과학이라는 실증적 소재에 인위적으로 창출된 이기利器를 비롯해 현존하지 않는 이기를 '상상'한 픽션의 결합을 보여 준다고 했다.[6]

현재의 과학소설이 공상으로 불리는 것을 거부하며 현실을 바탕으로 한 소설임을 강조하는 데에 반해, 초창기 과학소설의 또 다른 양상은 실현할 수 없어 보이는 가상의 발명도구에 대한 신기함으로 채워졌다. 그래서 황당무계하고 엉뚱한 상상, 막연한 실험에 대한 기대만으로 무엇인지도 모르는 것을 발명, 발견하려는 시도 등으로 표출되었다.

《비행선》은 과학소설이라는 장르에 앞서서 '문호개방'을 야만과 문명의 척도로 삼았던 서구 제국주의 관점에서 동양에 대한 인식이 어 떠했는지를 잘 보여 주는 작품이다. 일찍 서구를 받아들여 근대화를 추구했던 일본과 쇄국주의를 펼치던 중국이 서로 다른 길을 가는 것[7] 을 목격한 식민지 조선은 서구 과학을 통해 부강한 국가를 건설하려는 의지를 다졌다. '과학'이 강조되고 과학소설이 번역되며 조선 민족을 개조하려는 움직임이 일었던 것도 부강한 국가에 대한 염원에서 비롯 되었다. 문호개방과 강요된 근대화 추구를 문명이라고 명명하고 쇄국 을 야만으로 몰아가던 서구 제국주의 시선은 《비행선》에서 여과없이 노출되었다. 《비행선》에서도 《텰세계》와 마찬가지로 서구 제국주의 시선은 백인종과 다른 인종을 구분하려는 '인종주의'에서 비롯되었다.

잡밍특인종은 우리빅인종과 어상반ᄒ나 남ᄌ는 기기이셕더ᄒ고 녀ᄌ는 기기이 미려ᄒ며 머리털은 늙으나 졂으나 단순單純이 하얏코 눈ㅅ동ᄌ는 젼톄가 씸ᄒ며 그의복은 위리사 옛젹 의복졔도와갓흔데 뎨일 이상ᄒ것은 남녀로쇼귀쳔을 무론ᄒ고 하로 이틀 일년잇히 졔평싱을두고 입을열어 말 ᄒᄂᆫ법이 별로업쇼/ 니기특은 그말을듯더니 예젼에 골놈보쓰가 아미리 가 대륙이나 발견ᄒ듯이 얼골에 깃분빗이가득ᄒ야.[8]

젼디구 구만리全地球 九萬里에 무릇 풍쇽과 셩교聲敎의 챡ᄒ고 악ᄒ며 문명ᄒ고 야미홈은 그나라 그디방의 지극히 괴이ᄒ고 졍칰政策이 지극히 비밀흐기는 아쥬亞洲의 잡밍특갓흔 디방이업도다/ 잡밍특은 그나라 기슐技術의 특이흠을 자부自負흐고 그나라디형地形의 험쥰흠을 의지흐야 군신상하가 **쇄국쥬의鎖國主義를직혀 외국과 교졔를 사졀**흐며 ㅅ룹쥭임을죠화흐고 쏘흔 의심이만아 졔너러풍쇽과 졔나나졍칙이 셰게에 젼포될가 념려가되야 외국사룸이 그디경에들어옴을 힘써막는디 혹간 탐험자探險者가잇셔 그나라디경에 발ㅅ길을 들여노앗다가 열사룸 빅사룸이 모다 참혹이 쥭지아닌사룸이 업는고로 비록 고등졍탐가高等 偵探家라도 그니용이 엇더케 된줄은 몰으고 다만 그런나라가 잇흠을 드럿다고 훌쑨이라.[9]

이특나는 셰계의 특츌흔 인물이라 졔가 녀왕위에 올은뒤로 셰계형편을 숢혀보니 외로이 부퀴흔졍칙을 직히다가 **인종경징人種競爭**흐는 이시디를 당흐야 **졔나라 인종은 멸졀**이되고 말줄을 미리 짐작흐고 미혼디迷魂隊를 죠직흐야 한퀴는 구쥬歐洲로 건너가고 한퀴는 미쥬美洲로 건나와셔 졔나라 고유흔 환슐로 셰계일판을 미혼슐에너허 문명흔 이십셰긔로 미혼셰계를 민들고 **동셔양퓌권東西洋覇權**을 졔가 쥐자는 목적이오.[10]

잡맹특의 이특나가 뉴욕에 간 목적도, 좌션과 인비가 장수촌과 연철촌을 건설한 것도 모두 '인종경쟁'에서 살아남기 위함이었다. 이특나 또한 동서양패권을 쥐고 싶은 욕망이 있어,《텰세계》의 장수촌처럼 인종경쟁에서 승리하길 바란다. 그러나 잡맹특의 과학기술은 환술이나 미혼술과 같은 사람의 정신을 홀리거나 혼미하게 해서 지배하는

'사악한' 마술이나 도술처럼 묘사되었다.《비행선》에는 과학기술의 발달이 철저히 '백인종' 위주로 이루어져야 한다는 서구 제국주의의 침략 논리가 투영되어 있다. 탐정소설에서 범인은 그 시대 이데올로기의 적으로 표현되는데,《비행선》에서 살인사건의 범인은 바로 잡맹특(즉 아시아 인종)의 이특나로 설정된다. 그러나 이특나가 미국인과 결혼을 결심하는 순간, 마치 구원이라도 받은 듯이 그동안의 악마 이미지는 순식간에 선한 이미지로 돌변한다. 제국주의적 침략을 통한 구원(계몽) 또는 강요된 결합은 서구 열강들이 아시아 인종을 대하는 논리로 작용한다.

《텰세계》의 연철촌도 성벽 같은 산맥으로 세상과 격리되어 가장 가까운 마을에서도 800킬로미터나 떨어져 있는 외딴 구석에 자리해 비밀리에 포탄을 제조한다. 결국 비밀에 싸여 베일에 가려진 채 무기를 제조하던 연철촌은 멸망한다. 연철촌의 멸망은 과학의 역용逆用에 대한 경계로도 보이지만, '쇄국'에 대한 서구의 부정적 시선을 엿볼 수 있는 부분이기도 하다. '쇄국주의=야만=악'으로 규정하던 서구의 시선은 구한말부터 동양에 식민지 개척이라는 명목으로 제국주의 팽창을 펼치는 데 유효한 전략이었다. 일본이 근대화라는 명목으로 조선을 식민지화해 지식인들이 서구 근대를 열망케 하던 것도 같은 맥락이었다. 식민지 지식인들은 막연하게 '발명'에 대한 꿈을 키웠고 미래에 대한 이상을 품었다. 식민지 지식인들이 모순적이고 이중적인 의식을 드러낸 것은 근대화가 자립적인 것이 아니라 서구에 대한 열망 안에 일본에 의한 제국주의 시선이 포함되어 있었기 때문이다."

일찍이 문호를 개방한 일본은 서구에서 그동안의 야만적인 이미지에서 벗어나 긍정적 이미지로 재평가된 반면, 중국은 도원경과 같은 나라로 알려져 있었지만 쇄국으로 고루한 왕국이라는 이미지가 강해졌다. 서구의 동양에 대한 야만과 문명의 이분법적 대립 구도는 문호 개방과 쇄국주의와 맞물려 있었으며 비밀에 싸인 쇄국주의는 서구의 식민지 개척과 제국주의 팽창과 충돌해 '야만'적이고 부정적인 이미지로 점철되었다. 《비행선》의 잠맹특의 발명과학은 다른 나라와 고립된 '쇄국주의' 정책을 펼친다는 이유로 사람을 홀리게 하는 악마의 미혹술이라는 이미지로 각인된다. 서구의 동양에 대한 시선과 일본의 조선에 대한 시선은 식민지 조선의 지식인들이 과학을 통해 근대로 나아가려는 희망이 국내에서는 없다고 인식하게 하고 '유학'의 길을 떠나게 한다. 낙후된 조선, 위생 검열이 필요해 개조되어야 하는 조선, 그런 조선의 계몽을 위해 식민지 지식인들은 '야만적인' 조선에서는 과학을 통한 근대가 불가능하다고 판단하여 유학을 떠난다. 식민지시기 발명이나 실험이 허무맹랑하고 막연한 것으로 인식되었던 것은 동양에서 (식민지 조선에서)는 발명·발견을 할 수 없는 것으로 여겨졌기 때문이다.

과학발명은 서구의 것

초창기 과학소설《비행선》의 제목이 발명기구인 '비행선'으로 달린 것은 식민지시기 과학발명이나 특허에 대한 관심이 높았음을 반증한다.

비행기와 같은 하늘을 나는 기구를 한 번도 접해 보지 못했던 대다수의 식민지 조선인에게 낯설지만 새롭고 신기한 발명에 대한 기대는 1920년대와 1930년대를 거치며 점점 더 확산되어 갔다. 그러한 발명과학에 대한 지속적인 관심과 기대는 1930년대 《과학조선》이라는 잡지를 창간하고 '발명학회'를 창설하는 것으로 이어졌다.

그러나 《비행선》에서처럼 서구의 시선으로 동양을 야만으로 바라보는 시각은 이후 식민지 조선의 지식인들이 과학실험이나 발명에서 실패를 거듭하게 하는 데 영향을 끼친다. 1917년 이광수의 《개척자》에서 무엇을 하는지도 모르는 채 실험실(연구실)에 틀어박혀 그냥 '실험' 자체에 몰두하는 지식인의 모습이 대표적인 사례라 할 수 있다. 이후에도 식민지시기 발명과학은 구체적인 모습을 띠지 못하고 막연하고 추상적인 모습으로 실패를 되풀이하는 모습만을 보여 준다. 그것은 초창기 유입된 《비행선》에서 이미 예고된 것이었다. 우수한 과학기술을 서구보다 먼저 발명한 잡맹특은 '쇄국'을 하여 야만으로 치부되고, 이 특나는 자신의 국가 잡맹특을 버리고 사랑하는 사람을 따라 미국으로 건너간다. 《비행선》의 결말은 '과학발명'이 특허를 받거나 세계의 인정을 받기 위해서는 식민지 조선이 아닌 서구나 일본의 '유학'을 거쳐야 함을 보여 주었다. 당시 서구와 유럽의 발명은 만국박람회장으로 연결되어 있었다. 만국박람회장에 전시할 수 없었던 식민지 조선인에게 발명과학이란 그저 막연하게 이루어지기만 하면 부국강병을 이룰 수 있다는 신기루에 지나지 않았다.

사돈복이 기마장에서 죽임을 당하고, 뉴욕 탐험가 니기특군은 이 사건을
정탐하러 나선다.

(니) 여보 과랍군 두말말고 나는 사돈복의 죽은원인을 정탐홀터이니 군
은 사돈복의 근지나 자셰이 탐지호시오.[12]

(니) 칼도 이상스럽다 칼씃헤 무슨 독약을 발은듯십고 이런칼은 만국 박
남회에서 보지못한든 칼이로다.[13]

《비행선》의 첫 장면에서 펼쳐지는 만국박람회는 유럽과 미국에
서 '신기'의 장의 상징이었다. 그러나 세계 만국박람회는 '인종'을 전시
품으로 나열할 정도로 제국주의 침략의 합리화와 발판이 되기도 했다.
일본은 조선 민족을 동물원에 전시해서 구경하게 하기도 했다. 각종
발명품을 과시하는 만국박람회장은 서구 열강들이 우위를 논하고 강
한 국가를 드러내기 위한 전쟁터와 다름없었다.《비행선》에서도 세계
각국의 진기한 발명품들이 전시되는 만국박람회가 회자되고, 살인에
사용된 칼이 만국박람회에서 보지 못했던 것임을 강조한다. 발명, 발견
이란 결국 서구 열강의 근대화 경쟁의 도구였고, 근대 초기 조선은 과
학의 발명, 발견이 국가를 부강하게 하는 길이라고 믿었다.
　　김교제는《비행선》이외에도 1912년에《현미경》이라는 신비하
고 마술과 같은 과학기구를 제목으로 내세우는 작품을 발표한다. '비행
선', '현미경', '잠수정'과 같은 기구의 발달은 1910년대 조선에서는 실

현할 수 없는 그저 신비의 영역이었던 것으로 사료된다. 포천소의 중
국어 판본의 제목이 '신비정'인 것도 동양의 서양 과학기구에 대한 인
식을 반영했다고 볼 수 있다. 뉴욕 공동기마장의 기마경주회가 열리는
풍경, 비행선총회가 열리고 새로 발명한 비행선을 등록하는 광경은 제
국주의의 팽창과 쇄국주의의 충돌을 보여 준다. 여기에 전시되지 않은
칼, 등록되지 않은 비행선은 통제가 되지 않으므로 위험한 것으로 간
주된다. 그래서 잠맹특의 발달된 과학기술과 어디서도 본 적 없는 크
기의 비행선 제조는 서양 제국들에 위협이자 공포가 될 수밖에 없었
다. 니개특은 '비행선을 최근 새로 발명한 사람이 있는가'를 비행선총
회에 묻는다. 등록되지 않은 잠맹특의 비행선 발명은 위험하고 사악한
'묘술'로 타파해야 할 대상인 것이다.

그아리는 평원광야가 안력이못자라 안이뵈게압흐로 툭터젓는디 그가운
데는 성곽이 정정ㅎ고 갑제가 즐비ㅎ며 인물이 번셩ㅎ야 우리 와싱톤이
나 법국파리와 막샹막하가 될지나 **꿈에도 싱각지안이흔 신셰계新世界**한
아를 졸디에 발현ㅎ니 도로혀 눈이 현황ㅎ고 정신이 엇두얼ㅎ야 그찌싱
각에 "이런 험악한 산속에엇지 져런 셰계가잇스리 혹시 **마귀의시험**을바
다 눈에얼이여 **환경幻境**으로 뵈는가"ㅎ고 정신을 가다듬고 눈을 씻고씻
고 아모리보아도 슈통오달흔 도로며 바둑판ㄱ흔 전야며 웃둑~ 나즉~ 갓
득이 벌어잇는 시가市街는결코 사룹사는 셰샹이요 눈에얼이는 환경은아
니라.[14]

《비행선》이나《텰세계》모두 과학을 통한 '이상세계에 대한 환상'을 품고 있다. 이상세계에 대한 갈망, 과학의 힘으로 새로운 세계가 열릴 것이라는 기대가 만연했다고 볼 수 있다.《비행선》의 잡맹특은 그야말로 '이상세계'이다. 그러나 이상세계는 '현실에서는 존재하기 힘든 곳'이라는 인식이 컸다. 그래서 마귀의 시험이라거나 환경(일종의 착시 현상)이라고 표현하기에 이른다. 신세계의 조건에는 지형적인 것도 포함된다. 외세의 침략을 받지 않을 법한 깊숙한 곳에 문명의 이기가 가미된 곳을 배경으로 했다. 이른바 베일에 쌓인 쇄국정책을 상징하는 공간이다.

《텰세계》에서도 비밀리에 무기를 제조하는 연철촌에 대해 과학의 역용이라며 부정적으로 묘사했다. 그리고 그 비밀을 캐내기 위해 스파이가 잠입한다. 잡맹특의 과학기술과 연철촌의 무기제조가 그토록 무서운 이유는 서구가 통제할 수 없는 비밀에 싸인 '쇄국'을 펼치기 때문이다. 만국박람회장에 전시되지 않은 칼, 세계 발명 특허에 기록되지 않은 비행선 등은 서구의 입장에서 통제할 수 없어 위협적인 것으로 인식된다. 서구가 동양(동북아)에 강제적으로 문호를 개방할 것과 근대화할 것을 요구한 것[15]은 식민지 개척 시대에 '쇄국'이 방해가 되었기 때문이다.

잡맹특이란 곳에 들어갔다가 살아나온 유일한 이는 태배극이다. 《비행선》의 서사는 처음에 살인사건으로 시작했던 것과는 무관하게, 후반으로 갈수록 잡맹특의 발달한 과학기술에 대한 이야기로 집중된다. 그러나 이특나가 태배극과 사랑을 이루기 위해 잡맹특을 빠져나와 뉴욕으로 가는 것으로 마무리되면서, 그토록 발명과학이 발달한 잡맹특의 미래는 암울해진다. 왕이 사라진 잡맹특이 멸망할 것은 자명한 이치이다. 《비행선》은 서구의 아시아 인종에 대한 우월감(두려움)을 바탕으로 제국주의 팽창 전략을 탐험과 모험, 발명, 발견의 서사로 대체해 문명과 야만, 과학발명과 미혼술이라는 이분법적인 이미지로 '과학발명은 서구의 것'이라는 인식을 감쪽같이 숨겨 놓았다.

> (쥬인) 하 이특나는 무슨 인종이 그러흔지 잠간보아도 우리 동포는 안인데 로동자의 의복은 입엇스나 상등사회로 남의하인 민도리흔 것이 분명ㅎ고 이십이 될락말락흔 년긔에 머리털은 눈빗 은빗갓치 하얏코 몃칠이 되도록 입을열어 말ㅎ는 것을 별로 못보앗스며 그졀듸흔 풍자와 슈미흔 터도는 녀주로 남복을입고 사롬의 이목을 쇽히는듯 십읍듸다.
> (니) 이특나 이특나 일홈도 쏘흔 이상ㅎ다 모양이 그러흘젹은 **우리 빅인종이안이로다** 그러나 이특나가 영어를ㅎ든가.[16]

《비행선》에서 이특나는 사악한 묘술을 부리는 존재로 그려진다. 그리고 그렇게 파악하는 주요 근거로 그녀가 백인종이 아님을 강조했다. 이특나가 감옥 안에서 도망한 행적을 '환술'이라 표현한다. 하얀 가루약에 코가 막히고 정신이 혼미해 있는 사이 이특나가 사라진 것이다. 이처럼 백인종이 아닌 잡맹특의 과학은 신묘함, 기묘함, 환술, 도술, 요술, 미혼술, 묘술과 같은 것, 믿기지 않는 신묘한 세계, 도술이나 마술과 같은 세계로 인식된다.

(기) 하 그 **경긔구**는 **발명**흔지가 오러니 공즁에 써둔니는 것을 만이보앗지마는 **비힝션**은 이째꺼지 보도듯도 못힛슬쑨더러 **비힝션**의 공용이 **그리 신묘홈**은 밋부지가안소이다.[17]

(니) 그 비힝션은 아마 이특나가 **발명**흔 것이지오.[18]

(태) 먼져 **비힝션의 원리**를 셜명흐리다/ 공즁 비힝션을 구미각국에셔는 이십셰긔에 **발명**을힛스나 오히려 불완젼홈이 만커늘 잡밍특셔는 **연구**흔지가 발셔 슈빅년이라 그졔도의 졍밀홈과 운힝의 쳡리홈이 우리 비힝션에 비교흔즉 긔가막히다 흐겟쇼/ 쏘흔 사롭의 즁량重量을 감흐는법이잇셔 가령 이빅근되는 즁량이면 수분의숨분을 능히 감흐야 오십근을 민든는고로 비힝션은 일반이지마는 우리 비힝션에는 수오인이 겨오 탈디경이면 뎌 비힝션에는 십여인 슈십인이타고 올나가는 속력도 숨갑졀 수갑졀이나되오.[19]

(태) 잡밍특 사롭들은 **화학化學의 원리**를 깁히 **연구**히셔 일죵 특별흔 경긔輕氣를 취흐야 쓰나니 경긔는공긔空氣보다 경홈이 십수비반十四倍半이 더흔고로 부승력浮升力(써올으는힘)도 륙비이상六倍以上이 더흔지라.[20]

(티) 잡밍특셔는 **셩냥이 진동흐는원리**를 크게 **발명**흔고로 그 **공용功用**이 쏘흔 신묘흐니 더강말흐건더 왕궁엽헤다 굉장이큰 젼셩긔 한아를 셜비흐

야 두엇스니 이를 이르되 중앙전셩긔中央傳聲器요 빅셩의집에도 집집마다 전셩긔 ㅎ나식 달어두엇다가 무슨일이 잇는 동시에 음양쳥탁과 고하 질셔로 장단을 맛쳐 중앙전셩긔를 몃번만 쌍쌍치면 그소리가 순식간에 전국 전셩긔에 응ㅎ야 빅셩들이 방속에 감안이 안져셔도 '외국사롬이 디경을 범ㅎ얏다' '정부에셔 무슨법률을반포ㅎ다' 이 모양으로 그 의미를 히셕ㅎ니 **그 신묘ㅎ고 편리홈**은 지금 무션뎐신無線電信에 비홀비 안니오.²¹

(퇴) 여긔셔는 뎐긔흡슈電氣吸收 ㅎ는법이 잇스니 슈뎐긔收電器는 무션뎐신無線電信긔계와 흡사ㅎ고 슈뎐긔를 공긔중空氣中에두엇다가 쓰고 십흔디로 니여쓰나니 잡밍특에셔는 그런법을 **발명**ㅎ지가 발셔 슈빅년이 되얏소.²²

(이) 니군아 **구미열강이 몬명ㅎ기젼에 우리나라 사롬들은 물리 화학의 깁흔리치를 먼져발명**ㅎ야 뎐긔는 싱명의 근원됨을 알고 뎐긔를 공중에셔 취ㅎ야 셩낭의 진동력을 졔죠ㅎ며 뎐낭을 리용ㅎ야 슈한의 지앙이업는고로 셰계각국에 데일어디가 죠흐냐ㅎ면 잡밍특이데일졈을 졈령ㅎ겟쇼.²³

(니) 하 **물리를 연구ㅎ며 긔계를 발명홈**은 잡밍특이 셰계의 데일이 될것이어늘 정치가 부뛰ㅎ야 **쇄국쥬의**를 쓰는고로 **야만의 층호를 면치못ㅎ니** 앗갑도다 그러나 퇴군이 이나라의 쥬권자가되야 그런정치를 웨 **기혁改革**을 아니ㅎ시오.²⁴

《비행선》 후반부의 서사는 잡맹특의 과학기술을 선보이는 것으로 채워진다. 잡맹특 인종은 미혼술로 사람을 홀리게 하는 사악하고 야만적인 것으로 묘사되었다. 잡맹특의 발달된 과학기술과 그곳에 사는 인종에 대한 묘사는 모순과 충돌을 일으킨다. 서구 제국들은 동양의 국가를 야만적인 것으로 인식하게 했으며,[25] 잡맹특의 과학기술은 사람을 홀리는 미혼술이나 주술과 같은 위험한 것으로 각인한다. 경기구, 비행선, 성량 장치 등의 '발명'은 곧 '문명'의 상징을 의미한다. 잡맹특은 서구 열강보다 먼저 이러한 것들을 발명한 문명국이다. 그러나 쇄국주의 정책을 펼치고 있어 '야만'이라 하며, '개혁'해야 한다고 미국인 니개특이 말한다. '성량' 장치 또한 그 기술보다는 그것을 통해 사람을 조종하는 잡맹특 인종을 강조했다.

서구 제국주의 열강들은 동아시아를 열등과 야만국으로 설정하고, 서양의 과학기술로 그들을 지배해야 한다는 인식이 팽배했다. 잡맹특의 왕인 이특나는 태배극을 사랑하기 때문에 왕의 자리를 내놓고 뉴욕으로 가고 싶어하나 자기 뒤를 이을 자를 찾지 못했다고 하며, 외부 사람인 니개특에게 잡맹특의 왕이 될 것을 권유했다. 콜럼버스가 아메리카 대륙을 처음 발견하고 원주민인 인디언을 몰아냈듯이, 잡맹특이라는 고도의 과학기술이 발전된 나라의 왕을 외부 사람인 미국인에게 맡긴다는 설정은 모험, 탐험, 개척의 서사가 제국주의의 역사였음을 다시 한번 실감하게 한다. 다시 말해 아메리카 대륙의 발견, 탐험의 서사, 서구 발달된 과학기술에 대한 동경과 함께 제국주의 시선이 《비행선》에 고스란히 담겨 있다.[26]

초창기 과학소설에서는 어떻게든 '과학의 원리'로 발명품을 설명하려는 이성과 새로운 과학 발명품을 '도술', '기묘함', '신묘함'으로 받아들이려는 감성이 혼재한다.[27] 새로운 과학기술을 접할 때 축지술, 비행술, 은신술, 변신술, 주술 등과 같은 신비주의적 요소로 받아들이는 것은 19세기부터 내재된 조선인의 과학기술 의식이다.[28] 그러나 초창기 과학소설에서 드러나는 것은 동양의 과학기술이 아무리 발달해도 그것을 악마나 도술로 엮어내는 서구의 시선으로, 식민지 조선인은 '발명과학'을 조선 안에서는 구현할 수 없는 것으로 인식하게 되었다는 것이다. '과학발명은 서구의 것'이라는 인식은 서구에 대한 동경과 함께 유학길에 오르는 식민지 지식인의 모습으로 나타났다.

이상사회 건설과 발명과학으로 만들 미래에 대한 기대

'과학'에 대한 각국의 이중적인 잣대는 서양 제국주의 시선에서 훨씬 강하게 드러난다. '서구=과학=문명'과 '동양=신비(주술)=야만'이라는 공식은 '과학'으로 키우는 꿈도 서구를 통해서만 가능하다는 것을 역설한다.[29] 1914년 9월에는 《신문계》 과학호가 발행되기도 했는데,[30] 여기서 김형복은 '조선의 과학사상'에 대해 역설했다.[31] 그러면서 과학이 곧 계몽이고 문명임을 설파했다고 볼 수 있다. '과학기계의 발명=문명=서양'으로 이어지는 근대를 추구하려는 움직임은, 조선 민족이 각성하기 위해서는 유학을 떠날 수밖에 없고 이상의 실현은 서양을 통해서만 가능한 것으로 인식하게 만들었다. 그렇지만 과학은 청년들의 미래이자 꿈이었다.

이상춘이 지은 〈기로〉의 문치명도 시골에서 경성으로 올라가 신교육을 받고, 응용화학으로 염료 만드는 법을 공부한다. 유럽전쟁으로 염료가 비싸졌으니 공장을 설립해 염료를 제조하면 큰 이익을 볼 것이라는 기대에 부풀었다. 문치명에게 '서양=문명의 이기=신교육=화학, 물리학=미래'로 이어졌던 것이다.

> 문치명은 서양 사람을 처음 보았다. 털보선생님이 항상 칭찬하던 서양 사람을 처음 보았다. "두뇌가 건전하고 분투하는 정신이 왕성하여 전신이니 전화니 하는 **신출귀몰의 기계를 발명한 것은 모두 서양 사람**이다. 너희들도 아무쪼록 공부를 잘해서 그 사람들과 같은 **문명의 이기**를 발명하도록 하여라. 너희들의 가진 **이목구비도 그 사람들과 조금도 다를 것이 없느니라**" 하던 말씀이 지금도 귀에 쟁쟁한 것 같다.[32]

〈기로〉에는 서양에 대한 동경이 여과 없이 드러난다. 신출귀몰의 기계로 서양의 기계가 조선의 현실에서는 믿기지 않는 것, 따라갈 수 없는 것으로 인식되었으며, 발명은 서양만이 할 수 있는 특허품이라고 여겼다. 놀라운 것은 '이목구비도 그 사람들과 조금도 다를 것이 없'기를 바란다는 것이다. 서양인과 이목구비가 닮고 싶어 하는 것은 당시 백인 우월의 인종주의가 만연해 있었음을 알 수 있다. 1908년부터

1910년까지 과학은 서양에 대한 막연한 동경으로 실현할 수 없는 공상의 영역이었으나, 과학기술의 발전과 과학기계의 발명으로 약소국에서 탈피해 부국강병을 이루고픈 꿈이 혼재되어 있었다.

초창기 과학소설《텰세계》와《비행선》은 1920년대부터 1930년대까지 식민지시기 과학소설 계보에 영향을 끼쳤다. 이후 1920년대 번역된 과학소설은 미래이상사회를 그린 〈팔십만 년 후의 사회〉, 〈이상의 신사회〉이다. 그리고 한국 최초 창작 과학소설이라고 평가되는 김동인의 〈K박사의 연구〉가 1929년에 발표된다. 〈K박사의 연구〉는 엉뚱한 상상력으로 한국 과학소설 계보에서 뜬금없이 등장한 것처럼 보인다. 그러나《비행선》에서 이미 발명과학에 대한 기대가 엿보였고, 그것은 1910년대 식민지 지식인의 발명, 실험에 대한 막연한 광기와 집착으로 이어졌다. 비록 실패로 끝나지만 막연하고 추상적인 식민지 지식인들의 발명과 실험이 〈K박사의 연구〉를 탄생하게 한 원동력이었다.

1920년대 과학으로 인한 발전을 꿈꾸고 이상사회를 건설하려는 노력은 주로 교통기술이나 생활의 편리, 사회조직이나 원리에 관한 것이었다면, 대한제국 말기부터 1910년대까지 과학으로 꾸는 꿈은 부국강병에 대한 기대였다. 과학기술로 가장 강하게 부각되는 것은 무기 제조업일 수밖에 없었다. 잠맹특의 비행선, 잠수함, 포탄, 미사일 등의 무기 제조업과 과학기술은 생활의 편리를 야기하는 것이었지만, 서양 강대국들은 이러한 문명화된 이미지를 강력하게 누르며 미개한 사회로 인식되도록 한다. 대한제국 말기부터 1910년대는 '과학으로의 통치', '권력', '힘의 지배'를 꿈꾸던 시대였다. 쥘 베른이 국내에 가장 먼저 소개된 것은 그의 공상과학이 부국강병으로 나아가게 하는 꿈으로 기능했기 때문이다. 1908년에서 1910년대 과학은 국내에서 실현 불가능한, 닿을 수 없는, 까마득히 먼, 그러나 쫓아가고 싶은 '가상', '공상', '이상', '동경'으로 자리하고 있었다. 우리가 탐험해 보지 못한 달나라, 바다 밑 세계, 건설하고 싶은 이상 국가, 발명하고 싶은 기구 등에 이르기까지 쥘 베른의 공상과학은 한국 과학소설 초창기에 부국강병에 대한 꿈과 미래에 대한 기대를 담아내는 데 유효했음을 알 수 있다. 해방 이후 1950년대가 되면 쥘 베른의 공상과학이 아동문학과 연결되는 것과 달리, 초창기 과학소설에서는 쥘 베른의 공상과학의 실현 불가능해 보이는 꿈이 식민지시기를 견디게 해 준 힘이었다고 볼 수 있다.

이상사회 건설과
유토피아 지향

1920년대
미래과학소설

2

디지털 트랜스포메이션과
미래

4차 산업혁명과 디지털 트랜스포메이션이 화두로 떠오르고, 인간의
지능을 조롱하듯 인공지능이 인간의 지능보다 우수한 사례가 속속 보
도된다. 디지털 트랜스포메이션은 개인과 조직 및 사회 전체에 디지털
화가 초래한 총체적인 영향으로 볼 수 있다. 개인적인 수준에서는 디
지털 기술을 사용함으로써 생활의 변화를 가져오고, 조직적 측면에서
는 기업 전략으로 디지털 역량을 활용하며, 사회적 측면에서는 디지털
화의 다양한 긍정적 또는 부정적 영향을 미치는 개념으로 파악할 수
있다.[1] 디지털 트랜스포메이션 시대를 맞이해 가장 민감하게 대처하고
반응하는 쪽은 기업이다. 트랜스포메이션 관련 서적은 대부분 기업 전
략을 다루었다.[2] 생산, 소비, 유통의 변화와 자본의 흐름이 민감하게 연
관되기 때문이다. 간혹 디지털 트랜스포메이션 시대에 인문학의 가치

와 인문학이 나아갈 방향을 제시하는 서적이나 글들이 보이기도 한다.[3] 이들이 디지털 트랜스포메이션 시대에 인문학을 내세우며 가장 염려하는 것은 무엇일까. 그것은 바로 '인간'에 대한 가치이다.

그렇다면 디지털 트랜스포메이션 시대에 인간은 과연 무엇을 해야 할까? 이 질문에 앞서 인간이 무엇을 위해 그토록 더 발전된 사회를 꿈꾸고 갈망해 왔는가를 되돌아볼 필요가 있다. 실제로 문학에 담긴 미래사회를 살펴보면서 과학기술의 발전에서 인간이 기대한 것이 무엇이었는지 들여다보고자 한다. 과학기술에 대한 인간의 욕망이 담긴 대표적인 문학으로 '과학소설'을 들 수 있다. 과학소설은 과학기술과 인간의 꿈을 연결해 주는 다리 역할을 한다. 그래서 미래에 대한 예언이라고 평가되기도 하고, 한편으로는 '비현실적'이거나 '공상적'이라고 평가되기도 한다. 그러나 과학소설이 인간의 꿈이나 욕망을 담았다는 것은 부인할 수 없다. 과학소설에 담긴 미래에 대한 꿈은 현재 실현된 것도 있고, 아직까지 실현되지 않은 것도 있다. 타임머신을 통한 시간여행이나 불로장생은 인류의 오랜 숙원이고 희망이지만 아직까지 실현되지 않은 불가능의 영역으로 남아 있다.

과학기술의 발전과 진보에 대한 기대와 희망은 비단 오늘날의 일만은 아니다. 과거부터 과학기술이 국가 발전에 지대한 영향을 끼쳤거나 혁신을 불러일으킨 사례는 있었다.[4] 답답하고 암울했던 식민지시기에도 과학기술의 발전으로 미래사회가 가져올 변화에 대한 기대가 있었다. 특히 1920년대는 미래사회를 다룬 소설이 집중적으로 부상했던 시기였다. 그리고 미래과학소설을 통해 식민지 조선의 미래에 대한 기대를 담아내었다.

현재에도 시간여행을 소재로 한 과학소설이 많이 나온다. 그러나 지금 나오는 것은 주로 과거로 돌아가서 과거의 어느 한순간을 비틀거나 바꾸는 내용이 많다. 이런 소설들은 과학소설보다 판타지로 불리기도 한다. 1910~1920년대 과학기술에 대한 중요성이 막 부각되던 초창기 시절에도 시간여행을 다룬 과학소설이 번역되거나 창작되었다. 그러나 과학소설이 막 들어오기 시작하던 무렵의 시간여행 소설들은 과거로 회귀하지 않고 '미래'를 그린다. 그래서 '미래과학소설' 또는 '공상과학소설'이라고 불리기도 한다. 시간여행에 대한 공상이 과거가 아니라 미래로 가기를 희망하는 것은 그만큼 미래에 대한 기대, 지금보다 더 나은 삶에 대한 갈망이 컸기 때문이다. 미래과학소설에 담긴 당시 대중의 미래에 대한 기대가 무엇이었는지, 발달된 과학기술로 열린 미래사회에서 그들이 기대한 것은 무엇이었는지를 따라가 보기로 하겠다. 중심 텍스트는 허버트 웰스의 《타임머신Time Machine》을 번역한 미래과학소설 〈팔십만 년 후의 사회〉, 에드워드 벨러미 원작의 〈이상의 신사회〉, 그리고 정연규의 《이상촌》이다.

〈팔십만 년 후의 사회〉는 초창기 과학소설 연구자들이 다루었다.[5] 이 장에서는 지금까지 거의 연구되지 않았던 《이상촌》과 〈이상의 신사회〉를 함께 다루면서, 〈팔십만 년 후의 사회〉에서 구현하는 미래사회와 어떻게 다른지 짚어 보고자 한다. 모희준은 《이상촌》을 최초의 창작 과학소설이라 발표했다.[6] 〈이상의 신사회〉도 함께 언급했으나 《이상촌》과 비교하면서 1923년 욕명생이 번역한 것이 아니라 현재 번역본인 《뒤돌아보며Looking Backward》를 차용했다. 여기에서는 1923년에 번역된 〈이상의 신사회〉를 텍스트로 하여 당시 어떤 맥락에서 수용되었는지를 본격적으로 다루어 보고자 한다.[7]

《이상촌》과 〈이상의 신사회〉의 미래과학소설에서 구현한 유토피아가 1920년대의 미래에 대한 기대와 사회개조에 대한 욕망을 반영하는 구심점 역할을 했음을 보여 주고자 한다. 《이상촌》과 〈이상의 신사회〉에서 보여 주는 이상사회 건설에 대한 기대는 1920년대 유토피아 담론과 사회개조론의 확산으로 이어졌다. 1920년대 시간여행에서 왜 과거가 아닌 미래가 중요했는지, 미래사회에서 기대한 것이 무엇이었는지를 들여다보고자 한다. 그것은 과학기술의 발전이나 과학기계의 발명이 절대 변하지 않을 것 같은 암울한 현실에서 벗어나 새로운 세상을 펼쳐 줄 것이라는 기대감을 불러일으키며, 동시에 실현 불가능한 꿈을 실현하게 해 주는 도술이나 마법과도 같은 희망이었기 때문임을 증명하는 것이다.

시간여행기계 발명과
디스토피아

과학소설은 현실에 근거하거나 현실로 이루어질 수 있는 것을 상상하는 반면에, 공상과학소설은 현실에서 거의 일어날 가능성이 없는 허무맹랑한 공상을 다룬다고 하여, 현재 과학소설 연구자와 과학소설 마니아들은 '공상과학'이라는 용어를 사용하기를 거부한다. 그러나 공상은 언제부터 부정적인 뉘앙스를 풍기며 거부되었던 것인가. 현재 4차산업혁명과 디지털 시대를 맞이한 것도 인간의 터무니없는 공상에서 비롯되었다고 해도 과언이 아니다.

고전 과학소설 작가인 웰스의 《타임머신》과 《투명인간The Invisible Man》,《우주전쟁The War of the Worlds》은 아직까지 현실로 실현되지 않았다. 《타임머신》이나 《투명인간》은 당시에 일어날 수 있는 가능한 발명이 아니라 그야말로 '공상'이었다. 소설 안에서조차 주변의 누구도 박사의 말을 믿지 않았다. 새로운 것에 대한 공상은 늘 주변에서 '현실적'이라거나 '발전 가능'하다고 받아들여지는 것이 아니라 터무니없고 허무맹랑하다고 폄하되고 일축되고 미친 광기로 치부되기 마련이다. 에디슨이 달걀을 품었을 때도 마찬가지이다. 지금 이 사회에서 존재하는 것들을 넘어서는 것들에 대한 상상은 인간의 '공상'에서 비롯되었다고 해도 과언이 아니다. 그리고 지금처럼 인공지능 시대가 오기 전, 과학이 새로운 미래를 열어 줄 수 있으리란 희망을 품었던 시대에는 바로 이 '공상'을 통해 미래에 대한 희망과 기대를 표출했다.[8] 아직 발명되지 않은 미래의 과학기술이나 미지의 세계를 그리는 것은 공상과학소설의 분야로 일컬어졌다. 1920년대 '공상'은 현대처럼 뉘앙스가 부정적이지 않았다. 오히려 미래에 대한 이상 또는 상상과 동일시되어서 그 안에 현재에는 이룰 수 없는 꿈과 희망을 불어넣었다.

《타임머신》은 발명기구를 통해 미래세계로 여행하는 내용의 공상과학소설이다. 그런데 미래세계로 여행하는 것은 《타임머신》뿐만 아니라 〈이상의 신사회〉, 정연규의 《이상촌》에서도 볼 수 있다. 그러나 《타임머신》의 공상과학은 단순히 미래세계로 여행을 떠난다는 데에 있지 않다. 시간을 이동해서 미래세계로 가는 공상과학소설의 설정은 주로 '꿈'이라든가 '긴 잠'에서 깨어나는 것으로 되어 있다. 그러나 《타임머신》은 제목에서도 드러나듯이 시간여행기계(번역에서는 항시기航時機, 항시부航時部)의 '발명'을 통해 미래세계로 진입하게 된다. 제사측면第四側面의 수리를 발명한 것도 그 기계를 발명하기 위함이라고 기술했다. 한 시간에 팔십만 년의 속력을 내는 항시기는 정밀히 계산되게 설정되어 있다. 1926년 《별건곤》에 실린 영주 번역은 〈팔십만 년 후의 사회〉라는 제목에 '현대인의 미래사회를 여행하는 과학적 대발견'이라는 소제목이 달려 있다. '시간여행자'나 '시간여행'보다 **미래사회**로 여행하는 것'이 과학적 대발견으로 가능해졌음을 강조하는 제목이다. 〈팔십만 년 후의 사회〉는 이처럼 제목과 소제목으로 당대의 감성을 유추해 볼 수 있게 한다. 특히 '1장 장신법의 이치를 응용'과 '2장 비행기에 대한 항시부', '3장 한 시간에 십만 년의 속력'에서 당대의 특성을 유추해 볼 수 있다.

재료는 다갈색茶褐色의 합금合金인데 그 맨든모양은 대부분이 싸젓기째문에 잘알수업스나 외면에 나타난부분에는 여러 가지의 계수기計數機가 설치되여잇고 안장과 키와 차車 가튼것도잇서서 타기에 조흘듯하게되여잇다. 말하면 그것은 이세상에는 둘도업는 독특한기게임으로 다른 엇더한것에고 비교할수가업섯다. 그것은 정밀하게 튼튼하게만들어젓다고 볼

世界的 名作

八十萬年後의社會 (一)

—— 現代人의未來社會를 旅行하는科學的大發見 ——

웰 스 原作

影 洲 번역

一、藏身法의理致를應用

「됫수가잇나?」하고생각하든것이 될수가잇게된
다 그것이 문명인것이다?무엇 공중려행! 그
것이될수가업다」고 우리들의 선조들은말하엿
다ㅇ그런데 오늘날은 그 공중려행을 쉬움게한
다ㅇ무엇팔십만년후! 그런것은 엇머케알겟나」
하고 박사의친구는 모다를 웃엇다ㅇ그러나 박
사는——

[팔십만년후의세게를] 녀행하고오면 알것이안인
가」하고 대답하엿다ㅇ
인동은 똥단인슙도만산고
「그린시 그도그던것이다」하고 또한 웃엇다ㅇ

그중에한사람이
「그멋치 별나라를 녀행하고오면 별나라의일을
알수잇게、팔십만년후의사회라구 못알것이야무엇
잇나 녀행하고오면 알것이지 그러나——」
그뒤멧치 다른한사람이 그말을니엿다ㅇ
「그러나 그 녀행하는 방법이잇서야지」하엿다ㅇ
이러한 이야기는 수학박사(數學博士)의집에서
열린만찬회에 초대바든 여섯사람의학자들이 만
찬이웃난후에 화로엽헤모혀안저서하는 잡담이엿
다ㅇ여섯학자들은 잡담으로 생각하엿다ㅇ그러나
이 수학박사만은 아조진실한테도
이엿다ㅇ 참으로「미래사회의려행」을 주장하엿다
박사는 지금까지 남들이 도뎌히할수업다는것

《별건곤》에 실린 〈팔십만 년 후의 사회〉

수잇섯다. 그러나 원동原動인지 무엇인지 모르게 싸여잇는 그속에 태합 가튼것이잇는것 가탯다.[9]

네 공간을 동서로나 남북으로 려행할것이면 리수로 계산할수잇스나 시 간을 전후로 려행하는데는 리수里數는 업습니다. 참으로 말하면 한시간 에 십만년을 날러가는 계산임니다.[10]

다시 본즉 기계의 속력은 한시간에 30만년이상으로 되어잇다. 너무 자내 처가도 재미가업고, 그러나 별안간에 덩지하여서는 위험하기도 하며, 기 계를 위해서도 좃치못함을 생각하고 조금식 속력을 늣치면서 가다가 그 여히 진행을 덩지하고 말엇다. 덩지하면서 그 동시에 지금까지 낫과 밤의 혼돈하든 회색의 천지가 밝어젓다. 멋시간이 지냇는지는 모르겟스나 이 세계에서는 낫 두시 가량이나 되엿다./ 그럿치만은 얼마만큼이나 왓는지 몰라, 또다시 연대계를 본즉, 참으로 놀라울 일이다. '802701'을 가르치고 잇다. 즉 80만 2천 7백 1년만을 려행한 것이다. 아! 미래도 미래! 80만년 도 미래의 세계! 엇지하면 벌서 인류가 사멸하고 세계는 또다시 렬등동물 劣等動物의 사는 곳으로 되지 안이하엿나 하고 걱정이 된다.[11]

속도가 정확히 디지털 숫자로 표기되는 기계의 발명은 미래세계 로 갈 수 있는 교통수단인 항시기의 특성으로 대표된다. 영주나 김백 악의 번역본을 보면 〈팔십만 년 후의 사회〉에서 타임머신이라는 기계 의 원리는 이해하기 힘들었던 것으로 보인다. 원서에는 숫자로만 표기되던 장들이 번역본들에서는 소제목을 달고 있는 것을 볼 수 있다. 김백악 번역본의 1장 소제목은 '조화의 이를 응용'이고, 영주 번역본은 '1장 장신법의 이치를 응용'이다. 조화는 '조화를 부리다'처럼 신비한 힘으로 기묘한 변화를 일으키는 것이고, 장신법은 '기문둔갑장신법'으로 쓰이며 음양의 변화에 따라 몸을 숨기고 길흉을 택하는 용병술로 도술이나 주술의 의미가 내포되어 있다. 이는 당대에 타임머신이라는 기계의 원리라고 하는 4차원 세계나 물리학의 원리가 이해할 수 없고 실현할 수 없는 영역으로 받아들여졌음을 의미한다. 제목에서 '타임머신'이나 '항시기'가 아닌 '팔십만 년 후의 사회'를 내세운 것도 그런 연유에서였을 것이다. 제목에서 미래사회를 내세우며 과학기술 발전에 대한 기대감을 높이는 데 성공한 후의 남은 문제는 이해할 수 없는 타임머신을 이해할 수 있는 영역으로 끌어올리는 것이다. 그러기 위해 2장에서 꿈이 현실로 실현된 '비행기의 발명'을 가져와 비유했다.

'될 이치理致가없다'고 생각한 것도 될 수가 잇으니 이것이 즉 문명文明이다. "무어! 공중여행空中旅行! 그런일이야 쑴에나 할넌지 모르지만 도뎌이 불능할 것이라"고 누구나 생각하여슬 것이다. 그러나 오늘날은 공중여행도 그다지 힘드지안케 맘대로 하게 되엿다. "무어! 팔십만년후! 그런 일을 엇더케 알 수가 잇서?" 하면서 박사의 친구들은 우섯다. 그럿치만 박사는 "팔십만년후의 세계에 여행하여서 갓다오게 되면 알 수 잇지 안켓소?" 하고 대답하엿다. 일동은 농담으로만 생각하는고로 "아ㅡㅁ 갓다오면 알 수 잇지요!" 하면서 쏘 우섯다. 그 중에 한사람은 "그럿쿠말구! 성세계星

世界에 여행을 하게 되면, 성세계의 일을 알 수 잇으니깐 팔십만년후 의 사회라도 여행을 하여서 갓다오게되면 알 수 잇겟지만은!" 다음에 또 한 사람이 말을 니어서 "그럿치만 그 여행하는 방법이 없으니깐 결국은 불능 이외다!" 보충을 하엿섯다.[12]

〈팔십만 년 후의 사회〉첫 부분이다. '수학박사'의 조찬회에 초대받은 6명의 박사가 '수학박사'가 제시한 미래세계로의 여행을 믿을 수도 없고 생각할 수도 없는 일이라고 농담으로 치부하는 내용이다. 미래세계로 여행하는 것은 공중여행 즉 별나라로 여행하는 것처럼 당대 대중에게는 말 그대로 현실에서 이룰 수 없는 '공상'으로 받아들여졌다. 그러나 '하늘을 날고 싶다'는 처음에는 '공상'이었지만, 비행기의 발명으로 실제로 실현되었다. '공상과학'은 이룰 수 없는 현실이지만, 어떻게든 이루고 싶은 미래에 대한 꿈과 욕망으로 환산된다. 시간여행이 아직도 공상과학의 영역인 것은 지금도 과학으로 실현되지 않았기 때문이다.

"항시기라는 것은 내가 지은 일흠인대, 이것을 타게 되면 과거의 세계나 미래의 세계를 맘대로 단닐수 잇다는 말이외다."[13]

이. 비행기에 대한 항시기

"암만해도 제군은 아직도 의아疑訝를 하는 모양이구려! 자! 우리가 지구 의 표면은 동서남북어듸든지 여행할 수가 잇지요! 그러나 비행기가 생기기 전까지는 공중여행을 할 수 없엇지만 그것도 지금은 할 수 잇습니다. 일만척 이상의 대공大空에도 이 승강乘降할 수 잇으니 공간상하로 여행할 수 잇는 현재에 잇어서 시간을 전후로 여행할 수도 잇슬 것이외다. 다만 거긔에 기기가 필요하니 공간을 상하에 여행하려면 비행기를 사용하여야지요! 그런데 시간을 전후에 여행하는 기기가 즉 이 항시기라고 일음하는 것이외다."[14]

〈팔십만 년 후의 사회〉에서 독자의 이목을 가장 끄는 장 제목은 바로 '2. **비행기에 대한 항시기**'다. 비행기에 맞추어서 타임머신을 '항시기'라고 번역한 것이 놀랍다. 그만큼 비행기의 발명으로 공중비행이 가능해졌다는 사실에 1920년대 과학기술의 눈부신 발달에 대한 기대감이 한껏 부풀어 있는 제목이다.[15] '비행기의 발명'[16]은 당시에 마치 '일어날 수 없는' 일이 가능해진 것처럼 여겨졌다. 타임머신이라는 제목 대신 '팔십만 년 후의 사회'라는 제목을 택한 것은 '타임머신'에서 상상할 수 없는 거리감을 불러일으키기 때문일 것으로 사료된다. 그러나 미래 세계에 대한 상상과 호기심은 이상사회에 대한 기대와 함께 부풀어 올랐기 때문에 '팔십만 년 후의 사회'라는 제목이 독자들에게 훨씬 와 닿았을 것이다. 〈팔십만 년 후의 사회〉는 과학기술의 진보에 놀라워하면서도 그 세계로 진입하는 것에 대한 걱정과 불안한 시선이 함께 자리한다. 그리고 미래의 낯선 세계에 대한 두려움을 자아내는 결정적 위기의 순간은 바로 미래로 가는 다리 역할을 하는 과학기계인 '항시기'가 사라지는 것으로 상징된다. '항시기'가 사라져서 두려움이 증폭되는

67

가운데 돌연 예고도 없이 연재가 중단된다.

　〈팔십만 년 후의 사회〉는 과학소설이 국내에 왕성하게 번역되기 전인 1920년과 1926년 상당히 이른 시기에 번역되었는데도 두 번 다 완역되지 않고 중단되었다. 특히 제목에서 내세우는 '팔십만 년 후의 사회'에 해당하는 '미래사회'에서 더 진전되지 않고 그치고 말았다. 웰스의 미래사회에는 식량도 품종이 개량되어 과학기술이 더 발전했을 것이란 기대가 있었다. 그러나 인류는 더 진보하지 않고 오히려 아주 작아졌음을 발견한다. 그다음에 나와야 할 내용은 지하세계 인종이 지상세계 인종을 잡아먹는 약육강식의 원시적인 모습이다. 지하세계의 인종이 지상세계를 전복하는 것은 '식민지인의 저항'으로 해석될 여지가 있어서 일제의 검열에 걸려 두 번 다 연재가 중단되었을 수 있다.[17] 그러나 혹 그 시대가 바랐던 미래사회와 거리가 멀었던 것은 아닐까 하는 또 다른 가능성도 제기해 볼 수 있다. 왜 팔십만 년 후의 인류를 더 보여 주지 않고 이야기를 그쳤을까. 〈팔십만 년 후의 사회〉가 그리는 암울한 디스토피아와 《이상촌》, 〈이상의 신사회〉가 그리는 미래사회가 어떻게 다르게 펼쳐지는지 들여다보면서 해답을 찾고자 한다.

모리스와
벨러미의 이상사회

1920년대에 들어서자마자 《타임머신》의 번역이 시도되었다. 뒤이어서 1921년에 정연규의 미래소설《이상촌》이 출간되었고, 1923년에 〈이상의 신사회〉가《동명》에 연재되었다. 1920년대 들어서면서 미래 과학소설이 연달아 나왔다는 사실은 주목할 만하다. 그렇다면 1920년 대 미래과학소설은 당대 사회에 어떤 영향을 끼쳤으며, 어떤 대중 감성을 담아냈는지 살펴보기로 한다.

선명하고 아름답고 쾌락한《이상촌》

《이상촌》은 잡지에 연재되지도 않고 단행본으로 바로 출판됐다는 것이 이채롭다. 정연규는 어떻게 과학소설이란 장르가 정착하기도 전에, 게다가 미래과학소설이라는 낯선 장르의 작품을 단번에 단행본으로 출판할 수 있었을까. 모희준은《이상촌》을 최초 창작과학소설이라고 평가하기도 하지만,[18]《뒤돌아보며》와 유사한 부분이 많아 번안되었을 가능성을 제기하기도 했다.[19]《이상촌》은 한강에서 깨어나는 것을 시작으로 해서 경로를 따라가 보면, 윌리엄 모리스의《유토피아에서 온 소식News from Nowhere》을 구현한 것으로 보인다. 그러나 중간에《뒤돌아보며》에서 차용한 우산지붕이나 온도조절장치가 삽입되기도 하고, 모리스와 밸러미의 두 작품 어디에도 나오지 않는 '자율주행차'가 등장하기도 한다. 김미연은《이상촌》을 이 세 가지가 모두 혼용된 '다시 쓰기'로 명명한다.[20]

정연규가 〈이상의 신사회〉보다 먼저《이상촌》이라는 '다시 쓰기' 형태의 미래과학소설을 발표할 수 있었던 것은 사카이 도시히코의 번역 및 '다시 쓰기' 작품이 있었기 때문이다. 사카이는《뒤돌아보며》를

理想村

一、漢江

馬夫作

......아이고 머리가뭐ー흐다 이거슨다머고。옛!아이고 죽고만房에 어

질기도 만이어질너닷다 이거시다머고......。

나는그린 이房속에쉬나가지못흐다말이가。아이고각갑희 머리가옥신〳〵흐

다 또쓸롱어러커울나온다 이종이쑈각은다머고 다 둘ㅅ몽치다 불이나여

버리라。아이이누무世上 어누무世上이 壓迫 强制 束縛 殺人 罪囚

獄으로가득흐다。이누무世上은 强盗 窃盗 手形 銀行 會社 商店 銅臭

守錢奴 富者 貴族 地位 下人 乞人......征服者 屈服者 눈물 피......賈

漢江

一

정연규의《이상촌》, 연세대학교 국학자료실 소장

번역한 〈백 년 후의 신사회〉를 1903년 《가정잡지》에, 《유토피아에서 온 소식》을 번역한 〈이상향〉[21]을 1904년 《평민신문》에 연재했다. 사카이가 번역한 두 작품은 1904년에 평민문고 소책자 《백 년 후의 신사회》와 《이상향》으로 출간되었고, 16년이 지난 후 '1920년'에 사카이는 두 작품을 합본해 내놓는다.[22] 사카이는 바로 전 해인 '1919년'에 《유토피아에서 온 소식》에서 영감을 받아 단편소설 〈쇼켄이 135세가 되었을 때〉를 창작한다. 공교롭게도 같은 해 사토 하루오도 《유토피아에서 온 소식》의 영향을 받아 공간적 배경을 '도쿄'로 가져온 《아름다운 마을美しき町》을 출간한다.[23] 일본에서 모리스의 '다시 쓰기' 현상이 일어났음을 알 수 있다.

정연규도 공간의 배경을 '경성'으로 가져와 제목을 '이상촌'으로 달고 모리스의 세계와 유사한 작품을 내놓은 데는, 사카이의 번역과 '다시 쓰기' 소설의 영향을 받았을 것으로 사료된다. 《이상촌》에서 눈여겨봐야 할 부분은 모리스의 세계를 기본 모티프로 가져왔으면서도 이것과는 다른 세계를 그린 부분들이다. 예를 들어 밸러미의 소설 중에서 특별히 차용한 부분이나 정연규가 두 작품에는 없는 내용을 새롭게 첨가한 부분이다. 거리에 꽃들이 보이고 정원이 펼쳐지고 자동차에도 화려한 장식을 볼 수 있다는 것을 강조해 《유토피아에서 온 소식》에서 구현된 미래사회임을 알 수 있다. 1장이 한강으로 시작하는 것은 영국 템스강을 바꿔 놓은 설정이다.

이기웬일인가! 그 식커먹코 연기속에 파뭇첫든경성이 선명ᄒ고화려ᄒ고

온장안이 모도꽂밧치다 말할수업눈 아람다운절경이다. 푸른 풀 오색가 지꽂 백옥갓튼집 청천靑天은놉히솟고 백운白雲은흘너가고 이거시극락 極樂이다 이거시극락이다! 아! 생기生氣시러운 이 천지 아! 신령神靈시 러운 이 천지 이거시극락이다 이거시극락이다. 천신天神춤추눈 이거시천 국이다 이거시낙원이다. 길은 전동차가질주를ㅎ야도 족곰도몬지나눈일 도업고 일자로쭉인도전동차도가구분되야잇고 전부도로눈 유리갓치반 질~ㅎ고 가옥은 전부양제석조요 힌석조유리창집과도로외에눈 전부오색 가지화초를 일정ㅎ모양으로심고백화는만발ㅎ고일정ㅎ간격에일정ㅎ수 목을숨어서 그시가에미관이라ㅎ면 우리가 즉금卽今 그림으로그리서상 상ㅎ다홀지라도도저히그미경美景을알수업다. 나는 처움에전동차도양측 쪽 저!식물원온실갓튼유리창집이 쭉!잇고 처처處處에유리창다리가 잇눈 거슬시가온실노알고 역사가를보고온실이냐무러섯다 그러나그거시인도 다. 역사가말이 "경성사십만인구가비오는날 다각각사십만에우산을쓴거 슨 그거슨백년전이얘기오 즉금은비가오든지 눈이오든지 이 인도라눈 한 우산을쓰고 우리는내왕ㅎ오"/ 멀이널는 꽂밧속 청천은하늘을덥고 녹색 수목 오색꽂힉긋~니바눈거슨양식석조집이오 꽂밧과인도속에서 알는알 는ㅎ눈거슨선녀와갓튼미녀미남녀에사랑으로움지기눈 이세상에남녀로 라.[24]

첫 장면에서 미래사회로 온 주인공은 시커멓던 이전 세상과 선명 하고 화려한 지금 세상을 비교하며 놀라워한다. 계속 꽃밭으로 가득 찬 아름다운 절경을 강조한다. 한강에서 배를 타고 깨어나는 첫 장면과 꽃밭과 수목, 정원, 아름다운 절경을 강조하는 장면, 그리고 식당, 역사가와 만남, 박물관, 시가 등을 거치는 장면은《유토피아에서 온 소식》임을 알 수 있다. 또한 과거 경성의 인구 문제가 시골로 분산되어 해결된 것, 지상낙원이라는 표현, 남녀 사이의 애정 문제라든가 쾌락, 향유 등의 표현은 벨러미의 작품에서는 볼 수 없던 것들이다. 그리고 《이상촌》에는《유토피아에서 온 소식》의 내용을 가져오면서도 살짝 바뀐 부분들이 있다. 예를 들어《유토피아에서 온 소식》에서는 배에서 내려 마차를 타고 곳곳을 이동하는데,《이상촌》에서는 마차가 아니라 전동차로 바뀌었다. 이것은 당대 대중이 바라는 미래사회가 무엇이었는지를 명확히 드러내는 부분이다. 20세기에는 과학기술의 발달로 19세기의 마차보다 더 편리한 교통수단이 나올 것이란 기대가 반영된 전동차를 다음과 같이 설명했다. 교통수단의 발달은 당대 과학기술의 발전을 꿈꾸는 공상과학에서 실현할 수 있는 영역이었다고 보인다.

아- 나는 이거슬 자동차로 아랐다- 자시보니 참달느다 보통 우리가 보는 자동차는 휘발유님시가 나고 운전기기가 잇는듸 이거슨 그런 거시업다. 다만 화려흔 좌석이잇고 장식흔 창이 잇슬 뿐이다./ "그럼 이 전동차는 무슨 원동력으로 운전을 ᄒ나요" "원동력…그거슨 전기올시다"/ "그러면 전차갓치 전선이 업는듸요"/ "네-ㅅ 머심잇가" 웃는다. "궤도軌道도 업시 그듸로 감익가"/ "아- 전기동력말슴임익가 그거근 전자작용에 응용이올시다"/ 아- 나는 생각힛다- 전자작용에 응용- 이 세상이 퍽은 진보된 세상이다.[25]

휘발유가 아닌 전기로 움직이고 운전기기가 없다고 설명한다. 전기차이면서 자율주행차를 연상할 수가 있다. 운전을 못하는 초등학생들도 학교를 가볍게 통학할 수 있는 자동차도 등장한다.[26] '전자작용의 응용'이라고 하는데, 운전대 없이 자율주행으로 움직이는 전동차의 원리는 현대의 자율주행차와 흡사하나 '화려한 좌석과 장식된 창'이 있다는 것은 모리스의 아름다운 예술마을과 작품을 연상케 한다.

이렇게 교통수단이 발달된 미래 이상사회의 사회조직에 관한 부분이 인상적이다. 교통수단의 발달로 시골과 경성의 인구가 분산되어 경성에만 몰려 살지 않기 때문에 새까맣던 경성이 선명하고 깨끗해졌다고 하는 부분은 당대 인구가 대도시에 집중되어 인구문제와 환경문제를 야기했음을 말해 준다. 시커먼 공장의 굴뚝 연기로 과거 런던이 묘사된 《유토피아에서 온 소식》을 연상할 수 있다. 이렇게 한군데에만 몰려 살지 않고 자기 원하는 대로 가서 사는 원인으로 "이 세상 물건 자체에 전기와 자력이 연구되어 불과 1~2분에 사람이 수천 리를 내왕"할 수 있는 교통수단의 발달을 들었다. 전 세상에는 비행기가 가장 빠른 것이지만 지금 이 세상에는 물건 자체에 전기와 자력이 생겼다고 하여, '전동차'와 같은 것들을 최고로 발달한 과학기술의 하나로 내세웠다.

1920년대 식민지 조선에서 실현할 수 없는 꿈이 현실로 실현된 과학기술의 최고로 꼽은 것이 비행기의 발명이었고, 미래사회가 되면 비행기보다 더 빠른 교통수단, 이동수단의 발명이 이루어질 것이라고 믿었다. 《이상촌》에서 내세우는 미래사회의 과학기술의 발달에서 가장 구체적인 것이 '자율전동차'이고 '물건 자체'의 전기와 자력이다. 이 부분은 모리스와 벨러미의 소설에 나오지 않는 것으로 미래의 자율주행차와 사물인터넷을 연상하게 해서 흥미롭다. 그만큼 당대 하늘을 여행할 수 있는 '비행기의 발명'이 문화적인 충격이었던 것으로 사료된다. 〈팔십만 년 후의 사회〉에서도 시간이동을 가능케 하는 항시기의 발명이 공간이동을 가능케 한 비행기의 발명에 비유되는 것도 같은 연유에서이다.

또한 정연규는 모리스가 다리를 설명한 부분을 번역할 때 벨러미가 표현한 비오는 날에도 우산을 쓰지 않고 다닐 수 있는 '도로 위의 지붕' 기술을 차용해 가져온다.²⁷ '자율전동차', '도로 위의 지붕' 등처럼 모리스의 소설에는 없는 발전된 과학기술 부분을 삽입해, 《이상촌》이 《유토피아에서 온 소식》의 즐거움과 쾌락의 세계를 지상낙원의 이상향으로 가져오면서도 미래 과학기술에 대한 기대를 드러냈음을 알 수 있다.

8. 사회 조직

이 조선전체로 말ᄒ면 인구가 느럿고 경성으로 말ᄒ드릭도 인구가 줄지는 아니ᄒ엿소. 그거슨 당신은 좀 알기 어럴거시오. 거시-전세상에는 도회처라는 거시 잇섯지만 즉금세상은 도회처라 업소. 경성이나 다른 ᄃ나 맛참가지오. 원래 도회처라는 거슨 상업ᄒ기 위ᄒ야 영리ᄒ기 위ᄒ야 각처에서 사람이 모와드럿지만 즉금세상은 상점이니 업고 매매라 업는 연고로 도회처도 업고 한 지방에만 사람이 사는 일은 업소. 다 자기 조흔 ᄃ로가 사오. 전세상에는 비행기가 제일 속速ㅎ다 ㅎ지만 즉금은 이세상물건 자체에 전기와 자력이 연구되야 불과일이분간에 사람이 수천리를 내왕 ㅎ니 한군디 집합히 불결흔 공기를 마실 까닥이 잇소. 또 경성에 가옥이 저근거슨 전세상에는 장사매매까닥으로 한사람이 상점을 가지고 회사를 가지고 은행을 가지고 무슨 회 무슨 조합 무슨 머 자기집 첩에 집 그럭저 럭 한사람이 집을 십여처식 갓는다 기외에 관청이니 병영이니 경찰서니 감옥소니 유곽이니 요리집이니 잇서서 그러서 경성이 식카막케 집에 파 뭇첫섯소. 그 황진黃塵가 운 디서 분산ㅎ게 돈이먼지 돈에 속박을 바다 왓 다갓다 쑥 벌너들이지 …엇듯소 그 싯커문 연기 속에 식카맛튼 전세상ㅎ 고 선명흔 화려흔 쾌락흔 이세상ㅎ고.²⁸

《이상촌》은 미래사회인 이상촌에서 인간의 감정을 맘껏 누리는 걸 강조했다. 시커먼 연기 속에 새까맣던 전 세상과 선명하고 화려하 고 쾌락한 이 세상을 비교했다.《유토피아에서 온 소식》에서는 새까만 런던과 미래의 화려하고 깨끗한 런던으로 대비되었다.《이상촌》에는 사회조직의 변화도 있지만, 무엇보다 구속이나 속박에서의 자유, 인간 감정의 자유로운 발산 즉 쾌락이나 향락과 같은 것들을 미래사회의 이 상향에 넣고 있어서 흥미롭다. 과거를 시꺼먼 것으로 미래를 선명하고 화려한 것으로 대비한 것도 마찬가지이다. 이러한 바람은 〈이상의 신 사회〉에서 제시하는 사회구조의 변화와는 또 다른 차원의 것이다.

정연규는《이상촌》에《유토피아에서 온 소식》에서는 그냥 대영 박물관이라고 언급되고 지나간 곳을 박물관이라는 장을 따로 마련해 자신의 작품인《혼》[29]과《표류단편》에 관해 이른바 이 세상 사람들에게 설명했다. 이상사회를 그리던 애국주의자요 국수주의자라고 칭송하며 한참을 그 작품에 대한 설명을 늘어놓는 부분은 정연규가 일제의 검열로 자신의 작품들이 금서 조치당한 것에 대한 울분을 토로한 것으로 보인다. 정연규의 울분은 현재 경성의 분위기에서는 개인이 감정의 표출을 마음대로 하지 못하며 구속이나 속박이 심하다는 것을 간접적으로 표출하는 것이다.[30] 구속에서 벗어나 자유롭게 쾌락이나 향락을 즐길 수 있는 지상낙원의 이상향을 꿈꾼다는 것에서 모리스의 세계는, 벨러미가 과학기술이 발달해 사회구조가 혁신되는 것을 그린《뒤돌아보며》와 다른 가치관을 보여 준다.[31] 감정의 쾌락과 자유, 아름다운 남녀 간의 사랑과 결합, 구속과 속박에서 벗어난 쾌락과 향유의 아름다움 등 흔히 우리가 부정적으로 바라볼 수 있는 쾌락, 향유, 성적 욕망의 자유로운 발산 같은 것들이 미래 이상촌의 아름다운 모습으로 그려져 있는 것이다.

특히 과거(전 세상)의 경성과 미래(이 세상)의 경성을 〈애愛의 사死〉와 〈현대의 미〉라는 연극으로 대비해서 보여 주는 것도 인상적이다. 미래 이상사회를 현대의 미라고 표현한 것은 모리스의 영향으로 볼 수 있지만, 과거 경성의 모습을 사랑의 죽음으로 표현한 것은 흥미롭다. 《이상촌》의 서술이 《유토피아에서 온 소식》보다 과잉된 감정의 발산으로 흘러간 것은 일제의 구속이나 속박에서 자유롭고 해방되기를 원했기 때문이었을 것이다.[32] '9장 연애 문제'에서도 '남녀 간의 성에 차이가 없다'라고 하며, 남녀 간의 욕망을 '야수성'이라는 언어로 직접적으로 표현한다. 억지로 하는 결혼이 아니라 자유연애에 대한 이상을 담으면서도 야수성이나 야합과 같은 욕망을 분출하는 언어를 사용했다는 점이 눈에 띈다. 더군다나 10장은 '밤에 향락'이다. 《유토피아에서 온 소식》에 쾌락이나 감각과 같은 것들에 대한 향연이 담겼다고 하더라도 《이상촌》은 더 노골적이고 폭발적인 감정적 언어로 쾌락, 재미, 삶을 즐길 자유에 대한 욕망을 담아냈다.

> 육욕肉慾에 대한 야수성이나 야수성이 만족된 지금세상은 자유연애임으로 야수성에 야합은 업고 연애는 일평생은 꼭 두리박게는 업소. 파연破戀이니 이혼이니 간통이니 그런 죄악은 하낫도 업소.[33]

첫 부분에서 100년 후의 사회로 넘어가기 전 현 사회에 대한 감정을 노출할 때도 마찬가지이다. 이놈의 세상이라는 반복되는 문구와 함께 온갖 나쁜 것은 다 들어차 있는 세상으로 표현한다. 그리고 그 근본적인 원인으로 '돈'을 꼽았다.

> 아- 이느무 세상 이느무 세상이 압박 강제 속박 살인 죄수 감옥으로 가득ㅎ다. 이느무세상은 강도 절도 수형 은행 회사 상점 동취銅臭 수전노 부자 귀족 지위 하인 걸인…정복자 굴복자 눈물 피…매음 기생 주색…이느무세상은 사기 허언 악독 형벌…사형 징역 죄악으로 가득ㅎ다 이느무세상은 죄악의 세상이다. 원래 사롬이 사롬을 강제홀 수가 잇슬가 사롬은 자기 하나가 완전흔 사롬이다. 속박강제란 업다. 이거슨 다 금전 까닥이

다. 금전 까닥이다 우리가 즉금고통을 밧는것도 금전 까닥이다 금전까닥
이다. 이 세상에 돈이 업서야 된다. 이 세상에 돈이 업서야된다. 이 세상에
돈이 업서야 된다. 그러 우리가 산다 그루야 우리가 산다 그루야 우리가
산다.[34]

그러다 자신이 이 세상 사람들에게서는 사라진 병에 걸렸음을 안
다.《유토피아에서 온 소식》에서는 파티에 초대되어 이방인의 감정을
느끼는 모습이 그려졌는데,《이상촌》에서는 '정신병', '살인병'에 해당
하는 전 세상 사람만 걸리는 '구성증舊性症'에 걸리는 것으로 바뀌었다.
건강, 유쾌, 재미, 쾌락한 생활을 하는 이 세상 사람은 각색병各色病이
있을 까닭이 없는데, 전 세상에서 온 화자는 금전 생활을 하고 일에 파
묻혀서 헤어 나오지 못해 몸과 정신이 쇠약해진 탓이라 한다. 질병, 전
염병, 범죄, 정신병은 구시대가 걸리는 것으로 나오는데, 이런 모든 것
이 미래에 더 나은 사회가 오면 사라질 것이라 기대한다. 정신병도 유
쾌하고 재미있고 억누르지 않고 쾌락하고 향유하는 생활을 해서 이 세
상에서는 없어졌지만 자기 자신이 구성증이라고 하는 정신병에 걸렸
다고 한 설정은, 그만큼 식민지 조선에서 억눌린 감정과 욕망들로 자
신이 미쳐 가고 있음을 대변하는 것이다.

〈이상의 신사회〉의 화폐·은행·상점이 없는 미래사회
〈이상의 신사회〉는 사카이의 〈백 년 후의 신사회〉의 중역이다.[35] 〈백
년 후의 신사회〉는 사회주의사상을 전파하려는 목적으로 번역되었다.

〈이상의 신사회〉 서문도 다음과 같이 사회주의에 대한 다소 긴 설명으로 시작된다.[36]

현대사회조직에 대한 불만불평과 허다한 결함을 어떠케 하면 구치救治할 수 잇겟느냐는 것은 누구나 생각하는 바이요 또한 목전에 시급한 문제인 것은 를 불요不要하는 바이다. 그러나 어떠케 개조하여야 할가하는 문제는 결코 그리 용이한바도 아니요 또한 식자識者간의 의견이 대체로는 일치한다 할지라도 그 지엽에 이르러서는 다양다단한 것이다.

그러한데 종래사회의 제반결함을 지적하야 이의 개조를 절규역설絕叫力說한 자는 사회주의자가 그 중심이엇슴으로 사회조직의 개조를 주장하는 사상의 경향을 총칭하야 사회주의라 하앗스며 또 이 사회주의에는 단순한 사회주의도 잇고 무정부주의도 잇스며 공산주의·산듸칼리슴(산업조합주의), 길드·쏘씨알리슴, 볼세비슴(소위 과격파) 등 구별이 잇고, 또 일면으로는 단순히 파괴를 목적하는 자도 잇고 온화한 사회개량주의나 국가사회주의도 잇스나 이러한 주의의 상이는 그 취하는 바 수단의 차이로 인함도 잇지만 주의 그 자체의 상이도 잇다. 그럼으로 현사회를 어떠케 개조하겟느냐는 문제에 관하야 근본적으로 일치점이 업는 것은 아니나 가튼 주의자간에도 의견의 상이가 잇다. 그러나 현사회조직의 근본적 결함은 자본의 사유에 잇다는 데에는 어떠한 사회주의자를 물론하고 일치하는 견해이다. 딸하서 자본사유제도를 철폐하여야하겟다는 의견은 모든 사회개조론자의 공통한 논점이다. 그러나 여긔에는 점진 급진의 양파兩波가 잇스니 즉 일시에 자본사유제도를 박멸하랴는데에 대하야 위선

理想의 新社會

쎄라미 묐著
欲 鳴 生 抄譯

一六、監獄、裁判所、警察、地方制度

一七、生産制度、個人

一七、教育制度、個人

最高學位로
錦衣還鄉한
李博士

北京航空留學生
徐曰甫氏祝賀會

《동명》에 실린 〈이상의 신사회〉, 계명대학교 동산도서관 소장, 저자 촬영

사유제도에 제한을 가하야 서서히 철폐에 향하야 점진하자는 실행상 수단의 차이가 잇다.[37]

〈이상의 신사회〉는 사회주의의 이상을 소설체로 기술한 것이라 소개되었다. 이는 벨러미의 이상향, 유토피아라고 소개하며, 자본사유제도를 부인하는 점에서는 동일하나 작가의 '가상적 이상사회'를 묘사한 것으로 결코 사회주의 전체의 이상이라고는 할 수 없다고 못 박았다. 그래도 여하간 사회주의가 실현된다면 이러한 양식으로 사회가 조직되리라고 합리적으로 묘사해서 실로 흥미진진할 것이라고 덧붙인다. 눈여겨볼 점은 욕명생도 〈이상의 신사회〉가 현실에서는 있을 수 없는 가상의 세계임을 인정했다는 점이다. 그러나 1920년대에 사회주의에 대한 기대 또한 컸으며, 사회주의가 미래의 유토피아를 건설할 수 있는 일종의 대안으로 받아들여졌음을 알 수 있다.[38] 1920년대 '이상사회 건설'에 대한 기대에는 늘 '현 사회의 개조'가 전제되어 있었다. 현 사회의 개조에 근본적인 원인으로 드는 것이 자본사유제도이다. 그래서 자본 즉 돈이 없는 사회가 이상사회로 등극하고 자본주의에 반하는 사회주의가 그 대안으로 제시되었다.

그렇다면 벨러미가 그리는 100년 후 2000년의 미래사회는 어떤 모습일까 살펴보기로 한다. 벨러미의 100년 후 보스턴은 모리스의 '이상촌'보다 훨씬 급격하게 바뀌었다. 모리스의 '이상촌'은 중세의 시골 풍경이나 자연환경을 가져온 반면, 벨러미의 미래사회는 그야말로 과학기술의 발달로 도시가 어떻게 변화했으며 사회체계가 어떻게 바뀌었는지를 구현해 놓은 것 같다. 1887년에 2000년을 상상한 벨러미의 신사회는 현재 우리가 사는 사회와 닮은 측면이 있고, 지금 우리가 상상하는 미래의 모습과도 닮았다. 낯선 100년 후의 세계에서 깨어난 효순이는 새 공기를 마시며 눈앞에 펼쳐진 신사회에 연신 감탄한다. "놀랄수밧게업는 변화", "세상이 이처럼 변화가 되어잇다"를 외치며 100년 후의 세계가 어마어마하게 '변화'되었음을 강조한다. 가장 놀라운 변화는 '돈과 상점과 은행이 없다'는 것이다.

효순이는 새 공기를 마시며 한숨을 후우쉬이고나서 이 이상한 /'보스톤' 시를 휘돌아다니어서 보았다. 모든 것이 볼스록 놀랄수밧게업는 변화이다. 오십년전에 외국려행을 갓다가 고향에 돌아온 사람이 그 변화에 놀랏다는 이약이는 들어보앗스나 그래도 지금 효순이가 놀란데에는 비할 것도 아니엇다. 더구나 효순이는 어제ㅅ밤에 자고서 오늘 아츰에 깨인것이라고 생각하는데, 시간은 벌서 백년이나 지나서 세상이 이처럼 변화가 되어잇다.[39]

"참, 난 놀랏습니다만, 그 중에도 제일이상하게 생각한 것은 상점이나 은행이란 것이 이 시중에는 하나도업는 모양인데 그게 웬 까닭인지 모르겟습니다."[40]

"지금사회에는 인젠 그런 것은 필요가 업지요. 팔고사고 하는 일이 업스니까 상점도 업고, 금전이란게 업스니까 은행도 업지요."[41]

"그건 매우 간단하지요. 정부에는 매년년시에 일반인민에게 그 분배알에 쌀해서 표를난호아주면, 인민은 그 표를 가지고 그 근방의 물품진열장에 가서 자기에게 소용되는 물품과 밧구어가서 오지요."[42]

"하하하, 진열장에는 죄다 견본만 둔데랍니다. 물건은 시의 중앙창고에 잇기 때문에 아까 서기가장주문장을 운륜관運輪管으로 넛지요? 하니까 지금쯤은 주문장이 중앙창고에 벌서 가잇겟지요."[43]

"중앙창고에서는 여긔저긔서 오는 주문장을 바드면, 곳 짐을 꾸려서, 즉시로 운륜관으로 보내는데 눈에ㅅ불이나게 빠른 것은 보고 안젓는 사람이 참 속시원하지요."[44]

실물화폐, 상점, 은행이 사라진 것은 지금 현재 현금(실물) 거래가 줄어들고 신용카드나 온라인 전자상거래를 상기해 보면 흡사한 양상이다. 더불어 점점 은행의 역할이 사라지고 고객은 은행을 찾기보다 온라인으로 업무를 한다. 상점도 마찬가지이다. 오프라인 상점이 더는 필요 없어지고 온라인 거래로 집에서 택배를 받아 보는 시스템과 상품진열장에서 원하는 상품을 예약하고 가까운 곳에서 택배로 받아 보는 시스템은 서로 닮았다. 소비, 생산, 유통 구조의 변화가 가장 크다. 이러한 생산과 소비의 유통 구조를 〈이상의 신사회〉에서 '트러스트'와 '신디게이트'라고 한다.

벨러미의 신사회에서 사회구조가 전면적으로 바뀌는 데 기여한 대표 사례는 '화폐가 없다'는 것이다. 욕명생은 〈이상의 신사회〉에서 화폐 대신 지급받는 것을 '표'라고 번역한다. 그러나 《뒤돌아보며》에는 '신용'으로 나온다. 이것은 현재 통용되는 신용카드의 개념은 아니다. 화폐라는 실물이 없어지고 신용으로 유통되는 체계는 실물은 없는 일종의 '가상화폐'라고 할 수 있다. 모든 은행이 없어지고 가상화폐만 존재하는 상태를 말한다. 지금 우리가 사는 사회에서도 점점 실물화폐 거래가 줄어들고 은행의 역할이 줄어들고 있어서 더 먼 미래에는 은행이 사라질지도 모른다고 유추한다. 이런 상상은 이미 벨러미가 이 작품을 쓴 1887년부터 꿈꾸어 오던 것이고 앞으로 우리는 그리 머지않은 시대에 블록체인의 시대를 맞이할지도 모른다. 이러한 벨러미의 '신용'의 개념은 이해하기 다소 어려웠던 것으로 유추되는데, 그것은 사회주의에서 노동자들에게 배급하던 '표'로 번역되었다는 사실에서 드러난다. 그러나 공산사회에서 지급하던 '표'와 벨러미의 실물이 없는 가상의 '신용'은 다른 개념이다. 이 새로운 개념 자체가 2000년 미래사회의 혁신적인 변혁을 가져온다.

　〈이상의 신사회〉에서는 상품의 생산, 소비, 유통 구조뿐만 아니라 음악 향유 방식, 유산 분배, 가사, 남녀평등, 의사, 저술 출판과 신문 등에 이르기까지 사회구조가 전면적으로 변화된 말 그대로 '신사회'가 그려졌다. 〈이상의 신사회〉는 새로운 시스템으로써 사회구조가 전면적으로 바뀌는 것을 잘 보여 준다. 이러한 사회구조의 혁신은 사람들의 삶의 변화를 가져올 수밖에 없다. 유통구조의 변화로 시골에서도 불편함을 느끼지 않고, 화폐가 아닌 노력에 대한 '신용'으로 임금이 지급됨으로써 은행과 상점이 없어지고, 그렇다 보니 빈부격차, 남녀차별 등과 같은 문제가 해결되어 이상사회가 건설된다. 미래사회의 변화에서 핵심은 노동문제이다. 노동 강도 조절의 문제, 정신적인 일과 육체적인 일의 분배, 지원자 수 조절, 분배의 문제, 장애인 약자에 대한 임금 등에 이르기까지 구체적으로 제시되었다.

〈이상의 신사회〉의 12장은 '도로의 우비·공식당'이다. 여기에서 비가 와도 우산 없이 거리를 마음대로 다닐 수 있는 도로 위의 지붕이 등장하고, 화자는 마치 마루 위를 걷는 것 같다고 표현했다. 이 비오는 날의 인도의 지붕을 정연규는 《이상촌》에서 인도의 다리로 바꾸어서 차용했다. 정연규는 이처럼 과학기술이나 생활이 편리해지는 문명의 이기를 포착해 가져왔다. 우산 없이 걸을 수 있게 하는 인도의 지붕은 모리스의 다리가 아니라 벨러미의 이상사회에서 구현되었다. 《이상촌》은 모리스나 벨러미의 사회주의체제보다 과학기술의 발전으로 미래사회가 변화한 것이 그려졌다. 자율전동차나 비행차, 물건 자체의 전기나 전자의 가미, 그리고 도로 위의 지붕과 같은 생활에 편리함을 가져오는 과학기술에 대한 기대가 컸음을 알 수 있다.

노동자의 동맹파업에서 출현된 벨러미의 신사회는 결국 '인간의 노동'에 대한 고민을 담아냈다. 디지털 시대에 인공지능과 자율주행차 그리고 무인기계가 등장함에 따라, 사라지는 일자리와 새로운 일자리에 대한 적응 문제에 돌입한 현시대의 고민도 결국 인간의 노동에 대한 고민이다. 노동의 질적 고민이 목적이었던 1920년대 '사회주의'를 기반으로 한 이상사회는 '인간'이 변화의 중심이었다. 그러나 디지털 트랜스포메이션 시대에서 변화의 중심은 더는 인간이 아니다. 디지털화된 세계의 정보, 시스템에 인간이 얼마나 적응할 수 있는가가 문제이다. 그럼에도 노동하는 인간에 대한 고민은 1920년대의 미래사회에 대한 고민과 기대에서 현재까지 이어지는 문제이다. 미래사회에 대한 인간의 욕망과 과학기술의 발전이 결합되어 창작되던 미래과학소설은 앞으로도 계속 인간의 욕망을 담아낼 수 있을까.

사회개조론과
유토피아 담론

사회변동이론에서 농촌과 도시의 변화, 인류사회의 변화, 그리고 그 변화의 패턴에 대한 탐색과 전망은 다양한 방면으로 수행되었다.[45] 사회의 근본적인 변화의 원인에는 여러 가지가 있겠지만 산업혁명, 인쇄술, 증기기관, 전기 등의 기술발전이 핵심을 이룬다.[46] 식민지시기 미래과학소설에 담긴 사회구조의 변환에도 과학기술의 발전이 동력으로 작용했다. 이러한 사회구조의 전반적인 변환에 대한 요구는 사회개조론과 유토피아 담론을 둘러싸고 확산되어 나갔다.

1920년대 미래과학소설과 사회개조론의 핵심에는 과학기술 발전으로 인한 사회구조 시스템 자체의 전환이 전제되어 있다. 〈팔십만 년 후의 사회〉와《이상촌》, 〈이상의 신사회〉는 당대 사회개조론으로 이어졌으며 웰스, 모리스, 벨러미는 공교롭게도 모두 '미래사회'의 대안으로 사회주의를 주장하는 사회주의자였다. 그들이 펼치는 사회개조론과 이상사회에 대한 기대가 어떻게 미래의 유토피아를 건설했는지를 보여 주고자 한다. 또한 모리스와 벨러미가 지향하는 이상세계와 웰스의 유토피아가 어떻게 다른지도 보여 주고자 한다.

'사회개조안'으로서 사회주의:
1923년《동명》의 사회개조론과 웰스의 〈세계개조안〉

〈이상의 신사회〉에 세계 각국으로 여행하는 것과 국가 간 필요한 거래가 어떻게 이루어지는를 설명한 장이 있다. 세계가 거의 통합되는 장을 마련하고 국가는 단지 필요한 시스템을 위해 굴러가는 역할만 담당하는 2000년 미래사회에서 세계 속의 조선을 생각해 보지 않을 수 없다. 조선이라는 나라의 운명은 어떻게 될 것인가에 대한 위기의식은 '사회개조론'에 힘을 싣게 했을 것으로 보인다. 1920년대 식민지 조선을 방문했던 잭 런던은 조선은 곧 없어질 나라라고 예언했다.[47] 조선인의 의식 개조는 일제의 강압으로 위에서 아래로의 전파도 있었지만, 조선인 스스로 지금의 사회구조를 변혁하고픈 의지와 열망으로 아래에서 시작된 개조 운동도 함께 진행되었다.

'개조'라는 용어의 사용은 1910년대부터 세계 대세를 압축한 어휘의 하나로 1920년대 초반은 식민지 조선의 문화사상계를 지배하는 키워드로 기능했다. 이광수의 〈민족개조론〉은 도덕적·정신적인 내적 개조를 강조하며 문화운동을 이끌어 갔고, 꽤 오랫동안 퍼져 나가며 '인간개조'를 외친 사상잡지《신인간》이 1926년 4월 1일자로 창간되기도

했다. 이들은 민족개조, 인간개조를 주창하며 식민지 조선인의 도덕이
나 정신의 개조를 강조했다.

　그러나 이들 개조론에 대한 비판이 1922년 신채호의 《조선혁명
선언》을 시작으로 일었고, 1923년 《동명》의 개조론은 민족개조나 정
신개조가 아닌 '사회개조'에 초점이 맞추어졌다. 조선인의 의식구조나
도덕, 문화가 아니라 세계 대세 속의 노동문제, 남녀 문제, 인종 문제
등을 내세우는 '사회개조안'이 전면으로 부각된 것이다. 1923년 《동
명》에 웰스의 〈세계개조안Project of a World-wide Reconstruction〉이 5
회에 걸쳐 실린 것은 이러한 사회개조운동의 일환이었다. 당시 조선사
회의 문제를 들여다보면, 위생 문제, 남녀평등, 빈부격차, 노동자의 피
폐한 삶[48]등이 당면해 있었다.

　그러나 이런 문제들은 개인의 의식이나 도덕, 정신을 개조한다고
해서 해결되지 않는다. 그들은 전반적인 사회구조의 개조와 변화를 원
했고, 그러한 분위기로 〈이상의 신사회〉의 서문부터 사회조직의 개조
를 강조하며, 현실을 바꿀 수 있는 실현가능한 '사회개조안'으로서 사
회주의를 내세운다. 식민지 조선에서 더는 내부에서 사회조직을 개조
할 수 없다고 판단했던 것으로 보인다. 웰스의 〈세계개조안〉과 더불어
혁신적인 과학기술의 발달로 사회구조 전반의 시스템의 변화가 오기
를 희망했다고 볼 수 있다. 영국을 비롯한 과학기술의 발달로 사회개
조를 이룬 나라나 미래과학소설에 등장하는 과학기술로 이상사회를
이룬 공간은 미래에 대한 기대와 잠정적 희망이었다.

　벨러미가 《뒤돌아보며》에서 그린 2000년 미국 보스턴의 전반적

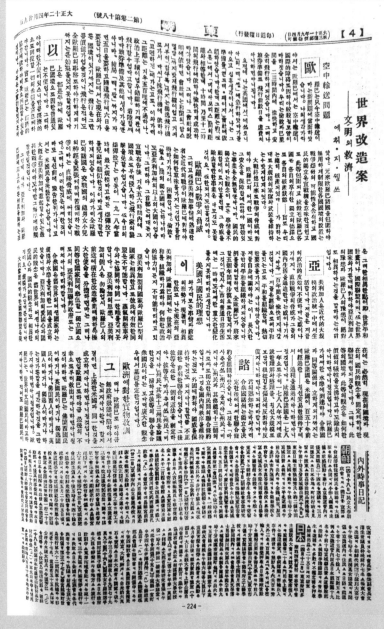

《동명》에 실린 〈세계개조안〉, 계명대학교 동산도서관 소장, 저자 촬영

인 사회구조의 변혁은 웰스의 〈세계개조안〉에도 영향을 끼쳤다. 웰스는 〈세계개조안〉에서 근대문명의 도시였던 곳이 빠른 속도로 멸망한 러시아의 예를 들어 죽음의 도시에 대한 언급으로 시작한다.

> 과거삼세기의 문명은 비상非常히 풍부한 과학적지식을 산출하얏다는 것, 이과학적 지식은 인사의 물질적 규모를개량하며, 인간활동의 물질적 범위를무섭게 확대하얏다는 것, 쏘이신사정新事情에 화응和應하는 무슨 인간의 정치적이상의 재정이 행하지안핫다는것입니다.
>
> 실행할수업는생각
>
> 하야 오늘날 세계에일어나는 문제에 대하야 극히 잡雜한 소규모의 해부를 시험하야봅시다. 그래서만흔 중요한문제를 불류하고이가장 주요한대표적문제-세계에 일어나는 교통-제기관의 혁명과 그 혁명의 결과와-에 주의해봅시다. 본래 운수교통의 문제에 말미암은것이고 다른 것은 총總히 그것에 종속하는 싸닭이올시다. 나는이문제에잇서 아미리가亞美利加의 경우와 구세계의 경우와에 존재한 비상한 차이에 제군의 주의를 환기치안흘수업습니다.[49]

웰스는 미국의 지방이 한 국가의 애국심으로 통합되듯이, '세계통일의 관념'과 '세계국의 관념'을 제시한다. 인류의 역사를 영원히 끝낼 만한 전사회적 멸망에서 면할 유일한 희망은 일개一個의 세계통치와 일개의 세계법을 건설하는 데 있다고 역설한다. 세계국의 구체적인 조직인 세계회담은 어디에서 개최되며, 세계국의 수장은 어떻게 선출되고 어떤 사람으로 누가 될 것인가 등에 관한 문제제기를 시작으로, 세계의 원수元首가 없어서는 안 된다고 하는 생각에 반문도 한다. 전쟁과 외교가 없어진다면 근대적 국가에서 대통령이란 관념이 그렇게 중요치 않다고 한다. '대통령이 없는 세계국', '세계정부'의 개념을 도입한 웰스의 〈세계개조안〉은 머지않은 미래의 예언이 될지도 모른다. 국가나 사람이 아닌 시스템에 따라 굴러가는 디지털 트랜스포메이션 시대는 '인간개조'나 '민족개조'가 아닌 **'사회개조'**를 부르짖던 1920년대 사회주의자들의 이상과 닮아 있다. 국가 간의 경계가 약해지는 가상세계에서 거대 자본주의와 중앙집권화된 금융이 아닌 개인 간 거래를 가능하게 하는 블록체인 시스템이 제기되는 것도 같은 맥락이다.

과학기술의 발달로 미래에 대한 기대는 고달픈 현실에서 탈출하고픈 심리가 담겨 있다. 과학기술의 발전은 사회 변동을 가져오는 여러 수단 중 하나일 뿐이다. 어느 시기에는 새로운 사상의 전파가 혁신적인 사회구조의 변화를 가져오기도 하고, 어느 시기에는 지도자가 나타나 사회를 바꾸기도 한다. 1920년대 식민지 조선에는 아무런 희망이 없었다. 그러나 비행기가 하늘을 나는 여행을 가능케 했고, 잠수함으로 바다를 정복하는 세상이 가능해지는 걸 보면서 불가능할 것 같지만 과학기술의 발전으로 미래가 바뀌리라는 공상에 꿈을 담기도 했던 것이다. 거기엔 노동자로 사는 삶에 변화가 올 것이란 기대가 반영되어 있다. 사회 담론이 형성되고 대중 감성이 확산되는 것은 위에서의 이데올로기와 아래에서 꿈틀대는 욕망이 만나 결합하기 때문이다. 암울한 현실에서 살기 힘들었던 대중도 개인의 힘으로는 아무것도 바꿀 수 없이 무력하기 때문에 열심히 일하면 잘사는 세상, 남녀가 동등한 세상, 자유로운 연애가 가능한 세상 등을 이루기 위해 사회구조 전반의 개조를 꿈꾸었다고 볼 수 있다. 1920년대의 사회개조론은 이상사회를 건설하려는 유토피아 담론으로 확산되어 나갔다.

힘든 세상일수록 이상향에 대한 갈망은 크다. 이상사회 건설은 불합리하고 부조리한 사회 제도의 모순에 대한 비판과 개혁 의식이 담겨 있다. 1920년대 미래과학소설의 이상사회는 바로 사회구조의 전반적인 혁신에 대한 의지를 반영한다. 현재사회의 비판과 미래 이상사회의 건설에 대한 욕망이 바로 시간이동 과학소설이 과거가 아닌 '미래'를 향했던 이유였다. '과거'가 아닌 '미래'를 택함으로써 판타지가 아닌 '공상과학'으로 희망을 품고 꿈을 꿀 수 있었다.

세계국가의 필요한 소이所以

처음 강연으로 나는 현재에 나의 공적생활을 형성하며 쪼한 지배하야가는 생각-정치상 연합한 세계-영구히 평화한 세계라는 생각을 진술코자합니다. 쪼나는 나의 진술치아니하면 아니되겠다는 것을 주요한 의론에 관하야서만은 아모 수사나 문 를 가하지 아니하고 될수잇는대로 정확 차명且明하게 진술하려합니다.

나는 최초에 강연을 하려할적에 '세계국가의 이상향'이라는 제목을 선출하얏스나 이상향이라하면 어쩐지 족음 약하기도하고 쪼 넘우 비실제적인 점이 잇늘줄생각하얏습니다. 보통ㅅ사람에게는 이상향이라는 말이 고상한 정치상도덕상의 몽상-의심업시 유쾌한 계발적의 몽상이지마는

93

아모 실제적가치는 업다—는 생각을가지게합니다. 내가이 최초의 강연에서 진술코저하는것은 환몽가튼일이 아니라 진적眞的한 위험과 박두迫頭한 급무에 관한것입니다. 그것은 계획計畫이지 '유토피아'가 아닙니다. 이것이 광대하고 또 불가능한 계획일지도 모르겟지요. 그러나 만일이것이 실패에 돌아간다하면 우리의 문명도 실패에 돌아갈것입니다. 그럼으로 나는 이 강연을 세계국가의 '유토피아'라고 하지아니하고 세계국가의 계획이라고 한것이올시다.[50]

1. 사회개조안으로써의 사회주의

현재의 사회조직에 불만을 늣기는 사람은 하등의 방법에 의하든지 이것의 개조를 희망하고 잇슬것이다. 금일까지 다소의 개조안이 제출된것 가트나, 그 가운데 가장 조직적이고 실행이 가능하리라고 생각되는것은 사회주의의 주장일 것갓다.[51]

벨러미, 모리스, 웰스의 유토피아 담론:
1926년《동광》의 유토피아 담론

1926년에는 〈팔십만 년 후의 사회〉가 《별건곤》에 다시 번역되어 실리나 또다시 중단되었다. 그런데 같은 해 《동광》에는 웰스의 〈근대적 이상사회〉가 실렸다. 《동광》에 '유토피아이야기'가 5편 연재되는데, 이때 웰스의 유토피아론과 모리스의 유토피아 세계가 포함되었다.[52] 모리스와 벨러미의 사회주의사상과 유토피아 담론이 확산한 것은 사카이의 영향이 크다. 사카이가 모리스와 벨러미를 번역해 사회주의사상을 전파하는 운동을 했고, 당대 일본 사회에 큰 반향을 불러일으켰다.[53] 1920년대 조선에 모리스와 벨러미의 유입은 사카이 번역본의 중역을 거쳐서 사회주의사상과 함께 들어왔다.

1926년 유토피아 담론에 '길드사회주의'가 등장하는 것과 일본의 길드사회주의자 기타자와 신지로의 《사회개조의 여러 사조社會改造の諸思潮》가 일월회권독사출판부에서 번역된 것은 같은 맥락이다.[54] 유토피아이야기 1편인 웰스의 〈근대적 이상사회〉는 모리스와 벨러미의 유토피아와 대비되어 소개되었다. 웰스의 유토피아 세계에는 사상의 국경도 없고 언어의 국경도 없어서 전 세계를 무대로 하는 '종합적 자연어'가 통용되기를 꿈꾼다. 특히 웰스는 이상향 몽상가가 적시敵視하던 돈의 불통용에 대해 반대하며 일정의 화폐가 필요하다고 했다. 화폐는 금화로 정하고 가치는 물질이 아닌 무형의 힘으로 정한다고 했다. 웰스에 따르면 수급이 노동표로 지급되고 금화의 유통은 개인 간에 있을 뿐으로 화폐는 명목만 있을 뿐이다. 또한 웰스는 인종을 우량하게 하기 위한 방법을 강구할 필요가 있다고 역설하며, 인구조절을 위해 능력이 상당한 사람, 악성의 유전이 없는 사람에 한해 결혼을 허해야 한다고 한다. 이러한 웰스의 유토피아는 결국 다윈의 진화론이나 우생학적 관점이 들어 있어 모리스와 벨러미가 그리는 '공상적 사회주의'의 이상사회와는 대비된다.

유토피아이야기 3편과 5편에 실린 〈탑(길드소시알리슴의 유토피아)〉에는 모리스의 '유토피아'와 벨러미의 '보스턴'이 거론되며, 모리스가 그리는 이상사회가 녹아 있다. 모리스의 이상사회는 100년 후이지만

〈탑〉에서는 더 가까운 30년 후의 런던이 그려졌다. 그러나 안에서의 이야기는 모리스의 이상향에 관한 것과 겹친다. 실제로 모리스의 이상 사회가 거의 실현되지 않았냐고 묻기도 한다. 노자협화勞資協和, 산업조합의 발달을 이상으로 제시하는 길드사회주의를 담았다. 노동 작업을 예술로 향락하고 아름다운 건축이 세워져서 전보다 사람이 선해진 런던의 모습은 웰스의 유토피아와는 확연히 다른 모습이다. 노동자가 즐겁게 일을 하고 밭은 착한 농부들이 가는 이유를 "영국이 다른 나라보다 앞서서 사회개조의 열심을 보이며 사회개조의 조흔 방침을 생각하여 용감하고 총명하게 개조의 걸음을 걸은 까닭"[55]이라고 했다. 이상 사회 건설은 사회개조에 대한 의지가 반영되었음이 전제되어야 함을 말해 준다.

'공상과학'이나 '미래과학소설'에서 이상사회 건설에 대한 욕망은 식민지 조선에서 벗어나고픈 의지를 담아내는 통로였을 수도 있다. 답답하고 암울하고 어떻게 해도 바뀌지 않는 현실에서 모리스와 벨러미가 구현한 이상사회는 마법과 같은 과학기술의 발전으로 미래사회구조가 혁신할 것이라는 기대와 희망을 품게 해 준다. 현재를 견디는 데 형상할 수 있는 웰스의 유토피아보다 비현실적이지만 희망을 꿈꿀 수 있는 벨러미와 모리스의 '공상적 유토피아'가 식민지 조선의 대중 감성에 더 맞았다고 볼 수 있다. 〈팔십만 년 후의 사회〉의 중단은 체제전복적인 (지하세계의 반란) '급진적 사회주의'로 인한 일제 검열 때문이기도 하지만, 당대 대중에게 디스토피아가 받아들여지기 힘든 현실이었기 때문이었을 수 있다. 다윈의 진화론에 따라 우생학적으로 도태되는 인류에 대한《타임머신》의 미래사회는 당시 대중이 받아들이기는 힘들었을 것이다.[56] 웰스는 벨러미와 모리스의 이상사회에 대해 실현할 수 없는 '몽상적'이고 '공상적'인 이야기라 했다. 그러나 식민지 조선의 대중 감성에는 몽상적이고 공상적인 유토피아 담론이 현실을 직시하는 것보다 더 유효했던 것이다. 1920년대 '유토피아'[57]는 이상향, 공상세계와 같은 의미로 인식되었으며, '공상'은 허황되고 망상되며 헛된 것이라기보다 미래에 대한 낙관적인 기대와 희망으로서의 이상향이었다.

> 이상이란것은 우리의압길을 빗최어주는 홰쌀이니까 압흘 내다보는데 이만큼 요긴한것이 다시업슴은 모론母論이지마는 홰쌀만켜노흐면 길이저절로 가지는것아니다. 홰쌀이야 잇고업고 길은 길대로 가야하는것이다. 압흘 환하게 보는 이만큼 길을 더 부즈런히 가야 할것이다. …이상의 홰쌀에 빗최어 현실의 노정을 보보步步전진할것이다. 현실 그대로를 잡고 느러지는 곳에 이상의 성취를 기대할것이다. 방재꽉 붓잡고잇는 현실의 저짝슷치 그대로 이상임을알고지낼것이다. 이상이라는고은나븨가 실상은 현실이라는 징그러운번득이속으로서 나옴을 생각할것이다. 징그럽다고 번득이를 윽그러터리면 고은나븨까지 한써번에 업서짐을 알아차릴것이다.[58]

인간의 미래에 대한
기대와 꿈

벨러미의 보스턴, 모리스의 미래 런던은 1920년대 추상적이고 비현실적인 유토피아 세계에 실재하는 구체적인 공간으로서의 상징적 역할을 했다. 〈팔십만 년 후의 사회〉가 너무 멀고 아득한 미래에 인류의 퇴화라는 암울함을 보여 준 반면, 30년 후의 런던, 2000년의 보스턴은 모두 살아가는 동안 누릴 수도 있는 시간대의 영역(근미래라고 부르기도 한다)이기 때문에 실재하는 공간으로 느껴지기도 하고, 그렇기 때문에 미래에 대한 강렬한 희망을 투사하기도 한다. 그래서 그 공간은 절대 비관적이거나 암울하거나 잔혹해서는 안 된다. 1920년대의 암울한 현실이 2000년대가 되면 저런 사회가 되어 있지 않을까 하는 강렬한 희망과 꿈을 대변하고 있어야 하기 때문이다. 그리고 그 미래에 대한 기대에는 과학기술의 진보뿐만 아니라 사회구조의 변화나 의식구조의 개선도 포함된다. 노동계급의 문제, 남녀차별의 문제, 처첩 문제, 위생 문제, 노동의 신성함에 대한 의식구조 전반에 대한 변화가 담겨 있다.

최근 디지털 트랜스포메이션 관련 책들에서 미래사회에서 고민거리는 결국 인간의 노동으로 귀결된다. 수많은 일자리가 사라지고 디지털화될 경우 인간이 설 자리는 어디인가. 1920년대 미래과학소설에서 바랐던 '노동이 신성시되는 사회', 노동자가 설 자리가 있는 사회에 대한 열망은 지금도 이어지는 것이다. 결국 과학기술의 발전에 따른 인간의 욕망을 담아 낸 미래과학소설은 인간의 노동에 대한 고민과 문제제기의 역사이다. 일자리의 사라짐, 새로운 일자리에 적응, 그리고도 남는 인간은 무엇을 할 수 있는가. 미래를 향한 과학기술의 눈부신 발전과 진보에 대한 기대와 믿음의 역사에는 〈팔십만 년 후의 사회〉에서처럼 아무것도 하지 못해 어린이만큼 작아진 퇴화한 인류의 모습으로 남을지도 모른다는 불안이 늘 함께 따라다녔다.

웰스는 〈팔십만 년 후의 사회〉에서 미래의 인류가 퇴화하고 모든 일에 금방 싫증을 느끼고 염세적으로 될 것이라고 예언했다. 《이상촌》과 〈이상의 신사회〉에는 과학기술의 발전으로 미래에 이상사회가 구현될 것이라는 믿음이 있다. 모리스와 벨러미의 이상사회는 비현실적으로 완벽한 반면, 〈팔십만 년 후의 사회〉에서 과학기술의 힘으로 간 미래사회는 인류가 오히려 지금보다 더 퇴보해 기댈 수 있는 희망이 없다. 현재가 암울한데 미래가 더 힘들다고 한다면 누가 그 힘든 식민지시기를 견딜 수 있을까. 〈팔십만 년 후의 사회〉는 중단되었지만 웰스의 〈근대적 이상사회〉와 〈세계개조안〉은 사회개조와 유토피아론을 확산하는 데 영향을 끼쳤다. 웰스의 모든 저서가 받아들여지기 힘들었다기보다 디스토피아를 감당할 정서적 여유가 없었음을 보여 준다. 그것보다는 미래에 대한 이상사회를 꿈꾸는 유토피아 담론과 사회개조론이 훨씬 힘을 얻었을 것이다.

과학기술의 발전은 아직 가 보지 못한 낯선 세계에 대한 불안과 공포도 자아내지만, 동시에 더 나은 미래에 대한 기대와 매혹도 불러일으킨다. 1920년대에는 과학기술의 발전에 대해 양가감정이 혼종했지만, 미래에 대한 불안보다 미래에 대한 기대와 희망이 훨씬 강렬했다고 볼 수 있다. 그것이 바로 1920년대 '시간여행'을 다룬 과학소설이 과거가 아닌 '미래'를 지향했던 이유이다. 두렵고 낯설지만 과학기술이 발달하니 지금보다 더 나은 사회가 구현되지 않을까 하는 희망과 기대를 품었기에 지옥 같은 현재를 견딜 수 있지 않았을까. 미래과학소설은 출구가 없어 보이고 끝도 보이지 않지만 언젠가는 다른 세상이 올지도 모른다는 희망과 기대에 대한 간절한 염원이고 소망이었다. 바다 밑 잠수함, 비행선, 타임머신, 자율전기차가 등장하고, 돈, 은행, 상점이 없는 공상과학에서 펼쳐지는 유토피아는 꿈(이상)의 상징적 공간이었다.

발명·발견에 대한 기대

기대

1930~1940년대
《과학조선》

3

100년 전의 발명가와
발명에 대한 기대

> 충분히 발달한 과학은 마법과 구별할 수 없다.
> ─ 아서 C. 클라크

2020년을 전후로 해서 인류를 뒤흔든 발명가를 다룬 영화가 개봉되었다. 토머스 에디슨과 니콜라 테슬라의 전류전쟁을 다룬 〈커런트 워〉, 마리 퀴리의 라듐 발견을 다룬 〈마리 퀴리〉 등 100년이 넘은 과거의 발명·발견 이야기가 코로나 시대의 위기를 맞은 우리에게 찾아온 연유는 무엇일까. 〈커런트 워〉에 나오는 에디슨은 우리가 알던 에디슨의 모습과는 다르다. 발명가의 면모보다 사업가의 기질이 부각되는 에디슨의 면모에 우리는 또 다른 물음을 던지기도 한다. 우리가 알던 엉뚱한 공상을 하고 끈질기게 노력하는 에디슨의 이미지는 언제부터 우리에게 각인되었을까. 닭이 되기를 바라며 달걀을 품었던 에디슨의 일화는 유명하다. 결혼식 때 들인 두 시간이 아까워서 식이 끝나자마자 사라졌는데 찾아보니 연구실에 있었던 일화도 있다. 이렇게 각인된 에디슨의 면모는 '발명가'의 상징적 모습이 되었다.

아이러니하게도 100년 전 식민지시기 1920~1930년대에도 에디슨과 마리 퀴리, 뉴턴 등의 발명가가 소환되었고, 발명학회가 신설되어 너나 할 것 없이 누구에게든 기회가 주어지고 동등한 대우를 받게 해주는 발명·발견에 대한 호기심과 기대가 증폭되었다. 100년의 시차를 두고 1920년대와 2020년대 다시 '과학발명'과 '인류의 미래'가 수면으로 부상해, 세간의 관심을 받은 데에는 현재의 불안과 위기의식이 자리한다는 공통점 때문일 것이다. 그러면서 과거에 판타지라고 치부했던 '공상과학'의 영역도 다시 주목받았다.

그러나 '공상과학'이라는 용어는 과학소설 마니아나 연구자에게서 퇴출당했었다. SF에서의 '공상'은 제대로 취급되지 못한 채 폄하되었다.[1] 발명가의 발명도 엉뚱한 공상에서 시작된다는 사실을 에디슨의 일화에서 익숙하게 알지만, 터무니없다고 비현실적이라고 비판해 왔다. 그러나 현재 우리에게 일어나는 일들은 현실에서 일어날 수 있다고 예측하지 않았다. 투명인간, 타임머신, 죽지 않는 몸, 유전자 조작, 인조인간 등 인류의 미래는 우리가 '과학'의 세계, 있을 수 있는 실현할 수 있는 세계라고 규정한 것들을 뛰어넘었다. 그로써 밀려났던 '공상과학'이라는 용어가 다시 대두되었다.[2]

공상과학은 인류가 미래를 꿈꾸는 다리이며, 현재와 미래의 연결고리이다. 과학소설이 처음 유입되고 과학을 강조하던 순간부터 우리도 미래가 과학으로 더 발전할 것이라고 기대했다. 그래서 공상과학은 과거가 아닌 그 누구도 예측할 수 없고 확신할 수 없는 '미래'를 담았다. 마치 발명가가 발명 결과를 내놓기 전에는 아무리 설명해도 헛된 망상에 사로잡힌 미친 사람으로 치부되던 상황과도 흡사하다. 발명은 결과물로 나오기 전까지는 헛된 망상이나 공상에 지나지 않는다. 그러나 결과물로 나오는 순간 망상가에서 발명가로 대우가 달라지고, 헛된 망상은 인류를 바꾼 과학발명품이 된다. 공상과 과학은 대립적이면서도 상보적인 관계에 놓여 있다. 공상이 없으면 미래과학으로 나아가지 못하고, 과학이 없으면 공상은 헛된 망상에 그치고 말 것이기 때문이다. 1920~1930년대 식민지 조선인은 '공상'과 '과학' 사이에 연결된 다리를 왔다 갔다 하며 환상적인 미래를 설계하고 꿈을 키웠다.

그러나 과학소설과 서구과학기술 및 발명품들이 막 유입되던 식민지시기 지식인들에게 과학은 막연하고 추상적이었다. 그들은 실험실에 틀어박혀서 무엇인지도 모르는 것에 몰두했다. 1929년 발표되어 한국 최초의 SF라고 평가되는 김동인의 〈K박사의 연구〉도 똥으로 식량을 개발하려는 터무니없고 허황돼 보이는 실험과 연구를 거듭한다. 그러한 식민지 지식인들의 연구와 실험은 성공한 적이 없고 늘 실패로 끝나거나 허무하게 끝나서 결국 우스꽝스러운 해프닝이나 현실적이지 않은 허황된 망상이라는 비난이나 조롱을 면치 못했다. 인류의 발명이나 발견은 주위에서 보기에 실현할 수 있는 것에서 시작되지 않았다. 주위에서 불가능하고 말도 되지 않는 엉뚱한 것이라고 비웃어

《과학조선》 표지에 실린 에디슨, 고려대학교도서관 소장

도 도전하고 시도하고 무모함을 감행하는 것이 오늘의 기술 발전을 이루게 했다. 라듐의 발견, 페니실린의 발견, 비행기의 발명, 전기의 발명 등 발명과 발견은 인류의 역사상 기존의 세계를 뒤집어 놓는 획기적인 것으로 군림했다. 달걀을 품었던 에디슨, 실험실에 박혀서 집 밖으로 나오지 않았던 마리 퀴리, 달걀을 삶을 물에 시계를 넣었던 뉴턴은 모두 엉뚱하고 비정상적으로 보인다.

식민지시기 공상과학은 현실에서는 실현할 수 없는 '꿈'이었기 때문에 그 안에 미래에 대한 기대를 담았다. 식민지시기 공상과학의 한 형태가 미래 이상사회를 제시하는 것이라면, 다른 한 형태는 발명·발견으로 마법이나 기적 같은 세계가 펼쳐지는 것이다. 이 장에서는 1920년대부터 1930년대《과학조선》으로 이어지기까지 식민지 조선인의 발명·발견에 대한 기대를《과학조선》의 발명과학소설이나 발명을 소재로 한 소설을 중심으로 다루어 보고자 한다. 더불어 당대 사회문화적인 분위기를 파악하기 위해《과학조선》기사와 시기가 비슷하고 특별히 발명을 소재로 다룬 다른 지면의 소설도 함께 다루어 보고자 한다.

지금까지 1933년 창간된《과학조선》을 다룬 연구는 과학데이 행사에 주목한 경우가 대부분이다.[3] 그러나 그 안에 실려 있는 과학데이 행사 이외의 기사들의 경향과 그 기사의 내용과 과학발명이 당대 소설의 소재로도 등장한다는 점에 주목한 연구는 없다. 과학데이 행사나 발명학회의 창설 등은 대중성보다는 전문성에 가까울 수 있다.[4] 당대 대중이 과학발명을 어떻게 받아들였는지를 들여다보려면, 그것을 소재로 한 소설에 녹아 있는 모습들을 살펴보는 것이 효과적이다. 따라서 《과학조선》의 과학 관련 기사뿐만 아니라 그 안에 실린 과학소설이나 당대 발명과학 소재의 소설들을 함께 다루려고 한다. 그러면서 우리가 거부했던 공상과학의 '공상'이 식민지시기 1930년대에는 미래에 대한 기대를 뿜어내는 발명과학의 영역에서 아이디어의 중요한 원천이었음을 따라가 보고자 한다.

발명가와
공상

공상과 발명의 관계

국내 SF 연구자들은 공상과학이라는 용어 대신 과학소설이란 용어를 선호하고, 'SF는 공상하지 않는다'라고 선언하기도 했다.[5] 그러나 'SF는 공상이 아닌가', '공상과학과 과학의 차이는 무엇인가', '공상과 과학은 무엇으로 구분하는가'라는 의문을 제기해 볼 수 있다. 지금까지 인류 발명의 역사를 보면, 과학발명의 출발은 엉뚱하고 비현실적으로 보이는 '공상'에서 비롯되지 않았는가. 과학의 발견이나 발명은 인간의 욕망에서 시작되어 처음부터 실현할 수 있다고 확신할 수 있는 것은 없다. 불가능을 가능케 한 것이 바로 인류의 역사가 아니었던가. 엉뚱한 공상을 하거나 헛된 망상으로 치부되는 아이디어들이 결과로 도출될 경우에는 발명 특허가 된다. 그러나 그 공상이 결과로 도출되지 않을 경우에는 헛된 망상이나 비현실적인 공상으로 취급되기에 이른다.

〈K박사의 연구〉는 발명의 출발점에 선 아이디어 원천의 엉뚱한 공상이 발명품으로 완성되지 못했을 경우를 잘 보여 준다. 당대 발명과학에 대한 대중의 인식을 반영하는 것으로 볼 수 있다. 〈K박사의 연구〉는 서로 긴밀하게 연결되어 있다가도 성공하지 못하거나 실현되지 못했을 경우 서로 완전히 등을 돌려 버리는, '공상'과 '발명'의 관계를 극명하게 보여 주는 작품이다.

〈K박사의 연구〉에서 시도된 발명에 대한 욕망은 1930년대에도 식지 않고 오히려 과열되었으며, 과학조선을 건설하고자 하는 의지를 담아《과학조선》을 창간하기에 이른다. 더불어 발명학회, 이화학연구소, 특허발명처 등 서구의 발명특허기술에 관한 구색을 맞추기 위해 형식적으로 기관과 연구소 등의 신설을 적극 유치했음을 알 수 있다. 그런데《과학조선》에 실린 발명 관련 글들을 보면, 곳곳에서 '공상'이란 단어가 따라다니는 것을 발견할 수 있다. 1933년(1권 3호) 〈아니 될 상담 영구운동 연재 시리즈〉로 〈공상적 자동원동기의 실례〉가 실린다. 자동원동기의 원리가 그림으로 상세하게 묘사되었는데, '공상적'이라고 붙인 부분이 흥미롭다. 1930년대 식민지 조선에서 과학발명으로 이루어지는 전기, 전차, 자동차를 비롯한 신발명품은 과학적이고 현실적이라기보다 마치 마법이 실현되는 것을 목도한 것과 비슷한 경험이었을 것이다. 어떻게 하늘을 나는 비행선이 있고, 바다 밑을 다니는 잠수함이 있을 수 있는지, 공상과학에서 보았을 법한 것이 멀리 서양에 있다고 하니 실제보다 '상상 속의 이미지'로 각인되었을 것이다.[6]

조웅천은 〈발명과 공상〉이라는 글에서 '공상'의 두 가지 양상에 대해 언급했는데, 엉뚱한 공상이 결과로 도출되지 않을 경우 헛된 망상으로 치부하거나 부질없는 것으로 돌려 버렸다고 한다. 공상과 발명(과학)은 서로 충돌하는 상반되는 개념처럼 보인다. SF 연구자들이 공상과학소설이란 용어를 거부했던 것도 과학소설은 현실을 바탕으로 있을 수 있는 가능한 미래를 구현해야 한다고 믿었기 때문이다. 그래서 1930년대 발명학회가 창설되고 발명특허제도가 생길 무렵에도 성공으로 이어지지 못하는 발명은 단지 공상에 그칠 뿐임을 역설했다.

발명가와 공상에 대하여 유무식계급을 물론하고 목적하엿든 것을 성공치 못한다하면 고안에 공상에 불과하는 것이다. 이가티 공상에 돌아가는 것도 두가지로 말할수잇스니/ 1. 학자로서 공상을 하게되는것인데 학리學理를 따라 고상한발명을 목적하엿다가 시간이 진盡하던지 오산誤算이 되엿다던지 기술미급未及으로 결과를보지못하는것도 비일비재이다. 필자는 여기 대하여는 논할능력이업다./ 2. 과학의 수련이 업는 천재의 발명가를 향하여 수언數言을 고하려한다. 먼저 과학적 원리원칙에 탈선되는 연구는물론하고 공상에 귀歸할것이 명약관화이다. 과학적 원리원칙이라함은 현세응용하는 물리화학수학을 말함이다. 근년의 상대론이 발표된후에는 재래在來의 물리가 이론상으로 일대혁명을당하고잇스나 응용에 대하여는 별차이를 주는것이아니고 따라서 상대론이 실용화되기까지는 별우려할것이업는것이다./ 에너-지의 불멸과 물질불멸원리에 탈선되는 연구는반드시공상이라할수잇다.[7]

이처럼 현실로 실현되지 않은 것, 결과물로 나오지 않은 성공으로 이어지지 못한 것을 '공상'으로 치부했다. 에너지의 불멸과 물질 불멸 원리 즉 과학의 원리에서 벗어나는 것을 '공상'이라고 할 수 있다고 했다. 공상과 발명은 동전의 양면과 같이 상반된 것처럼 보인다. 그러나 발명이 되기 이전의 공상이 없으면 창조로 이어지지 않는다. 그런 면에서 공상과 과학은 모순되는 용어라서 같이 쓰일 수 없는 것처럼 보이지만, 뗄 수 없는 상보적인 관계다. 그래서 공상과학이 함께 쓰일 수 없다고 SF가 공상이 아니라고 역설하는 것은 어불성설이다. 이미 SF 안에 공상(허구)의 의미가 담겨 있기 때문이다. 과학의 원리원칙에서 벗어나는 연구는 공상이라 했지만, 모든 연구는 공상에서 비롯된다고 해도 과언이 아니다. 김우진의 〈공상문학〉은 '공상'의 개념과 장르의 규정에 대해 생각할 거리를 던져 준다. 공상은 상상과 동일한 의미로 사용되며 창조적 활동의 전제 조건으로, 전기소설과는 구분되는 장르라고 한다.[8]

과학적으로 일어날 수 있는 현실성에 한계를 두고 연구를 한다면, 우주로 가는 것과 인공지능 시대가 도래하는 것이 가능했을까. 우리는 인간이 좀비가 될 가능성이 없다고 보고, 투명인간도 타임머신도 현실에서는 실현 불가능한 것으로 간주한다. 그러나 과연 그 불가능성을 누가 장담할 수 있는가. 그런 면에서 과학은 마치 동전의 양면처럼 공상과 공존할 수밖에 없는 운명이다. 공상과학은 인간의 현실 너머에 자리한 욕망(불로장생, 시간을 넘나듦, 초인적 존재 등)과 현실로의 실현 사이의 징검다리 역할을 한다. 공상과 발명의 관계도 마찬가지이다. 공상이 현실로 실현되지 못하면 엉뚱하고 허무맹랑하고 우스꽝스러운 것으로 치부되지만, 그 공상 없이는 발명 자체가 불가능하다.

식민지시기 발명과학은 엉뚱하고 황당한 공상으로 웃음거리가 되기도 했지만, 그런 공상이 발명의 한 속성임을 인식했다. 식민지시기 공상은 현재 SF 연구자들이 현실적이거나 과학적이지 않다고 거부하고 떼어 버리고 싶은 것이 아니라, 정신적 창조의 원천 즉 아이디어나 상상의 의미로 사용되었다.

1930년대 과학은 발명(특허)과학으로 집중되었다. 세계에 충격을 던진 발명과 발명가들은 1910년대부터 신문에 소개되다가 1930년대에는 식민지 조선인에게도 서구의 멀리 있는 소식으로 그치지 않았다. 마치 계몽운동을 벌이듯 누구나 할 수 있다고 발명·발견을 장려했다. 마리 퀴리가 라듐을 발견해 전 세계를 놀라게 했고 비행기와 잠수함 등이 발명되었듯이, 특허를 낼 수 있는 발명은 세상을 뒤바꿀 수 있다고 생각했다. 그러나 발명은 곧 현실의 벽에 부딪혀 좌절을 맛보아야 했고, 식민지 지식인들이 몰두했던 발명은 어김없이 실패로 끝나고 말았다. 막연하게 실험실에 틀어박혀 있거나(마리 퀴리나 에디슨처럼) 용두

사미의 결과를 낳을지언정 엉뚱한 공상으로 연구에 몰두하는 모습을 발명가의 자질로 각인시키는 것은, 말도 되지 않는 확률에 기댄 채 오랜 시간을 참고 견디라는 압박이었을 수 있다. 식민지 조선인에게 발명과학은 그야말로 현실을 묵묵히 견뎌야 한다는 희망 고문과도 같았다. 공상과학의 실현이 현실적으로 막혀 있어서 미래에 발명으로 이어질 확률이 떨어짐에도, 일제는 누구나 발명가가 될 수 있다는 것을 강조함으로써 지금의 현실과는 다른 대우를 받고 삶을 살 수 있을 것이라는 혹시나 하는 막연한 기대감에 불을 지폈다.

1940년《과학조선》10월호에 실린 조인행의 글에는 발명을 향한 꿈과 현실의 괴리가 담겨 있다. 조인행은 에디슨, 말코니 못지않은 자신의 발명에 대해 자부심을 만끽하고 있다가 특허사무를 보는 직장에 들어간다. 너무 단순한 자신의 업무와 너무나 평범한 발명품들에 실망했던 경험을 이야기한다. 조인행은 발명에 대한 자신의 실망이 발명 그 자체에 대해서가 아니라 발명에 대한 공상적 기대로 생긴 환멸이었다고 결론을 내린다. 조인행의 경험담은 발명이 인류를 바꿀 것이라는 엄청난 기대와는 달리, 평범하고 별 볼 일 없어서 별다른 일이 벌어지지 않을 것이라는 실망과 좌절을 안겨 준다. 당시 조선인의 발명에 대한 기대와 현실의 괴리감이 얼마나 컸는지를 드러내 준다.[9] 대중이 인식하던 발명이 엄청날 것이라는 기대가 현실에서는 보잘것없고 별 볼 일 없어서 세상을 바꾸지 못한다는 좌절과 환멸로 바뀌었다. 당대 대중이 느끼는 발명과학이 주는 공상에 대한 기대감과 현실의 괴리감은, 1930년대 대중소설 속 발명가의 꿈이 실현되지 못하거나 현실성이 떨어져서 연재가 중단되거나 하는 것으로 드러난다.

　그러나 식민지 조선에서 발명은 평범한 것에서 값진 보물이 나올 수 있음을 강조했다. 발명품으로 완성되기 이전의 '공상'으로 어마어마한 것을 기대했다는 것은, 공상과학에서 미래를 상상하는 것과 연결된다. 공상과학은 완성된 형태의 과학발명을 의미하지 않는다. 오히려 발명 이전의 '공상'에 훨씬 가깝다. 인간의 욕망에서 비롯되는 공상이 발명으로 이어지는 것은 이미 이룬 과학의 세계다.

　　온전한 공상이었다. 귀엽고 아름다운 꿈이였다. 이제 나는 또 무슨 발명
　　을 하게 될지 몰으나 과거의 나의 발명은 발명이전에 속하는 그러한것을
　　다만 꿈의 이야기로만 지니고있다.[10]

　조인행이 발명 이전과 과거의 발명을 구분한 것은 발명과 공상의 관계를 여실히 포착한 결과이다. 우리가 공상과학과 마주할 때 그것은 발명 이전의 세계와 더 닮아 있다. 사감에게 들키지 않고 기숙사에 있는 친구와 연결할 수 있는 말코니의 무선전신을 넘어서는 발명기구를 공상하는 것은, 필요에 의한 발명이 도출되는 과정을 대변해 준다. 1930년대 발명과학 열풍은 식민지 조선인에게 세계를 놀라게 할 만한 실제 발명품보다 발명 이전의 꿈과 기대를 담아내는 공상(과학) 감성으로 인식되었다.

발명가의 자질

1934년 9월부터 《동아일보》에 〈세계문명의 은인거인〉에 에디슨, 뉴턴, 뢴트겐 등이 소개되었는데, 그 1편에 발명왕 에디슨이 실렸다.

> 어린 동무들-여러분들이 언제나늘생각하고 잇으며 그와같이 되기를 원하는 세계의 유명한 발명가, 과학자의 내력을 날마다 하나씩 소개해드리겠습니다.
> '에디손'이 일즉이 아모 정식교육을 받지못하엿습니다. 열두살때부터 길거리에서 신문도 팔고 전신기수도 하며 이리저리 도라다니는 '에디손'은 뭇사람의게 조롱받아가며 굳은결심을 한것이 후일에 세계적 발명가로 이름이 높앗던것입니다. 그의앞헤는 오직 노력과 분투와 인내가 잇을뿐이엿습니다./ 십오년간 그의자는시간은 세시간밧게 안되엇습니다. 에디손같은 천치가 십오년간 노력과 분투로 발명대왕이 되엇다면 범인이라도 무엇이나 한가지는 발명할듯싶습니다."

에디슨이 결혼식을 하다가 사라진 일화를 소개한 글이다. 어디 있나 찾았더니 헌 옷을 입고 결혼식에 버린 시간을 아까워하며 연구실에서 연구에 매진하고 있었다고 한다. 이처럼 에디슨을 발명왕의 대명사로 인식하기 시작한 것은 1930년대 식민지 조선의 발명 열풍이 불기 시작할 때부터였으며, 이러한 국내의 인식은 해방 이후에도 줄곧 이어져 나갔다고 볼 수 있다. 그러나 에디슨을 '노력가'로 인식하게 한 것, 발명이 다른 것(현실)에는 관심이 없고 오로지 미친 듯이 실험실에만 틀어박혀 살게 하는 것으로 인식하게 한 것, 발명가가 성실한 모범생

의 이미지로 굳어진 것, 돈과 재력은 거리가 먼 것처럼 인식하게 한 것
은 식민지 조선의 여러 상황이 빚어낸 결과라 볼 수 있다.

해방 이후 1950년대 어린이들에게 과학자의 꿈을 양산한 것과 마
찬가지로, 1930년대 식민지 조선에서도 가난한 노동자와 문맹자들에
게 발명가의 꿈을 각인했다. 그래서 자신이 처한 현실적인 상황을 바
라보기보다 미래에 대한 환상을 좇게끔 유도한 것은 공장을 가동해야
하는 일본의 식민지 전략과 맞물렸던 것으로 보인다. 어린이들의 꿈을
과학자(발명가)로 인식하게 한 것, 발명가가 되려면 성실하게 노력해야
한다는 것은 마치 주입처럼 식민지 대중에게 입력되었다.

> 과학의발전이업고는 발명이업나니 우리가 좀더좋고 나흔 발명을어드랴
> 면 좀더과학지식을계발하고 좀더과학적으로 연구하여야한다. 오날우리
> 조선인의 처지로 보아 남의 발명한문명의 이익을이용하기에는급급하나
> 그대비인 압흐로의 남과갓흔발명의 공헌을망각하고잇스니 한심한일이
> 라하겟다. 이번에 발명학회의 창립이야말로우리조선발명계의 중망衆望
> 을원함이불소不少할지며 더구나 과학조선의발간의報를접하니 이로
> 써 조선발명계의일대서광曙光을인認하게되엿디, 압흐로다경다상多慶多
> 祥하기를 축복하야마지아니한다.
> 비행기의발명과 기차기선전신전화전등의발명이잇기전에누가금일생활
> 과여한편리함을몽상하얏스리요.[12]

즉, 활동적 정신과 동일계급동일직업이외의 다른평균인의 갓이지않은환

상과를 갖인사람이며 기술가이다. 간혹 풍속을버서난 비실제적몽상도 잇다. 가장성공한 발명가는 흔히다른 성공자와 동일한특징을가지고잇다. 극단자는 일점에 전심을집중하는 까닭인지 대개로 훌륭한실업가는 못되는모양이다.

…극단적실례를들면 소위〈낭만적〉발명가일즉一卽 철두철미 생활을목적으로하야 발명에노력 하는사람은 확실히 문외인이상이다. 그들은 선천적으로 많은환상을 가지고잇다. 무엇이 필요한지 얼핏아라차리고얼핏아라차린즉 즉석에서 그필요를 충족할만한방법을 제공한다. 그중의 어느사람은 필요를보고 너무속速하게취하야 필요그자신붙어 발명하게된다. 환언하면 유익한점을 지나쳐서 우수운짓을하려고 한다. 이러한 발명가일지라도 간간히 유익한분야를개척하는일도잇다. 우수운것중에도혹시 좋은것이잇는수가잇슴으로써이다.[13]

현대 과학소설 연구자들이 거부하는 우스꽝스럽고 엉뚱한 '공상'이야말로 '발명'으로 이어질 수 있는 근간이었다고 볼 수 있다. '환상을 가지고 낭만적이고 비실제적인 우스운 짓을 하려는' 이들이 바로 세계를 뒤흔드는 발명을 한 발명가들이었다. 사실 하늘을 날고 싶다, 바다밑 세계를 여행하고 싶다, 죽지 않고 영원히 살고 싶다, 시간여행을 하고 싶다 등과 같은 인간의 욕망은 현실적이지 않다. 후에 과학으로 실현되기도 하고 실현되지 못한 것도 있다. 그러나 실현할 수 있는 세계를 바탕으로 해야 한다며 '공상'을 쫓아냈던 '과학소설'의 정의는 다시 한번 재정립해 볼 필요가 있다. '미래'를 그리는 것에 공상이 없다면 불가능을 꿈꾸는 것이 가능할까. 우리는 식민지시기에 우주여행이 가능할 것이라고 상상할 수 있었겠는가. 과학의 발명이나 과학기술의 발전은 인류의 터무니없는 실현 불가능한 욕망에서 비롯된 '공상'의 산물이라 해도 과언이 아니다. 과학자나 발명가가 현실적이고 실제적인 것을 따졌다면, 인류는 비행기를 발명하지도 우주를 여행하지도 못했을 것이다. 불가능해 보이는 것이 가능할지도 모른다는 환상을 품고, 꿋꿋하게 낭만적 이상을 향해 실험하고 연구하는 발명가는 아이러니하게도 결과에 따라 비웃음의 대상이 되기도 하고 후세에 길이 남는 과학자로 이름을 남기기도 한다.

> 발명가는 공상력 즉 현재의장치중에 오류를발견하고 이것을광정匡正할 능력을 가져야한다. 무엇이 요구되느냐를 알며 이것을 충족할방책을 차급借給할수가 업스면 발명가로서 성공할수는 업다.[14]

> 발명가의 필수적성격은 주의력이잇고 철저적일것 인내력이잇슬것이다. 발명가가된자는 노력과연구의수년을 허비하고 비록실효가 없어도 후회치안으며 처음붓어 다시 시작할만한 사람이여야한다. 정신적으로 연상력聯想力 만허야한다. 무관계한 관념중에 발견을하고 이것을 근원으로하여 창조할능력을 가져야한다.[15]

발명가가 목적을 성취하는 데 필요한 것으로 독창, 공상, 인내, 논리를 꼽는다. 그중에서 공상은 '고안考案의 장래를 봄에 필요하'다고 한다. 발명가의 특질 중 '인내'는 연구 도중 실패하더라도 실망치 않는 데 필요하다고 한다.[16] 발명가 에디슨이 주야 구별 없이 잠도 자지 않고 연구실에 들어앉아서 백열전구 발명에 성공한 것을 초인적인 인내력의 모범 사례로 들었다.[17] 식민지시기 실험실이나 연구실에 틀어박힌 지식인들의 모습은 에디슨의 인내력을 발명가의 자질로 높게 평가했음을 반영한다고 볼 수 있다. 몇 년이 걸리더라도 꿋꿋하게 자신의 연구를 이어나가는 모습이 발명가의 자질이라고 생각했고, 그것이 발명에 이르는 길이라고 믿었던 것으로 보인다.

또한 이인은 공업적 발명가와 우연적 발명가를 구분해서 설명하기도 한다.[18] 공업적 발명가는 한 가지 발명을 완수하는 데 장시간이 걸리나, 우연적 발명가는 전부를 바치지 않으므로 일생에 한 번 이상 특허발명기록에 오르기 어렵다고 한다. 즉 발명가라는 직업군의 발명가는 공업적 발명가를 지칭하는 것으로 설명한다. 인내력을 굉장히 강조한 것을 보아도 당대 발명가의 특성은 꾸준히 성실하게 인내해 고집스럽게 하던 일을 계속하는 사람으로 인식된다.[19]

《과학조선》은 발명가의 특징과 함께, 구체적인 발명 관련 기사로 식민지 대중의 관심을 끌었다. 신광선, 해저터널,[20] 전기전신의 발명으로 신문과 잡지의 과학란이 채워졌다. 새로 발명된 기술로 생활의 편리와 문명의 이기를 누리는 것을 집중적으로 보도해 과학만이 밝은 미래를 보장할 것이라는 기대를 심어 주었다. 에디슨[21]과 같은 발명가를 비롯해 발명·발견에 관한 기사들을 종종 발견할 수 있다.

과거조선의 발명발견계; 찬연燦然턴 고대문화 감사할 선인의 유업, 당시
엔 구국보족保族의 대발명품이 이금而今엔 기록조차 인멸/ 세계최고의
발명인 구갑선龜甲船과 목활자, 남의 민족보다 이백년전에 실용, 기다幾
多 발달로 활자만은 전래/ 세종대왕창의의 세계최초 측우기, 세조대왕은
측량기를 안출案出, 발명의 대업은 군왕부터/ 구선발명한 이충무공, 추억
되는 초인적 위적偉蹟(초貝)/ 기록에만 남은.[22]

발명 조선의 귀중한 수확; 혁혁한 선인유업遺業에 천재적 창안, 모방에서
일약一躍창안에, 명랑! 발명의 행진곡, 고심결정結晶의 발명품 백팔십륙
점, 최근 조선의 발명 발견계/ 작년중 출원공고 팔십건을 돌파, 전년오배
의 대기록/ 동력계動力界에도 거탄巨彈, 작년중의 대발명으로 볼 최재념
崔在念군의 회전원동기/ 최초에 등록된 것 말총토수, 특별제도로 구한국
시대에도 말총모자 발명한 정인호 씨.[23]

　　발명·발견은 서구의 산물이라는 인식이 지배적이다. 그러나 거슬
러 올라가면 우리도 철갑선과 대활자와 같은 발명을 했었음을 상기하
게 한다. 이런 기사는 발명·발견이 멀리 있지 않고 우리도 할 수 있을
것이라는 기대를 심어 주었다. 발명가라는 직업은 1930년대부터 소설
에 나타나기 시작했다. 이광수의 《개척자》에 나오는 화학자 김성재는
발명가가 아니라 '개척자'라는 명칭을 사용했다. 이후 〈흙〉에서 윤명섭
이라는 인물의 직업이 '발명가'라고 언급되고 '발명가'가 직업군으로
인식되며, 《사랑》과 같은 작품에서는 발명·발견이라는 단어가 빈번하
게 사용되는 것을 볼 수 있다.

김용관의 〈조선과학계의 전망〉에서는 박사부터 무학문맹자에 이르기까지 누구나 발명할 수 있고, 발명하기만 하면 특허를 등록해 누구나 똑같은 대우를 받을 수 있음을 강조했다.[24] 조선의 '발명가'가 늘어난다고 하며, 속표지에 조선 발명가 사진이 실렸다. '발명가'라는 직업군의 등장은 특허제도가 도입되면서 언급되기 시작한 것으로 유추해 볼 수 있다. 그전에는 '발명가'라는 명칭은 잘 쓰이지 않다가 1930년대 들어서면서 국내 작가의 작품에서도 종종 등장하는 것을 발견할 수 있다. 한 작가의 작품에서도 이전에는 무엇인지도 모를 정도로 막연히 그려진 실험실 풍경이 점차 구체적인 대상으로 묘사되었음을 알수 있다.

그동안 발명가는 막연히 실험하는 지식인의 모습이거나 현실과 동떨어진 채 틀어박혀 있는 모습 등으로만 묘사되었다가 이인의 〈발명가의 정신적 특징〉에서 '발명가'라는 직업군에 대해 구체적으로 언급되어 주목할 만하다. 다른 평범인이 가지지 않은 환상을 가진 사람, 풍속을 벗어난 비실제적 몽상가라 했다. 필요에 의해 방법을 고안하고자 하지만, 때로 우스운 짓을 하려 하기도 한다고 했다. 이는 당대 우리에게 비추어진 발명가의 모습이 우스꽝스럽고 어처구니없고 현실과 동떨어진 모습이었음을 반영해 준다.

《과학조선》의 부국강병 기획과
평범한 일상의 반전

과학조선 강령과 부국강병의 기획

《과학조선》은 1933년 김용관이 창간했다. 발명학회 주관으로 창간된 《과학조선》은 과학의 대중화, 생활화 운동을 주도했다. 발명학회와 이화학연구소의 설립의 필요성을 제기하고, 발명가의 특징을 기술하고, 과학데이를 창설하는 등 많은 활동을 펼쳤다. 발명학회 주관인 만큼 《과학조선》에는 발명·발견에 대한 기사와 발명·발견을 장려하고 고취하는 내용이 주를 이루었다. 특히 발명특허제도와 선진국이 과학발명으로 편리함이나 힘이 생성되었다는 사실 등을 다루며 과학을 통한 부국강병에 대한 기대를 드러냈다.

《과학조선》 1권 4호에는 三山喜三郎의 〈特許發明の大勢〉, 이인의 〈발명가의 정신적 특징 3〉, 김무신의 〈과학과 예술의 호화판〉, 〈발명좌담회기〉와 〈최신세계의 발명〉 등이 실려 있다. 발명학회 주최로 발명좌담회가 열려, 1933년 11월호에는 '자연과학보급과 발명을 위한 좌담회'라는 주제가 달려 있다. 《과학조선》 2권 4호에서는 1934년 4월 19일 1회 '과학데이'를 개최하고 난 후의 소감을 비롯한 이슈들이 중점적으로 다루어졌다. 특히 〈제일회 과학데이는 이러케 진행되엿다〉에서 과학데이의 의의에 대해 밝혔는데, 가장 강조하고 있는 것이 과학지식의 보급임을 알 수 있다. 같은 지면에 실려 있는 '과학데이 표어'를 살펴보면 다음과 같다.

과학조선의 기초를 굿게 닦자./ 과학조선의 건설을 목표로!

한 개의 실험관은 전세계를 뒤집는다./ 과학의 승리자는 모든것의 승리자다.

과학의 황무지인 조선을 개척하자./ 과학의 대중화운동을 촉진하자.

과학은 힘이다 배우고 응용하자.[25]

과학데이 표어에 담긴 내용이 곧 《과학조선》에 담긴 내용이며, 여기에는 과학으로 부국강병을 이루려는 식민지 조선의 기대와 희망이 고스란히 반영되었다. 특히 '한 개의 실험관은 전 세계를 뒤집는다'라는 표현은 식민지 지식인들이 왜 그렇게 세상으로 나오지 못하고 몇 년 동안 실험실 약병에만 몰두했는지를 알 수 있게 해 준다(이광수의 《개척자》에서 김동인의 〈K박사의 연구〉에 이르기까지).

더불어 과학데이의 개최 이유인 〈과학지식보급에 대하여〉라는 김용관의 글도 실려 있다. 과학지식보급좌담회에서 주장한 것은 '과학지식보급기관을 촉성하자'였다. 이때 언급된 것은 '이화학연구기관'의 필요성에 관한 것이었고, 시기상조라거나 필요하지만 돈이 문제라는 등의 의견으로 양분됐다. 과학소설이나 발명가 소개에 '이화학연구소원'이 등장하는 경우를 볼 수 있다. 특히 '화학'에 대한 발명이 식민지 조선에서는 판타지처럼 자리를 잡고 있어서, 발명가의 이미지는 실험실에 틀어박혀 라듐을 발견했던 마리 퀴리처럼 몇 년 동안 두문불출하고 이것저것 섞어서 시험관 약병을 끓이는 모습으로 각인된다. '과학의 승리자는 모든 것의 승리자다'라는 과학데이의 표어처럼 과학의 발명이 전혀 새로운 세상을 낳고, 그것이 바로 부국강병을 이룰 수 있고 나아가 서구 열강의 대열에 끼일 수 있는 길이라고 믿었다.

《과학조선》은 발명학회와 과학지식보급학회가 주축이 되었으며, 과학의 대중화운동과 발명·발견의 독려 및 장려가 가장 큰 목표였음을 알 수 있다.

《과학조선》이 창간되던 1933년에는 발명·발견으로 장래에 문명이 더 발달하고 편리해 질 것이라는 기대가 팽배해 있었다. 발명·발견을 '과학진보'의 원천으로 보았다.[26] 현재의 과학이 장래 자손의 문명에 영향을 끼칠 것이라는 가능성도 기대한다.[27]

화학에 대한 관심과
발명과학의 실현 가능성

과학조선을 건설해 부국강병을 이루고자 하는 발명학회를 비롯한《과학조선》의 기획과 식민지 조선인의 염원은 서로 달랐다. 식민지 조선인은 국가가 부국강병해지기를 바라는 것보다 그 국가가 일본이든 조선이든 지금 나의 삶이 가난에서 벗어나 더 나은 대우를 받기를 소망할 뿐이다. 식민지 대중에게 국가는 어떤 형태로든 내 삶을 연명하게 해 주면 그뿐이라는 인식이 있었음을 말해 준다. 1920년대에는 한 개인이 세상을 바꾸지는 못하니 사회조직이 전반적으로 바뀌는 유토피아를 꿈꾸었다면, 1930년대에는 현실과 거리가 먼 낭만적 판타지일 뿐인 이상향에 대한 기대보다 실현할 수 있는 발명과학으로 관심이 이동했다. 그래서 세계적인 발명이 인류를 구원하거나 국가를 부강하게 하거나 하는 거창한 차원이 아니라 1원을 받고 당장의 끼니를 연명하거나 돈을 들이지 않고 발명할 수 있는 주변 사물에 관심을 돌린다. 화학 원소의 발견과 화학물질의 우연한 발견에 관한 글이 종종 눈에 띄는 것도 이런 이유에서이다.

농사집에서 배추밭에도주고 논에도주는거름(비료)이 소금같이흰것을 쓰리라고는 십년전이나 이십년전에 꿈도못꾸든일이요 그 소금같은거름 즉 유산硫酸암모니아를 공기중에서 뽑아냈다면 역시 십년전이십년전사람은 거짓말이라고하였을것입니다./ 그자세한것은여기에 일일히말할수없지마는 공기속에있는 질소성분을 전기작용으로 분소시켜서 질소비료를 만든 것이 유산암모니아인데거름의세가지 요소즉질인산가리가운데 한가지입니다. 그질소비료인 유산암모니아는 오늘날 어떤농가에서던지 다-씀으로 우리가먹고사는쌀은 대부분이 그거름을쓴것이라고 생각할수 있습니다./ 거름을주어쌀이되게하는것은 수천년동안자연의힘으로해내려온일이지마는 공기로거름만드는것이야말로 전대에 듣지못하던일입니다. 정어리기름이 폭발약이되는것 공기로거름을만드는것은 한가지로 화학적작용에서 나오는것임으로 그런것을만들어내는공장이 화학공장일것은 물론입니다.[28]

…우리들의 상상하지도 못하든것은 여러분이 사용하고 게시는 물감입니다. 이것을 사용하시는 여러분은 참으로 평범히 알고 계실줄 압니다. 그러나 이것은 벌서 수세기전부터 사람들은 아름다운 꽃빛과같은 색소

을 인공으로 어들여고 많은 과학자들을 울리고 왔습니다. 그러다가 결국 1865년 독일의 과학자 '파킨パーキン' 씨로부터 발명하고 말었습니다. 참으로 세상사람들은 놀내었으나 근대에 와서는 까만 석탄의 '콜타르コールタル'를 화성化成 하여가지고 '아날린アーリン'을 어더 그것으로 인조염료의 '모브モス'를 발견한것이올시다. 이와같은것이 연구의 단서가되여 현재에는 삼칠구○여색餘色을 만들고 있습니다.[29]

…필요를위하는 과학전쟁을 목적한과학은 참으로 이것들의 발달은 무서운것이올시다. 예를 들어말하자면 유기화합물, 이것은 독와사毒瓦斯라는 것이올시다. 위 독와사중에는 여러가지가 있지마는 그중에는 '이페리트イベリット'라는 것이 있는대 이것은 사람의 육체에 한번 접촉하게된다면 전신에 수포水泡를 생生하고 요상夭傷에 혹독한 경우를 당한것과 같이 생명에까지 영향을 끼치게 됩니다.[30]

처치조차곤난하야우리의두통거리가되든 '콜탈'에서 저와갓치찬란영롱한 각색의 염료가 제조된것을보든지 어느것이나 결코일조일석一朝一夕에 우연히발견발명된것이아니다.[31]

1930년대는 막연하고 추상적이던 발명·발견에 대한 실험이 구체적인 대상으로 이동했다는 데 의의가 있다. 그래서 '화학'으로 물질을 추출해 내고 쓸모없는 것에서 새로운 것을 발견해 내는 것으로 눈을 돌렸다. 발명보다 '발견'이라는 단어가 보이기 시작한 것《사랑》도

1930년대부터이다.[32] 1930년대는 평범하고 별것 아닌 것이 진기하고 신기한 것이 되는 과학, 특히 화학 분야에 대한 발견의 세계에 빠져들었던 것으로 사료된다.

〈조선의 신흥화학공업〉에는 미국 알루미늄 기차 계획, 독일의 투명알루미늄, 일종의 알루미늄합금에 관한 기사가 실리기도 했다. 알루미늄, 질소비료, 라듐과 같은 원소의 발견과 화학물질의 결합으로 놀랍고 진기한 일이 벌어지는 광경을 마주했던 시기였으며, 누구나 시험관 약병을 끓이거나 하면 굉장한 것을 발견할 수 있을 것이란 기대에 부풀어 있던 시기였음을 알 수 있다.[33]

돌덩이를 금덩이마냥 품고 팔 생각을 하는 것, 똥으로 식량을 개발하려 하는 것, 동물의 배설물에서 암모니아를 합성하는 것, 정어리 기름이 폭발약으로 되는 것, 석탄의 콜타르에서 모브를 발견한 것 등은 모두 일상의 평범한 것이 새로운 것으로 탈바꿈되는 기적과도 같은 마법의 세계였을 것이다. 1910년대에서 1920년대의 발명이 비행기나 전기, 전차와 같은 물리적인 기계에 대한 호기심으로 집중되었다면, 1930년대는 질소, 암모니아, 라듐, 방사능, 염색원료 등에 관심이 집중되었다. 특히 돌덩이에서 라듐을 발견하고, 동물의 배설물에서 암모니아를 추출해 질소를 만들며, 석탄의 콜타르에서 형형색색의 염색원료가 발견된다는 사실은, 흔히 지나치는 돌덩이, 석탄, 배설물 등에 대해 관심을 집중하게 하고, 별다른 진기한 물건 없이도 과학발명가가 될 수 있다는 인상을 심어 주었다.

그러나 1930년대 후반부터 서서히 과학의 어두운 면이 드러나고는 조선이 일제의 식민지가 된 이후인 1912년이다. 명목상으로나마 국권이 있다는 것과 국권이 완전히 상실되었다는 것은 차이가 크다. 그런데도 이 두 작품을 과학소설 유입기의 '초창기' 작품으로 묶은 이유는《비행선》이 번역된 이후에 번역이든 창작이든 한동안 과학소설이 게재되지 않았기 때문이다. 이후 다시 과학소설을 접할 수 있게 된 시기는 미래과학소설〈팔십만 년 후의 사회〉가《서울》에 1~2회에 걸쳐 게재된 1920년에 이르러서이다. 그리고 둘을 묶을 수 있는 가장 큰 이유는 그 작품들이 과학을 통한 '부국강병'을 내세웠기 때문이다.

또 다른 하나는 두 작품 모두 근대문학인〈무정〉이 1917년《매일신보》에 발표되기 이전에 번역된 신소설이라는 점이다.《텰세계》의 번역자가 이해조이고,《비행선》의 번역자가 김교제인 것도 두 작품을 한데 묶어 논의를 개진할 수 있게 하는 데 영향을 끼친다. 김교제는 이해조의 계승자이며, 애국계몽사상을 반영한 번안자이자 창작자였기 때문이다.[2] 1908년 당시 이해조가 창작한 신소설은 정치적 성향을 내포하는 애국계몽사상을 담았다. 따라서《텰세계》는 과학소설이라는 장르적 독해라든가 신소설(통속소설)의 재미를 주는 것보다는 과학소설이라는 표피를 입은 정치적 성향의 소설로 읽히는 데 목적이 있었음을 유추해 볼 수 있다. 원작의 연애 소재가 삭제되고 연철촌의 묘사에 많은 부분을 할애한 것도 그러한 성향을 보여 준다. 이에 비해《비행선》은 정치적 성향보다는 재미를 주고자 하는 통속소설의 면모를 더 보여 준다.《비행선》의 결말이 조국이 아니라 사랑하는 사람을 택하는 것으로 마무리된 것도《텰세계》에서 오로지 국가의 이익만을 생각하던 캐릭터 설정과는 차이가 있다.

1908년에서 1910년대 초기에 유입된 초창기 과학소설은, 1920년 대 미래과학소설에서 제시하는 이상사회의 건설과 1930년대 발명·발견 학회로 연결되는 식민지 지식인의 발명과학의 꿈으로 이어진다. 식민지 조선의 공상과학의 영역은 1908년《텰세계》로 이상사회를, 1912년《비행선》을 통해 과학발명의 기대를 드러냈다.《텰세계》를 통한 이상사회에 대한 기대는 1920년대 미래과학소설이 꿈꾸는 이상사회 건설, 유토피아 담론으로 이어졌으며,《비행선》을 통한 발명과학에 대한 기대는 이광수의《개척자》에서 시작해 김동인의 〈K박사의 연구〉를 거쳐 1930년대 발명학회로 이어졌다.

이 장에서는 이상사회의 건설과 발명과학이라는 두 갈래의 양상이 결국 부국강병에 대한 꿈으로 귀결되는 과정을 보여 주고자 한다.《텰세계》와《비행선》의 원작에는 서양의 제국주의 시선이 짙게 깔려 있지만, 번역되면서 발전된 과학으로 문명을 이룩한 서구를 닮아가고 픈 부국강병에 대한 식민지 조선의 욕망이 드러나기도 했다.

1920년 〈팔십만 년 후의 사회〉와 1921년 정연규의《이상촌》이 나오기 전까지 과학소설은 현재 발굴된 서지목록에서 〈해저여행 기담〉,《텰세계》,《비행선》이 전부이다. 앞서 언급했듯이 〈해저여행 기담〉과《텰세계》는 쥘 베른의 작품이 원작이고,《비행선》은 국내에 잘 알려지지 않은 프레드릭 데이의 작품이 원작이다. 현대 독자에게도 익숙한 쥘 베른의 작품을 과학소설로 분류한 것은 당연하다. 그러나《비행선》은 닉 카터의 탐정물로 당시의 용어로 장르명을 달자면 탐정소설이라고 하는 것이 마땅하다. 그런데 왜 과학소설이라고 달고 '비행선'이라는 제목을 붙였을까.

이 장에서는 지금도 널리 알려진 쥘 베른 원작의《털세계》가 아니라《비행선》이라는 탐정소설이 과학소설로 들어왔다는 점에 관심을 가지고, 1910년대 당시 독자들이 어떤 점에 매료되었는지를 고찰해 보고자 한다. 국내에 저자도 제대로 알려지지 않은 미국 싸구려 잡지의 닉 카터 탐정물이 어떻게 1910년대에 번역되었는지 제목이 왜 '비행선'으로 바뀌었는지 등에 대한 해답을 제시할 수 있을 것이라 기대한다. 더불어 1910년대 아직 공상과학이란 용어는 등장하지 않았지만, 공상과학에 대한 대중의 감성이 무엇이었는지를《비행선》을 통해 들여다보고자 한다.

동양 쇄국주의와
서구 제국주의의 충돌

《비행선》의 원작은 쥘 베른의《기구를 타고 5주간》으로 알려졌다가, 강현조에 의해 미국 다임노블 잡지에 연재된 프레드릭 데이의 탐정 닉 카터(니개특으로 번역됨)가 등장하는 탐정소설임이 밝혀졌다.[3] 실제로 작품 속에서 탐정이 등장해서 살인사건을 해결하는 서사를 따르고 있다. 그런데도 계속해서 쥘 베른의 소설로 알려진 것은 본문 내용을 직접 접하지 않고 서지사항에만 국한된 연구가 낳은 결과로 보인다.

궁금한 것은 탐정소설이 원작인데 표제에 '과학소설'이라고 달려 있다는 점이다. 바로 이 표제 때문에 쥘 베른의 작품으로 오인되기도 하는 양상을 빚어냈다. 그렇다면 왜 탐정이 사건을 해결하는 탐정소설에 '과학소설'이라는 표제를 달았던 것일까. 당대에 이 작품은 탐정소설의 면모보다 '비행선'이라는 제목이 뜻하는 하늘을 나는 기구가 훨씬 신기하고 이목을 끌었던 것으로 보인다.[4] 비행기의 발명으로 전 세계가 하늘을 날고 싶다는 공상이 실제로 실현된 것을 경험한 충격에 빠져 있던 상황에서 '비행선'이라는 발명품은 표제를 '과학소설'로 다는 주된 요인이 되었을 것이다. 그러나《비행선》은 '황당무계한 공상과학소설', 탐정소설적·모험소설적 요소와 제국주의적 편견이 적절히 혼합된 통속소설이라고 평가된다.[5]

《비행선》은 뉴욕 기마장에서 살인사건이 벌어지고 탐정이 그것을 추적하는 내용이 전반부 서사를 차지하는 탐정소설이지만, 제목에서 내세운 '비행선'처럼 1910년대 초반 당시 국내에서는 현존하지 않는 '가상'의 발명과학 기구들이 등장한다. 노연숙은 근대 초기 과학소설은 용어 그대로 과학이라는 실증적 소재에 인위적으로 창출된 이기利器를 비롯해 현존하지 않는 이기를 '상상'한 픽션의 결합을 보여 준다고 했다.[6]

현재의 과학소설이 공상으로 불리는 것을 거부하며 현실을 바탕으로 한 소설임을 강조하는 데에 반해, 초창기 과학소설의 또 다른 양상은 실현할 수 없어 보이는 가상의 발명도구에 대한 신기함으로 채워졌다. 그래서 황당무계하고 엉뚱한 상상, 막연한 실험에 대한 기대만으로 무엇인지도 모르는 것을 발명, 발견하려는 시도 등으로 표출되었다.

《비행선》은 과학소설이라는 장르에 앞서서 '문호개방'을 야만과 문명의 척도로 삼았던 서구 제국주의 관점에서 동양에 대한 인식이 어떠했는지를 잘 보여 주는 작품이다. 일찍 서구를 받아들여 근대화를 추구했던 일본과 쇄국주의를 펼치던 중국이 서로 다른 길을 가는 것[7]을 목격한 식민지 조선은 서구 과학을 통해 부강한 국가를 건설하려는 의지를 다졌다. '과학'이 강조되고 과학소설이 번역되며 조선 민족을 개조하려는 움직임이 일었던 것도 부강한 국가에 대한 염원에서 비롯되었다. 문호개방과 강요된 근대화 추구를 문명이라고 명명하고 쇄국을 야만으로 몰아가던 서구 제국주의 시선은 《비행선》에서 여과없이 노출되었다. 《비행선》에서도 《텰세계》와 마찬가지로 서구 제국주의 시선은 백인종과 다른 인종을 구분하려는 '인종주의'에서 비롯되었다.

> **잡밍특인종은 우리빅인종**과 어샹반ㅎ나 남ㅈ는 기기이셕더ㅎ고 녀ㅈ는 기기이 미려ㅎ며 머리털은 늙으나 졂으나 단슌單純이 하얏코 눈ㅅ동ㅈ는 젼톄가 쉽아며 그의복은 위리사 옛젹 의복제도와갓흔데 뎨일 이상흔것은 남녀로쇼귀쳔을 무론ㅎ고 하로 이틀 일년잇히 졔평싱을두고 입을열어 말ㅎ는법이 별로업쇼/ 니기특은 그말을듯더니 예젼에 골놈보쓰가 아미리가 대륙이나 발견흔듯이 얼골에 깃분빗이가득ㅎ야.[8]

> 젼디구 구만리全地球 九萬里에 무릇 풍속과 셩교聲敎의 챡흔고 악ㅎ며 문명ㅎ고 야미홉은 그나라 그디방의 지극히 괴이ㅎ고 졍칰政策이 지극히

37

비밀흐기는 아주亞洲의 잡밍특갓흔 디방이업도다/ 잡밍특은 그나라 기술技術의 특이흠을 자부自負흐고 그나라디형地形의 험쥰흠을 의지흐야 군신상하가 **쇄국쥬의鎖國主義를직혀 외국과 교제를 사절**흐며 스름쥭임을죠화흐고 쏘흔 의심이만아 제너러풍쇽과 제나나정칙이 셰게에 전포될가 념려가되야 외국사름이 그디경에들어옴을 힘써막는디 혹간 탐험자探險者가잇셔 그나라디경에 발ㅅ길을 들어노앗다가 열사름 빅사름이 모다 참혹이 쥭지아닌사름이 업는고로 비록 고등정탐가高等 偵探家라도 그니용이 엇더케 된줄은 몰으고 다만 그런나라가 잇다흠을 드럿다고 훌쭌이라.[9]

이특나는 셰게의 특츌흔 인물이라 제가 녀왕위에 올은뒤로 셰게형편을 숣혀보니 외로이 부픠흔정칙을 직히다가 **인종경징人種競爭**흐는 이시더를 당흐야 **제나라 인종은 멸절**이되고 말줄을 미리 짐작흐고 미혼디迷魂隊를 죠직흐야 한픠는 구쥬歐洲로 건너가고 한픠는 미쥬美洲로 건나와셔 제나라 고유흔 환슐로 셰게일판을 미혼슐에너허 문명흔 이십셰긔로 미혼셰게를 민들고 **동셔양픠권東西洋覇權**을 제가 쥐자는 목적이오.[10]

　잡맹특의 이특나가 뉴욕에 간 목적도, 좌션과 인비가 장수촌과 연철촌을 건설한 것도 모두 '인종경쟁'에서 살아남기 위함이었다. 이특나 또한 동서양패권을 쥐고 싶은 욕망이 있어,《텰세계》의 장수촌처럼 인종경쟁에서 승리하길 바란다. 그러나 잡맹특의 과학기술은 환술이나 미혼술과 같은 사람의 정신을 홀리거나 혼미하게 해서 지배하는

38

'사악한' 마술이나 도술처럼 묘사되었다.《비행선》에는 과학기술의 발달이 철저히 '백인종' 위주로 이루어져야 한다는 서구 제국주의의 침략 논리가 투영되어 있다. 탐정소설에서 범인은 그 시대 이데올로기의 적으로 표현되는데,《비행선》에서 살인사건의 범인은 바로 잡맹특(즉 아시아 인종)의 이특나로 설정된다. 그러나 이특나가 미국인과 결혼을 결심하는 순간, 마치 구원이라도 받은 듯이 그동안의 악마 이미지는 순식간에 선한 이미지로 돌변한다. 제국주의적 침략을 통한 구원(계몽) 또는 강요된 결합은 서구 열강들이 아시아 인종을 대하는 논리로 작용한다.

《텰세계》의 연철촌도 성벽 같은 산맥으로 세상과 격리되어 가장 가까운 마을에서도 800킬로미터나 떨어져 있는 외딴 구석에 자리해 비밀리에 포탄을 제조한다. 결국 비밀에 싸여 베일에 가려진 채 무기를 제조하던 연철촌은 멸망한다. 연철촌의 멸망은 과학의 역용逆用에 대한 경계로도 보이지만, '쇄국'에 대한 서구의 부정적 시선을 엿볼 수 있는 부분이기도 하다. '쇄국주의=야만=악'으로 규정하던 서구의 시선은 구한말부터 동양에 식민지 개척이라는 명목으로 제국주의 팽창을 펼치는 데 유효한 전략이었다. 일본이 근대화라는 명목으로 조선을 식민지화해 지식인들이 서구 근대를 열망케 하던 것도 같은 맥락이었다. 식민지 지식인들은 막연하게 '발명'에 대한 꿈을 키웠고 미래에 대한 이상을 품었다. 식민지 지식인들이 모순적이고 이중적인 의식을 드러낸 것은 근대화가 자립적인 것이 아니라 서구에 대한 열망 안에 일본에 의한 제국주의 시선이 포함되어 있었기 때문이다."

일찍이 문호를 개방한 일본은 서구에서 그동안의 야만적인 이미지에서 벗어나 긍정적 이미지로 재평가된 반면, 중국은 도원경과 같은 나라로 알려져 있었지만 쇄국으로 고루한 왕국이라는 이미지가 강해졌다. 서구의 동양에 대한 야만과 문명의 이분법적 대립 구도는 문호 개방과 쇄국주의와 맞물려 있었으며 비밀에 싸인 쇄국주의는 서구의 식민지 개척과 제국주의 팽창과 충돌해 '야만'적이고 부정적인 이미지로 점철되었다. 《비행선》의 잠맹특의 발명과학은 다른 나라와 고립된 '쇄국주의' 정책을 펼친다는 이유로 사람을 홀리게 하는 악마의 미혼술이라는 이미지로 각인된다. 서구의 동양에 대한 시선과 일본의 조선에 대한 시선은 식민지 조선의 지식인들이 과학을 통해 근대로 나아가려는 희망이 국내에서는 없다고 인식하게 하고 '유학'의 길을 떠나게 한다. 낙후된 조선, 위생 검열이 필요해 개조되어야 하는 조선, 그런 조선의 계몽을 위해 식민지 지식인들은 '야만적인' 조선에서는 과학을 통한 근대가 불가능하다고 판단하여 유학을 떠난다. 식민지시기 발명이나 실험이 허무맹랑하고 막연한 것으로 인식되었던 것은 동양에서 (식민지 조선에서)는 발명·발견을 할 수 없는 것으로 여겨졌기 때문이다.

과학발명은 서구의 것

초창기 과학소설 《비행선》의 제목이 발명기구인 '비행선'으로 달린 것은 식민지시기 과학발명이나 특허에 대한 관심이 높았음을 반증한다.

비행기와 같은 하늘을 나는 기구를 한 번도 접해 보지 못했던 대다수의 식민지 조선인에게 낯설지만 새롭고 신기한 발명에 대한 기대는 1920년대와 1930년대를 거치며 점점 더 확산되어 갔다. 그러한 발명 과학에 대한 지속적인 관심과 기대는 1930년대《과학조선》이라는 잡지를 창간하고 '발명학회'를 창설하는 것으로 이어졌다.

그러나《비행선》에서처럼 서구의 시선으로 동양을 야만으로 바라보는 시각은 이후 식민지 조선의 지식인들이 과학실험이나 발명에서 실패를 거듭하게 하는 데 영향을 끼친다. 1917년 이광수의《개척자》에서 무엇을 하는지도 모르는 채 실험실(연구실)에 틀어박혀 그냥 '실험' 자체에 몰두하는 지식인의 모습이 대표적인 사례라 할 수 있다. 이후에도 식민지시기 발명과학은 구체적인 모습을 띠지 못하고 막연하고 추상적인 모습으로 실패를 되풀이하는 모습만을 보여 준다. 그것은 초창기 유입된《비행선》에서 이미 예고된 것이었다. 우수한 과학기술을 서구보다 먼저 발명한 잡맹특은 '쇄국'을 하여 야만으로 치부되고, 이 특나는 자신의 국가 잡맹특을 버리고 사랑하는 사람을 따라 미국으로 건너간다.《비행선》의 결말은 '과학발명'이 특허를 받거나 세계의 인정을 받기 위해서는 식민지 조선이 아닌 서구나 일본의 '유학'을 거쳐야 함을 보여 주었다. 당시 서구와 유럽의 발명은 만국박람회장으로 연결되어 있었다. 만국박람회장에 전시할 수 없었던 식민지 조선인에게 발명과학이란 그저 막연하게 이루어지기만 하면 부국강병을 이룰 수 있다는 신기루에 지나지 않았다.

사돈복이 기마장에서 죽임을 당하고, 뉴욕 탐험가 니기특군은 이 사건을
정탐하러 나선다.

(니) 여보 과랍군 두말말고 나는 사돈복의 죽은원인을 정탐홀터이니 군
은 사돈복의 근지나 자셰이 탐지후시오.[12]

(니) 칼도 이상스럽다 칼곳헤 무슨 독약을 발은듯십고 이런칼은 만국 박
남회에셔 보지못후든 칼이로다.[13]

《비행선》의 첫 장면에서 펼쳐지는 만국박람회는 유럽과 미국에
서 '신기'의 장의 상징이었다. 그러나 세계 만국박람회는 '인종'을 전시
품으로 나열할 정도로 제국주의 침략의 합리화와 발판이 되기도 했다.
일본은 조선 민족을 동물원에 전시해서 구경하게 하기도 했다. 각종
발명품을 과시하는 만국박람회장은 서구 열강들이 우위를 논하고 강
한 국가를 드러내기 위한 전쟁터와 다름없었다. 《비행선》에서도 세계
각국의 진기한 발명품들이 전시되는 만국박람회가 회자되고, 살인에
사용된 칼이 만국박람회에서 보지 못했던 것임을 강조한다. 발명, 발견
이란 결국 서구 열강의 근대화 경쟁의 도구였고, 근대 초기 조선은 과
학의 발명, 발견이 국가를 부강하게 하는 길이라고 믿었다.

김교제는 《비행선》 이외에도 1912년에 《현미경》이라는 신비하
고 마술과 같은 과학기구를 제목으로 내세우는 작품을 발표한다. '비행
선', '현미경', '잠수정'과 같은 기구의 발달은 1910년대 조선에서는 실

현할 수 없는 그저 신비의 영역이었던 것으로 사료된다. 포천소의 중국어 판본의 제목이 '신비정'인 것도 동양의 서양 과학기구에 대한 인식을 반영했다고 볼 수 있다. 뉴욕 공동기마장의 기마경주회가 열리는 풍경, 비행선총회가 열리고 새로 발명한 비행선을 등록하는 광경은 제국주의의 팽창과 쇄국주의의 충돌을 보여 준다. 여기에 전시되지 않은 칼, 등록되지 않은 비행선은 통제가 되지 않으므로 위험한 것으로 간주된다. 그래서 잡맹특의 발달된 과학기술과 어디서도 본 적 없는 크기의 비행선 제조는 서양 제국들에 위협이자 공포가 될 수밖에 없었다. 니개특은 '비행선을 최근 새로 발명한 사람이 있는가'를 비행선총회에 묻는다. 등록되지 않은 잡맹특의 비행선 발명은 위험하고 사악한 '묘술'로 타파해야 할 대상인 것이다.

> 그아릭는 평원광야가 안력이못자라 안이뵈게압흐로 툭터졋는디 그가운데는 성곽이 정정ᄒ고 갑졔가 즐비ᄒ며 인물이 번셩ᄒ야 우리 와싱톤이나 법국파리와 막샹막하가 될지나 **꿈에도 싱각지안이흔 신셰계新世界**한 아를·졸디에 발현ᄒ니 도로혀 눈이 현황ᄒ고 졍신이 엇두얼ᄒ야 그ᄯᅵ싱각에 "이런 험악한 산속에엇지 져런 셰계가잇스리 혹시 **마귀의시험**을바다 눈에얼이여 **환경幻境**으로 뵈는가"ᄒ고 졍신을 가다듬고 눈을 썻고썻고 아모리보아도 수통오달흔 도로며 바둑판ᄀᆞᆺ흔 젼야며 웃둑~ 나즉~ 갓득이 벌어잇는 시가市街는결코 사롬사는 셰샹이요 눈에얼이는 환경은아니라.[14]

《비행선》이나《텰세계》모두 과학을 통한 '이상세계에 대한 환상'을 품고 있다. 이상세계에 대한 갈망, 과학의 힘으로 새로운 세계가 열릴 것이라는 기대가 만연했다고 볼 수 있다.《비행선》의 잡맹특은 그야말로 '이상세계'이다. 그러나 이상세계는 '현실에서는 존재하기 힘든 곳'이라는 인식이 컸다. 그래서 마귀의 시험이라거나 환경(일종의 착시 현상)이라고 표현하기에 이른다. 신세계의 조건에는 지형적인 것도 포함된다. 외세의 침략을 받지 않을 법한 깊숙한 곳에 문명의 이기가 가미된 곳을 배경으로 했다. 이른바 베일에 쌓인 쇄국정책을 상징하는 공간이다.

《텰세계》에서도 비밀리에 무기를 제조하는 연철촌에 대해 과학의 역용이라며 부정적으로 묘사했다. 그리고 그 비밀을 캐내기 위해 스파이가 잠입한다. 잡맹특의 과학기술과 연철촌의 무기제조가 그토록 무서운 이유는 서구가 통제할 수 없는 비밀에 싸인 '쇄국'을 펼치기 때문이다. 만국박람회장에 전시되지 않은 칼, 세계 발명 특허에 기록되지 않은 비행선 등은 서구의 입장에서 통제할 수 없어 위협적인 것으로 인식된다. 서구가 동양(동북아)에 강제적으로 문호를 개방할 것과 근대화할 것을 요구한 것[15]은 식민지 개척 시대에 '쇄국'이 방해가 되었기 때문이다.

잡맹특이란 곳에 들어갔다가 살아나온 유일한 이는 태배극이다. 《비행선》의 서사는 처음에 살인사건으로 시작했던 것과는 무관하게, 후반으로 갈수록 잡맹특의 발달한 과학기술에 대한 이야기로 집중된다. 그러나 이특나가 태배극과 사랑을 이루기 위해 잡맹특을 빠져나와 뉴욕으로 가는 것으로 마무리되면서, 그토록 발명과학이 발달한 잡 맹특의 미래는 암울해진다. 왕이 사라진 잡맹특이 멸망할 것은 자명한 이치이다.《비행선》은 서구의 아시아 인종에 대한 우월감(두려움)을 바 탕으로 제국주의 팽창 전략을 탐험과 모험, 발명, 발견의 서사로 대체 해 문명과 야만, 과학발명과 미혼술이라는 이분법적인 이미지로 '과학 발명은 서구의 것'이라는 인식을 감쪽같이 숨겨 놓았다.

> (쥬인) 하 이특나는 무슨 인종이 그러흔지 잠간보아도 우리 동포는 안인 데 로동자의 의복은 입엇스나 상등사회로 남의하인 민도리흔것이 분명ᄒ 고 이십이 될락말락흔 년긔에 머리털은 눈빗 은빗갓치 하얏코 몇칠이 되 도록 입을열어 말ᄒ 눈것을 별로 못보앗스며 그졀더흔 풍자와 슈미흔 터 도ᄂ 녀ᄌ로 남복을입고 사롬의 이목을 속히ᄂ듯 십읍되다.
> (니) 이특나 이특나 일홈도 쏘흔 이상ᄒ다 모양이 그러훌젹은 **우리 빅인 죵이안이로다** 그러나 이특나가 영어를ᄒ든가.[16]

《비행선》에서 이특나는 사악한 묘술을 부리는 존재로 그려진다. 그리고 그렇게 파악하는 주요 근거로 그녀가 백인종이 아님을 강조했 다. 이특나가 감옥 안에서 도망한 행적을 '환술'이라 표현한다. 하얀 가 루약에 코가 막히고 정신이 혼미해 있는 사이 이특나가 사라진 것이 다. 이처럼 백인종이 아닌 잡맹특의 과학은 신묘함, 기묘함, 환술, 도술, 요술, 미혼술, 묘술과 같은 것, 믿기지 않는 신묘한 세계, 도술이나 마술 과 같은 세계로 인식된다.

(기) 하 그 **경긔구**는 **발명**흔지가 오린니 공즁에 써도니는 것을 만이보앗지마는 **비힝션**은 이쌔신지 보도듯도 못힛슬쑨더러 **비힝션**의 공용이 **그리 신묘홈**은 밋부지가안소이다.[17]

(니) 그 비힝션은 아마 이특나가 **발명**흔것이지오.[18]

(태) 먼져 **비힝션의 원리**를 셜명흐리다/ 공즁 비힝션을 구미각국에셔는 이십셰긔에 **발명**을힛스나 오히려 불완젼홈이 만커늘 잡밍특셔는 **연구**흔지가 발셔 슈빅년이라 그졔도의 졍밀홈과 운힝의 쳡리홈이 우리 비힝션에 비교흔즉 긔가막히다 흐겟쇼/ 또흔 사름의 즁량重量을 감흐는법이잇셔 가령 이빅근되는 즁량이면 십분의十분을 능히 감흐야 오십근을 민든는고로 비힝션은 일반이지마는 우리 비힝션에는 십오인이 겨오 탈디경이면 더 비힝션에는 십여인 슈십인이타고 올나가는 속력도 십갑졀 십갑졀이나되오.[19]

(태) 잡밍특 사름들은 **화학化學의 원리**를 깁히 **연구**히셔 일죵 특별흔 경긔輕氣를 취흐야 쓰나니 경긔는공긔空氣보다 경홈이 십소비반十四倍半이 더흐고로 부승력浮升力(써올으는힘)도 륙비이상六倍以上이 더흔지라.[20]

(터) 잡밍특셔는 **셩냥이 진동흐는원리**를 크게 **발명**흔고로 그 **공용功用**이 또흔 신묘흐니 더강말흐건더 왕궁엽헤다 굉장이큰 젼셩긔 한아를 셜비흐

야 두엇스니 이를 이르되 중앙전셩긔中央傳聲器요 빅셩의집에도 집집마다 전셩긔 ㅎ나식 달어두엇다가 무슨일이 잇는 동시에 음양쳥탁과 고하질셔로 장단을 맛쳐 중앙전셩긔를 몃번만 쌍쌍치면 그소리가 순식간에 전국 전셩긔에 응ㅎ야 빅셩들이 방속에 감안이 안져셔도 '외국사롬이 디경을 빔ㅎ얏다' '정부에셔 무슨법률을반포ㅎ다' 이 모양으로 그 의미를 히셕ㅎ니 **그 신묘ㅎ고 편리홈**은 지금 무션뎐신無線電信에 비홀비 안니오.[21]

(터) 여긔셔는 뎐긔흡슈電氣吸收 ㅎ는법이 잇스니 슈뎐긔收電器는 무션뎐신無線電信긔계와 흡사ㅎ고 슈뎐긔를 공긔중空氣中에두엇다가 쓰고 십흔디로 니여쓰나니 잡밍특에셔는 그런법을 **발명**ㅎ지가 발셔 슈빅년이 되얏소.[22]

(이) 니군아 **구미열강이 몬명ㅎ기젼에 우리나라 사롬들은 물리 화학의 깁흔리치를 먼져발명**ㅎ야 뎐긔는 싱명의 근원됨을 알고 뎐긔를 공즁에셔 취ㅎ야 셩냥의 진동력을 졔죠ㅎ며 뎐낭을 리용ㅎ야 슈한의 지앙이업는고로 셰계각국에 뎨일어디가 죠ㅎ냐ㅎ면 잡밍특이뎨일졈을 졈령ㅎ겟쇼.[23]

(니) 하 **물리를 연구ㅎ며 긔계를 발명홈**은 잡밍특이 셰계의 뎨일이 될것이어늘 정치가 부픽ㅎ야 **쇄국쥬의를** 쓰는고로 **야만의 층호를 면치못**ㅎ니 앗갑도다 그러나 틱군이 이나라의 쥬권자가되야 그런정치를 웨 **지혁改革**을 아니ㅎ시오.[24]

47

《비행선》후반부의 서사는 잡맹특의 과학기술을 선보이는 것으로 채워진다. 잡맹특 인종은 미혼술로 사람을 홀리게 하는 사악하고 야만적인 것으로 묘사되었다. 잡맹특의 발달된 과학기술과 그곳에 사는 인종에 대한 묘사는 모순과 충돌을 일으킨다. 서구 제국들은 동양의 국가를 야만적인 것으로 인식하게 했으며,[25] 잡맹특의 과학기술은 사람을 홀리는 미혼술이나 주술과 같은 위험한 것으로 각인한다. 경기구, 비행선, 성량 장치 등의 '발명'은 곧 '문명'의 상징을 의미한다. 잡맹특은 서구 열강보다 먼저 이러한 것들을 발명한 문명국이다. 그러나 쇄국주의 정책을 펼치고 있어 '야만'이라 하며, '개혁'해야 한다고 미국인 니개특이 말한다. '성량' 장치 또한 그 기술보다는 그것을 통해 사람을 조종하는 잡맹특 인종을 강조했다.

서구 제국주의 열강들은 동아시아를 열등과 야만국으로 설정하고, 서양의 과학기술로 그들을 지배해야 한다는 인식이 팽배했다. 잡맹특의 왕인 이특나는 태배극을 사랑하기 때문에 왕의 자리를 내놓고 뉴욕으로 가고 싶어하나 자기 뒤를 이을 자를 찾지 못했다고 하며, 외부 사람인 니개특에게 잡맹특의 왕이 될 것을 권유했다. 콜럼버스가 아메리카 대륙을 처음 발견하고 원주민인 인디언을 몰아냈듯이, 잡맹특이라는 고도의 과학기술이 발전된 나라의 왕을 외부 사람인 미국인에게 맡긴다는 설정은 모험, 탐험, 개척의 서사가 제국주의의 역사였음을 다시 한번 실감하게 한다. 다시 말해 아메리카 대륙의 발견, 탐험의 서사, 서구 발달된 과학기술에 대한 동경과 함께 제국주의 시선이《비행선》에 고스란히 담겨 있다.[26]

기술'을 차용했기 때문에, '과학소설'이라는 표제가 붙었다고 볼 수 있다. 〈조선전기사업의 전모〉에서는 조선질소비료공장의 개업을 조선 산업화의 시발로 보고 이때부터 조선이 공업화의 길로 들어섰다고 언급한다. 특히 1929년 부전강 발전소에서 전기를 끌어온 것은 조선전기사에서 획기적인 사건이다. 그것이 계기가 되어 1933년 부전강, 장진강 수력발전소로 확장되고, 이어 1935년 조선화학주식회사, 조선마그네슘주식회사, 조선금속제련주식회사 등의 '일본질소비료그룹'이라는 거대그룹사업으로 성장하게 되었다. 일본질소비료그룹은 한반도에 건설한 최대 규모의 무기, 군수품 생산 공장 라인을 갖춘 회사이며 일본 본토 밖 최대 군수산업을 이끄는 회사 중 한 곳이 되었다.

〈삼대관의 괴사사건〉은 조선에 발전소가 형성되어 전기 고압선이 각 지방으로 만들어진 과정과 세계에서 변혁을 일으킨 비료, 염료, 화학, 전기 공장이 설립된 발명과학에 내재된 어두운 면을 보여 준다. 〈여신〉이 완결되지 못하고 지지부진했던 것도 공장노동자 출신의 발명가 캐릭터를 묘사할 수 없었기 때문이 아닐까. 그보다는 〈삼대관의 괴사사건〉의 전기회사원처럼 범죄와 연루되거나 암모니아나 황산 중독으로 사망하는 게 비일비재한 현실이었을 것이다. 1930년대는 1910년대에 발견된 방사선이 인류에 재앙을 불러일으키는 전쟁 살상의 무기로 사용될 수도 있음을 알게 된 시기였다. 과학조선을 건설하겠다는 밝은 미래에 대한 기대는 1930년대 후반에서 1940년대로 가면서 전쟁의 기운과 함께 공포, 불안, 두려움으로 바뀐다.

科學小說

三大官의 怪死事件

頻々한 怪死

何等의 連絡이잇슬듯십진안코 다各原因이다
르다고 認定되엿스되 解剖의 結果로 보아서는
모다 前記의 手段에나타나의 必然的 죽엄이
며 여긔 他殺의 形跡이보이지안엇다 다만세사람
의 그죽엄은 모다 突發的인데에 그 原因에 疑惑
을품고잇는터에 그세사람이모다 某國의 外交
官中의 花形이고 더욱이 現在交涉中의 某大
事件의 中心人物이되고보니 疑心하는바가더
욱크다。

他殺說의 否定

이事件의 發端과함께 某公使의 죽엄의 所聞
이러지게되며 K警察部의 神經은삽작의過敏
되엿다 그러나 前後의 事情으로보아서 公使의
밖에는 他人의 出入한 形跡이업고 다려와 格鬪의
形跡도보이지안코 公使가거것든 피스돌의 公
使의 머리통용뭉즘프로돌는다
이로보아 피스돌을쏘흔그
다가리自殺이라고 判定하엿다 더욱이 그後
에 檢視한것뿐이라 외쪽에서 바른便으로 쏘헛
다 그것도 帝大法醫學效로보아서 自殺이란
果 腦의 內傷의 樣側 以上으로 것다하얏스나

領事의 行慣

某總領事가 某大事件의 交涉中 某國政府의
所在地某地의 旅館에서 죽은것은 公使의 죽은
以後半달후엿다 이째에도 自殺이라의繼續으로
그날에도 川目에交涉의繼續을 約束한것으로
보아서 判底히自殺이라고불수업고 그 死亡에
는 非常한突然히숨겨엿이잇나 어느날이 心人物이라
그公使의 自殺이있後 某國外交中心人物이리
猛烈한反對運動을 手腕을보엿으나 左右兩體에
某國數路의 大官을證明핫오되 不拘하고 某生義로傳
하는中이여서 그사람의게버리라고 垯殺成

《과학조선》에 실린 〈삼대관의 괴사사건〉
고려대학교도서관 소장

호텔의창박게서 혹은 관사의담장한편에서 자는사람 대화중에잇는사람
의게 그 단파장선短波長線을 쏘혀노코 육체는건전하게하며 의식을상실
식킨후 그엽페들어가서 그의손에 피스톨을 쥐여주고 그입에카모친[51]을
먹이고 그손으로 와사난로瓦斯暖爐의 쑤껑을틀어노케한 그들의수단이
며 공사의부인의 명기일命忌日을 택한것이라든지 총영사總領事의게는
카모친을먹인것등등 실로교묘한수단이라하겟으나 기어히P박사로서 그
죄적罪跡이간파되엿든 것이다. 이런것으로인하야 모공사公使의모발이
탄것이라든지 총영사의숙소아페 '안데'나에 의미 그것이웨 고압선과 연
결이되엿잇는가 이모든 것은 전부알게되엿다. 그런데안으로잠근호텔의
실내에는 어쩌케침입하엿나? 그것은 쉬운일이엿다. L이 사용하는 '트렁
크' 한편에는 코이루(접물接物)와가튼 강한자석으로 창박휘를 격隔한 선
旋의열쇠를 회전식히며 이것을 열쇠구녁으로 쌔낼수잇는도구가 숨겨잇
엇다. 실로 두려운것은 과학의역용이라할수잇다.[52]

그런데 금세기초에 이르러서는 물질, 전기, 에넬기- 등이 모다 입자적구
조를 가진바가 명백하기되엿다./ 그러므로 자연현상을 깊이 구명함에는
가시적현상을 취급하므로부터 다시 나아가서 현상구성의 요소과정을 조
사치아니하면 아니되게 되엿다./ 그리고 그에 관련하야 실험적사실인 광
光과 X선의 '스페롤' 방사능등의 현상이 설명되지아니하면 아니 되게 되
엇다.[53]

〈삼대관의 괴사사건〉은 밀실 수수께끼, 자살 수단으로 사용되었던   147

防諜小說

어떤 女間諜

金來成作
鄭玄雄畵

一

북경(北京)을 출발한 부산행(釜山行)급행열차 「대륙」(大陸)이 평양

역(驛)에서 잠시 정거하였다가 다시 그곳을떠나, 일보 경성을 향하여 우렁찬 기적소리와함께 달리기 시작한경은 오전세시를 약간 넘었을 무렵이었다.

지리한 기차여행에 피곤할대로 피곤한 길손들은 어두어둑한 찬 동불밑에서 가지각색의 어즈러운 자세로 곤히 잠들어있다. 혹은 달콤한 꿈을꾸며 혹은 구슬픈 꿈을꾸며 길손들은 지금 단조로운 기차의 레음속에서 건득건득 조을고있다.

유밀충은 무더운 여름밤──확근확근 달아올라오ㅅ 더위와 땀 내가 만원인 삼등객실안을 삶아낸다. 땀에 젖은 수많은 여객들이 히미한 진동불에서 번줄거린다.

「아이, 어떻게 무덥는지……」

바른편출 들창으로 기댄은 한사람의 젊은 여인이 따─란 손수건으로 얼굴의 땀을 꾹꾹 찍어내면서 감었던눈을 떴다. 이십사오세쯤 되여보히는 여인이었다. 몸에 꼭 어울리는 양장여다 은 레안경을 쓴 그 단정한 용모는 얼른보아 그어떤 부호의 영양인듯 싶다.

그때 바루 그 미큰떤에 앉었던 삼십개호의 허수룩한 사나이가

「찰, 어지간히 떠운걸요.」

《과학조선》에 실린 〈어떤 여간첩〉
고려대학교도서관 소장

칼모틴, QT 치료기, X선, 단파장 방사선 등 당대에 이슈가 된 소재를 모두 가져와 과학의 역용이나 과학기술에 대한 우려를 담아냈다.

한편으로 과학의 진보와 밝은 미래를 이야기하지만, 다른 한편으로는 과학발명의 불안과 우려도 담아내었다. 1930년대 발명·발견에 대한 기대는 1920년대와는 또 다르게 그 안에 불안과 우려도 내포되었다고 볼 수 있다. 과학의 역용에 대한 이러한 우려는 1940년대에 과학의 발명이 결국 무기개발로 이어져 현실화되었다. 과학발명과 연관된 범죄는 〈삼대관의 괴사사건〉에서도 알 수 있듯이 개인적인 원한이나 복수에 얽히지 않는다. 개인적인 이유의 살인사건이 펼쳐지는 추리소설과 달리 과학소설에서 범죄는 공사, 총영사, 국장 등 일개인이 아니라 국가의 주요 인사라서 암살첩보전을 방불케 했다.

1943년 김내성[54]의 방첩소설 〈어떤 여간첩〉이 《과학조선》 10월호에 실리는데, 발명과학이 범죄와 결합하는 과정을 살펴보면 스파이전이 왜 과학 신무기 설계도 쟁탈전을 주요 사건으로 했는지 알 수 있다.

> 스파이 행동이란 알고하던 모르고하던간에 우리 나라의 힘을 약하게 함으로서 적국을 이롭게하는 행동을 가르침이라는것을 알아야하오. 군軍의 비밀서류라던가 무슨 발명發明의 설계도 같은것을 도적해가는것만이 스파이가 아니요. 우리나라의 단결력團結力을 약하게하는 모든 행동이곳 스파이 행동이라는 것을 알아야합니다.[55]

발명 소재의 과학소설이 실종이나 살인과 같은 사건으로 시작해

《과학조선》 표지로 이용된 전쟁무기 사진
고려대학교도서관 소장

그 사건을 풀어내는 형식을 담아낸 것은 당시 과학이 뺏고 뺏기는 전쟁과 다름없었기 때문이다. 신무기의 발명, 무기 설계도의 탈환, 발명가의 납치 등으로 이어지는 스파이 전에서 '과학'은 전쟁에서 이기는 유일한 길임을 알 수 있다. 1940년대 방첩소설이 전쟁의 기운이 만연했을 무렵, 독일의 기계화된 부대와 화학무기(독가스), 적국을 이길 수 있는 비밀무기의 쟁탈전으로 흘렀다는 점은, 발명과학에 대한 기대가 전쟁에서의 승리를 이끌 것이라고 확신했던 것으로 보인다. 1940년대 방첩소설에서 나타나던 비밀 신무기 설계도 쟁탈전은 해방 이후 1950년대 공상과학의 선두주자였던 우주과학소설에서 고스란히 재현된다.

시몽루인의 과학소설 〈제삼의 세계〉에는 암호, 전파, 선박 실종 등이 소재로 떠오르고, 군 함장이 등장한다. 대서양에서 실종된 브레멘호를 수색하기 위해 영국의 해군정찰기가 뜨고, 런던경시청의 유명한 탐정 스미스 경부도 등장한다. 실종사건에 탐정이 등장하는 것으로 보아 추리소설로 추측되나, 표제가 '과학소설'이라고 달려 있다. 스미스 경부에게 경시총감은 브레멘호의 행방을 알아내기 전에는 런던 땅에 발을 들여놓을 생각을 하지 말라는 엄명을 내린다. 이때 영국의 거선 브레멘호가 실종될 때 '기괴한 전파'가 감지되었다는 보도가 있었다. 즉 국가 간의 실종, 납치 사건에 과학기술과 신무기가 교묘하게 사용되었다. 전쟁은 '과학전'으로 전환되었으며, 어느 국가가 우위의 무기를 장착하느냐가 승리의 관건이었다. 무기는 이제 총과 칼로만 대변되지 않고, '전파', '파장', '화학무기' 등의 발명과학이었다. '발명과학'은 미래의 편리한 문화생활을 꿈꾸는 이상이나 공상이 아니라 실제 전쟁의 무기와 병기로 쓰였다. 국가 간의 전쟁이나 납치, 실종은 주로 영국과 독일 양국의 주도권 다툼으로 묘사되며, 1940년은 독일이 기선을 잡기 시작했고, 일본은 독일을 따라가고픈 욕망을 드러내었다. 1940년대 《과학조선》은 전시체제 일본의 욕망 아래에 있는 식민지 조선인이 지금보다 더 악화되지 않았으면 하는 반사작용과 영원히 식민지로 남아 있을 것이라는 자포자기의 심정이 결합해 일본의 전쟁에서의 승리에 대한 염원이 겹쳐 있다.

생활이나 문명의 편리를 위한 발명이 아니라 국가, 전투, 전쟁을 위한 무기개발에 대한 욕망이 반영되었다. 1차 세계대전 이후 독일의 강력한 군대에 대한 선망은 일본 제국주의의 시선으로 식민지 조선인에게 묻어난다. 독일항공, 독일기선 등 하늘과 바다를 점령하는 것은 쥘 베른의 공상과학에서처럼 비행기와 잠수함을 발명하는 것에서 그치지 않고 그것이 곧 전쟁에서 승리를 이끄는 무기로 치환됨을 알 수 있다. 전쟁에서 하늘과 바다는 점령해야 하는 곳일 뿐이다. 그곳을 점령하기 위해서 하늘을 나는 비행기, 바다 밑 잠수함이 필요했던 것이다. 당대 비행기와 잠수함에 대한 관심이 높았던 까닭은 그 탈것의 발명이 곧 전쟁에서의 점령, 승리를 의미하고 독일과 같은 국가로 설 수 있는 길이었기 때문이다.

1940년대 발명과학에서 욕망하던 공상과학의 세계는 해방 후 1950년대 우주과학전쟁으로 펼쳐졌다. 2차 세계대전과 한국전쟁을 겪고 난 후 공상과학에서 인간이 가장 강렬하게 욕망하던 것은 역시

전쟁에서의 승리였다. 식민지 정복에 대한 각국의 욕망은 우주 정복으로 나아갔다. 국내에서 데즈카 오사무의 〈철완아톰鉄腕アトム〉이 1966년 7월부터 《학생과학》에 〈원폭소년아톰〉으로 번역되어 연재되었는데, 그 열풍은 원폭에 대한 충격적인 두려움 밑바닥에 강력한 살인 무기로 주변 국가를 제압하고 선진국으로 나아가고 싶은 욕망이 투영된 것이다. 두렵지만 낯설고 강렬한 유혹이 혼재한 발명 공상과학의 세계는 전쟁을 겪으면서 잔인하지만 강한 힘에 대한 소유 욕망이 더욱 적나라하게 투사되었다.

디스토피아적 전망에서 낙관적 전망으로
1950년대 만화와 소설

4

핵폭발과
인류 대재앙

1945년 미국이 핵실험에 성공한 이후 1949년 소련도 핵실험에 성공하면서 핵무기에 대한 공포가 극에 달하기 시작했다. 반면에 새로운 미래를 여는 'Nuclear Utopianism' 논의도 함께 열린다. 1950년대 말 남한에서는 핵에 대한 이미지에 이중적인 시선이 있었다. 1952년 전쟁기에 최상권[1]이 《헨델박사》에서 보여 주었던 인류 대재앙의 무기라는 공포와 더불어 전쟁을 종식한 구원의 상징으로 인식되기도 했다.[2] 1953년 UN이 '핵의 평화적 이용'을 공표한 이후 냉전 구도 속에서 미국은 우위를 점유했고, 핵은 원자력 에너지로 밝은 미래와 번영을 약속하는 무한한 가능성의 이미지로 전환되었다.[3] 남한에서는 처음부터 핵이 공포보다는 구원과 평화의 이미지로 기능했던 면도 있어서 빠르게 원자력 에너지로 더 나은 미래를 상상하게 되었고, 핵 공포의 부산

인류의 대재앙을 묘사한《헨델박사》속 장면, 한국만화박물관 소장

물인 괴수보다 원자력 에너지의 원동력으로서 '정의의 영웅'을 탄생하게 하며 전쟁의 우울과 상실을 극복해 갔다.

한국 SF의 계보를 논하는 데 해방 이후 가장 앞서 창작된 분야는 공상과학만화 영역이다. 한국 전쟁기 피난지 대구에서 발행된 최상권의《헨델박사》와《인조인간》은 지금까지 알려진 한국 SF보다 훨씬 앞선 1952년 작품이다. 1959년부터 1962년까지 4부작 총 32권으로 연재된 김산호의《정의의 사자 라이파이》는 1960년대와 1970년대 한국 '초인', '거대로봇' 공상과학만화 모티프에 영향을 끼친 선구적인 작품으로,[4] 출발점의 의미에서 짚어보기로 한다.

《헨델박사》와《정의의 사자 라이파이》는 둘 다 1950년대에 창작되었다고 하더라도 작품의 분위기는 서로 다르다. 이 두 작품의 간극은 남한에서 전쟁으로 인한 우울과 상실감을 어떻게 치환하고 극복했는지에서 드러난다. 여기에서는《헨델박사》의 대재앙의 디스토피아가《정의의 사자 라이파이》로 오면서 낙관적인 전망과 기대의 영웅 서사로 바뀌는 것에 주목했다. 이러한 과정을 통해 국가 이데올로기와 대중의 정서가 만들어 낸 1960년대 '초인' 영웅의 전초를 들여다보고자 한다. 공상과학만화에서 영웅의 소환이 어떤 맥락에서 이루어졌는지 1960년대와 1970년대에는 왜 그토록 우주과학의 꿈을 키웠는지 살펴보기로 한다. 또한 1960년대와 1970년대 거대로봇 공상과학만화가 갑자기 등장한 것이 아니라 1945년 미국의 핵실험 이후 전 세계에 퍼진 '인류 대재앙'의 공포와 밀접하게 연관되어 있다고 본다. 원자탄이 전 세계에 공포를 전염했을 때, 한국전쟁을 치른 남한이 처했던 이중적이고 모순적인 위치에 대해서도 같이 논의해 보고자 한다.

1950년대 공상과학은 한국전쟁기에도 한국전쟁이 끝난 이후에도 '원자탄의 공포'에서 벗어나지 못했다. 원자탄의 부작용을 경험한 인류는 대재앙의 공포에 휩싸여서 지구 종말과 같은 디스토피아를 다룬 공상과학소설이나 공상과학영화를 대거 제작했다. 그러나 국내에서는 이상하리만치 지구 종말의 디스토피아를 다룬 공상과학을 찾을 수 없다. 원자탄을 소재로 다룬다고 하더라도 적을 섬멸하기 위한 강력한 무기로 기능하고 우리에게 그 어떤 위해도 가하지 않는다. 국내에서 원자탄 이미지는 공포이긴 하지만 식민지 해방과 전쟁 종식이라는 구원의 무기로 인식되는 이중적이고 모순된 감정이 혼재되어 있었다.[5] 여기에서는 원자탄에 대한 혼재된 감정이 1959년 원자로 유입을 기점으로 낙관적 전망으로 치환되는 과정에 주목하고자 한다.

《정의의 사자 라이파이》가 연재를 시작하던 것과 같은 시기인 1959년에 연재되어 해방 이후 최초 과학소설이라 평가되는 한낙원의 《잃어버린 소년》을 함께 다루기로 한다. 한낙원의 과학소설은《헨델박사》의 디스토피아적 전망에서 벗어나 우주인을 멸하기 위해 원자탄을 터뜨리는 결정을 내려 원자탄의 위력을 과시하는 쪽을 선택했다.[6] 《정의의 사자 라이파이》가 정의의 사자를 내세우는 데 주력했다면,《잃어버린 소년》에는 원자탄에 대한 이중적인 시선이 담겨 있다.[7] 따라서 두 작품은, 1959년에 미국에서 원자로를 유입하는 것이 결정되고 그로써 공상과학에서 원자탄이 두려움과 공포의 대상보다는 우리를 지켜 줄 강력한 무기이자 에너지 자원으로 기능하는 과정을 보여 주는 데 유효한 지표라고 판단한다.《정의의 사자 라이파이》가 연재된 기간을 고려해,《잃어버린 소년》 이외에 한낙원의 1962년 작품《새로운 원자력 지식》도 함께 언급한다.《새로운 원자력 지식》은 원자력을 미래 에너지원으로 추진하려는 당대의 시도와 한낙원의 우주 개척 서사의 상관성을 살피는 데 유효하다.

한낙원의《잃어버린 소년》

바닷속에서 출몰하는 우주 괴물과
원자탄의 이중적 이미지

1952년 전쟁기에 껌을 사면 들어 있던 경품인 딱지만화로 제작한 최상권의《헨델박사》는 마지막 남은 인류인 오젤 박사가 자기가 묻힐 무덤을 파 놓고 앉아 있는 장면으로 시작된다. 원자 독가스를 살포해 지구의 인류를 모두 멸망하게 하려는 지멘과 싸우는 헨델 박사와 오젤 박사는 결국 인류의 멸망을 막지 못했던 것일까.《헨델박사》에서 그려진, 핵폭발로 인한 인류 대재앙의 디스토피아적 전망은 1950년대 전 세계를 잠식했다. 원자탄의 공포가 전 세계를 휘감아서 〈지구 최후의 날The Day The Earth Stood Still〉을 비롯한 인류 멸망을 다룬 공상과학영화가 1950년대의 한 영역을 차지할 정도로 많이 제작되었다. 그러나 전 지구적으로 인류 대재앙을 공상과학의 주제로 반영하는 동안 한국전쟁을 치른 남한에서는 디스토피아를 다룬 영화도, 이렇다 할 만한 공상과학소설도 나오지 않는다. 남한에서《헨델박사》이후 SF 계보에 남길 만한 작품을 마주하는 것은 1959년이 되어서이다.

　1959년은 한국 SF 계보에서 중요한 변곡점이다. 해방 후 최초 SF라고 알려진 한낙원의《잃어버린 소년》이 창작된 해이며, 1960년대 수많은 영웅 SF 만화의 원조인《정의의 사자 라이파이》가 연재되기 시작한 해이다. 두 작품은 소설과 만화라는 서로 다른 매체이지만 시기나 주제에서 같은 선에 놓고 논의해 볼 필요가 있다. 아동·청소년을 독자

충으로 하는 공상과학이라는 점에서 당대 특성을 파악해 보는 데 효과
적이라 판단한다.

　발전 진보의 세계관으로 선진국을 향해 도약하려는 국가의 기획
은 '과학 입국立國' 정책과 함께 행해졌다. '과학 입국' 정책에서 과학
소설은 어린이·청소년의 과학교육의 일환으로 장려되었으며, 공상과
학은 국가 이데올로기에 충실하게 복무하는 기능을 수행했다. 1950년
대 전후 작가나 다른 작품에서 원자탄에 대한 트라우마가 비정상적이
고 암울하고 우울하고 괴기스러운 분위기를 만들어 내는 것과 달리,
공상과학에서는 원자탄의 발명과학이 낙관적인 전망과 기대를 드러
낸다. 이때 디스토피아적 전망을 뿜어내던 원자탄은 에너지원으로 탈
바꿈되고 지구인이 아닌 우주인을 멸망하기 위해 원자탄을 터뜨리는
것을 욕망하게 한다. 그럼으로써 원자탄의 재앙은 우리(지구인/ 남한)를
피해간다.

　《잃어버린 소년》은 1950년대의 공상과학이 현실로 실현되어 실
재하는 공포와 현실의 괴리에서 파생된 꿈과 환상이 공존하는 양상을
그대로 보여 준다. 현실 직업인 전기공, 기계공과 소년들의 꿈인 과학
자, 우주비행사가 함께 등장해 우주 괴물과 맞서 싸우기 위해 머리를
맞댄다. 1959년에는 원자탄의 공포를 우주를 향한 꿈으로 치환함으로
써 미래에 대한 낙관적 전망을 꿈꾸었다.

　1957년에 소련이 스푸트니크를 발사한 사건이 있었는데, 이 사건
은 미국에서 이른바 스푸트니크 충격Sputnik shock이라는 신조어가 생
길 정도로 자극을 주었다. 이러한 스푸트니크 충격 이후 1950년대 말

의 공상과학소설은 미소 우주경쟁의 틈바구니에서 선진국을 향한 욕망을 과감히 드러내며 원자력 에너지에 대해 낙관적 전망을 품기 시작했다. 그렇다고 해도 아직 원자탄의 부작용이나 공포는 바닷속에서 언제 출몰할지 모르는 괴물의 형상으로 남아 있었다.

《잃어버린 소년》에서 우주과학연구소는 제주도 한라산에 있고, 우주 괴물이 출현하고 사라지는 장소도 제주도 바다로 설정되어 있다. 한낙원의 《금성탐험대》는 태평양의 하와이섬을 배경으로 한다. 1959년에서 1960년대 한낙원의 과학소설에서는 바다를 낀 섬을 배경으로 하는 설정이 반복된다.[8] 태평양 한가운데에서 벌어진 핵실험이나 수소폭탄 실험의 공포가 하와이섬이나 제주도를 배경으로 우주선이 뜨고 우주 괴물이 출몰하는 상상으로 이어진 것으로 볼 수 있다. 《잃어버린 소년》의 우주 괴물은 바닷속으로 사라지고, 바닷속에서 솟아오른다. 1950년대 원자탄이 불러온 인류 대재앙의 공포는 공상과학에서 〈심해에서 온 괴물The Beast From 20,000 Fathoms〉, 〈고지라ゴジラ〉 등과 같이 바닷속에서 출몰하는 괴물의 형상으로 묘사되었다.[9]

《잃어버린 소년》은 우주선의 비밀설계도와 함께 사라진 나 기사의 행방을 추적하는 것과 첫 우주비행을 나선 세 훈련생이 우주 괴물에게 납치되는 것으로 시작된다. 우주비행사를 꿈꾸는 세 훈련생과 지구 이외의 행성을 개척하기를 꿈꾸는 원일 박사, 그리고 그들이 꿈을 실현할 수 있게 우주선을 설계하고 실험하는 작업에 함께하는 전기공, 기계공, 나 기사, 공장장은 1950년대 서로 다른 곳을 바라보는 것 같지만 같은 꿈을 꾸고 있었던 당대인의 현실을 보여 준다. 꿈은 우주비행사지만 현실에서는 기능공으로 일했던 1950년대는 전혀 닿을 수 없는 현실로 보여도 누구나 우주비행사와 과학자의 꿈을 꿀 수 있었던 시대이기도 했다. 《잃어버린 소년》은 당시 소년들의 꿈과 현실의 간극을 보여 주기도 하지만, 원자탄에 대한 이중적인 시선이 담겨 있기도 하다. 나 기사가 쫓던 우주 괴물이 바닷속으로 들어가고, 바닷속에서 무엇인가 솟아오르는 물거품이 일었다는 기계공의 증언은 1950년대 원자탄의 공포로 부상한 심해의 괴물을 떠올리게 한다.

"지금 막 바닷물이 세차게 흩어지면서 무엇인지 바닷속으로 들어가는 것 같았어요."/ "무엇이 들어가요?"/ 전기공이 물었다. / "글쎄 이상한데요. 공중에서 무엇인지 막 떨어져서 바닷물 속으로 들어가는 것 같던데요…."/ 기계공은 애매하게 말끝을 흐렸다. 무엇인가 들어가는 것 같은 물거품은 보았지만 아무것도 그 물체를 보지는 못했기 때문이었다./ "뭐가 들어가요? 설마 비행기가 떨어질 리도 없을 테고-?"/ 나 기사가 말했다. 그리고 세 사람은 그대로 연구소로 발걸음을 옮기고 있었다. 얼마쯤 걸었다. 연구소 문을 향하여 지름길로 접어들 때였다. 이번에는 전공이 소리쳤다./ "앗, 저것 보세요. 정말 이상한 물거품이 있는데요?"/ 하고 앞서 기계공이 가리킨 그 바다 쪽을 가리켰다./ "그것 봐요. 이상한 거품이지요?"/ 하고 기계공이 말하며 그 바다를 바라보았다. 나 기사도 바라보았다. 그러나 앞서처럼 파란 물 위에 파도가 출렁거릴 뿐 나 기사의 눈에는 아무것도 보이지 않았다./ 그저 약간 더 새하얀 물거품이 한곳에 소용돌이치는 것이 보일 뿐이었다./ "이 사람들이 사람을 놀리는가?"/ 나 기사는 좀

못마땅한 듯이 쓴웃음을 웃으며 두 사람을 바라보았다. 그러자 전기공은 정색을 하며 뇌까렸다./ "아니 저도 정말 보았습니다. 제가 본 것은 바닷속에서 무엇인가가 쑥 솟아오르는 것 같은 물거품이었어요."[10]

그러나 거기에는 나 기사의 비행판뿐 다른 아무것도 보이지 않더라는 일-너무 재간 부리다가 바다로 광파 무기를 쏘며 떨어지더라는 일-그러나 바다에서 하늘을 찌를 듯한 불기둥이 솟아오르고 나 기사의 비행판 같은 것이 잠깐 불기둥에 싸여 공중에 떠올랐다가 다시 바다 밑으로 사라지더라는 일 등을 두 손으로 형용을 해가며 이야기했다.[11]

'바다에서 하늘을 찌를 듯한 불기둥'이 솟아오르는 이미지는 핵실험 이후 원자탄이 터지는 장면으로 전 세계 인류에게 각인되었다. 하늘을 찌를 듯한 불기둥, 빛이 쏘아지는 장면 등으로 묘사되는 원자탄의 이미지는 바다로부터 솟아오르고 바다로 사라진다. 태평양 한가운데서 행한 원폭과 수폭 실험은 심해에서 언제 어느 때 솟아오를지 모르는 괴물의 형상으로 남았다. 원자탄의 부작용으로 탄생한 괴수는 국내 공상과학에서 바닷속에서 출몰하는 우주 괴물로 현현된다. 1950년대에는 원자탄 폭발로 생겨난 인류 대재앙의 공포가 막연하거나 추상적이지 않고, 피부로 와닿는 생생한 실제의 이미지였다. 영화나 소설 속의 원자탄이 터지는 장면은 실제로 히로시마에서 터지던 원자탄과 겹쳐지며 현실 그 자체가 되기도 한다.

용이는 겁이 덥석 났다. 언젠가 본 영화 생각이 난 것이었다. 그 영화는 X·15호가 원자 폭탄을 실험하는 이야기였다. 실험을 하려고 X·15호가 우주에 폭탄을 싣고 올라갔는데 그 폭탄이 배에 달라붙어서 떨어지지 않았다. 우주에는 공기도 아무것도 없어서 작은 물체도 서로 끌어당긴다는 것을 그들은 몰랐던 것이었다. 그 바람에 하마터면 X·15호의 사람들은 모두 폭발하여 죽게 되었었다. / 그때 폭탄을 만든 교수 자신과 기사 한 사람이 그들의 몸무게로 그 폭탄을 배에서 떼어냈다. 그동안에 X·15호는 지구로 돌아왔다. 그리고 잠시 뒤에 그 이온 폭탄은 무서운 힘으로 우주에서 폭발한 것이었다. 물론 그 두 사람과 함께….[12]

《잃어버린 소년》에는 당대 현실을 연상케 하는 장면이 종종 삽입되었다. 원자탄을 실험하는 영화가 용이에게 주는 공포는 실제 원자탄에 대한 공포이기도 하면서, 당대 원자탄 소재의 영화가 빈번했음을 시사해 주기도 한다. 그리고 영화 장면과 비슷하게 달 기지에 원자탄이 터지고 사람들이 달 기지를 탈출하는 장면이 나온다. 《잃어버린 소년》에서 워싱턴과 파리가 우주 괴물의 내습으로 불타는 장면은, 웰스의 《우주전쟁》이 오손 웰스의 라디오로 방송되었을 때 실제 상황인 줄 알고 달아나거나 도시가 마비되었던 해프닝과 겹쳐진다.[13] 2차 세계대전과 종전 직후에는, 공상과학소설이나 영화나 라디오 방송에서 적이 공습하거나 원자탄이 터지는 장면이 막연하거나 추상적인 그림이 아니라 실제적 공포로 다가오던 때였다. 원자탄이 터지는 상상은 너무 생생한 현실이어서 언제 어디에서 폭발할지도 모른다는 공포가 만연해 있었다.

　국내 공상과학에서는 한국전쟁에 대한 묘사보다 원자탄에 대한 공포를 더 직접적으로 다루었다. 원일 박사의 경쟁자도 일본의 야마다 박사이다. 달에 원자탄을 터뜨리기로 결정이 나자 "여기가 괴물을 막는 제일선 싸움터가 되는 모양이오"라는 달 시민의 대사는 일본이 미국과 벌인 전쟁에서 제주도(공교롭게도《잃어버린 소년》의 배경은 제주도이다)를 병참기지로 삼은 것을 연상하게 한다.

　한낙원의《잃어버린 소년》에서 세 소년과 원일 박사는 인류 전체가 멸망한다고 하며 원자탄을 터뜨리는 것에 반대한다. 그러나 지구연합방위군은 지구보다 문명이 우수한 우주 괴물을 섬멸하기 위해 원자탄을 터뜨릴 것을 결정한다. 여기에서 원자탄을 터뜨리는 결정은 '지구연합방위군'에 의한 것이라 특정 국가의 이익이나 개인의 사사로운 욕망에 좌우되지 않는다. '지구의 평화'를 수호한다는 명목으로 원자탄을 터뜨리는 지구연합방위군의 결정은 UN이 핵의 평화적 이용을 선포한 이후 지구 평화를 위협하는 적에게 원자탄을 터뜨리는 데 합리적인 명분을 제공한다. 원자탄은 평화수호라는 포장을 두르고 세계 이권에서 내 편이 아닌 상대편에게 가하는 가장 강력한 무기이자 위협으로 기능했다.

　그러나 원자탄이 강력한 무기임을 알지만 그 위력을 전 인류가 직접 경험했기 때문에 함부로 터뜨리지 못한다. 소설이나 영화에서 마주하는 원자탄이 터지는 장면은 단지 영화나 소설 속 장면이 아니라 실제 현실과 오버랩되어 터뜨릴 수 있다는 가정만으로도 상징적 공포로 기능했다. 《잃어버린 소년》에서 지구가 원자탄을 투하한 것에 대한 보복으로 우주 괴물이 내습해 뉴욕, 워싱턴, 파리가 불바다가 되고 인류가 그동안 쌓아 올렸던 문명이 재가 되어 사라지는 것을 전 세계가 통신으로 지켜본다. 원일 박사는 "지구와 인류를 이 멸망에서 건져 주소서"라고 기도한다. 그런데 신기하게도 세계가 불타고 멸망하는 모습이 보여도 결국 우리는 그 재앙에서 빗겨 난다. 원자탄이 터져서 지구가 멸망하고 우주 괴물이 내습해서 도시가 불바다가 되는 상황은 마치다른 세계인 것처럼 그려졌다. 원자탄이 터지는 곳은 잿더미가 되지만 멀리서 바라보는 이들에게는 일순간의 섬광처럼 보이듯이 말이다.

> 태양을 마주 보는 듯한 세찬 빛에 부딪친 것이었다. 또 철이는 플라스틱으로 된 창문으로 밖을 내다보다가 눈이 셔서 두 눈을 부벼댔다.[14]

> 번쩍 번쩍-/ 번개 같은 빛이 달나라의 밤을 환히 비추었다. 지구보다 높은 산 넓은 들에 화산이 터진 구멍이 빛났다. 태양발전소의 큰 거울, 땅속에 묻힌 집들의 지붕, 일하던 트럭터며 작은 돌알까지 또렷이 보였다.[15]

원자탄이 터지는 장면은 아이러니하게도 태양과 같이 강렬한 빛으로 묘사됐다. 터지는 순간 주변의 온 세상을, 심지어 밤도 낮처럼 환히 비추는 빛으로 묘사됐다. 달에 원자탄이 떨어지는 장면도 무시무시한 어둠이나 괴물이 엄습하는 분위기가 아니라 '태양을 마주 보는 듯한 세찬 빛', '번개 같은 빛'으로 묘사됐다. 원자탄이 투하된 곳과 한 줄기 빛으로 보이는 멀리 떨어진 곳의 간극은 실제적 공포와 적을 섬멸하는 구원의 아이콘이라는 모순적이지만 이중적인 시선을 담아낸다. 1959년 한낙원의《잃어버린 소년》에는 지구 '멸망', '재앙'과 같은 용어를 언급하며 원자탄이 터지는 두려움이나 우주 괴물의 내습 같은 부작용 공포가 담겼으면서도 원자탄이 지닌 매혹에 자석처럼 끌리는 시선이 함께 투영되었다. 빛과 어둠이라는 이중적 이미지에서도 원자탄을 터뜨리기를 결정하는 공상과학은 멸망보다는 구원, 공포보다는 기대와 전망 쪽으로 기운다.

원자력 에너지에 담긴 우주 개척의 꿈

아무리 공상하려고 해도 전쟁을 겪은 현실이 너무 생생하던 1959년, 한낙원은 미래에 대한 낙관적 기대와 전망을 담기 위해 공간을 '우주'로 확장한다. 적은 우주 괴물이 되고 원자탄이 터지는 곳도 월세계이며, 로켓의 주요 에너지원으로 원자력을 연구하는 우주과학연구소가 제주도 한라산 꼭대기에 있다. 원자탄의 공포를 생생하게 목격한 1950년대의 인류 대재앙이라는 디스토피아적 전망을 미래의 에너지원으로 치환하기 위해서는 현실과 간극을 벌일 필요가 있었다. 원자탄이 터지더라도 우리를 비껴가야 하고, 당장은 우리가 에너지원으로 치환할 원자력을 보유하지 못한 현실이지만 미래에 대한 낙관적 전망을 품기 위해 '우주'라는 공간은, 현실에서 이룰 수 없지만 '인류의 꿈'을 담아내는 환상으로 기능하기에 적절했다. 미소의 치열한 우주 개척 경쟁은 우리에게는 피부로 와닿지 않는 환상에 지나지 않았지만, 1950년대의 우울하고 절망적인 현실에서 벗어나 미래의 꿈을 키우기에는 현실이 아닌 '이상'이 필요했던 것이다.

1957년 말에 스푸트니크 인공위성이 지구 밖을 돌게 된 뒤 이 우주의 길은 처음으로 트이기 시작하였었다. 그 뒤 30여 년 동안에 우주의 길은 눈부시게 발달하였다./ 수많은 개와 원숭이와 쥐 그리고 사람들이 희생되어 이 우주의 길은 거의 안전하리만치 개척되었던 것이다. 세계는 원자무기가 너무 발달하여 그 이상 싸울 수 없게 되었다./ 그래서 유엔은 발전하여 세계연방이 되었다. 각 나라 대표가 모여 세계연방 정부를 만들고 거기서 세계연방의 원수를 뽑았다. 그러나 각 민족은 자기 민족문화와 과학을 마음대로 발전시킬 수 있게 마련이었다. 이리하여 50년 전만 해도 일본의 식민지로 시달리던 한국은 미국이나 소련과도 경쟁할 수 있는 과학국이 되었던 것이다. 또 노벨상을 받은 원일 박사와 같은 전자물리학자는 세계의 자랑이었다./ 제주도에 자리 잡은 그 원일 박사의 우주과학연구소에서는 지금 우주여행에 필요한 새로운 에네르기를 연구하고 있었던 것이다.[16]

1950년대 국가가 지원하는 과학기술 활동은 극히 제한되어 있었다. 국방부 과학연구소와 한국농학연구소를 중심으로 일부 과학기술 연구가 수행되었다. 국방 및 농업 연구는 이승만 정부 차원의 필요에 따라 수행되었다면, 원자력연구소의 설립은 국제정세에 따라 진행된 사업이었다.[17] 원자력연구소의 설립은 한국 과학기술계에서 과학기술

전반의 진흥을 꾀하는 중요한 계기가 되었다. 1950년대 과학기술자들은 원자력 사업을 앞세워서 받은 연구지원금으로 물리학, 화학, 금속학, 전기공학, 농학, 의학 등 과학기술 전 분야의 발달을 도모했다. 군사용이나 발전용으로 들여오고 싶어 했던 원자로를 겨우 교육용 정도로 들여오고 1962년이 되어서야 연구용도 들어오게 되는 현실이었지만, 원자력연구소는 미래과학의 꿈을 키워나가는 동력으로 기능했다.

1950년대와 1960년대 공상과학에서 인조인간연구소, 우주과학연구소, 자력연구소 등 온갖 연구소가 설립되고 그때마다 박사가 등장하는 것은 과학기술을 장려하고 독려하는 당시의 분위기를 탄 것이었다. 이때의 연구소와 박사는 이공계열을 의미한다. 과학교육을 장려하고 과학기술정책을 수립함으로써 미국과 같은 선진국 대열에 오르고 싶었던 1950년대 남한의 욕망을 엿볼 수 있다. 그러나 원자력에 거는 우리의 기대는 당대 현실과 괴리되어 미국과 마찰을 빚었다. 원자력으로 선진국으로 도약하려는 우리의 기대와는 달리 미국이 바라보는 우리는 후진국에 지나지 않았다. 원자력에 거는 기대와 현실의 간극이 컸지만, 간극이 크더라도 미래를 향한 꿈을 포기할 수 없었다. 현실을 자각하면 전쟁의 우울과 폐허로 인한 생존만이 남아 있기 때문이다. 본격문학에서 전쟁의 우울과 트라우마를 그리는 동안, 대중문학의 한 영역인 공상과학에서는 전후의 디스토피아적 전망을 걷어내고 낙관적인 미래로의 전환을 꾀하고 있었다.

1950년대에 원자탄의 평화적 이용은 세계연방을 만들어 내고 우리 편이 아닌 적에게 사용하는 합법적 권한이었다. 1950년대 미국 공상과학영화와 국내 공상과학소설에서의 우주인 또는 우주 괴물은 '지구보다 우수한 문명의 소유자'로 나온다. 그래서 지구에 더 위협이 되고 다른 어떤 무기로도 당해 낼 수가 없어 원자탄을 쏘는 장면이 삽입된다.《우주 벌레 오메가호》에서도 지구인보다 더 뛰어난 의학기술이 나오고,《잃어버린 소년》에서도 광선을 맞고 다시 살아난 용이가 죽었던 사람을 살리는 빛을 쏘는 기계에 누워 있었던 경험을 이야기한다.

어떻게 해도 전쟁의 악몽과 원자탄이 전염한 대재앙의 공포에서 벗어나기 힘든 1950년대 말부터, 남한은 국내에서 막연하고 추상적이고 '비현실적'으로 보이는 우주과학을 통해 미래를 향한 낙관적인 기대를 드러내고자 했다.[18] 1960년대와 1970년대의 우주과학소설은 미래를 향한 진보적 욕망을 드러내는 국가 이데올로기의 투영이자 대중의 욕망이 투사된 것이었다. 우주를 배경으로 하는 과학소설은 허황되고 비현실적인 어린이·청소년을 대상으로 한다는 꼬리표가 끊임없이 따라다녔다. 그러나 원자탄의 디스토피아적 세계에서 벗어나 선진국으로 발전하기 위한 국가 정책에서 '미래'를 끌고 나가는 원동력이 필요했고, 그 원동력을 '과학기술'로 삼은 것이었다. 1959년에 원자탄은 국내에서 대재앙의 공포를 상징하지 않고 이온보다 강한 로켓을 추동하는 원자력 에너지로 전환된다.[19]

《잃어버린 소년》과《금성탐험대》에서 원자력으로 우주선의 동력과 로켓의 추진력을 얻고자 하는 연구와 성과에 대해 언급하는 장면이 반복된다.《금성탐험대》에서는 소련의 원자력 잠수함을 비롯해 로켓의 추진력도 과산화수소나 붕화수소에서 모조리 '원자력'으로 바뀌었

한낙원의《새로운 원자력 지식》속표지와 판권, 저자 촬영.
1962년 문교부 우량도서로 선정되었음을 알 수 있다.

다고 설정된다.《잃어버린 소년》에서는 원자탄의 공포가 완전히 걷히지 않은 상태에서 로켓의 추진력을 원자력으로 바꾸려고 시도한다. 미국이 원자력 잠수함을 발명하는 데 성공했고 이어서 로켓의 추진력이나 우주선의 동력을 원자력에서 얻기 위해 시도한 것은 인류가 우주를 개척하고자 하는 꿈으로 이어졌다. 한낙원이 그의 공상과학소설에서 원자탄에 대한 공포를 전제하면서도 원자력 에너지에 대한 갈망을 그린 것은 그것이 '미래 인류의 꿈'과 닿아 있다고 여겼기 때문이다.

이렇게 지구 위에 찬란한 문화의 꽃이 피어나면 인간은 거기에 만족할 수 없어서 이번에는 **우주 개척**의 길을 떠날 것이다. 그러면 **원자력 우주선**도 달이나 화성이나 금성이나 태양계를 두루 여행하기에는 부족한 때가 올 것이다. 이렇게 되면 인간은 다시 **광자 로켓트선**을 만들어 가지고 이번에는 태양계를 벗어나서 다른 태양계를 찾아다니게 될 것이다.

인간이 이렇게 우주여행을 하다가 **또 하나의 인간들이 사는 별**을 발견하면 그 얼마나 가슴이 뛰노는 일이겠는가! 화성인이나 금성인과 같은 과학소설에 나오던 인간은 한낱 꿈이 되었지만 이 우주 안에는 지구보다 더 동식물이 살기 좋은 별들이 얼마든지 있을 것이다. 인간은 부단히 그 우주를 향하여 전진할 것이다. 빛과 같은 속력으로 달리는 우주선을 타고 인간이 저 휘넓은 우주를 달리며 별과 별을 찾아 다니는 광경을 상상해 보라. 그 얼마나 웅장하고 통쾌할까를…… / 그러나 이와같은 인류의 꿈도 한 알의 분자나 원자를 연구하는 태도에서 이루어진다는 것을 우리는 잊어서는 안되겠다.[20]

한낙원은 1962년[21] 《새로운 원자력 지식》이란 책을 내면서 '원자력의 평화적 이용'이란 장을 마련해 원자력을 어떻게 이용할지에 대한 방법을 세 가지 제안했다. 원자력발전소와 같은 발전용, 발전이 아닌 추진 동력용, 동위원소의 활용이 그것이다. 이중 원자력발전소와 추진 동력용이 당시 국내의 관심사였음을 알 수 있다.

그러나 앞서 언급했듯이 당시 국내 원자로는 연구용에 지나지 않았고, 추진 동력이나 군사용으로 이용하고자 하는 기대 및 전망과 실제 현실은 거리가 있었다. 국내 현실과는 거리가 먼 초고속 계획으로 원자력발전을 도입해서 전력을 해결하겠다는 과학자들의 계획은 '비현실적인 계획'이었지만 이런 비현실적인 계획이 작성되고 받아들여질 수 있었던 것이 당시 한국 상황이었다.[22] 원자력을 둘러싼 국내 현실과는 거리가 먼 '비현실적인 계획'을 통해 과학기술자들은 원자력 사업으로 활동의 계기를 마련해 자연과학학술회의나 특정 분야가 아닌 종합과학으로서 과학기술 진흥을 위한 환경을 조성했다. 과학기술을 진흥하는 데 더 많은 후원을 받기 위해 '미래의 꿈으로서 원자력'을 내세울 필요가 있었다.

한낙원은《새로운 원자력 지식》에서 1958년 미국의 원자력 잠수함 노틸러스호가 북극해를 횡단하는 데 성공한 것을 시작으로, 곧 원자력 비행기, 원자력 기차도 나올 것이라고 했다. 더불어 지구에서 그치지 않고 '우주 개척의 꿈'을 향해 나아갈 것을 예견했다. 우주선의 동력과 로켓의 추진력을 '원자력'에서 얻고자 시도함으로써, 원자력을 우주 개척의 꿈을 실현해 주는 이미지로 구축한다. '꿈의 원자력'이란 타이틀을 내걸고 원자력과 미래 인류의 꿈을 연계하는 마무리는 1960년 대의 청소년들이 왜 우주 공상과학소설을 읽고 우주 공상과학만화를 보며 과학자 꿈을 키워 왔는지를 알 수 있게 해 준다.[23]

한낙원이《새로운 원자력 지식》을 간행한 1962년의 국내 상황은 원자력을 미래 에너지원으로 성장하게 해 선진국으로 도약하려는 국가의 강력한 개발정책이 맞물려 있었다. 1962년 경제개발 5개년계획과 함께 원자력을 미래 에너지로 추진하고자 하는 국가 정책 이데올로기는 과학소설에 투영될 수밖에 없었다. 중고등학교에서 과학교육을 장려하고 공업고등학교와 대학의 이공학으로 진학해 미래의 일꾼으로 성장하게 하는 데 공상과학소설이 유용한 역할을 담당했다.

달나라도 지나고 화성도 지나고 알지 못하는 또 하나의 별을 찾아 인류의 살 곳을 마련해주고 싶은 것이 그의 꿈이요 그것이 그의 삶 모두였었다.[24]

《잃어버린 소년》에서 원일 박사의 꿈은 또 하나의 별을 찾아 인류가 살 곳을 마련하는 것이다. '지구 행성에 원자탄이 터져서 인류가 모두 멸망한다면'이라는 가정은 공상과학에서 다른 행성에 대한 갈망과 우주 개척 서사로 이어진다. 지구 종말이나 인류 대재앙의 디스토피아를 새로운 행성의 개척이라는 낙관적인 전망으로 치환하는 데 '우주'로 공간을 확장하는 것이 필요 성분으로 들어갔던 것이다. 데즈카 오사무의 〈철완아톰〉에서 '지구 이외에 다른 행성이 있다면', '다른 행성에 원자탄이 터져서 지구 행성으로 옮겨 왔다면'이라는 우주인이 지구로 오는 가정에도 원자탄으로 인한 인류 멸망의 공포가 잠재되어 있다. 또 다른 지구(2의 지구), 또 다른 행성에 대한 가정은 당시 공상과학에서 종종 등장하던 모티프였다.

원일 박사가 지구 인류를 위해 하는 연구는 그의 '꿈'으로 표현된다. '꿈'이라는 용어를 빈번하게 사용하고 미래에 자신이 하고 싶은 일에 대한 꿈을 꾸던 시대이기도 하다. 지금은 '꿈'보다는 '현실'에서 가능한 일이 우선시되어 직업을 선택하지만, 1959년을 거치고 1960년대에는 현실에서 이룰 수 없어 보이고 현실과 거리가 먼 꿈을 꾸던 시대였다. '꿈'은 거창하고 이루어질 수 없을 것 같은 것을 꾸는 게 당연한 시대였다. 현실이 너무 고달프고 우울한데 현실에서 이룰 수 있는 것만을 고집한다면 어떨까. 국내에는 군사용이나 발전용 원자력 에너지를 도입할 수 없는 상황임에도 미래를 계획했던 1950년대 과학기술자들이, 그것이 '비현실적'이라고 하여 현실적인 것만을 고집했다면 어떻게 되었을까.

1959년에서 1960년대 초 우주과학은 국내에서는 현실감이 떨어지고 막연한 영역이었다. 그래서 우리가 단독으로 우주 개척에 나서는 서사를 전개하기보다, 오영민의 《화성호는 어디에》처럼 미국 프로젝트의 한 일원으로 참가하는 것으로 설정하거나 한낙원의 《금성탐험대》와 같이 다른 나라 우주선에 탑승하는 장면을 삽입한 것을 볼 수 있다. 공상과학은 우주를 배경으로 하는 허무맹랑한 비현실적인 이야기라는 비판을 받기도 한다. 그러나 '우주'를 배경으로 한 것은 원자탄의 공포와 전쟁의 트라우마라는 현실에서 벗어나서 낙관적 미래를 설

177

계하기 위한 필수 관문이었다. 또한 스페이스 오페라가 유행하고 미소 우주경쟁이 치열하던 시대라서 우리도 우주과학으로 기우는 것이 당연한 상황이었다. 우주과학소설을 단순히 허무맹랑한 어린이의 이야기라고 치부하기에는 당대 사회적인 맥락과 국내 현실이 처한 상황이 복잡하게 얽혀 있었다.

1950년대 이른바 문단의 본격문학 작가들이 더없이 우울하고 피폐한 현실을 그리는 동안, 대중 또한 그렇게 우울한 소설을 읽었을까. 대중에겐 현실을 잊게 해 줄 구원의 '영웅'이 필요했고, 지금보다 더 나은 미래에 대한 바람이 간절했다. 공상과학소설에서 국가를 위해 우주선을 설계하는 과학자나 우주 괴물에 납치되었다가 탈출한 소년, 우주 괴물과 싸워서 이긴 지구연합군(UN)은 모두 '영웅'이다. 3차 세계대전이 일어나더라도, 우주 괴물이 나타나더라도, 원자탄이 터지더라도 '영웅'이 나타나 구원해 줄 것이란 기대 속에서 원자탄은 공포가 아닌 구원의 아이콘이자 미래의 에너지로 치환된다.

《잃어버린 소년》의 마지막은 "소년 영웅 만세"로 끝난다. 대중이 공상과학소설에서 바랐던 것은 '과학'이 아니라 '영웅'이었던 것이다. 1959년을 기점으로 공상과학만화에서 계속 '영웅'이 탄생했던 것은 국가 이데올로기와 대중의 바람이 일치하는 지점이었기 때문이다. 1960년대와 1970년대에 〈철인캉타우〉, 〈로보트 태권V〉, 〈태권동자 마루치 아라치〉가 탄생한 계기에는 바로 원자탄의 디스토피아를 원자력 에너지라는 낙관적인 기대와 전망으로 치환하고자 한 맥락이 숨어 있다. 공상과학소설의 소년 영웅의 이름은 잘 기억되지 않는 반면, 라이

〈철인캉타우〉, 한국만화박물관 소장, 저자 촬영

파이, 홍길동, 아톰, 훈이, 태권V, 철인캉타우 등 공상과학만화의 영웅의 이름은 대중에게 오랫동안 각인된다.

공상과학만화
《정의의 사자 라이파이》

지구연합군 등장과 원자탄의 평화적 이용

《헨델박사》(1952)와《정의의 사자 라이파이》(1959)는 1950년대의 공상과학이라고 함께 묶어 버리기에는 분위기도 모티프도 설정도 다르다. 일단《헨델박사》가 물 밑이 주요 배경으로 설정됐다면,《정의의 사자 라이파이》는 하늘이 주요 전투 공간의 배경이다. 바다에서 하늘(우주)로 공간이 이동한 것은 원폭실험의 공포가 우주개발의 경쟁으로 변모되었음을 의미한다. 더불어 세계 평화라는 명분으로 '지구인'과 지구인이 아닌 생명체로 나누고, 지구인을 수호하기 위한 지구연합군이 평화를 저해하는 적을 무너뜨리는 설정으로 바뀐다.

UN이 '핵의 평화적 이용'을 공표한 이후, 공상과학에서 적을 무찌르기 위한 최후의 수단으로 UN(지구연합군)이 원자탄 투하를 결정하는 장면을 종종 볼 수 있다. 인류의 대재앙이라서 반대하는 과학자가 있어도 결국 적을 멸하기 위해 원자탄을 터뜨리는 결정적 장면의 삽입은, 소련이 아닌 미국의 우호국인 이상 원자탄은 공포가 아니라 강력한 무기와 절대적 승리를 보장해 주는 동아줄로 인식되었음을 알 수 있다.

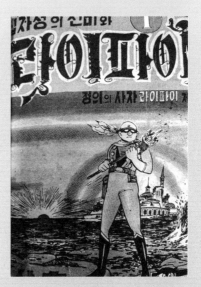

《정의의 사자 라이파이》 시리즈의 복간본 표지들, 한국만화박물관 소장, 저자 촬영

1957년 소련의 스푸트니크가 발사된 이후 미소 냉전체제는 우주 개발을 중심으로 펼쳐졌다.《헨델박사》에서 물 밑에서 나타나던 괴물과 물 밑의 연구실은,《정의의 사자 라이파이》에서 산 위에서 나타나는 괴물과 산 위의 연구실로 전환된다. 이동 무기도 탱크에서 하늘에서 싸우는 '전투기'로 바뀐다. 납치도 하늘에서 이루어지며 사고도 비행기가 추락하는 것으로 설정된다.《정의의 사자 라이파이》에서 적과 싸우는 장소와 납치극이 펼쳐지는 장소는 주로 '하늘'이다. 녹의 여왕의 부베항공선도 바다의 큰 항공모함처럼 그려졌지만, 하늘을 나는 비행선이다. 공상과학의 배경도 지구에서 '우주'로 확장된다.

《정의의 사자 라이파이》와 한낙원의《잃어버린 소년》은 비슷한 시기에 연재된다.《정의의 사자 라이파이》가 연재되던 시기는 원자력이 국가 발전의 원동력으로 자리를 잡아 미국과 같은 선진국으로 도약하고 원자력 시대를 선언한 박정희 정권의 명분을 내세운 전략적 영향이 작용하기 시작한 때였다. 원자력이 원자탄의 공포가 아니라 원자력 에너지로 전환되면서, 로켓이나 무기의 에너지원으로 그려졌다. 〈철완아톰〉에서 아톰이 '원자력'으로 힘을 얻는다면,《잃어버린 소년》에서 세 소년이 탄 우주 비행선도 '원자력'으로 움직인다.

《정의의 사자 라이파이》에서 이루쿳치족의 과학무기가 만만치 않자 이루쿳치섬을 멸하기 위해 지구연합방위군은 원자탄을 터뜨리는 결정을 한다. 원자탄이 인류의 재앙 및 멸망과 동일시된다는 인식이 있음에도 적과 벌이는 전쟁에서 늘 원자탄을 염두에 두고 있음을 알 수 있다. 1950년대 공상과학에서 종종 차용된 '적이 강할 경우 원자탄을 터뜨릴 수 있다'는 가정은 실제로 전쟁을 끝내게 하거나 냉전 시대에 전쟁이 일어나지 못하게 하는 '상상의 공포'로 기능했다. 원자탄의 위력을 실제로 목격한 인류에게 원자탄은 실제 터뜨리지 않고서도 대중문화의 상상으로 반복 재생산됨으로써 위협이나 불안의 요소로 작동했다.

그러면서 각 국가는 자신들의 공상과학에서 내습한 괴물을 물리치는 것으로 원자탄과 전쟁의 공포를 극복했다. 내습한 괴물에 대한 두려움은 늘 '지구(우리가 알고 있는 영역)보다 더 우월한 과학문명을 가졌는가'에서 비롯된다. 적으로 대치되는 종족은 북아메리카 인디언 이루쿳치족이라든가 잉카제국이나 십자성 성주 등으로 미국을 중심으로 세계를 재편하기 위한 문명과 야만의 구도가 전제되어 있었다. 여기에서 잉카제국과 이루쿳치족은 머리에 깃털을 꽂은 인디언이나 말을 타는 기마 민족 몽골족을 연상하게 한다. 우주인을 경계하는 이유는 이들이 미국보다 더 발달한 문명의 소유자일지도 모른다는 불안 때문이다. 〈지구 최후의 날〉에서도 문명과 야만의 구도로 지구인이 아닌 생명체에게 문명국에서 왔는지 지구인보다 문명이 앞선 곳인지를 질문하며 경계한다.

《정의의 사자 라이파이》에서 가장 인상적인 캐릭터인 녹의 여왕은, 〈지구 최후의 날〉의 외계인 클라투와 목적이 다르지만 지구의 과학시설과 과학자를 파괴한다는 행위는 같다. 〈지구 최후의 날〉에서 클라투는 지구가 살기 위해서는 지구인이 모두 멸종되어야 한다고 한다. 《정의의 사자 라이파이》에서 잉카와 마야의 과학 문명은 굉장히 우수

했으나 한 사건으로 과학전쟁을 벌였고 핵무기 사용으로 두 문명은 지구에서 자취를 감추었다. 이때 타이루 박사와 녹의 여왕은 광자 로켓으로 그린스타라는 꿈의 별에 도착했다. 녹의 여왕은 영원의 별에서 젊음을 영속하고픈 욕망으로 지구로 돌아온다. 잉카제국의 녹의 여왕에는 핵무기로 인한 멸망, 그로써 우주에서 온 외계인, 지구인을 파괴하려 하는 적, 핵무기뿐만 아니라 영원한 삶을 향한 인간의 이기적 욕망 등이 모두 녹아 있다. 사악한 마녀로 상징되는 녹의 여왕은 지구인의 적으로 묘사되었다.

　1950년대 UN이 '핵의 평화적 이용'을 공표한 이후, 공상과학에서 '지구인'이라는 용어가 떠올랐고 지구 평화를 위협하는 적에 맞서기 위해서 지구연합방위군이 결성됐다.《정의의 사자 라이파이》에서도 지구연합군이 등장하고 적도 일개 악당이나 한 지역 국가가 아니라 부족(문명) 전체(잉카문명 등)거나 공산 독재주의이다. 잉카제국이나 이루쿳치족이 문명국이 아닌 야만족을 대표하며, 이들은 전쟁을 일으키는 공산주의 국가와 더불어 우주 괴물과 동일시되었음을 알 수 있다. 미소 냉전체제의 갈등이 첨예화되었을 때, 적에게 원자탄을 터뜨릴 수 있다는 지구연합군의 결정은 소련에게 위협이 될 수밖에 없었다. 인류의 대재앙이라는 걸 알면서도 지구연합군은 종종 적이 생각보다 강할 경우 우리보다 더 진보됐을 경우 적을 회유하거나 적과 공존하는 편보다는 멸하기 위해 원자탄을 터뜨리는 결정을 내린다. 1945년 이후 실제로 원자탄이 터지지는 않았지만, 공상과학에서 원자탄은 반복해서 터진다. 녹의 여왕의 맹렬한 반격에 지구연합방위군이 전멸하고 연합군 사령관도 포로가 되자, 연합군 참모부는 잉카섬에 원폭을 투하하기로 결정한다. 인류의 멸망을 고하는 원폭 투하 결정에 놀란 라이파이는 잉카섬으로 달려가 사령관을 구한다. '인류의 멸망'이라는 인식에도 '원자탄 투하'를 결정하는 이중적이고 모순적인 감성이 충돌하고 있음을 알 수 있다.

그런데 신기한 것은 인류의 멸망이라고 하지만 오직 적(우주 괴물과 야만족)을 멸할 뿐이고 지구인(연합군을 필두로 한)에게는 재앙이 떨어지지 않는다. 인류가 전멸할 것이라는 핵공포를 뛰어넘어 낙관적인 전망과 희망을 품으며 전쟁을 표면적으로라도 극복하고자 했다. 전쟁의 상흔이 삶을 잠식해 들어가는 1950년대에 대중문화는 통쾌한 한 방으로 시원하게 적을 무찌르고 우리도 얼른 부강한 나라가 되어 잘 먹고 잘살기를 바라는 대중의 심리를 충족했다.[25]

한국전쟁을 겪고 난 세대들은 잘살기 위해서 허리띠를 졸라매고, 힘들다고 징징대거나 우는 대신 일을 하고, 내가 아닌 우리를 위해 함께 나아가는 데 동참했다. 그래서 '정의'를 내세운 영웅은 어디서나 환영받을 수밖에 없었다. 공상과학 만화영화 주제가에 거의 매번 '정의와 평화의 사자'가 수식어처럼 따라다니는 것으로도 당시의 분위기를 짐작해 볼 수 있다.

라이파이는 녹의 여왕에게 민주주의의 가치를 설명해 준다. 옛날에는 왕이 나라를 다스렸지만, 지금은 평민이 일어나 모두가 평등한 민주주의를 건설했다고 한다. 그러면서 남의 나라를 침략한 공산주의 국가는 스스로 멸망했다고 한다. 공산국가가 사라지자 지구에는 전쟁이 필요 없어지고, 지구인은 남의 나라를 침략하지 않는다고 한다. 공산국가만 사라지면 지구인은 하나가 될 것이라는 미래를 그리고 있다. 이처럼 1950년대 이후 국내 SF에서 전쟁의 원인을 공산주의로 돌리는 설정은 흔히 볼 수 있다. 1965년에 발표된 〈완전사회〉에서 3차 세계대전은 심지어 사회주의 국가끼리의 충돌로 일어난다. 문윤성은 미래에 사회주의 국가는 멸망할 것이라 예견한다. 원자탄을 인류의 대재앙이라고 두려워하면서도 공상과학에서 적을 섬멸하기 위해 원자탄을 투하하는 설정은 미국이 원자탄을 보유한 소련에 위협을 가하고 공포를 조성하는 것[26]으로 기능했을 것이다.

정의의 영웅 탄생과
거대로봇 시대의 준비

1950년대의 공상과학소설과 공상과학만화의 가장 큰 차이는 대중적 '영웅' 이미지의 유무이다. 수전 손태그는 1940년대와 1950년대 공상과학소설과 공상과학영화에서 소재와 모티프가 같지 않다고 하며 차이를 이야기한 바 있다. 그는 공상과학영화가 '과학' 대신 '재앙'을 이야기한다고 한다.[27] 공상과학은 만화와 만화영화에 따라다니던 필수 수식어였다. 과학소설이라고는 했지만, 과학만화(영화)라고 하지는 않았기 때문이다. 그만큼 현실과의 간극이 소설보다 큰 매체였다고 볼 수 있다. 그러나 그 간극만큼 어린이·청소년에게는 현실이 아무리 남루하고 초라하더라도 꿈을 꿀 수 있는 징검다리 역할을 할 수 있었다. 공상과학만화 《정의의 사자 라이파이》에서 원자탄의 실제적 공포가 환기하는 현실보다 제비기를 타고 나타나 우리를 구해 주는 영웅 라이파이의 환상이 더 강렬하게 남는 것처럼 말이다.

라이파이는 부호의 아들로 태어났으나 부모를 도적단의 습격으로 잃고 우주과학자 김 박사에게 길러져서 '정의의 사자'가 될 것을 결심한다. 김 박사의 딸 제비양과 함께 제비기를 타고 다니며 악의 무리와 맞서 싸운다. 라이파이의 탄생 설정은 이후 〈로버트 태권V〉와 같은 공상과학만화에서 모티프로 반복되어 차용된다.[28] 영웅과 고아는 마치 짝을 이루는 것처럼 함께 다녔다. 슈퍼맨도 핵실험으로 폐허가 된 곳에서 온 고아이며, 배트맨도 사고로 부모를 잃은 고아이다. 전쟁 이후 남한에서도 폐허 극복의 상징으로 고아의 활약상이나 영웅으로의 성장담을 국가의 원동력으로 내세웠다.

그러나 한편으로 고아를 국가 재건을 위한 희생 제물로 삼은 것이 아닌가 한다. 가족이라는 장애가 없는 고아를 택해 개인의 삶 없이 오로지 정의와 명분으로 국가에 충성하게끔 요구한다. 공상과학에서 고아의 영웅으로의 성장 서사는 한국전쟁으로 양산된 고아와 전쟁 영웅을 연결해서 거리의 부랑아를 개도하려는 국가의 정책과, 지금은 고아일지라도 영웅이 될 수 있을 것이라 믿으며 산업 기술자로 열심히 근무하던 대중의 기대가 만난 결과물이다. 1950년대에 전쟁 이후의 작품은 부모를 잃은 고아의 성장담이 종종 주요 소재와 모티프로 떠올랐다. 1950년대 길거리 고아는 부랑아, 신문팔이 등으로 전전하다 범죄 조직에 빠지기 쉬워 사회문제로 제기될 정도였다. 고아 라이파이라는 정의의 영웅 탄생은 전쟁으로 피폐화된 현실을 극복하는 성장 서사였다. 내가 아닌 우리, 한 국가의 이익이 아닌 지구의 평화, 정의와 평화를 위해 싸우는 용사의 이미지로 재앙과 전쟁의 공포를 극복해 나갔다.

1940년대부터 첩보소설 모티프로 차용된 과학자 납치사건은 《정의의 사자 라이파이》에서도 나타난다. 과학자 납치사건을 해결하기 위해 김 탐정이 등장한다. 김산호는 《정의의 사자 라이파이》에서 1940년대의 첩보 모티프와 미국 영웅물(〈배트맨〉으로 대표되는)의 서사 모티프를 결합해, 1959년 당시 국내에서 필요한 정의의 사자가 탄생하게 했다.[29] 과학자는 모두 우주과학자로 대표되고, 한 국가를 넘어선 지구단 등의 적이나 지구를 내세운 방위군 등 우주적 차원의 대결이 펼쳐진다. 우주 상공에서 비행기가 추락하거나 비행기를 납치하는 것과 같은 사건 등은 미확인비행물체로 생겨난 불안 심리에서 나왔으며, 우주에 외계인이 있을지도 모른다는 불확실에서 기인한다. 미확인비행물체는 외계인의 것일 수도 있으나 소련이나 적군이 띄운 인공위성으로 확인되기도 했기 때문에 군사적 방위 경계가 '바다'에서 '하늘'로 집중되던 시기라고 볼 수 있다.

라이파이의 요새는 태백산 깊숙이 자리를 잡았다. 공간적 배경이 심해의 괴물과 사투를 벌이던 1952년 《헨델박사》의 바닷속에서 산속으로 이동했다. 1959년 《잃어버린 소년》의 연구소도 한라산 중턱으로 설정된다. 바닷속에서 출현하던 우주 괴물은 1960년대 중반 이후 산이나 도시 한가운데서 어느 순간 갑자기 출현한다. 1967년에 개봉한 김기덕의 〈대괴수 용가리〉는 심해에서 출현하지 않고 인왕산에서 출현해 도시 사람들을 공격한다.

《정의의 사자 라이파이》는 K.C.S 한국 여객기가 남아메리카 안데스에서 추락해 여객기 탑승원이 대참사를 당했다는 기사로 시작된다. 비행기가 추락한 지점은 밀림이고, 원시 복장을 한 사람들을 만난다. 원시 부족의 녹의 여왕은 마치 마법을 부리는, 구름 위에 서 있는 도술사처럼 묘사된다. 깊숙한 곳에 자리해 세상 사람이 찾을 수 없는 과학 문명이 발달한 부족사회를 위험한 적으로 간주한 것은, 초창기 번역 과학소설《비행선》부터 이어져 온 익숙한 구도이다. 눈에 드러나지 않아 문명의 발달이 어느 정도인지 가늠할 수 없는 잉카제국은, 서구에 언제 어디에서나 나타날지 모르는 우주인의 급습처럼 공포를 불러일으키고 경계하게 했음을 알 수 있다.《정의의 사자 라이파이》에서 잉카제국에 원자탄을 투하할 결정을 내리는 것은, 잉카제국의 과학문명이 생각했던 것보다 발달했기 때문이다.

1950년대 미국영화에서 잉카제국을 원시 부족의 상징으로 소환한 것은《비행선》부터 이어져 오던 서구의 눈속임이다. 〈지구 최후의 날〉에서 미국방장관은 문명과 문명이 처음 만나는 날 덜 진보된 문명은 멸망하거나 노예화되었다고 했다. 우주에서 온 외계생명체는 지구보다 더 발달된 문명에서 왔을 것이기 때문에 지구가 멸망하지 않기 위해서는 이들을 없애야 했다. 더 발달된 문명에 대한 두려움은 식민지 개척의 역사를 통해 두드러지게 드러났다. 식민지 개척의 역사에서 문명과 야만의 구도는 동양의 발달된 문명을 마법이나 환술과 같은 사악한 것으로 각인시켰다.

1959년을 기점으로 발전·진보의 세계관으로 밀고 나가던 1960년대 국가 주도 이데올로기에서, 우리가 문명과 야만의 이분법적 구도 가운데 덜 진보된 야만의 위치에 놓임을 인식하기보다 미국과 같은 선진국 대열로 들어서기 위해 고군분투하며 앞만 보고 달렸음을 알 수 있다. 적나라하게 동양에 대한 야만적이고 원시적인 시선이 녹아 있음에도《정의의 사자 라이파이》의 독자는 당시 아무도 그 문제를 지적하지 않았다. 미국의 시선으로 보면 우리가 잉카제국이나 이루쿳치족과 같은 선상에 놓일 수도 있음을 당시 독자들은 자각하려 하지 않았다. 우울하고 암울한 현실의 자각보다 적을 무찌르고 통쾌하게 한 방 먹이며 승리하는 라이파이 같은 영웅을 기대했음을 알 수 있다. 현실이 참혹하고 처절한 생존이기 때문에, 대중은 현실을 직시하는 것보다 희망과 밝은 미래를 보며 잠시라도 웃을 수 있기를 바라는 심리가 더 컸다. 그것이 바로 대중문화가 손창섭이나 장용학과 다르게 대중에게 선사할 수 있는 위안이다.《정의의 사자 라이파이》에서 영웅의 탄생은 원자력연구소 설립과 함께 박정희 정권의 과학기술을 장려한 국가 이데올로기에서 비롯된 측면도 있지만, 당시 대중 또한 우울한 일상에서 벗어나 활기차고 희망찬 미래를 바랐던 심리가 맞물렸던 것으로 볼 수 있다. 특히 당시를 기억하는 세대들은 라이파이를 보며 웃을 수 있었고 꿈을 키울 수 있었다고 한다.[30]

라이파이는 슈퍼맨처럼 초인도 아톰처럼 로봇도 아닌 '인간'이다. 대신 무술이 뛰어나 돌려차기에 능하고, 인간의 한계를 극복하는 방법으로 제비기나 유도창 같이 채삼병이나 윤 박사가 발명해 준 무

기를 활용한다. 초능력을 가진 슈퍼맨보다는 배트맨이나 007을 닮았다.[31]

1950년대 청소년 잡지 《학원》에는 존스턴 맥컬리의 〈검은별〉, 김내성의 〈황금박쥐〉 등이 실렸는데, 이 작품들에는 주로 가면을 쓰고 망토를 두른 영웅이 등장한다. 라이파이도 가면을 쓰고 활동해서 이들 캐릭터를 연상하게 한다. 라이파이와 사건을 해결하기 위해 같이 뛰어다니는 김 탐정은 김삼의 〈소년007〉을 닮았다. 김 탐정도 총을 들고 싸우는 장면이 그려지는데, 이는 탐정도 무술을 연마해 신체적으로 우월했음을 알 수 있다. 라이파이처럼 태권도로 신체를 연마해 평범한 인간보다 우월한 영웅으로 거듭나는 경우도 있고, 초능력이나 사이보그처럼 '초인' 영웅도 있다. 이런 인간의 한계를 뛰어넘는 초인에 대한 기대는 점점 커져서 슈퍼로봇 영웅신화로 이어진다.

1959년에 남한에서는 아직 인조인간, 로봇에 대해 부정적인 인식이 컸던 것으로 사료된다. 《헨델박사》에서 인류에게 원자 독가스를 살포해 인류를 전멸하게 한 지구단원이 인조인간으로 묘사되었고, 헨델박사가 지멘의 쌍둥이 인조인간을 무기로 만들어서 지구단을 몰살한 후 인조인간을 매장해 버리기 때문이다.

인조인간과 로봇이 국내 SF에서 우호적인 승리의 무기를 상징하는 영웅으로 부상한 것은 1960년대 후반이나 되어서이다. 일본에서 아톰을 1952년에 제작한 것을 상기해 보면 시기적으로 늦었다고 할 수 있다. 일본은 원자탄의 공포를 직접적으로 체험했기 때문에 그것을 극복하려는 의지가 그만큼 강렬했을 것으로 사료된다. 1950년대의 세계가 원자의 황금시대라고 일컬어질 정도로 원자탄의 공포가 극에 달했는데도 우리는 실감하지 못했다고 보인다. 국내에서 원자탄의 공포는 오히려 1960년대 후반 인조인간, 거대로봇으로 산업화의 길에 성장의 가속도를 붙일 때, 급속한 과학기술의 반작용으로 생겨난 핵실험의 부작용과 폐해가 심각함을 떠올리게 하는 〈대괴수 용가리〉와 〈우주괴수 왕마귀〉와 같은 괴수가 출연하는 영화가 나옴으로써 제기되었다.

《정의의 사자 라이파이》에는 실제 전투를 방불케 할 정도로 구체적인 전투기 명이 나오고, 잉카의 신형 전투기, 항공모함을 연상케 하는 하늘을 나는 부베선, 방탄이 되는 제비기, 하늘을 나는 비행자동차 등 〈소년007〉을 연상하게 하는 최첨단 무기가 즐비하게 나온다.[32] 잉카의 F-004B 우주전투기와 녹의 여왕과 그의 정예군대, 그리고 유도탄과 제비기를 장착한 라이파이, 잉카의 정예군대에 맞서는 연합군은 세계대전을 옮겨 놓은 듯하다. '공군의 피해는 막대하다'처럼 실제 군대의 전투인 것처럼 보이는 문구도 등장한다. 미확인비행물체를 외계에서 온 공포물로 간주하던 시기에 잉카의 우주 전투기를 비행물체로 묘사한 것은 잉카제국을 지구를 침공하는 미지의 우주 괴물과 동일시한 시선이라 볼 수 있다.

잉카제국의 녹의 여왕과 이루쿳치족의 추장은 서로 손을 잡고, 연합군은 이루쿳치섬 상륙 작전에서 군함의 맹공격과 공군의 폭격을 받아 원자탄을 발사한다. 1950년대 공상과학에서 지구연합군 UN이 세계평화라는 명분으로 적을 섬멸하기 위해 원자탄을 터뜨리는 장면을 종종 접한다.《정의의 사자 라이파이》와 같은 시기에 창작된《잃어버린 소년》에도 우주 괴물을 멸하기 위해 원자탄을 터뜨리는 장면이 나온다. 원자탄 한 방으로 승리를 거둔 연합군은 상륙 작전에 성공한다. 한국전쟁이 끝났지만, 3차 세계대전이 일어날 것이라는 불안이 감돌았고, 공상과학에서 종종 3차 세계대전으로 인류가 멸망하는 것을 그리곤 했다. 〈완전사회〉에서도 3차 세계대전이 벌어진 미래가 펼쳐졌으며,《정의의 사자 라이파이》도 사상전쟁인 3차 세계대전이 끝나고 나서 전쟁의 위험과 불안이 도사린 상태에서 연합군이 다시 소환되었다고 설정했다. 잉카와 인디언이 연합해 지구방위군과 싸우고, 더불어 녹의 여왕은 지구연합군이 소속된 모든 국가를 차례로 공격할 것이라 선언한다. 세계대전을 방불케 하고, 냉전체제 아래에서 서로 편 가르기식의 연합을 내세운 당시 상황을 반영한다. 녹의 여왕의 맹렬한 반격으로 연합군 사령관도 포로가 되자 연합참모부는 원폭 투하 결정을 내린다. 원폭은 인류의 멸망이라는 대재앙의 공포를 지니지만, 전쟁에서의 승리를 위한 절대적 무기라는 이미지도 함께 따라다닌다.《정의의 사자 라이파이》에서는 원폭의 두려움보다는 연합군의 승리를 이끌어내고 적을 섬멸할 수 있는 절대적 무기라는 상징성이 더 컸음을 알 수 있다. 전쟁에서의 승리와 납치된 윤 박사를 구해 내는 '영원한 불사신 라이파이'는 이후 슈퍼 히어로의 대명사로 인식된다.

지구연합방위군-세계제 3차대전-사상전쟁이 끝나고 전쟁에 질린 세계 인민들이 모든 군사시설과 무기를 파괴하고 군대를 해산시켰다. 그러나 각 도처에서 대도적 강도단들이 현대무기를 비밀히 만들어 덤비는 통에 큰나라들까지 위기에 처하자 할 수 없이 각국에선 다시 군대를 만들고 모든 나라가 연합방위군을 만들어 다른 나라를 침략한 나라를 공격하기로 하여 세운 것이다. 2132년 연합방위군은 군력을 동원하여 이루쿳치섬으로 진격.

여기 나오는 대부분의 이야기는 선진 각국의 과학자들이 상상한 내일의 세계를 참조로 과학의 발달이 극도에 달할 때 정말 옛날 이야기속에 나오는 신비한나라 같은 것을 건설할수 있을것이니 이예로 녹의 여왕이 등장했고 또 이와같이 발달된 과학세계에서 좀더 발달하자는 대개 영웅이 되려는 헛된 꿈을꾸고 있으며 이런자들도 결국에 정의에 쓸어진다는 것이 본 라이파이의 주제인 것입니다.[33]

그럼 여기서 잠간 과학만화에 대해서 이야기 해봅시다. 세계 제2차 대전이 있은후 여러 선진 국가에서는 과학만화가 휩쓸었습니다. 그것은 현대 과학이 내전중 독일의 과학무기로부터 발전하여 요지음엔 미·쏘 양 대국의 대립하에 우주로 나가려는 경쟁의 막을 열었기 때문에 또한 우주의 수많은 신비의 베일이 하나하나 벗겨져 나감에 있습니다. 따라서 우주의 관심이 극도에 달했으며 미래의 과학 세계를 예상하기에 급합니다. 이런 환경속에 외국의 아동들은 거의 과학 만화를 애독하였고 이로 인하여 과학 만화의 뿜은 최고도에 이르렀습니다. 이제 비록 늦기는 했으나 우리 한국에도 과학 만화의 뿜이 일기 시작했으니 대단히 기쁜 현상입니다. 우리나라에서도 과거 여러번 과학 만화를 시도하여 보았으나 대개는 실패하였

습니다.[34]

2003년에 다시 발간된《정의의 사자 라이파이》발간사에는《정의의 사자 라이파이》가 어린이들을 위한 오락거리가 없었던 시절 한 편의 만화를 넘어 친구이고 희망이고 뜨거운 용기였다고 나온다. 〈배트맨〉이나 〈헐크〉가 미국문화산업의 하나로 성장한 것처럼 우리에게도 한 세대를 풍미한《정의의 사자 라이파이》로 시작되는 뜨거운 영웅 서사가 탄생했다고 볼 수 있다.

라이파이는 1960년대~1970년대 등장하는 거대로봇과는 구별된다. 정의의 영웅 라이파이는 '인간'이다. 라이파이는 제비기와 제비 양의 도움으로 정의의 편이 위기에 처할 때마다 나타나 위기를 모면하게 하거나 적을 쳐부순다. 첨단 과학무기가 등장하는 것에 맞서는 라이파이는 비현실적으로 보일 정도로 몸을 쓴다. 돌려차기로 적을 제압하는 장면은 매혹적인 캐릭터로 라이파이가 그려지긴 하지만, 유도탄을 쏘아대는 적군 앞에서 돌려차기로 적을 무찌른다는 설정은 어설프고 허황되게 보인다. 그러나 그 점이 바로 국내 공상과학 영웅 캐릭터가 서구 영웅과 구별되는 점이기도 하다. 1960년대 등장하는 초인 영웅도 소년 영웅 007도 모두 태권도를 연마해 발차기와 몸으로 대적하는 점이 특징이다.

이러한 국내 공상과학 영웅 모티프는 〈로버트 태권V〉도 태권 동작으로 적을 무찌르는 설정으로 이어지면서 국내 고유 캐릭터를 만들어내게 했다. 태권도 동작을 넣음으로써 적을 무찌르고 전쟁에서 승리해 정의를 구현하는 영웅에 애국심을 덧칠하고 국가 안보와 과학기술을 결합함으로써 과학 입국으로서의 국가 이데올로기를 투영했다. 이처럼 공상과학은 국가 이데올로기와 무관할 수 없었는데, 특히 한국전쟁 이후 전쟁을 극복하고 후진국을 탈피하고 선진국 대열에 합류하고픈 욕망이 강렬했던 당대에는 더욱 강조되었다. 과학 입국을 표방한 박정희 정권과 맞물려서 《잃어버린 소년》의 한라산 연구소의 우주선 비밀 설계도, 《정의의 사자 라이파이》의 신형 전투기, 채삼병이나 윤 박사가 만드는 비밀무기 등 곳곳에 펼쳐진 실제 전투를 연상하게 하는 장면들은 공상과학이 오락으로서뿐만 아니라 왜 아동·청소년에게 과학교육의 일환으로 장려되었는지를 짐작하게 한다.[35]

일본에서 원자력이 에너지원인 아톰이 창안됐다면, 한국에서는 태권도 발차기로 적과 맞서 싸우는 라이파이 계통의 슈퍼 히어로가 창안됐다. 〈소년 007〉, 신동우의 〈5만 마력 차돌박사〉, 〈태권동자 마루치 아라치〉 등에 이르기까지 슈퍼 히어로는 거대로봇과 함께 한국의 정의의 영웅으로 거듭났다. 그러나 우리에게 슈퍼 히어로는 언제나 아직 성인이 되지 않은 소년이었다. 슈퍼맨, 배트맨, 쾌걸 조로, 육백만 불의 사나이가 모두 성인이었던 점과 비교하면, 라이파이도 〈로버트 태권 V〉의 훈이도 〈황금날개〉 현이도, 007도, 마루치 아라치도 청소년이었다. 더불어 공상과학은 과학 입국 시대에 어린이에게 반공 이데올로기와 애국심을 북돋우는 장르로 기능했다. 그러나 수전 손태그가 지적했듯이 공상과학이 불러오는 환상은 현실의 공포와 이데올로기를 조장하기도 하지만 중화해 나가는 기능도 있다. 덕분에 그 세대들은 전쟁의 상흔이 남아 있는 가운데에도 미래에 대한 희망을 품고 과학을 가치 있는 일이라 여기며 과학자 꿈을 키울 수 있었다.

2020년대에 다시 소환되는 '라이파이'

60년이 지난 현재에도 정의의 영웅 라이파이가 소환되고 있다. 이현석의 〈라이파이〉에서 조한흠은 치매를 앓고 있지만, 유일하게 어린 시절 읽었던《정의의 사자 라이파이》의 정의의 영웅 라이파이를 끊임없이 불러낸다. 기억을 잃은 그에게 라이파이는 어떤 의미였길래 다른 무엇보다 강렬하게 각인된 것일까. 그것은 1950년대를 견뎠던 세대에게 즐거운 흥분과 설렘을 주었던 유일한 기억이 혹시《정의의 사자 라이파이》가 아니었을까. 암울한 현실에서 그래도 그것 때문에 희망과 꿈을 가질 수 있었던 기억 때문이 아닐까. 공상과학만화는 국가 이데올로기를 투영하거나 국가 정책의 홍보로 활용되기도 했지만, 그 안에서 대중이 끌어올리는 열정과 현실 극복을 향한 힘이 생겨나기도 한다.

〈대괴수 용가리〉에서 대괴수 용가리를 무찌르는 이는 군인도 아니고 국회의원도 아닌 젊은 과학자이다. 젊은 과학자에게 영감을 주는 이는 초등학교 5학년생인 용이이다. 장차 무엇이 되고 싶냐고 묻는 기자에게 '훌륭한 과학자'라고 답하는 용이의 모습은 지금의 어린이에게서는 쉽게 들을 수 없는 답변이다. 과학자가 꿈이고 최고인 것처럼 인식되던 1960년대 '과학 입국' 시대의 흔한 풍경이었다. '과학 입국'을 내세워 어린이에게 과학기술의 일원으로 자랄 것을 요구하기도 했지만, 그러면서 어린이는 과학자의 꿈을 키우기도 하는 상반되고 모순된 힘이 생겨나기도 하는 것이, 공상과학의 '공상'에 함의된 유희의 긍정적 에너지가 아닐까 한다. 그리고 그것이 잔혹하고 비참한 현실을 '중화'하는 공상과학의 힘이다.

공상과학만화의
꿈과 현실
1960~1970년대
만화와 영화

5

아톰과 태권V

푸른하늘 저멀리 랄랄라 힘차게 날으는
우주소년 아톰 용감히 싸워라
언제나 즐거웁게 랄랄라 힘차게 날으는
착하고 올바르게 우주소년 아톰 우주소년 아톰
과학의 힘 정의의 승리
- 우주소년 아톰(1970년대 동양방송 방영판)

지구 밖 다른 행성 어딘가에 나와 똑같이 생긴 외계인이 살지도
몰라 또는 죽어서 다시 볼 수 없는 가족을 다시 살릴 수 있다면 얼마나
좋을까 하는 공상은, 인간이라면 한 번쯤 꿈꿔 봤을 것이다. 지구 밖을
벗어난 우주의 세계는 우리에게 늘 무한한 상상력을 제공하는 미지
의 세계였고, 그래서 마음껏 말도 되지 않는 상상의 나래를 펼치기도

했다. '공상과학'이라고 하면 우주와 로봇이 반사작용처럼 튀어나오듯이, 공상과학만화라고 하면 우리는 어김없이 데즈카 오사무 원작의 〈우주소년 아톰〉을 떠올린다. 데즈카 오사무의 〈철완아톰〉이 〈우주소년 아톰〉이라는 이름으로 1970년 9월 19일부터 1972년 10월 1일까지 매주 일요일 오후 6시에 TBC-TV를 통해 방영되었다. 1970년대에 유년기를 보낸 이들에겐 일요일에 동네 친구들이랑 놀다가도 6시가 되면 어김없이 집에 들어갔던 기억이 있다. 〈우주소년 아톰〉은 공상과학만화의 대명사처럼 우리의 마음속에 추억의 애니메이션으로 자리하고 있다. 그래서 '공상과학' 하면 우리는 우주를 먼저 떠올리고 동시에 어린이들이 즐겨 읽거나 보는 것으로 생각한다. 어린이에게는 더없이 즐겁고 재미있는 것이지만, 어른에게는 허황되고 터무니없는 것으로 여겨졌다.

　1960년대와 1970년대의 공상과학만화(영화)는 어른들의 시선에서 상영되던 당시 어린이들의 정서에 좋지 않은 영향을 끼치는 전투와 폭력만 난무하고 허무맹랑한 공상으로 가득 차 있다는 비판을 면치 못했다.[1] 그 결과 〈로보트 태권V〉를 비롯한 공상과학 만화영화 필름이 보존조차 되지 않아 소실되었고, 어린이신문 부록에 실렸거나 어린이잡지 부록만화로 연재되었던 공상과학만화도 어디로 갔는지 알 길이 없어[2] 복원작업에 시간이 오래 걸리거나 아예 유실되어 찾지 못하는 경우도 허다했다. 연구자들의 주목을 받지 못했던 것[3]도 추억하는 세대들에게는 서러운데, SF 연구자들도 공상과학만화(영화)를 폭력이나 공상만 난무하는 어린이만 보는 저급한 수준의 것이라고 치부해 왔다.[4]

1960~1970년대의 공상과학만화는 '만화'라는 이유로, 어린이들을 대상으로 하는 오락거리라는 이유로, 또는 터무니없고 황당한 '공상'을 다룬다는 이유로 주목되지 못하고 밀려나서 국내에 축적된 연구가 많지 않다. 최근에 웹툰의 강세로 만화가 주목되기 시작하고 그로써 과거 만화가를 추억하는 연구가 나오기도 한다.[5]

1960년대와 1970년대의 신문에서 공상과학만화(영화)들이 어린이에게 폭력적인 영향을 끼친다는 부정적인 기사가 넘쳐났던 당시에 그것을 읽고 보고 자란 어린이들에게 실제로 그렇게 부정적인 영향을 끼쳤을까. 한쪽에서 폭력적이고 현실도피 경향을 불러온다고 비판했다면, 다른 한쪽에서는 공상과학만화의 인기에 힘입어 재미와 더불어 학습 효과도 불어온다고 홍보하기도 하고, 어린이에게만 국한된 재미가 아니라고 설파하기도 했다.[6]

공상과학을 둘러싼 부정적인 시선과 재미와 흥미와 지혜를 준다는 긍정적인 평가가 혼재한 가운데 당시를 회상하고 추억하는 아톰과 태권V 세대들은 어떤 영향을 받았을까. 어른들의 걱정과 우려와는 달리 그들은 〈우주소년 아톰〉이나 〈로보트 태권V〉를 보며 과학자를 꿈꾸었다고 답한다.[7] 1980년대까지도 학교에서 한 반에 절반 이상의 학생이 과학자를 꿈꾸었다고 한다. 공상과학이 어린이의 유희일 때는 공상과학물이, 게임이 유행할 때는 게임이 청소년 범죄의 원인이라고 어른들은 늘 경계하며 부정적인 연구 결과와 통계를 앞다투어 내놓는다.[8] 어른 세대와 어린이 세대의 기억 속 공상과학만화(영화)의 평가가 엇갈리는 동안, 2020년대 오늘날 '상상력'의 원천으로 '공상과학'을 되살려야 한다는 목소리가 나온다. 2020년대 다시 활발히 소환되는 공상과학의 붐에 힘입어, 1960년대와 1970년대의 공상과학만화와 공상과학만화영화의 대명사로 꼽을 수 있는 〈우주소년 아톰〉과 〈로보트 태권V〉를 기억에서 소환해 보고자 한다.

〈우주소년 아톰〉은 거대로봇이 등장하기 이전의 작은 제구 영웅, 〈로보트 태권V〉는 거대로봇 시대의 전성기를 누리던 거대로봇의 대명사이다. 〈우주소년 아톰〉과 〈로보트 태권V〉는 거대로봇이 등장하기 이전과 이후라는 시기의 차이도 있지만, 전자가 만화로 들어와서 텔레비전 만화영화로 방영되었다면, 후자는 극장판 만화영화로 상영되고 어린이잡지의 부록만화로 연재되었다는 점에서 매체의 전달과 수용 방식에서도 차이가 있다. 〈우주소년 아톰〉은 거대로봇이 등장하기 이전에 아톰이라는 작은 체구의 영웅이 당시 어린이에게 어떤 의미였는지 짚어 보고, 〈로보트 태권V〉는 극장판 만화영화와 잡지의 부록만화라는 매체로 홍보하고 독자에게 다가간 수용 방식에 초점을 맞추어 살펴보고자 한다.

〈로보트 태권V〉는 일본 만화영화 틈바구니에서 태권 로봇을 탄생하게 한 한국 만화영화라는 점에서 당시 한국 상황이 반영될 수밖에 없었기 때문에 〈우주소년 아톰〉과는 다른 차원에서 주목해야 하는 작품이다. 〈로보트 태권V〉는 김청기 감독의 작품으로 1976년에 극장에서 상영되었는데, 방학을 맞아 인기를 끌면서 어린이잡지 《소년세계》와 《새소년》에 경쟁적으로 연재되었다. 《소년세계》와 《새소년》뿐만 아니라 1960년대와 1970년대의 다른 어린이잡지에도, 어린이들이 부모님

〈로보트 태권V〉가 연재된 잡지들
국립중앙도서관 소장

을 졸라 구매할 정도로 보지 않고는 배길 수 없는 만화를 부록으로 집어넣곤 했다. 실제로 〈황금날개〉를 보기 위해 《새소년》을 구매했다는 과거 추억담이 올라오기도 한다. 당시 경향을 파악하기 위해 《학생과학》과 《새소년》, 《소년세계》에 〈원폭소년 아톰〉 및 〈로보트 태권V〉와 함께 수록된 다른 공상과학만화와 기사도 포함하여 다루기로 한다.

원자력 에너지에서 탄생한
작은 영웅 '아톰'

〈우주소년 아톰〉과 〈원폭소년 아톰〉은 원작을 그대로 번역한 것이면서도 국내에 유입될 때는 '정의의 사자 아톰'으로 각인된다. 이 장에서는 〈원폭소년 아톰〉과 비슷한 시기에 《학생과학》에 게재된 공상과학만화의 주인공이었던 영웅을 중심으로 당시 소년들의 꿈을 따라가 보고자 한다. 더불어 작은 소년에 지나지 않지만 '초인'이 되기를 꿈꾸었던 공상과학만화의 영웅이 탄생한 배경은 무엇인지도 짚어보고자 한다. 또한 사회의 기대에 부응하고자, 또는 어린 나이에 가족의 부양을 책임지느라 쉴 틈이 없었던 당시 소년들에게 공상과학만화는 어떤 의미였으며, 어떤 영향을 끼쳤는지에 대해 주목해 보고자 한다. 작은 몸으로 초인적인 힘을 내는 1960년대부터 1970년대 초반까지의 소년 영웅과 그들이 맞닥뜨리는 현실의 상관관계를 들여다보기로 한다.

인턴은 의무인 것처럼 대답했다. 나는 그가 보고 있는 석간을 같이 들여다보았다. 거기엔 현미경을 통해 본 세균같은 작은 활자로 진부해버린 사건, 사건들이 신문전면을 깨알처럼 메우고 있었다. 나는 그 의사가 무엇을 보고 있느냐를 알아 냈다. 그것은 토요일판 부록으로 나온 어린이용 만화였다. 나도 그 내용을 알고 있는, 어린이들 간에 선풍을 불러일으키고 있는 만화다. 내용은 한국의 과학박사가 로보트를 만들어 가상적국과 싸움을 벌인다는 것으로, 제법 색도 인쇄까지 했으나 채 도가 맞지 않아 투박한 물감이 번진 덤핑책 표지같은 만화였다. 한국의 로보트가 적국의 과학자가 발명한 살인광선 때문에 위협을 받게 된다는 서투른 데상의 만화를 젊은 의학도가 초가을의 바람이 불어오는 병동휴게실에서 우두커니 보고 있다는 사실은 묘한 뉘앙스를 불러일으켜 나를 즐겁게 했다.
"그 만화가 재미있습니까?"
"아, 예, 아주 재미있는데요."
"물론 우리나라의 로보트가 살인광선쯤에야 끄떡할 리 있겠습니까?"
"그렇지요. 아! 그런데 제법 아슬아슬한 데서 다음 호로 미루었군요."[9]

　　최인호의 신춘문예 당선작인 〈견습환자〉에서 젊은 의사가 신문의 공상과학만화를 보는 장면은 1960년대 당시 공상과학만화의 인기가 얼마나 뜨거웠는지를 알 수 있게 한다. 한국의 로봇이 적국의 과학자가 발명한 살인광선으로 위협받는다는 내용의 공상과학은 1960년대와 1970년대의 어린이들뿐만 아니라 어른들에게도 흥밋거리였다. 1960년대 중반은 경제개발 5개년계획과 함께 국가가 성장 가속도를 달리던 때이다. 원자력 에너지로 미래의 과학기술을 발달하게 하려는 국가의 이상과 이데올로기가 실제 현실을 압도하던 때이기도 하다.[10]

데즈카 오사무의 〈철완 아톰〉은 우리에게 익숙한 만화영화 〈우주 소년 아톰〉 이전에 이승안의 만화 〈원폭소년 아톰〉으로 먼저 들어왔다. 데즈카 오사무의 〈원폭소년 아톰〉은 '원폭소년'이란 제목이 달려 있음에도 원폭의 두려움보다는 원자력 에너지를 상기하는 것이 더 적절했던 시점에 연재되었다.[11] 〈원폭소년 아톰〉보다 먼저 연재된 서광운의 소설 〈북극성의 증언〉에서도 에너지 개발과 연구 문제가 다루어졌다. 〈북극성의 증언〉에는 식물의 자력 에너지로 로켓을 발사하는 데 필요한 연료를 얻으려는 연구와 함께, 이미 원자력 에너지를 넘어서서 델타 문명까지 나아간 화성인의 서사가 전개되었다. 국내 과학소설에서는 아직 익숙하지 않은 '에너지' 개발을 주요 소재로 다루었다는 점이 인상적이다. 〈북극성의 증언〉에는 '신공덕리 연구소'가 구체적인 지명으로 나온다. 작품에서는 임업연구소로 나오지만, 실제 신공덕리에 원자력 연구소가 세워졌다는 점을 감안하면 원자력 에너지를 염두에 두고 에너지 개발 연구를 설정한 것이라 볼 수 있다.

〈원폭소년 아톰〉의 연재가 시작되던 1966년 7월에 〈007 영화에 나오는 기기묘묘한 발명품들〉이 함께 실려서 눈길을 끈다.[12] 마치 일본에서 내세운 아톰과 미국의 영웅인 007이 경쟁이라도 하듯 나란히 실렸다. 아톰과 007은 이후 1960년대 후반 국내 영웅의 이미지를 형성하는 데 영향을 끼쳤다. 로봇 아톰처럼 작은 영웅에 열광하지만 로봇에 대한 거부감이 있었고, 로봇이 아닌 인간 영웅 007을 선망하지만 다 큰 어른으로 나오는 성인보다는 소년 영웅을 탄생하게 한 국내 공상과학 만화(영화)에서의 영웅은 아톰과 007 두 영웅을 적절하게 배합해 놓은 이미지이다. 〈원폭소년 아톰〉에서 강조된 것은 인조인간보다는 '정의의 사자' 아톰이고, 007 영화에서 강조된 것은 영웅 이미지보다는 007 제임스 본드가 사용한 '무기'이다. 그래서 1960년대 후반에서 1970년대의 국내 공상과학만화(영화)에는 성인이 아닌 소년 영웅, 아톰과 같은 로봇이 아닌 인간 이상의 에너지를 내는 초인이거나 무기를 장착한 인간이 주인공으로 등장한다.

1970년 만화영화 〈우주소년 아톰〉을 텔레비전에서 만나기 전 만화로 연재된 〈원폭소년 아톰〉은, 아톰이 아직 본격적인 주인공 영웅이 되기 전을 다룬 '아톰대사アトム大使'편이다. 〈우주소년 아톰〉이나 〈돌아온 아톰〉이라는 제목이 익숙한 국내 독자에게 〈원폭소년 아톰〉이라는 제목은 낯설다. 〈철완 아톰〉에는 원자폭탄이 떨어져서 원폭의 공포에 휩싸인 일본 사회를 묘사하는 대신 원자력을 미래의 에너지원으로 삼아서 과학기술을 발전하게 하려는 욕망이 투사되어 있다.[13] 영어로 원자라는 뜻인 '아톰'을 주인공 이름으로 하고, 우라늄(원폭제조와 원자로의 연료로 쓰이는 우라늄 235와 233)을 뜻하는 독일어 '우란'을 주인공의 여동생 이름으로 지어서 원폭을 극복하려는 바람을 투사해 놓았다. 〈원폭소년 아톰〉이라는 제목은 원자력 에너지가 당대의 관심사로 떠오르던 시절이지만 일반인에게는 에너지보다는 '원폭'의 무시무시한 괴력으로 각인되었던 때이기도 하다.[14] 일본 히로시마에 투하된 '원폭'은 전쟁을 치르고 난 남한에서는 강한 파괴력을 상징하는 무기이자 힘으로 인식되었다.

〈원폭소년 아톰〉이란 제목은 원자폭탄의 두려움보다는 강력한 에너지원인 원자력을 내세운 제목이라 볼 수 있다. 그러나 원폭에 대한 두려움을 발전 에너지원으로 극복하려는 일본의 시도가 1952년 〈철완아톰〉으로 일찍 기획되었다면, 국내에서는 원폭에 대한 두려움은 오히려 1966년 베트남 파병 이후 정권에 대한 불만이 쌓여 가며 국가발전의 원동력으로 원자력을 내세우던 고도 성장기에 한쪽에서 조심스레 나타났다고 볼 수 있다.[15] 〈원폭소년 아톰〉이라는 제목은 원폭에 대한 양가감정이 동시에 드러난 제목이라고 볼 수 있다. 1970년에는 제목에 '원폭소년'을 넣지 않았다. 원폭에 대한 두려움은 완전히 지워지고 대신 국가발전과 미래 에너지원으로의 낙관적 전망을 향해 우주 개척의 꿈을 실은 〈우주소년 아톰〉으로 남았다.

'아톰대사' 편은 〈철완아톰〉이 '가정'으로 탄생한 만화임을 설명하면서 시작한다. 가정이야말로 공상과학을 지탱하는 상상력의 원천이라 할 수 있다. "수천억 만 조의 별 중 적어도 10개 이상은 지구와 똑같은 운명을 걸고 있는 '다른 지구'가 있지 않을까. …하나의 지구가 갑자기 대폭발을 일으켜 최후를 맞고 그 지구의 사람들이 모두 우주선을 타고 '다른 지구(2의 지구)'를 찾아서 우주로 도망쳤다고 가정"이 서두이다. 그런 공상을 바탕으로 그린 것이 '아톰대사' 편이라고 한다. '아톰대사' 편은 일본에서 처음 만화로 게재되었을 때 이와 같은 복잡한 설정으로 인기를 끌지 못하다가 뒤에 아톰을 아예 주인공으로 내세워 〈철완아톰〉으로 제목을 바꾼 후 성공을 거두었다고 한다.[16] '아톰대사'

편에서 '2의 지구'에 대한 공상은 당시 원폭으로 전 세계를 감염한 인류 대재앙과 지구 멸망의 공포를 반영한 것이다. 2차 세계대전 원자폭탄 투하 이후 지구 최후의 날에 대한 디스토피아적 상상이 전 세계로 퍼져 나갔다. 그러나 1960년대에 국내에서는 핵폭발로 지구가 멸망해 '2의 지구'를 찾으려 한다는 모티프는 미소가 우주개발 경쟁을 벌여 지구 이외의 다른 행성을 개척한다는 서사로 바뀐다. '아톰대사' 편에서 '2의 지구'에 대한 상상은 단순히 다른 행성에 대한 상상에서 비롯된 것이 아니라 핵폭발로 지구가 최후를 맞이하는 경우의 대비책이다. 1950년대에 핵폭발과 함께 지구가 멸망하거나 문명이 멸망한다는 모티프는 1960년대의 국내 공상과학에서 주로 지구 이외의 다른 행성과 우주인에 대한 상상으로 이어졌다.

〈원폭소년 아톰〉이 국내에 번역된 1966년 무렵은 원자력 에너지를 홍보문구로 내걸고 국가 경제발전 계획을 수립하던 때였다. '2의 지구'나 다른 행성은 이제 지구 멸망으로 이주하는 곳이 아니라 우주개발과 국가 경쟁력의 영토 확장의 의미로 전환된다. '2의 지구'에 대한 상상은 〈원폭소년 아톰〉뿐만 아니라 그 뒤를 이어 《학생과학》에 연재된 〈5만 마력 차돌박사〉에서도 이어진다. 원자력 에너지의 낙관적 전망 아래에는 지구 멸망이라는 핵폭발에 대한 두려움이 필연적으로 깔려 있었던 것으로 보인다. 〈원폭소년 아톰〉은 바로 1960년대 우주개발의 낙관적 전망에 숨어 있었던 핵폭발의 위험과 원폭에 대한 기억을 상기하게 해 준다. 〈원폭소년 아톰〉이 애니메이션보다 앞서서 1966년 공상과학만화로 번역될 때는 로봇 아톰의 이미지보다 '원폭 소년'이라는 이미지가 더 강했음을 알 수 있다. '원폭소년 아톰'이란 제목은 1960년대 '원폭'에 대한 이중적인 이미지를 내포한다.

아톰을 영웅으로 부각하고 아톰이 안방극장에서 자리를 잡게 한 데는 〈원폭소년 아톰〉이 〈우주소년 아톰〉으로 방영되던 1960년대와 1970년대의 국가의 가족 기획과 이데올로기가 작동했다.[17] 처음부터 아톰이 인기가 있었다고 볼 수 없는 것은 〈원폭소년 아톰〉은 '아톰대사' 편만 게재되고 중단되었기 때문이다. 수많은 아톰의 이야기 중에서 '아톰대사' 편을 국내 유입의 첫 출발점으로 삼은 것은 단순히 이야기의 시작이라는 것보다 이 부분이 당시 국가가 강조한 '고아 성장기'와 '가족'의 이데올로기를 담았기 때문이라 볼 수 있다. 1960년대에 어린이날은 국가의 주요 행사일로 자리매김했는데, 1967년 어린이날 행사에서 동물, 먹을거리 등의 가장행렬단 모습 속에 '우주소년 아톰'이 끼어 있었다[18]는 것은, 1970년 안방극장에서 만나기 이전부터 대중에게 '우주소년 아톰'이 알려져 있었다는 것을 의미한다.

〈원폭소년 아톰〉은 〈우주소년 아톰〉에서 영웅의 이미지로 힘차게 날아오르던 모습보다는 자신을 창안한 아버지에게서 불쌍하게 버려진 '고아' 이미지를 강조한다. 〈원폭소년 아톰〉에서 아톰은 프랑켄슈타인의 신화를 뚫고 나왔다고 여길 정도로 죽은 누군가를 대체하기 위한 인간 욕망의 산물이다. 과학자 프랑켄슈타인 빅토가 죽은 자신의 약혼자 엘리자베스를 대체하기 위해 괴물을 창조했다면, 덴마 박사는 교통사고로 죽은 아들 도비오를 대체하기 위해 아톰을 만들었다. 프랑켄슈타인이 괴물을 버렸듯이, 덴마 박사도 로봇인 아톰이 성장하지 않자 결코 아들을 대신할 수 없다고 절망하며 서커스단에 팔아 버렸다. 〈원폭소년 아톰〉에는 '프랑켄슈타인'처럼 인간에게 이용되는 괴물이 되거나 이용 가치가 다해 버려지는 로봇의 고뇌와 정체성의 혼란이 담겨 있다. 〈원폭소년 아톰〉에서 부모에게서 버려지는 고아 모티프는 전쟁 이후 국내 공상과학 서사에서도 종종 등장한다. 다만 아톰은 프랑켄슈타인처럼 부모에게서 버려졌다면, 국내의 영웅은 부모가 교통사고로 사망하거나 적에게 살해돼 고아가 되었다고 설정된다.[19] 한국전쟁 이후 고아의 성공담이 영화나 드라마의 소재로 종종 나온다. 덴마 박사에게서 버려진 아톰은 서커스단에 팔려 갔다가 코주부 박사에게 맡겨진다. 그러나 아톰은 자신을 버린 부모를 원망하기보다 그리워하며 오히려 위기에 처한 이들을 구하는 영웅이 된다.

아톰을 산 서커스단은 "과학부가 10여 년의 세월을 걸쳐 온 힘을 기울여 완성한 슈퍼맨 500만 다인의 위력을 가진" 로봇임을 내세우고 서커스 홍보에 활용한다. 아톰의 모습은 디즈니사의 슈퍼맨을 축소해 놓은 것과 흡사하다. 슈퍼맨에 비해 몸집이 작은 일본인을 상징하는 듯한 아톰에서 원자폭탄의 공포를 극복하고 진보된 미래를 건설하려는 일본의 의지를 엿볼 수 있다. 남한에서 원폭에 대한 공포를 미래 원자력 에너지로 전환하려는 국가의 기획과 의도는 1960년대 《학생과학》을 통해 엿볼 수 있다.[20]

아톰을 다시 만난 것은 1970년 안방극장 동양방송을 통해서다. 처음 방영될 때는 흑백으로, 1982년 〈돌아온 아톰〉으로 방영될 때는 컬러영상으로 방영되었다. 우리에게 각인된 것은 〈원폭소년 아톰〉보다 안방극장 텔레비전 만화영화 〈우주소년 아톰〉이다. 아톰과 함께 시청자에게 각인된 것은 아틀라스, 프랑켄슈타인, 플루토 등 아톰의 숙적 거대로봇이다. 아톰이 거대로봇과 싸워서 이길 수 있을지가 어린이들의 관심사였다. 작은 체구의 로봇은 아톰이 유일하지 않았나 싶을 정도로 그 이후의 만화영화 로봇들은 '더 크게 더 거대하게'를 외치며 몸집을 불려 갔다. 아톰은 12살 소년과 동일시되어 어린이들은 자신과 비슷한 체구의 아톰이 거대로봇과 싸워 이기는 모습에 매료되었다.[21]

1970~1972년까지 방영되던 아톰은 1973년 다시 방영된다. 재방영될 때의 기사에서도 어린 소년이지만 악당을 물리치는 용감하고 씩씩한 영웅의 이미지가 강조됐다.

> 우주시대에 살고 있는 어린이들에게 우주의 신비를 가르쳐주고 악에 대항, 용감하게 싸우는 아톰을 통해 정의와 용기의 참된 뜻을 길러 주는 우주과학 공상영화
> 체구는 작고 나이도 어린 아톰이지만 외계의 침입자와 약자를 괴롭히는 악당을 통쾌하게 무찌르며 무한한 공간을 난다.[22]

〈원폭소년 아톰〉은 원작의 1편인 '아톰대사' 편으로 구성되었으나, 〈우주소년 아톰〉은 1편이 '아톰의 탄생'편이다. 만화영화에서 주인공들의 탄생과 성장은 어린이들에게 공감을 일으키고 감정을 이입하게 하는 중요한 역할을 담당한다. 앞서 언급했듯이 '아톰의 탄생'은 '프랑켄슈타인'과 닮아 있는데, 〈우주소년 아톰〉에 프랑켄슈타인 편도 들

어 있다. 비슷한 시기에 창작된《학생과학》에 실린 다른 만화에도 프랑
켄슈타인이라는 거대로봇이 적으로 등장하는 것을 볼 수 있다. 그리고
1975년에는 〈마징가Z〉, 1971년에는 〈철인28호〉, 1976년에는 〈로보트
태권V〉 등 거대로봇 공상과학 만화영화들이 줄지어 상영되었다. 상대
적으로 작은 아톰은 플루토와 싸우기 위해 10만 마력의 에너지에서 자
신의 체구에 맞지 않는 100만 마력의 에너지로 바꿔 주기를 원한다. 아
톰과 같은 나이 또래인 12살 소년들이 '초능력'에 호기심을 갖고 자기
에게도 그런 힘이 생기기를 원했던 것도 몸에 맞지 않는 옷이라는 부
담감보다 요구되는 책임감과 사명감이 훨씬 크게 다가왔기 때문이다.
부담감이나 압박감을 말하는 순간 나약하고 소심하고 비겁하다는 조
롱이 따라올 것을 알았기 때문이다. 아톰은 나약하고 소심하고 체구도
작은 어린이에게 자기보다 힘이 세고 거대한 적을 싸워서 이길 수 있
다는 환상을 심어 주었다. 그들은 자신도 아톰처럼 '초능력' 에너지가
있으면 또는 용감하다면 하늘을 날 수 있고 힘센 천하장사가 될 수 있
을 것이라 기대했다.

　　텔레비전 만화영화에서 내용 못지않게 어린이들을 매료했던 것
은 주제가였다. 〈우주소년 아톰〉, 〈돌아온 아톰〉, 〈아스트로 보이 철완
아톰〉으로 이어지는 아톰 주제가들의 변화는 그때마다 각 시대의 흐름
을 담아냈다. 1970년대 주제가에 있는 가사 '착하고 슬기롭게', '착하고
씩씩하게'에는 당대 국가 이데올로기가 고스란히 투영되었다. 원작의
아톰의 고뇌와 방황은 축소되고 대신 정의와 평화의 사자가 되어 착한
행동, 씩씩하고 용감한 행동을 할 것이 요구된다. 아톰과 어린이는 동 217

일시되어 착하고 용감하고 씩씩할 것이 요구됐지만, 어른들은 어린이나 로봇의 마음을 헤아려 주지 않았다. 어린이가 자신의 의견을 말하고 어른들에게 반항할 것이라고는 생각조차 하지 못하던 시절이었다. 어린이는 눈물을 훔치고 슬픔과 소심함을 숨기고 용기로 무장하고 자신과 비슷한 체구의 아톰이 가진 초능력을 갖기를 희망한다. 용감함에 숨겨진 아톰의 힘겨움과 외로움은 훨씬 뒤인 2000년대에 가서야 주제가에 반영된다.

2003년에 제작된 〈아스트로 보이 철완아톰〉의 주제가는 1960년대와 1970년대의 아톰 세대를 어루만지며 토닥여 주는 듯하다. 1960년대와 1970년대에는 애써 외면했던 소년의 부담감과 짊어진 무게의 중량감이 먹고 살기 바빠서 잊고 있다가 되살아난 것처럼 표면으로 드러났다. 1970년대의 주제가에서 아톰은 '밝고 명랑한', '씩씩하고 용감한', '정의롭고 착한' 이미지로 어린이들에게 꿈과 희망을 주려 했다. 그러나 2003년 다시 제작된 주제가에서 "지금 너에겐 견디기가 힘든 일이/ 따라서 아무도 몰래 눈물만 감추고 있어/ 어떻게 해야 좋을지 아직 넌 잘 모른다 해도/ 예쁘게 활짝 피어날 꽃처럼 용기를 내봐요./ "넌 혼자가 아니야"라는 가사는 1970년대의 주제가에서는 볼 수 없던 내용이다. 1970년대 아톰과 함께 성장했던 세대들의 고단함을 고스란히 짚어 주는 가사이다. 지금 이 시기에 다시 보면 작은 체구로 늘 씩씩하게 어디든 달려가는 아톰이 남보다 얼마나 더 많이 움직여야 했고, 부담감을 가져야 했을지를 생각하게 한다. 실패하면 안 되는 막중한 부담감을 안으면서도 힘든 내색 한번 하지 않았던 고작 12살이었던 아톰의 '마음'이 2000년대 이후에야 비로소 보이는 것이다.

공상과학만화 속
초인을 꿈꾸는 작은 영웅들

국내 공상과학만화의 인간 영웅과 적으로서의 거대로봇:
신동우, 서정철

여기에서는 앞서 언급한 국내 만화가들이 내세운 '인간' 소년 영웅도 함께 살펴보기로 한다.

1967년은 거대로봇 공상과학 만화영화가 등장하기 이전에 어린 이 관객을 겨냥한 〈대괴수 용가리〉와 신동헌의 〈홍길동〉이 개봉된 해이다. 〈대괴수 용가리〉와 〈홍길동〉은 같은 해에 개봉되었으면서도 전 자가 원폭의 부작용이 불러온 괴수 영화라면, 후자는 고전으로 우리에게 익숙한 영웅 영화이다. 1967년 한국영화 흥행순위에서 〈홍길동〉은 3위에, 〈대괴수 용가리〉는 10위에 올라 대중은 〈대괴수 용가리〉보다는 〈홍길동〉에 열렬한 호응을 보냈음을 알 수 있다.[23]

그다음 해인 1968년 《학생과학》에 수록된 공상과학만화 〈5만 마력 차돌박사〉는 주인공 이름인 차돌이부터 〈홍길동〉과 관련이 있음을 상기하지 않을 수 없다. 그것은 공상과학만화에서 〈원폭소년 아톰〉에서 상기된 무시무시한 '원폭' 소재가 〈대괴수 용가리〉로 이어진 것처럼 어두운 면으로 나아가기보다 국내에서 어떻게 '영웅' 탄생 신화로 나아갔는지를 보여 주기도 한다.《학생과학》에 1968년 1월부터 연재된 과학소설 서광운의 〈관제탑을 폭파하라〉에는 "폭파하자! 아무리 따져 봐도 폭파하는 도리밖에 없다. 원자탄값과 피해액을 견주어 봐도 역시 폭파하는 게 낫다"[24]라며 원자탄으로 태풍을 폭파해 진로를 변경하자는 결정을 내리는 장면이 나온다. 국내에서 원자탄은 폭발될 때 예상되는 피해나 부작용보다 원자탄의 위력이 더 강력한 매혹으로 다가왔음을 알 수 있다. 원폭의 이중적인 이미지에서 두려움이나 공포보다는 강력한 무기로 우리를 구원하는 낙관적인 미래에 대한 기대로 치환하는 과정은 1960~1970년대 국내 공상과학만화의 '정의의' 영웅 탄생과 맞물려 있다.

〈원폭소년 아톰〉이 1967년 11월까지 실리고 12월부터 〈수술 잘하는 사냥꾼 벌〉이 몇 회 실리다 중단된다. 해외 원작 연재만화 〈미래의 우주도시〉가 실리다 한동안 만화 코너는 비고 공상과학소설만 실린다. 공상과학소설은 공상과학만화와 함께《학생과학》에 꾸준히 연재되었다. 공상과학소설의 삽화를 맡은 이는 공상과학만화를 그린 서정철, 이승안, 박천 등이다.《학생과학》에 실린 공상과학만화는 공상과학소설과 소재나 설정이 겹치기도 해 당대의 특성이 반영돼 있다. 그러나 공상과학소설과 공상과학만화가 둘 다 우주를 배경으로 하고 미래의 낙관적인 전망을 드러냈다고 하더라도, 공상과학소설은 로봇이나 등장인물이 '영웅'으로 내세워지기보다 우주 개척 서사에 주력됐다면, 공상과학만화는 영웅 캐릭터를 형상화하는 것이 우세해 아톰, 라이파이, 차돌이, Z보이 등을 앞세워 '정의의 사자'가 탄생하는 데 주력한다.

《학생과학》에 연재된 주요 작품

연재물명	작가	연재 시기
크로마뇽인의 비밀	이동성 글, 서정철 그림	1965년 11월~
북극성의 증언	서광운 글, 서정철 그림	1965년 12월~
원폭소년 아톰	이승안 옮김	1966년 7월~1967년 11월
관제탑을 폭파하라	서광운 글, 송시원 그림	1968년 1월~
5만 마력 차돌박사	신동우	1968년 10월~
우주에서의 약속	강성철 글, 이승안 그림	1968년 10월
R. 로케트군	서정철	1969년 5월~
과학추리소설 악마박사	이동성 글, 서정철·박천 그림	1971년 8월~
해저탐험 물개호	신동우	1971년 9월~
Z보이	서정철	1971년 11월~
사건 2732년!	오영민 글, 이승안 그림	1971년 11월~
원자인간	박천	1972년 2월~
초인간 파이터 '우주 삼총사'	박천	1972년 11월~

〈원폭소년 아톰〉 이후 《학생과학》에 수록된 다른 소재의 만화가 별다른 인기를 끌지 못하자 〈5만 마력 차돌박사〉가 나왔다. 차돌 박사 차돌이는 만화가 신동우가 이전에 연재한 작품인 〈풍운아 홍길동〉에 서브 캐릭터로 등장시킨 인물이다. 차돌이는 〈홍길동〉의 인기와 그 후 속작 〈호피와 차돌바위〉를 통해 하나의 캐릭터로 굳어졌다. 〈5만 마력 차돌박사〉는 꽤 오랫동안 인기를 끌며 연재되었고, 여세를 몰아 신동 우는 차돌이가 등장하는 〈해저탐험 물개호〉도 연재했다.

1960년대 국내 공상과학만화에서 위기에 빠진 누군가를 구하는

《학생과학》에 연재된 주요 작품
국립중앙도서관 소장

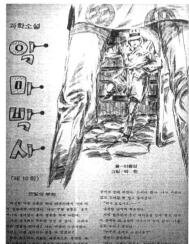

영웅이 소년 인간이라면, 과학자를 납치하고 설계도를 훔치고 소년 영웅과 싸우는 적은 거대로봇이다. 차돌이는 소년우주병학교의 휴가로 강원도 탄광[25]을 지날 무렵 갱 속에 이상한 괴물이 버티고 있음을 발견한다. 이상한 괴물은 거대한 '후랑켄' 로봇이었다. 〈5만 마력 차돌박사〉에서 '후랑켄'은 프랑켄슈타인을 연상하게 하는 거대로봇인데, 서정철은 〈Z보이〉에서 이름을 아예 프랑켄슈타인으로 똑같이해서 거대로봇을 반복해서 등장시켰다. 메리 셸리의 《프랑켄슈타인Frankenstein》이 1970년대에야 국내에서 번역되어 유입되었다는 점을 상기해 보면, 1960년대 프랑켄슈타인이 이미 '거대로봇'의 상징적 이미지로서 통용되었음을 알 수 있다.[26]

국내에서 프랑켄슈타인은 인간이 만들어 낸 인조인간 또는 로봇으로 인간과 대척하는 거대괴물의 이미지로 상대편의 적으로 등장한다. 1946년에 발표된 이우영의 《인조인간사건》과 1952년 최상권의 《헨델박사》의 인조인간은 앞서 언급했듯이 인간을 살해한 범인이거나 인류에게 방사선을 뿌려서 몰살하는 부정적 이미지로 각인된다. 아톰의 인기에도 로봇 영웅보다 초인적인 에너지를 내는 소년 영웅을 내세웠다는 점은 인간이 아닌 로봇이 주는 낯설고 부정적인 이미지 때문에 매혹적임에도 경계해 온 감성을 보여 준다.[27] 일본에서 로봇이나 괴수영화가 인기를 끌 무렵, 국내에서는 〈홍길동〉이 개봉되어 어린이의 열렬한 호응을 얻었던 것을 상기하면 확연한 차이를 알 수 있다. 〈홍길동〉 이전 1959년부터 1962년까지 인기를 끌었던 영웅 라이파이도 로봇이 아닌 '인간'이다. 로봇과 인조인간에 대한 부정적인 이미지로 생겨난 경계는 당시 국내 과학에서는 로봇과 인조인간이 낯설고 이질적이어서 현실감이 없었던 것에서 비롯되었을 수 있다. 과학교육과 과학입국을 강조해 내세우기는 했지만, 로봇이나 우주는 국내에서 판타지에 가까운 영역이었기 때문이다. 로봇이 등장하는 만화에 늘 '공상과학'이 붙으며 어린이들의 전유물인 것처럼 인식되던 것도 바로 그 때문이다. 그러나 로봇 영웅이 아닌 소년 영웅의 탄생은 로봇 영웅의 이질감을 인간 소년의 현실감으로 대체함으로써 어린이들에게 가족을 부양하고 책임지는 근면·성실과 국가에 충성하게 하는 정의(애국)를 강요하며 막중한 부담감을 지웠다.

《학생과학》에 수록된 공상과학만화의 소년 영웅들은 자신보다 거대한 적과 맞서 싸우고 적에게 납치된 박사와 과학자들을 구해 내느라 바쁘다. 이때 연재한 대표 작가는 신동우, 서정철, 박천이다. 이 중 서정철의 〈R. 로케트군〉을 제외하면 모두 로봇이 아닌 '인간'을 주인공으로 내세웠다. 〈5만 마력 차돌박사〉에서 차돌이는 아마진 비밀기지에 갇힌 경신호 박사와 과학자들을 구출해 간신히 도망쳐 나온다. 차돌이가 싸우는 대상은 거대한 후랑켄 로봇이다. 〈Z보이〉에서 Z보이는 거대한 몸집의 프랑켄슈타인에 맞서 납치된 민수를 구한다. 프랑켄슈타인이라고 이름 붙은 거대한 몸집의 괴인은 민수를 납치하고 Z보이를 위협하는 악당으로 나온다. 1960년대에 프랑켄슈타인은 거대 괴수영화에서 괴수(인간이 발명한 과학의 부작용)가 불러일으키는 공포의 이미지보다 사악한 악당(나쁜 편)의 이미지로 그려진다. 1960년대 공상과학만화에서 소년 영웅을 위협하고 과학자를 납치하는 악마는 주로 몸집이 거대한 로봇으로 상징된다. 이는 당대 어린이가 두려워했던 어른의 세계나 사회로 진입하는 데 가중된 압박감이 싸워서 이겨야 하는 적으로 묘사되었다고 유추해 볼 수 있다. 자신의 의사를 맘껏 표현하거나 맘껏 울지도 못하고 어른의 강요나 어른의 목표 아래 자신의 꿈을 가두어두었던 소심하고 겁 많은 어린이의 내면세계이다. 프랑켄슈타인은 어린이의 내면에서 실체도 모른 채 부풀려진 두려운 세계(어른 사회)의 상징으로, 1970년대 거대로봇 시대가 열리기 전까지 소년 영웅이 싸우는 적이었다.

1960년대까지 막연하게 몸집이 크다는 것만으로 불안과 공포를 조성했던 프랑켄슈타인으로 대표되는 악당은, 1970년대가 되면 태권V로 대표되는 우리 편의 정의의 수호자가 된다. 아직 어렸던 소년들이 1970년대 사회에 진입했을 때는 거대로봇(어른)의 세계에 편입하여 복무하는 조종사가 된다. 1960~1970년대 공상과학만화는 거대로봇이 주는 막중함과 싸우다가 거대로봇 사회로 편입하기까지의 소년들의 성장 서사를 고스란히 담아냈다. 그래서 그 시대를 보낸 어린이들에게 공상과학만화는 힘든 시절을 함께 한 뗄레야 뗄 수 없는 동지로, 그들 삶의 한 부분을 차지할 수밖에 없었다.

〈로보트 태권V〉로 대표되는 1970년대 공상과학만화(영화)에는 노골적으로 반공 이데올로기와 애국심을 끌어올리는 국가의 기획이 담겨 있었다. 당대 청소년들은 그걸 알면서도 〈로보트 태권V〉로 대표되는 거대로봇의 세계가 곧 그들이 진입할 사회라는 것을 부인할 수 없었기 때문에 태권V 조종사 훈이를 응원하며 감정이입을 할 수 있었다.

거대로봇은 국가의 부름에 응하고 국가에 위해를 가하는 적과 맞서 싸워야 한다. 적으로 등장하던 거대로봇 프랑켄슈타인이 철인캉타우나 태권V와 같은 우리 편의 거대 무기로 전환된 것은 어린이들에게 요구된 정의가 국가를 위한 애국심과 충성심으로 변모되고 기획되었기 때문이다.

〈R. 로케트군〉과 〈Z보이〉는 서정철의 작품이다. 서정철은 공상과학만화와 함께《학생과학》에 실린 공상과학소설 〈북극성의 증언〉 등의 삽화도 그렸다. 〈R. 로케트군〉은 '아프리카 밀림 속에 괴비행체 착륙', '아마도 외계인 괴인간 정글 속에 내린 듯'이라는 호외 기사[28]를 시작으로 하여, 국제과학연맹이사회에서 미국·영국·프랑스·서독·한국의 과학자를 대표로 선정해 이 괴사건을 해결하게 한다는 내용이다. 한국 대표 강인환 박사는 우리 조사단이 행방불명되거든 우주과학성 장관을 찾아가라 한다. 인간의 힘으로 어찌할 수 없는 일은 우주과학성의 로케트 군만이 해결할 수 있다고 한다. 미지의 수수께끼 사건을 아직 인간의 힘으로 해결하지 못하는 것으로 간주하고, 로케트 군의 힘을 빌리고자 한다. 〈5개국 특별조사단 과학자들도 '아프리카' 상공에서 돌연 행방불명〉이라는 기사가 뜨는 것으로 2회가 마무리됐다. 로케트 군은 인간이 아닌 인조인간으로 적의 편이 아닌 우리 편, 우주과학성 소속이다. 로켓이나 로봇은 생활의 편의를 위한 것이 아니라 군사용으로, 국방과 관련된 국가 기밀이며 보안이다. 이들이 벌이는 활동 또한 국가를 위해 싸우는 것이다.

1960년대《학생과학》 공상과학만화의 소년들은 즐겁게 놀 여유가 없었다. 납치된 과학자를 구하고 미확인비행물체의 정체를 확인하고 미지의 수수께끼 사건을 해결해서 인류를 구원해야 하는 사명을 다해야 했다. 1960년대 공상과학만화의 작은 영웅은 아직 군대에 가지 않았지만 국가를 위해 적과 싸우는 것을 사명감으로 여기고, 아직 사회에 나가지 않았지만 자신보다 몸집이 큰 어른 세계와 맞서 싸우며 의무를 감내했다. 하지만 그 세대 어린이들은 공상과학만화를 보며 웃고 놀고 꿈을 키울 수 있었다. 프랑켄슈타인이 몸집이 크다는 이유만으로 두려운 존재로 다가올 때, 어린이들은 공상과학으로 자신의 꿈과 몸집도 그만큼 키우며 '로버트 태권V'의 거대로봇 사회로 진입하기 위한 준비를 했다.

초인을 꿈꾸는 소년과
현실사회의 괴리

《학생과학》 공상과학만화의 소년 영웅들은 자신의 힘보다 더 강한 초능력을 희망하거나 초인이 되기를 꿈꾼다. 1972년부터 연재한 박천은 〈원자인간〉과 〈초인간 파이터〉에서 '인간이 초능력을 가진다면'이라는 상상을 발휘해 '원자인간'과 '초인간'을 내세웠다. 1960년대의 아직 어린 소년 영웅은 거대 적과 맞서 싸우다가 어느 순간 너무 힘겨워하며 더 강력한 힘을 원한다. 아톰은 마력을 더 높이기를 원하고, 로케트 군도 인간의 힘을 뛰어넘는 '초능력'을 열망한다. 〈원자인간〉에서 김 박사는 원자인간에게 가스실험만 성공하면 초인간이 될 것이라고 한다. 그러나 4차원 제국에서 온 우주인들은 원자인간이 가진 초능력을 능

228

가하는 힘이 있었다. 초능력에 대한 열망은 우주인이 지구인보다 더 강력한 힘을 가졌을지도 모른다는 두려움에서 기인한다. 이 두려움은 초능력을 가지거나 그동안 적이었던 거대로봇을 우리 편의 무기로 가져옴으로써 극복한다.

1960년대까지 작은 체구의 로봇이나 초능력을 가진 소년이 주인공이었는데, 1970년대로 오면 마징가Z, 로버트 태권V, 철인 등 거대로봇의 시대가 열린다. 그렇다고 하더라도 그 로봇을 조종하는 인간을 강조한다. 〈초인간 파이터〉에서는 거대로봇보다 '초인간' 파이터 김철이라는 인간이 우주 삼총사와 함께 지구의 적과 맞서 싸울 것이 기대된다. 이러한 인간의 힘을 뛰어넘는 '초인간'에 대한 기대는 1970년대 〈육백만 불의 사나이〉The Six Million Dollar Man〉나 〈소머즈The Bionic Woman〉와 같은 미국방송이 유입되면서 고조되었다.

1960년대 후반에는 초인간, 초능력 인간으로 대표되는 인간을 넘어서는 힘의 이미지와 그렇게 해서 만들어진 로봇, 인조인간, 사이보그 등을 괴물처럼 바라보면서도 인간보다 강인한 힘을 상징하는 것으로 인식했다. 1974년 최첨단 인체공학으로 다시 살아난 〈육백만 불의 사나이〉가 방영된 이후로 '초인'을 향한 열망은 절정에 달했다.《학생 과학》에서 '우주비행사'는 인간이지만 인간의 한계를 뛰어넘어 초인이 하는 훈련과 활동에 맞먹는 강도 높은 훈련과 활동을 하는 직업으로 비추어진다. '프랑켄슈타인'으로 상징되던 거인의 이미지는 1970년대에 거대로봇이 등장하면서 '힘'의 세기와 비례했다. 〈원폭소년 아톰〉과 〈5만 마력 차돌박사〉가 연재되던 시기에는 적인 '프랑켄슈타인'과 같은 거인에 대한 두려움을 느끼면서도 동시에 나에게도 저런 강한 힘이 생겼으면 하는 동경을 품었다. 1970년대에 거대로봇이 등장할 수 있었던 것은 프랑켄슈타인이 가진 강력한 힘에 대한 갈망이 거인에 대한 두려움을 눌러 버렸기 때문이다. 작은 소년은 성장할 수밖에 없었고 프랑켄슈타인이 상징하던 국가이데올로기가 부여한 막중한 부담과 과제를 짊어져야 하는 어른 세계로 들어갈 수밖에 없었다. 성장한 소년에게 프랑켄슈타인은 내가 편입하기 이전의 두려웠던 상대편(어른)의 세계가 아니라 내가 속한 세계가 된다. 국내 공상과학만화에서 로봇 특히 거대로봇이 처음부터 소년 독자나 관객의 열렬한 환영을 받으며 우세를 차지하지는 않았다. 국내에서 선호된 캐릭터는 인조인간보다는 초능력을 가진 홍길동과 같은 '인간' 캐릭터였다. 로봇이나 인조인간에 대한 두려움은 낯선 세계에 대한 거부감과 함께 소년에게 프랑켄슈타인의 거대 몸집으로 각인되었고, 그래서 1960년대의 공상과학만화에서 적은 늘 몸집이 큰 '거대로봇'으로 등장한다.

거대로봇이 등장하기 전 《학생과학》에 수록된 공상과학만화에서 작은 체구의 주인공들은 프랑켄슈타인과 같은 거인(어른)과 맞서 싸우기 위해, 초인적인 에너지를 갖고자 노력하고 투지로써 안간힘을 썼다. 〈초인간 파이터〉 '우주 삼총사' 편은 30세기의 미래가 배경이다. 우주인의 침략에 대비해 국제우주연합 요새를 태평양의 어느 무인도에 건설했고, 지구를 지키는 방위군 중 김철이라는 한국인이 등장한다. 한국인 김철은 태권도를 연마하며 체력을 길렀다. 우주비행사나 우주전사가 되기 위해 태권도를 연마하는 것은 〈로보트 태권V〉나 〈태권동자 마루치 아라치〉에서도 이어지며, '태권도=강인한 체력'이라는 인상을 각인했다. 더불어 태권도로 '주먹' 센 남자가 영웅처럼 떠오르며 각종 만화영화 주제가에 무쇠 주먹, 정의의 주먹 등과 같은 대사가 삽입된다.

1963년에 〈산업교육진흥법〉이 시행되고 경제개발 5개년계획이 추진되자, 1960년대나 1970년대에는 산업화의 일꾼[29]이나 군대의 일원[30]을 키우기 위해 국민만들기 프로젝트가 시행되었다. 그에 따라 국가는 청소년에게 전문적인 기술을 배우게 하고 육체적으로 강인할 것을 요구한 시대[31]였다. 어린 소년은 강인한 신체를 과시하며 골목대장을 꿈꿨다. 나약하고 소심하고 겁 많은 소년은 자신의 정체를 숨기듯 앞으로 나서지 못했다. 스포츠에 능하고 태권도나 무술에 능한 자가 우상이던 시대에 어린 소년들은 자신의 능력 이상의 것이 요구되어서 심적으로 굉장한 압박을 받았을 것이다.

아톰, 차돌 박사, 초인간 파이터, 로케트 군 등은 모두 초인적인 에너지를 가진 존재다. 〈초인을 만드는 기계〉에는 사람의 힘으로 1톤이나 되는 물체를 거뜬히 운반할 수 있는 엑소스켈리턴이란 기계장치 즉 '인간증폭기'가 나온다. 엑소스켈리턴이라는 초인복을 입으면 크레인과 같은 효과를 낼 수 있고, 미 공군과 육군이 베트남의 정글이나 논 등의 불편한 지형에서 짐을 싣고 내리는 데 편리할 것이라고 언급한다.[32] 초인복은 산업용보다는 '군사용'으로 이용하고 싶은 욕망이 컸던 것으로 사료된다. 산업용 로봇으로 개발되었다는 황금날개 3호인 청동거인도 악당을 물리치는 데 뛰어들었으며, '초인'적인 마력을 가진 아톰이나 황금날개도 악당을 물리치고 우리 편을 지키는 데 온 에너지를 쏟았다. 〈수수께끼의 초능력〉처럼 '초능력'과 관련된 기사에 대한 호기심도, 현재 학생독자가 가진 것보다 '강인한 육체'에 대한 갈망에서 비롯되었다.

〈육백만 불의 사나이〉가 TV드라마로 방영되기도 했지만, 아톰과 같은 소년이 초인적인 힘을 원했던 것은 그의 체구에 비해서 너무 벅찬 과업(지구를 지켜야 한다든가 가족을 책임져야 한다 등)에서 비롯된 압박감 때문이었을 것이다. 어린 소년이 감당하기에는 터무니없는 과제이기 때문에, 초인이 되지 않으면 임무를 수행할 수 없다는 압박감과 부담감이 초인으로 둔갑하는 마법의 공상과학을 바랐던 것으로 사료된다.

1960년대와 1970년대에 아톰과 같은 어린이·청소년 세대는 '착하고 슬기롭게', '착하고 정의롭게' 자라길 요구되었다. 〈우주소년 아톰〉은 어린이들에게 위기에 빠진 사람을 구할 수 있다는 '용기'를 불어넣어 주었지만, 한편으로는 아직 덜 성장한 어린이들에게 슬퍼도 울지 못하게 하고, 힘들어도 참아야 하고, 아직 어린데도 집안의 가장(아버지)과 산업사회 일원의 역할을 근면 성실히 해내야 한다는 의무감을 지웠다.[33] "외로워도 슬퍼도 나는 안 울어. 참고 참고 또 참지 울긴 왜 울어"라는 〈들장미 소녀 캔디〉의 주제가는 그 시대 청소년에게 요구된 정서를 고스란히 보여 준다. 자그마한 체구의 12살 아톰은 또래 어린이들에게 우상으로 떠올랐지만, 그 무게감과 압박감도 가중되었을 것으로 사료된다. 아톰이 지닌 압박감과 무게감은 당대에는 헤아려지지 않다가 1990년대 이후에야 아톰의 '착한 마음'을 다시 강조한다든가 견디기 힘든 현실과 몰래 흘린 눈물을 보아 준다. 아톰과 비슷한 또래

의 어린이가 일찍 산업현장에 나간 고단한 현실은 1970년대 어린이들
이 떼쓰지 못하게 하고 일찍 철들게 했다.[34]

'로보트 태권V'의
탄생과 전성기

〈우주소년 아톰〉뿐만 아니라 〈로버트 태권V〉도 1980년대, 1990년대,
2000년대, 그리고 2020년대에 계속해서 부활을 거듭한다. 〈우주소년
아톰〉과 〈로버트 태권V〉의 시대에 따른 부활과 소환은 1970년대 세대
의 성장의 역사라고 해도 과언이 아니다. 1990년대에 만화영화가 복
고 열풍을 타고 소환되었을 때 그 대상은 1970년대에 안방극장의 개
구쟁이자 〈우주소년 아톰〉과 〈마징가Z〉를 보며 동심을 달랬던 20~30
대였다. 그들은 2000년대에 40대가 되었다. 그리고 지금은 어느새 50
대 60대가 되어 추억에 젖어 드는 나이가 되었다. 유년 시절을 함께한
1970년대의 만화영화에서 그들은 무엇을 느끼고 공감하고 즐겼을까.
만화 주제가가 골목마다 떼창을 몰고 다닐 정도로 한 시대를 풍미했던
시절, 그 시대 어린이들은 무엇을 가장 선명하게 기억으로 남겼을까.[35]
　〈우주소년 아톰〉이 일본만화의 번역판이라면, 〈로보트 태권V〉는
창작만화라는 점에서 국내에서 어떻게 인기를 끌었는지를 살펴볼 필
요가 있다. 〈원폭소년 아톰〉은 《학생과학》에 연재되었다면, 〈로보트 태
권V〉는 《새소년》과 《소년세계》에 연재되었다. 그리고 〈원폭소년 아

톰〉이 만화에서 텔레비전 만화영화로 수용되었다면, 〈로보트 태권V〉는 극장판 만화영화에서 잡지의 별책부록 만화로 실려서 읽혔다는 점에서, 두 작품은 각각 다른 수용 매체로 독자와 만났다고 볼 수 있다. 극장판 만화영화 시대에 전성기를 누린 〈로보트 태권V〉가 어린이잡지 만화와 상생한 관계를 따라가 보며, 1970년대 당시 공상과학만화가 누린 인기가 어느 정도였는지를 가늠해 보자.

1970년대 극장판 공상과학 만화영화의 전성기: 〈황금날개〉와 〈로보트 태권V〉

> 만화영화는 한마디로 단순한 선으로 주인공들의 동작을 그려내면서 실제 없는 상상의 세계를 보여 줌으로써 어린이들에게 신비를 안겨다주고 꿈과 지혜를 심어주는 역할을 한다.[36]

1970년대는 만화영화의 시대라고 해도 과언이 아닐 정도로 공상과학 만화영화가 앞다투어 제작되었고, 극장뿐만 아니라 텔레비전에서 저녁 시간을 차지하며 방영되었다. 〈우주의 왕자 빠삐〉, 〈마징가Z〉, 〈로보트 태권V〉, 〈태권동자 마루치 아라치〉, 〈황금날개〉, 〈독수리 오형제〉, 〈메칸더 브이〉 등이 개봉되거나 방영되며 공상과학 만화영화의 전성기가 열린다.[37]

1960년대와 1970년대의 만화들에는 우주를 배경으로 하여 전투작전을 펼치는 장면이 종종 삽입된다. 1970년대에는 전투작전의 무기

즉 도구가 로봇과 초능력 에너지로 집중되었다. 1970년대의 공상과학 만화영화들은 마치 기본 구성이 있는 틀에 캐릭터의 성격과 특징만 부여한 듯이 '로봇과 초능력 에너지로 악마의 적을 무찌르고 승리한다'는 내용이 주를 이루었다. 무찔러라, 납작코가 되었네, 정의의 사도, 정의와 평화를 위해, 불사조 등 싸움, 전투에서 승리를 유도하는 용어가 정의와 평화라는 표어를 앞세우고 당당히 들어가 있다. 적을 물리치고 국가를 수호해야 한다는 애국심을 고취하는 주제가들은 1970년대 만화영화를 잠식했고 골목골목을 장악했다.

〈우주소년 아톰〉과 〈마징가Z〉의 주제가를 갈아 치우고 1970년대 문화의 상징으로 자리를 잡은 것은 〈로보트 태권V〉이다. 〈로보트 태권V〉는 비디오 테이프조차 어디에서 뒹구는지 제대로 보관되지 않다가 2007년 디지털 복원작업으로 가까스로 부활했다. 먼지 속에서 나뒹굴던 〈로보트 태권V〉는 마치 1970년대 다시 우뚝 일어서는 영웅처럼 2020년대의 우리에게 모습을 드러냈다. 〈마징가Z〉의 아류라거나 지나친 반공 이데올로기의 주입이라는 등의 비판을 면치 못한 〈로보트 태권V〉여서인지, 2007년에 새로 나온 웹툰 〈브이〉에서는 훌쩍 성장해한 가정의 가장이 된 훈이의 내면을 중점으로 다루었다. 훈이도 성장했듯이 태권V 독자들도 성장했다. 비록 훈이가 국가의 부름에 '왜'라고 묻지 않고 출동했으며, 태권V가 장난감이 아니라 적을 무찌르는 전쟁무기로 활용되었지만, 그 세대들에게 태권V는 꿈을 심어 주는 영웅이었다. 그 세대가 공상과학만화를 보며 과학자 꿈을 키웠다는 것은 허황하고 과장된 기사가 아니다.[38] 특히 우리에게 잘 알려진 정재승 박사

만화영화 포스터, 포스터는 한국대중음악박물관 소장

역시 공상과학만화를 즐겨 읽으며 과학자의 꿈을 키웠다고 한다. 만화책을 읽고 상상하는 시간이 길었고, '몽상'이 취미였으며 지금도 '몽상'이 취미라고 하는 그의 말에서,[39] 공상과학에서 우주로 날아가는 비현실적인 로봇이나 로켓 이야기가 허무맹랑하지 않고 현실과 벌어진 간극에서 어린이가 꿈을 꿀 수 있는 여유가 생겨남을 알 수 있다.

어린이들의 영웅은 대통령도 아니고 선생님도 아닌 태권V와 황금날개였다. 태권V를 만들고 조종하는 이가 '박사'들이었으니 과학자나 발명가가 꿈인 것은 당연한 현상이었다. 태권V 조종사인 훈이와 영희의 아버지도 박사, 황금날개 현이와 뚝심이를 지휘하는 이 또한 선우 박사이다. 아버지를 모두 '박사'의 위상에 놓음으로써 가부장의 지위를 공고히 하고 가족 이데올로기를 강화했다고 볼 수 있다. 〈로보트 태권V와 황금날개의 대결〉에서 뮤우탄트가 태권V를 조종하며 훈이인 척하고 건물을 파괴하자 윤 박사가 훈이에게 그만하라고 종용함에도 듣질 않자 선우 박사가 "아니 쟤가 미쳤나?"라고 한다. 그만큼 자신의 권위에 도전하거나 반항하는 것을 참을 수 없었던 아버지 세대의 감정 표출이라 볼 수 있다. 아버지 세대의 감정이 강하게 표출되는 반면, 훈이 세대의 감정 표출은 잘 보이지 않는다. 훈이 자신의 의견으로 무엇을 결정하고 선택하는 것은 2007년의 〈브이〉에 이르러서이다. 1970년대의 훈이 세대가 감정을 표출하기까지 참 오랜 시간이 걸렸다.

〈로보트 태권V〉는 태권도 선수 훈이를 닮은 태권도를 하는 태권V를 훈이가 조종해 악당 카프 박사의 붉은 별 군단을 무찌르는 내용이다. 승리를 거두는 태권V에 환호하는 군장관과 국군 장병들의 모습이 담겨 있어 1970년대 상황을 짐작할 수 있다. 우리나라에서 제작된 〈로보트 태권V〉에는 한국 상황이 개입될 수밖에 없었다. 붉은 별 군단이 적나라하게 북한을 묘사하는 것으로 표현되어서 관객에게 적군과 치른 싸움에서 승리한다는 쾌감과 함께 반공 이데올로기를 불러일으켰다.

〈로보트 태권V〉의 흥행에 힘입어 〈로보트 태권V 우주작전〉이 연달아 제작되었고, 더불어 어린이잡지의 부록만화에 연재되면서 적극적인 관객몰이에 나섰다. 그러나 앞서 언급했듯이 고전을 면치 못했다. 그래서 잠시 휴지기를 가지다 내놓은 것이 〈무적의 용사 황금날개 1, 2, 3〉이다. 〈무적의 용사 황금날개 1, 2, 3〉 또한 필름이 분실되어 남아있지 않아 구하기 힘든 희귀본이었다. 미국으로 나갔던 버전으로 겨우 복원해 좋지 않은 화질이나마 볼 수 있게 되었다. 〈무적의 용사 황금날개 1, 2, 3〉은 《새소년》의 부록만화로 나온 후 만화영화로 상영되어 흥행에 성공한다. 연달아 〈로보트 태권V와 황금날개의 대결〉을 만들면서 황금날개와 태권V는 어린이들의 영웅으로 자리매김한다.

춘천 애니메이션 박물관에 전시된 〈로보트 태권V〉의 설명에는 어린이들에게 반공정신과 계몽정신을 고취하기 위해 '의도적으로' 기획된 '반공영화'라고 적혀 있다. 실제로 어린이들은 로봇 태권V를 보며 반공정신을 키우기도 했다. 당시 어린이들은 주로 '힘겨루기'에서 이기고픈 욕망이 우세했다. 우월하고 강인한 신체를 가진 남성이 되고 싶다는 욕망이 아직 어린 소년들에게 자리를 잡았는데, 이는 당시 '신체검사'로 신체를 정상이나 합격으로 판단해 건강함과 나약함을 판별하던 것을 상기해 볼 수 있다. 〈완전사회〉에서 우선구는 완전인간을 선발하는 과정에서 신체검사를 받았는데, 이때 신체가 우월한 자가 강조되었다. 이는 1960년대와 1970년대의 남성들에게 신체조건에 대한 강한 압박으로 다가왔을 것이다.

"겸손한 태도와 건강한 체력 그리고 정신력이 강해야 한다"는 〈로버트 태권V〉에서 윤 박사가 철이에게 한 훈계이다. 〈로보트 태권V〉에서 흥미로운 캐릭터는 깡통로봇 철이다. 주전자를 일그러뜨려 깡통로봇을 만들고 그 깡통로봇을 뒤집어쓰고 골목에 나가 으스대거나 고춧가루 폭탄이라는 무기를 만들어 뿌리면서 자기보다 키가 큰 어린이를 상대하는 모습은, 당시 작고 겁 많은 어린이도 훈이처럼 로봇 태권V의 조종석에 앉거나 황금날개처럼 망토를 두르고 변신하면 용감해질 수 있다는 환상을 품게 했음을 보여 준다. 어린이이지만 자기도 태권V와 함께 악당을 무찌를 수 있다고 용감하게 맞서는 모습은 1970년대 어린이들이 강해지고 싶은 욕망이 투영된 것이다. 골목대장, 맞붙어 싸워서 승리해야 하는 태권V 같은 강인함이 아이콘이었던 시대에 나약하고 소심한 어린이들이 설 자리는 없었을 것이다.

김청기 감독의 〈황금날개〉에서 황금날개 1호인 현이는 황금날개로 변신하기 전에는 겁 많고 소심한 인물이다. 〈로보트 태권V와 황금날개의 대결〉에는 "사내 자식이 저렇게 겁이 많아서야. 용기와 패기가 있어야지"라며 선우 박사가 안타까워하는 장면이 나온다. 현이는 황금날개 3호를 뚝심이와 함께 조종하라는 선우 박사의 말에 겁난다고 자신 없다고 한다. 그래서 주변에서 남자 녀석이 왜 그렇게 겁이 많냐고 놀림을 받는다. 그러나 슈퍼맨도 평범한 인간인데 슈퍼맨 슈트를 입으면 영웅이 되는 것처럼 겁 많고 소심한 현이도 황금날개로 변신하면 영웅이 된다. 로봇 태권V보다 개인적으로 황금날개를 더 좋아했다고 하는 독자들도 있었는데, 바로 자기들처럼 겁 많고 소심한 현이의 모습에 감정이입이 되어서일 것이다. 태권V처럼 강인한 로봇이 아니라, 현이는 원래 나약하고 소심하고 겁도 많은데 변신하면 황금날개가 되는 것처럼, 어린이 독자인 나도 망토를 두르고 가면을 쓰면 황금날개처럼 용감해질 수 있을 것이란 환상을 가지게 하지 않았을까.

　1970년대를 누볐던 〈로보트 태권V〉는 이후에 여러 차례 부활을 시도한다. 그러나 〈84태권V〉, 〈로보트 태권V 90〉은 시대의 흐름을 읽지 못하고 기존의 〈로보트 태권V〉를 그대로 답습하는 데서 그쳐 흥행에서 고전을 면치 못했다. 태권V의 성장은 앞서 언급했듯이 〈브이〉에서야 비로소 만날 수 있다. 〈브이〉에서 가장 변화가 심하고 무리한 욕심을 놓지 못하는 인물은 태권V 조종사 훈이가 아니라 깡통로봇 철이다.[40] 이제 40대 아저씨가 된 훈이는 과거 자기가 한 일에 대한 회의감이 밀려오며, 무엇을 위해 누구를 위해 싸우는지 묻지 않은 그 시절의 자신을 돌아보고 더는 영웅이 되길 원치 않는다. 오직 가족을 위해서만 다시 일어서는 훈이는 1970년대에도 그것이 가족과 나라를 위하는 길이었다고 믿었음을 말해 준다. 의문을 제기하지 않고 무조건 나라의 부름에 응해서 군대에 가고 전쟁에서 싸워서 이겨야만 하는 줄 알았던 1970년대, 그때 멈춰 놓았던 생각과 방황을 2000년대 이후가 되어서야 겪는다. 1980년대와 1990년대에 태권V의 부활을 시도했으나 실패한 이유는, 태권V와 그 세대가 애국심이라는 명분 아래에서 개인의 고민과 방황을 돌아보지 않은 채 성장이 멈춰 있었기 때문이다. 1970년대의 태권V를 기억에서 끄집어내어 어렵게 복원한 지금, 우리에게 남겨진 과제는 현대에 맞게 새롭게 재창조하는 것이다. 태권V가 1970년대에 머무르지 않고 성장할 수 있게 돕는 것 또한 우리에게 남겨진 과제이다.

《새소년》과 《소년세계》
부록만화로 수록된 〈로보트 태권V〉

〈로보트 태권V〉는 안방극장을 차지하는 텔레비전 만화영화보다 잊히기 쉬웠다. 그래서 김청기 감독은 같은 해에 시리즈물을 연달아 내놓는다. 그로 인해 잊을 만하면 다시 어디서든 나타나는 무적의 용사 태권V의 이미지로 각인되었다. 일본 원작의 텔레비전 만화영화의 틈바구니 속에서도 골목마다 〈로보트 태권V〉의 주제가가 울려 퍼지고 태권V가 어린이들에게 영웅으로 거듭날 수 있었던 것은, 후속이 나온 영향도 있지만 극장판 만화영화로 그치지 않고 어린이잡지 부록만화로 연재되었기 때문이다. 만화영화가 상영되기 전에 잡지의 부록만화로 먼저 접하기도 하고 홍보지면을 보고 상영일을 손꼽아 기다리기도 했다.

만화 〈로보트 태권V〉는 김형배 버전이 가장 널리 알려져 있지만, 가장 먼저 연재된 것은 《소년세계》의 김승무 버전이다. 극장판 〈로보트 태권V〉가 상영되기 두 달 전인 1976년 5월부터 《소년세계》의 부록

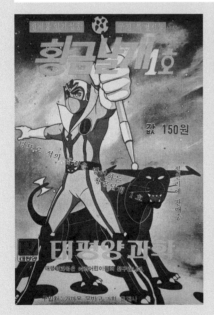

《새소년》과《소년세계》에 실린 만화영화 개봉과 부록 만화 홍보
국립중앙도서관 소장

만화로 연재되기 시작한다. '만화영화가 상영되기도 전에 만화가 먼저 나오는 것이 가능한가'라는 의문에 답하기라도 하듯 홍보문구와 함께 설명이 들어 있다. 만화영화 제작에 만화 작가들이 참여해서 이미 내용이 다 공개된 것이다. 《소년세계》는 〈로보트 태권V〉의 우주작전부터 수중특공대까지 사이사이 홍보문구와 함께 꾸준히 부록만화로 연재하고 선점했음에도, 독자에게 각인된 것은 1978년에 《새소년》의 부록만화로 연재된 조항리의 글과 김형배 그림의 〈로버트 태권V와 황금날개의 대결〉이다. 선점을 장악하고도 김승무가 잊혀지고 김형배의 태권V가 남은 것은 김형배의 버전이 클로버문고의 단행본으로 간행되었기 때문이다.

어린이들의 오락매체가 많이 없던 시절, 만화나 라디오 방송극에서 극장판 만화영화나 텔레비전 만화영화로, 소설이나 만화에서 라디오 방송극으로 매체를 넘나들며 같은 텍스트를 반복적으로 생산했다. 시청자나 독자, 관객은 만화방, 동네 친구집 등에 모여 같이 만화를 보며 주제가를 부르고 스포츠경기를 보듯 태권V의 승리를 기원했다. "태권V와 황금날개가 겨루면 어느 편이 더 셀까"라고 묻는 철이는 당시 어린이들의 심리를 대변해 준다. 태권V와 마징가Z가 싸우면 누가 이길까? 〈로보트 태권V와 황금날개의 대결〉은 제목에서 유추할 수 있는 것과 달리 둘이 힘을 합쳐 악당을 물리치는 내용이다. 그런데 제목을 저렇게 둘이 대결하는 것처럼 단 이유는 당시 어린이들이 입버릇처럼 '누가 이길까'라고 말하던 호기심을 반영했기 때문이다. 1970년대 어린이들에게 〈로보트 태권V〉와 〈황금날개〉는 지금의 어린이들이 열광

하는 마블사의 어벤져스 군단에 버금가는 것이었다.

텔레비전 만화영화가 매일 어린이 시청자들을 만나는데, 〈로보트 태권V〉는 그 역할을 어린이잡지 부록만화를 통해 매달 찾아가면서 극장판 만화영화의 일회성을 상쇄해 인기를 끌었다. 김형배 버전이 마나문고의 〈로보트 태권V와 황금날개의 대결〉과 클로버문고의 〈로보트 태권V와 황금날개〉로 출간됐는데, 둘은 동일한 내용이다. 《소년세계》에는 한재규 버전의 〈로보트 태권V와 황금날개의 대결〉이 실리기도 했다. 《새소년》의 부록만화가 어문각에서 곧장 클로버문고로 간행돼 독자를 계속 만났다면, 《소년세계》의 부록만화는 단행본으로 간행되지 않아 누군가 부록만화를 소장하고 있지 않은 이상 다시 만날 기회를 영영 잃어버렸다. 어린이잡지의 부록만화는 1970년대 당시 어린이들에게 설렘과 즐거움을 안겨 주었지만, 뒷세대들에게 남겨야 할 서지적 가치가 인정되지 못하고 버려지거나 헌책방을 돌다가 어느 순간 자취를 감춰 버리고 말았다. 김승무 화백의 그림체도 이렇게 실물을 다시 볼 수 없어졌다.

1960년대와 1970년대 어린이잡지 공상과학만화에는 거인, 특공대, 우주, 소년, 철인 등의 제목이 줄곧 달려 있다. 우주의 악당을 물리치는 지구의 거대로봇 이야기가 주를 이루었다. 우주특공대, 수중특공대, 은하특공대 등 군대의 특공대 전사를 상기하게 하는 제목도 종종 달려 있다. 알파칸, 마징가, 철인, 개조인간, 거인 등의 거대로봇을 앞세운 만화가 대거 포진한 가운데 UFO에 대한 만화나 녹색별 등 다른 행성을 가정한 만화들이 눈에 보인다. 지금은 믿지 않는 공상과학의 세

245

주요 어린이잡지에 연재된 주요 작품

연재물명	수록잡지명	작가명	연재 시기
설인 알파칸	새소년	이정문	1966년 1월~1967년 10월
철인 알파칸	새소년	이정문	1967년 11월~
철인 알파칸	소년생활	이정문	1975년 부록만화로 연재
우주작전	새소년	안동림	1966년 1월~
악마의 위성 카리스트	새소년	장수철	1966년 1월~
우주에서 온 소년	새소년	김삼	1967년 1월~
개조인간 S	새소년	윤길영	1975년 1월~
철인 다이모스	새소년	신종환	1976년 2~3월 별책부록, 4월부터 본책에 수록
메주터 공격개시	소년세계	정승	1974년 3월~
우주개척자	소년세계	허봉조	1974년 5월~10월
울트라맨	소년세계	허봉조	1974년 9월~10월
마징거제트	소년세계	정남우	1975년 9월 별책부록, 10월부터 본책에 수록
태권V 우주작전	소년세계	김승무	1977년 1월~1977년 4월
태권V 수중특공대	소년세계	김승무	1977년 5월~
녹색별을 찾아라	소년세계	이정문	1977년 11월~
황금날개 1, 2, 3	새소년	김형배	1977년 11월~1978년 4월
로버트 태권V 대 황금날개의 대결	새소년	김형배	1978년 5월~1979년 1월
UFO에서 온 소년 루카	새소년	이정문	1979년 1월~
태권만화 대야망	새소년	고우영	1977년 6월~
이상한 거인	소년세계	김왕근	1976년 2월~1976년 12월

계를 그때는 마음껏 즐기며 상상했던 것을 알 수 있다. UFO에 관한 소문도 소문으로 그치지 않고 SF의 소재로 활용하고 기사로도 내보내면서 어린이들의 호기심을 자극했다.

또한 초인, 초능력 캐릭터가 많이 등장하는 것을 볼 수 있다. 아톰은 10만 마력의 위력이 있고, 〈황금날개〉 1호도 초능력이 있다. 아직 어린 소년이 세상과 맞서고 강인해지기 위해서는 초인적인 힘이 필요했던 것이다. 1970년대는 〈육백만 불의 사나이〉, 〈소머즈〉의 방영으로 인해 인간의 한계를 뛰어넘는 '초능력'에 대한 관심이 고조되던 때였다. TV 방영과 함께 《새소년》 1978년 3월호에 특별영화편으로 〈초능력 공작원 소머즈〉가 실렸다. 〈육백만 불의 사나이〉는 《소년중앙》의 부록만화로도 나왔으며, 이두호 화백이 얄숙이와 스티브 오스틴 대령을 결합해 어린이에게 더 친숙하고 생생한 클로버문고 단행본 만화로 출간하기도 했다. 《소년세계》 1977년 10월호에는 〈로보트 태권V와 육백만 불 사나이의 대결〉이 특별판으로 실려서 인기를 끌기도 했다. 이처럼 1970년대는 〈로보트 태권V〉뿐만 아니라 인기 있는 텔레비전 시리즈나 만화영화가 만화로 다시 생생하게 그려져서 어린이 독자를 끌어들이는 홍보전략의 역할을 톡톡히 했다. 어린이들은 별책부록 만화 때문에 신간이 나오기를 손꼽아 기다렸다. 텔레비전을 통해 방영된 〈육백만 불의 사나이〉와 〈소머즈〉 또한 초인적인 능력을 발휘하는 인간의 대명사로 인기를 끌었다. 육백만 불의 사나이는 인간의 몸에 기계를 결합한 사이보그이다. 그러나 기계의 힘을 빌렸다는 것보다 초인적인 '인간'이라는 이미지를 강하게 부각하고 인간의 한계를 뛰어넘는 것으로 묘사된다는 점이 흥미롭다. 거대로봇과 초인이 등장하는 공상과학만화를 보고, 어린이들은 강인한 힘을 길러서 가족을 지킬 수 있는 어른이 되어야지 하며, 자신의 상황보다 높고 원대한 꿈을 키웠다. 그것이 어른의 눈에는 허무맹랑하고 허황되게 보일지라도 공상과학만화 세대들에게 꿈을 물었을 때, '과학자', '대통령' 등처럼 이룰 수 없을 법한 무모한 것을 대답하게 했다. 너무 안정적인 것만을 목표로 삼는 지금에 와서는 그 '무모한 용기'가 그리워지기도 한다. 또한 그것이 지금 이 시기에 '공상과학'을 다시 소환하는 이유이기도 하다. 특히나 태권V를 보며 성장한 세대들이 추억까지 부정되지 않고 마음껏 그 시절을 회상할 수 있는 감성을 선물 받았으면 한다. 오늘날의 빡빡한 현실에서 당시의 로봇 태권V와 황금날개의 공상과학을 보며 설렜던 소년 시절을 추억하며 다시 꿈을 꿀 수 있기를 바란다.

'과학자'의 꿈을
키우는 어린이

1960~1970년대에는 공상과학만화(영화)를 보며 과학자나 우주비행사의 꿈을 키우는 독자가 많았다. 현재 독자 어린이는 우주비행사가 극소수에 지나지 않고 되기도 쉽지 않다는 것을 알지만, 1960년대와 1970년대에 자란 어린이들은 텔레비전에서도 잡지에서도 신문에서도 늘 접하던 것이 우주과학이었다. 소년 잡지에서 가장 인기를 끌었

던 코너는 '공작'이었다. '공작' 코너 중에서 가장 큰 비중을 차지하던 것은 비행기나 로켓 만들기와 트랜지스터 라디오 만들기였다.

우주개척자라는 꿈과
박사의 권위

《소년세계》1974년 5월호부터 10월호까지 허봉조의 〈우주개척자〉라는 만화가 연재된다. 지금의 독자들은 '우주개척자'라는 직업에 대해 들어 본 적도 경험해 본 적도 상상해 본 적도 없을 것이다. 제목은 거창하게 '우주개척자'라고 달려 있지만 우주선을 타고 우주로 나가서 지구가 다른 행성이나 운석과 충돌하는 것을 피하게 하는 내용이다. 1970년대에는 우주비행사가 아니라 우주개척자라는 꿈을 꾸는 게 낯설지 않을 만큼, 어린이들이 우주 개척, 우주비행, 우주 정복에 대한 인류의 꿈을 담은 내용의 공상과학만화(영화), 공상과학소설을 대거 접했음을 알 수 있다.

《학생과학》1968년 12월호에는 〈나도 우주비행사가 될 수 있다〉가 실렸는데, 우주비행사의 조건이라든가 우주비행사가 받는 훈련 등이 소개됐다. 17세 이상의 고졸 정도의 학력인 자가 비행 훈련을 받기에 적합하다고 한다. 불굴의 투지와 강인한 체력이 요구되는 직업이라고 덧붙인다. 〈로보트 태권V〉의 훈이도 태권V 조종사(우주비행사)다. 〈우주비행사의 체력훈련증강〉의 훈련 장면은 〈육백만 불의 사나이〉를 연상하게 할 정도로 인간의 한계를 뛰어넘는다.

우주개척자, 우주비행사 못지않게 과학자, 박사의 권위는 국가의 힘의 상징이 될 만큼 높았다. 〈5만 마력 차돌박사〉에서 차돌이가 구출하는 사람도 과학자와 박사이고, 〈R. 로케트군〉에서도 과학자 납치가 주요 소재로 등극한다. 공상과학만화에서 가장 초기의 작품인 《정의의 사자 라이파이》에서도 과학자로 대표되는 박사는 전쟁의 승패를 좌우하는 무기의 비밀을 쥐고 있어서 적이 노리는 대상이었다. 그만큼 중요한 지위였고 그에 따라 권위도 높았음을 알 수 있다. 1960년대에는 과학을 장려하려는 국가의 주도로 과학자 대우가 지금보다 훨씬 높았던 것도 권위와 직결되었다고 볼 수 있다. 1960년대 공상과학만화의 과학자는 주인공의 아버지로 설정되어 아버지의 권위를 강화하는 가족 이데올로기와도 같이했다. 박사가 그렇게 대단해 보인 만큼 가족 내에서 아버지의 권위도 강화하고자 했다.

〈5만 마력 차돌박사〉에는 "1969년대만 해도 로케트의 석기시대였었지!"라고 몇십 년 후 미래에 1969년(만화 게재 당시)에 대해 말하는 장면이 나온다. 〈5만 마력 차돌박사〉가 연재되던 1969년 당시는 우리가 만든 로켓을 타고 우주로 날아갈 날은 비현실적인 판타지였으며, 몇십 년 뒤 미래에나 가능할 꿈에 지나지 않았다. 그러나 만화 속 미래에서 차돌이가 탄 우주선은 달에 수학여행 갔다 오는 졸업반 학생들을 만난다. 지금은 이룰 수 없더라도 미래가 되면 자유롭게 달로 수학여행을 갈 수 있을 것이라 기대하며 상상했던 것으로 보인다. 1969년 당시에 우주여행을 가는 것은 국내 어린이에게는 이룰 수 없는 현실로 비추어졌을 것이다. 그러나 이룰 수 없는 공상이라고 하더라도 달에 수학여행을 가는 미래를 그리며 즐거워했을 것이다. 그것이 미래 현실로 실현될지 실현되지 않을지는 당시 어린이들에게는 별 상관이 없었을 수 있다. 상상 자체의 즐거움이 주는 쾌감으로 별다른 놀이가 없었던 때 우주로 수학여행을 가는 공상만큼 신나는 것이 있었을까.

그러나 1960년대와 1970년대는 우주경쟁 과열시대였음에도 국내의 로켓 발명기술은 실감하기 어려웠던 것으로 보인다. 우주로 나가는 로켓보다는 전쟁에 실제 활용되는 전투기나 폭격기, 비행기가 훨씬 현실감이 있었다. 1960년대부터《학생과학》에 베트남전쟁 기사와 함께 등장하던 무기와 전투 폭격기는 1977년 12월《소년세계》에도 어김없이 등장했다. 〈미래의 대형수송기 '메갈리프터'〉에서 길이 약 200미터의 어마어마한 크기를 자랑하는, 미국이 개발 중인 메갈리프터를 다른 수송기(비행기나 헬리콥터 등)의 사진과 함께 비교해 보여 줌으로써 압도적으로 보이게 했다. 1977년 12월《소년세계》에 〈세계 유명 전투 폭격기〉도 함께 실렸는데, 1차, 2차 세계대전과 6·25에 참전한 유명 전투기 시리즈 등 전쟁에서 실제 사용되어 승리를 이끈 유명 전투기를 다루어 눈길을 끈다. '아톰대사' 편 12회에서도 우주인의 전투기가 나타나 과학성을 폭파하는 장면이 나온다. 잡지의 기사로 접하는 전투기와 폭격기, 실제 전쟁에 사용된 무기들은 우주를 배경으로 하는 공상과학만화나 영화의 장면에서도 종종 삽입된다.[41] 우주를 배경으로 한 전투 만화(영화)라고 한마디로 표현할 수 있을 정도로 강렬하다. 바로 그 점 때문에 공상과학만화(영화)들은 폭력적이고 자극적이라서 어린이의 정서에 부정적인 영향을 끼칠 것이라고 어른들의 우려와 멸시를 집중적으로 받았다.[42]

공업(실업)고등학교의 기능공과

취업전선

《학생과학》에는 실업(공업) 중고등학교의 탐방 기사가 거의 매호 실렸다. 실업(공업) 중고등학교는 전기과, 기계과, 건축과, 광산과, 야금과 등으로 구성됐는데, 대학에 진학하는 학생들보다 생활전선에 뛰어드는 학생이 더 많은 형편이므로 실업(공업) 중고등학교에서 기술교육에 주력해야 한다고 한다.[43] 사이사이 실린 기술자 양성학원의 홍보 지면[44]은 앞의 우주과학소설이나 공상과학만화와 전혀 다른 세계인 것처럼 이질적으로 보인다. 그러나 모순된 두 세계가 공존할 수 있었던 시기가 바로 1960~1970년대이다. 현실에서는 실업학교를 다니며 졸업하자마자 취업전선에 뛰어들어야 하지만, 그러나 과학기술교육의 장려에 힘입어 꿈만큼은 허황되어 보일지라도 '과학자'로 원대하게 꿈 꿀 수 있었던 때이다. 그것이 나약함을 감추고 용기와 정의로 무장한 1960~1970년대 세대의 생존 무기였다. 우주 공상과학만화와 만화영화를 보며 우주비행사와 과학자를 꿈꾸지만, 실제 학생 독자들이 택한 직업 중 노력을 해서 가질 수 있는 직업은 '기능공'이었다.

《학생과학》에 실린 서광운의 〈해류 시그마의 비밀〉은 학생 독자들에게 그다지 인기가 없었다.[45] 공상과학에서 마음껏 누비던 상상의 나래보다는 현실의 지루한 설명이나 어른의 연설이 장황하게 기술되었기 때문이다. 그러나 공상과학에서 접할 수 없었던 당대의 현실을 파악하는 데 유효한 지표가 된다. 목표해양고등학교에 다니는 박진서 학생은 해양탐사 프로젝트의 명목으로 박사와 대학생들이 연구를 위해 떠나는 충무호에 식당 보이로 탑승할 기회를 얻는다. 충무호에 승선하게 된 박진서 군은 운이 좋았다고 기뻐하며 누나, 매부, 여자친구의 환송을 받는다. 그러나 식당 보이로 선원이 되어 승선하는 것은 고생길이 훤하다. 누나와 가족을 지키고 보호하는 가장의 무게를 어린 소년이 고스란히 짊어져야 했던 것이다.

"옷을 벗고 모포를 덮은 박진서의 가슴은 아직도 감격에 부풀어 좀처럼 잠들지 못할 것만 같았다"라는 소년의 호기심과 설렘의 감정과, "출항하는 날 누나도 매부도 나와서 함께 자기를 지켜보는 세 사람이, 이 순간에는 자기의 모든 생명의 모체이며 삶의 배경인 듯 느껴졌다"라는 장면으로 전해지는 뿌듯함 사이에서 부담감과 압박감이 고스란히 전해진다. 대학에 진학하지 않아 식당 보이로 승선한 박진서 군과 대학생들 사이의 충돌 또한 당시 고졸과 대학생 사이의 차별을 보여 준다. 그러나 그런 이중적이고 모순된 감정은 시그마 프로젝트라는 거대한 계획 아래에 억눌린다.

한낙원의 《금성탐험대》의 고진 소년이나 오영민의 《화성호는 어디에》의 잭크 또한 고등학생으로 우주대학 특별생이라는 신분을 얻어 탑승한다. '특별생'이라는 명칭이 붙어 대단한 것처럼 보이지만 어린 나이에 취업해 고된 훈련도 참고 견디며 어른처럼 굴어야 했던 소년들의 처절한 생존이 숨어 있었다.

군대의 징집이 필요하고 산업화로 기능공이 필요했던 시대[46]에 어린이들은 기능공이나 기술자 되는 것을 과학자의 꿈을 키우며 준비했다. 꿈과 현실의 괴리에서 소년들은 좌절하기보다 먹고 살기 바빴기 때문에 가족 부양의 의무와 취업전선에 뛰어드는 것을 마치 지구를 지키는 사명처럼 여겼다. 아직 어린 소년들에게 보호되어야 하는 나이라는 것과 울어도 되고 떼써도 되는 나이라는 것을 아무도 말해 주지 않았던 것이다. 이렇게 소년은 미성숙한 상태로 어른의 세계로 성큼 들어간다. 1960년대와 1970년대의 남성들은 공상과학을 어린이의 것으로 치부하면서도, 또한 로봇이 악당을 물리치는 공상과학만화를 읽고 즐겼던 것으로 보인다. 마치 어린이들만 즐겼던 것으로 인식하는데 최인호의 소설 한 장면을 채울 정도로 흔한 풍경이었던 것으로 사료된다. 1960년대와 1970년대의 공상과학만화는 어린이 시기를 건너뛴 그 세대를 자란 성인의 성장통과 같은 것이었다.

《학생과학》 1966년 8월호에 발명·특허 이야기 꼭지 중 심승택의 〈로케트보다 구공탄이 더 좋아〉에서, 수없이 쏟아지는 로켓 발명 이야기보다 구공탄이 더 좋다고 한 데서 로켓이 실생활에서는 너무 멀리 있는 환상이었으며 당대 사람들에게 로켓으로 우주를 개척하는 것보다 생활전선이 더 급급했음을 알 수 있다.

꿈과 현실 사이에 놓인 징검다리:
'공작' 코너와 과학(기능공)대회

공상과학만화와 함께 어린이잡지에서 인기를 끌었던 코너는 바로 '공작'이다. 전투기, 폭격기, 비행기와 관련한 기사와 그것을 실제 만들어 보는 공작 코너를 통해 학생들은 자기가 마치 전투기 조종사나 과학자가 된 것과 같은 만족감과 성취감을 느낄 수 있었다. 《학생과학》에는 매호 공작 코너가 상당한 분량의 지면을 차지할 정도로 가득 실려 있다. 1969년 6월호에는 〈만능전폭기 F-111 만들기〉, 〈쌍발비행기〉, 〈049 엔진을 사용한 U/C 오토자이로〉 등이 공작 코너를 채웠다. 어린이 공작 코너라고 하기에는 명칭이 구체적으로 언급되어 눈길을 끈다. 지금의 어린이 독자가 이때의 설계 도면을 보고 이 비행기와 전투기를 만들 수 있을까 싶을 정도로 복잡하고 세밀하다. 비행기와 전투기가 가장 많은 비중을 차지했고, 그 외 소형 라디오나 배 만들기 등도 비중을 차지했다. 〈종이컵으로 만든 우주스테이션〉, 〈기계공작 모형정미기〉, 〈슬라이드 환등기〉 등 요즘 아이들의 공작 소재와는 거리가 먼 것들이다. 특히 학생 독자가 직접 만들기 코너에 참여해서 순서와 방법, 구조를 그려서 응모한 것도 눈길을 끈다. 그만큼 호응이 높았음을 알 수 있다. 《학생과학》의 공작 코너와 함께 합동교재사 꾸미기, 프라모델 등의 만들기 꾸러미나 로봇 장난감 교구도 학생들의 공상과학에 대한 흥미를 배가했다.

요즘 학생들도 방과후 공작수업에서 만들기를 한다. 그러나 만들기의 종류는 《학생과학》의 공작과 차이가 상당하다. 요즘의 공작(만들기)수업에서 열쇠고리, 연필꽂이, 손거울 등의 생활소품을 주로 만드는 것을 상기해 보면, 이 시기 공작에서 로켓, 비행기, 라디오 등의 만들기는 당대 과학기술의 강조와 실제 전투와 맞물려서 차이가 두드러진다. 만들기뿐만 아니라 1960~1970년대의 '과학 입국' 교육정책의 기조를 세우고 국립과학기술원을 설립하며, 학교 교육에서도 과학과 이과가 강조되고 과학대회를 장려하고 열었던 것 또한 학생들에게 과학자의

만능전폭기 F-111 만들기

공 작 부

날개의 각도를 마음대로 변경시키며 지금까지의 비행기와는 비교도 되지 않을 만큼 여러가지의 장점을 가진 F-111 전폭기를 얇은 발사판을 사용해서 모형으로 만들어 보자.

전체의 길이가 45cm 정도이며 날개길이는 완전히 펼쳐져 있을때가 40cm 정도이니 크기도 알맞아 한번쯤 만들어 야외에서 동생이나 친구들과 함께 즐겁게 지낼 수 있을 것이다.

준비해야할 재료

동체
　　8mm 두께의 발사판
　　45cm×5cm

날개
　　3mm 두께의 발사판
　　30cm×10cm×2장
　　20cm× 8cm×2장

뒷날개 및 방향타
　　3mm 두께의 발사판
　　18cm×8cm×2장
　　12cm×7cm×1장

약간의 고무줄, 철사, 바늘못 및 접착제

만드는 방법

책에 그려진 설계도는 실제크기의 그림이 아니기 때문에 이것을 실제크기가 되도록 확대를 해서 그려놓고 이 그림에 맞춰서 제작을 해야 한다.

그림을 확대할때에는 줄인자를 정확히 보고 그려

야 하며 특히 날개나 방향타의 고정시키는 각도는 대단히 중요한 것이기 때문에 더욱 조심해야 한다.

이 비행기는 날개와 동체사이의 각도를 4가지로 바꿀 수 있게 설계되어 있는것이 다른 것과 틀린점 중의 하나다.

앞날개는 동체의 윗 부분에 있는 2장의 가운데 날개 사이에서 움직이게 되어있으며 이 가운데 날개와 앞날개 사이에 구멍이 뚫려 있어, 이 구멍에 작은 막대(Dowel)를 끼워 날개를 고정하게 되어있다. 그러나 이렇게만 하여서는 충실하지가 못하기 때문에 앞날개의 앞 부분에 바늘못을 양편 날개의 중간쯤에 박아 이 바늘못 사이에 고무줄이 메어져 항상 날개가 앞으로 당겨져 있게 되어있다.

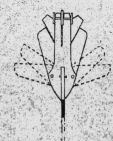

제작순서는 8mm 두께의 발사판으로 동체의 외형을 칼로 잘라 낸다. 동체는 발사판이 아닌 잘 건조된 오동나무를 대신 사용해도 아무런 지장이 없다. 그러나 오동나무를 사용할때는 두께가 5mm 정도의 것이어도 충분하다. 외형을 다음은 동체 위에다 3mm 두께의 발사판으로 가운데 날개를 잘라 먼저 두장 중의 아래판을 동체에다 탄탄히 붙이고 가운데 날개 앞에는 3mm 두께의 발사판으로 된 사이판을 만들어 붙이며 뒷 부분에는 뒷날개를 접착제를 사용해서 고정시킨다.

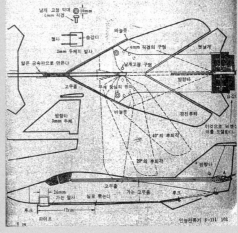

F-111의 우수한 점

날리는 방법

가운데 날개 3mm 두께
4mm 직경의 구멍

뒷날개
3mm 두께
발사판

두께 3mm

가운데 날개판

3mm 두께

8mm 두께의 발사

4mm 직경

동체 8mm 두께의 발사판

직경 4mm의 구멍

3mm 두께의 발사판

날개 고정 구멍

아이레트(eyelet)

날개 고정 막대

3mm 두께의 발사

고무줄

무게 중심의 위치

바늘못

방향타
3mm 두께

완전후퇴

40°의 후퇴각

20°의 후퇴각

방향타

고무줄

가는 고무줄

루크

파이프

《학생과학》에 실린 공작 코너
국립중앙도서관 소장

꿈을 키우게 하는 데 한몫했다. 1967년 4월 21일에 정부 부처인 과학기술처를 발족한 것에 이어, 1968년에는 4월 21일을 '과학의 날'로 정함으로써 과학기술에 대한 국민적 관심을 고취하고 과학기술자에 대한 사회적 대우를 재고하고자 한 국가의 기획과 사업은 기술자를 양성하는 데에도 많은 영향을 끼쳤다. 한국과학기술연구소의 설립에 이어 1971년 카이스트가 설립되면서 과학자의 꿈을 키운 이들 중 외국이 아닌 국내에서 대학을 가는 길이 열렸다. 카이스트로 가서 과학자가 되는 것과 취업전선에 나가서 기술자가 되는 것은 요즘 세대에게는 상당한 차이가 있는 것으로 보인다. 그러나 1960년대와 1970년대에 과학에 관심을 둔 중고등학생 중 대학에 진학하는 경우가 아닌 경우 취업전선에 나갔을 때 최고의 보수와 대우를 보장해 주는 직업은 자격증을 딴 기술자였다.[47]

그래서 공작 코너와 함께 기능공대회가 심심치 않게 실렸다. 1966년 12월 1회 전국 기능경기대회가 열렸다.[48] 도자기, 나전칠기, 선반공, 금은세공, 도장공, 목형부, 라디오와 TV 수리공, 옥내배선, 동력배선 등의 기능공을 양성하는 대회가 열리고 학생들에게 장려했다. 《소년세계》에는 아이디어회관에서 출간된 SF전집의 홍보문구로 "과학자·발명가가 되려면 SF(에스에프)를 읽어야 한다!"[49]가 내걸렸다. 그러나 바로 앞면에서 국제기능올림픽대회의 〈세계 최고의 기능왕〉에서 이용, 미용, 기구, 목공 등의 메달 선수들을 선전하고 있어서 아이러니하다. '과학자'와 '기능공'의 격차는 컸지만, 1970년대에는 꿈은 과학자라고 말하면서 기능공 자격증을 따기 위해 기술학원을 다니는 중고등학생들을 종종 볼 수 있었다. 훌륭한 기능공이 되려고 열심히 이를 악물고 노력하면서도 과학자를 꿈꾸는 것은 비현실적이고 허황된 것처럼 보여서 비웃음거리가 되기 쉽다. 그러나 1960~1970년대는 꿈과 현실의 간격이 컸지만 꿈을 꿨다. 어른들이 허황된 공상이라고 비웃던 공상과학을 보며 과학자를 꿈꾼 어린이들은 실제로 과학자가 되기도 하고 기능공이 되기도 했지만, 꿈조차 꿀 수 없는 세대는 아니었다. 그리고 꿈이 무엇이냐고 물었을 때, 지금의 세대에게는 자신의 현실과 너무 동떨어져 실현할 수 없어 보이고 헛된 망상이라고 치부될 수 있는 '과학자'나 '대통령'이라고 당당하게 말할 수 있었던 시기였다. 어린이가 미래의 꿈을 꾸도록 기획된 1960~1970년대에 '공상과학' 붐이 일었던 것은 당연할 수밖에 없었다.

공상과학이 갖는 이중적 힘

1960년대와 1970년대를 살았던 어린이들은 슬퍼도 울지 못하고, 힘들어도 내색할 수 없었다. 그러나 먹고 살기 빠듯해서 어린 나이에 공부보다 취업전선에 뛰어들어야 하는 현실에서도 '공상과학'으로 꿈을 꿀 수 있었다. 공상과학이 비록 국가 이데올로기에 복무하고 끊임없이 애국심과 반공정신을 키우도록 요구했지만, 그 안에서 대중은 '영웅'을 만들어 내어 마치 자기가 영웅이 될 수 있을 것이란 기대감을 키웠다.

전쟁에서 승리하기 위해 또는 국가의 산업발전을 위해 청소년에게 이데올로기가 강요됐지만, 대중은 그 안에서 자신들이 감정이입을 할 '영웅'을 끊임없이 소환해 내었다. 비록 작은 체구이지만 초인이 되고 싶었던 당시 어린이들은 아톰과 차돌 박사, 마루치 아라치에 감정이입을 하며 국가가 청소년을 산업사회의 일꾼으로 기획할 때 '초인'을 꿈꾸며 그들만의 유년기를 즐겼다. 아무리 힘든 시기여도 어린이·청소년은 웃고 울고 떼쓰고 놀 자유가 있다. 공상과학은 1960년대와 1970년대에 바로 현실과 꿈의 간극을 메워 주는 징검다리였다.

　1960년대와 1970년대의 공상과학만화는 국가의 국민만들기 기획 아래 '정의'로 포장된 애국심이나 가족부양을 어린 소년들에게 강요했지만, 소년들은 현실과 동떨어진 우주나 거대로봇, 초인이 나오는 공상과학을 보며 지금 자신의 처지에 어울리지 않는 꿈을 꾸었다. 별다른 오락거리가 없었던 시절 만화방에서 다음 편이 나오길 기다리며 설레기도 했다. 먹고 살기 바빴던 1960년대의 부모들도 돈을 벌러 나가고 자기들도 일찍 취업전선에 뛰어들어야 하는 현실이었지만, 공상과학이 있었기에 또 그 힘든 현실을 견디며 웃을 수 있지 않았을까. 국가의 기획이 고스란히 담겨서 체제 전파의 매체로 기능하기도 하지만, 예측할 수 없는 대중의 반전과 누림의 요소가 숨겨져 있는 것이다. 지금 보면 천편일률적이고 어린이를 기획하려는 의도가 극명하게 투영되어 있지만, 그것을 읽고 보고 즐긴 당대의 독자에게는 현실을 견디는 힘과 에너지로 다가왔을 수도 있다. 그리고 그것이 바로 대중매체의 이중적인 속성이기도 하다. 위에서의 기획과 아래에서의 대중 감성이 함께 맞물려서 한 시대 문화의 아이콘으로 자리를 잡기 때문이다. 공상과학만화 또한 한쪽에서는 끊임없이 부정적인 시선이 따라다니지만, 그것을 직접 보고 자란 세대들은 자신의 꿈과 어린 시절 즐겼던 대표적 놀이의 추억을 반추한다. 공상과학만화와 함께 공작놀이, 프라모델 로봇, 만화방은 PC통신이 등장하기 이전 어린이들의 놀이문화였다. 1960~1970년대의 공상과학만화는 어린이에게 울지 않고 씩씩하게 정의를 구현하도록 힘겨운 부담과 의무를 부과했지만, 동시에 우주로 확장된 공간 안에서 현실의 일탈을 맛보며 자신의 처지를 비관하지 않고 웃을 수 있는 위안을 제공하기도 했다.

2010년대 이후 공상과학이라는 용어와 함께 다양한 공상과학 문화콘텐츠가 활발하게 생산되고 있다. 그러나 지금 여기의 공상과학을 넘어서 이현석의 〈라이파이〉, 김중혁의 《내일은 초인간》 등에서 1960년대와 1970년대의 공상과학 속 영웅을 소환하는 것은 무엇 때문일까. 허무맹랑하고 터무니없는 발차기와 초인적인 에너지를 내던 영웅으로 조금도 나아질 것 같지 않은 현실에서 벗어나 꿈을 꾸고 싶기 때문이 아닐까. 김중혁은 《내일은 초인간》을 내면서 "신나게 뛰어다니는 소설을 쓰고 싶었다. 우리 모두 우울하니까"라고 했다. 현실이 우울하고 절망적일 때, 우리는 현실에서 이루어질 것 같지 않은 비현실적으로 보이는 낭만과 낙관을 꿈꾼다. 미래를 향한 꿈은 우울한 현실과 거리가 벌어질 때, 자유롭게 꿀 수 있기 때문이다. 그것이 터무니없고 우스꽝스러워 보이고 허황한 망상으로 보이는 '공상'이 가지는 자유분방한 우연의 힘이다. 너무 현실적인 것만을 직업으로 택하고 목표로 삼는 우리에게도 1960~1970년대의 공상과학 속 영웅들처럼 초인적인 에너지를 뿜어내는 무모한 용기가 필요한 때이다.

발전·진보를 향한 욕망

욕망
1970~1980년대
공상과학모험 전집

SF 유입의 통로,
공상과학모험 전집

과학소설이란 용어는 《(과학소설) 비행선》[1]처럼 식민지시기부터 있었다. SF의 고전이라 일컬어지는 쥘 베른과 웰스의 작품은 식민지시기부터 번역되었으며, 2010년에야 완역된 차페크의 《도롱뇽과의 전쟁》도 1920년대 박영희가 〈인조인간〉이라는 제목으로 번역했다.[2] 그러나 식민지시기에 성인대상으로 번역된 과학소설은 해방 이후가 되면서 국내에서는 '아동의 전유물'인 것처럼 인식되는 것이 통상적이었다. 소년소녀 세계문학전집, 소년소녀 공상과학전집, 소년소녀 과학모험전집 등 '소년소녀용 전집' 형태로 출간되고 번역되기 시작한 과학소설은 국내에서는 1990년대까지도 거의 대개가 아동용으로 출판되었고, 1990년대 이후에야 완역본들이 나오기 시작한다.[3] 아시모프, 로번 쿡, 클라크, 그리고 차페크 등의 작품들이 완역되어 새롭게 과학소설의 붐을 일으키며 SF에 대한 관심이 높아지고 있다. 1970~1980년대까지 국내 독자가 읽었던 SF는 대부분 아동전집을 통해서이다.[4] 1960년대까지 과학잡지를 통해서 간간이 소개되던 SF는 1970년대에 들어서면서 소년소녀 과학모험소설 전집이나 과학소설전집들로 간행되어 SF라는 낯선 장르가 정착하게 되었다. 따라서 1970년대 소년소녀 과학소설전집은 국내에 SF를 가져오는 '통로'로서의 역할을 담당했다고 볼 수 있다.

그렇다면 1970년대 소년소녀 과학소설전집에 실린 SF에는 어떤 내용들이 담겼을까. 1970년대의 아동전집에서 SF는 미스터리전집에 들어가 있기도 하고, 추리모험전집에 들어가 있기도 하고, 과학모험전집에 들어가 있기도 했다. 또는 이질적인 추리와 과학 장르를 한데 묶어 추리과학전집으로 간행되기도 했다. 그것은 SF가 알 수 없는 사건 또는 아직 발견되지 않거나 확인되지 않은 미생물이나 우주, 비행물체 등에 관해 과학적으로 풀어내야 하는 것을 기본속성으로 하기 때문이다. 국내에서 SF가 장르로 정착되기 전에 아동전집을 통해 유입된 SF는 풀리지 않는 수수께끼로 점철된 의혹투성이일 수도 있고, 미지의 세계에 대한 호기심일 수도 있고, 낯선 우주인에 대한 공포와 그 우주인의 형상을 묘사한 괴기로 비춰질 수도 있었다.

중국의 전설 〈견우와 직녀〉에서 우리는 과학소설의 원형을 찾아볼 수 있다. 서양에서는 영국의 토마스·모아가 1516년에 발표한 《유토피아》가 과학소설Science Fiction의 효시로 손꼽히며 그후 이탈리아의 승려 토머스·

칸파텔라가 쓴 《태양의 도시》(1623년)에 이어 프란시스·베이콘의 《뉴·애틀란티스》(1627년) 등이 차츰 SF의 뼈대를 구성하게 되고 1800년 후반기에 이르러 줄·베르느, 영국의 H·G·웰스에 의하여 SF는 폭발적인 인기를 얻게 됐다. / 통틀어 SF작품은 그 시대에 알맞은 인간 심리를 배경으로 하여 무한한 상상력과 과학적인 합리 정신으로 스토리를 꾸며나가기 마련인데 비록 시대가 변하더라도 작품의 내용이 오래도록 빛나는 것이 많다. / 은하계만 해도 1천여 개의 별이 깔려 있고 은하계보다 더 큰 성단들이 수없이 많아 거기에는 우주 생물이 존재하는 확률이 높다. 까닭에 인류만이 유일한 생명임을 자처하는 사고방식을 고쳐 우주인들과 접촉해 보려는 과학적인 시도가 계속되고 있다. / 여기서 무대를 우주에 설정한 SF작품, 그리고 미지의 세계인 바닷속으로 설정한 작품등 내용은 다양하게 마련이다. / 오늘날 유럽이나 미국, 일본등 선진국에서 과학기술의 발전과 발맞추어 SF작품을 애독하는 풍조가 압도적이다. / 우리 한국에서도 1960년대부터 부분적으로 SF작품이 애독되어 왔는데 80년대를 바라보는 마당에 진영출판사에서 국내외 SF작품중 제 1탄으로 20권을 묶어서 내는 획기적이고 대담한 기획은 우리나라 SF출판의 기간이 될 것을 믿어 의심하지 않는 바이다. 애독자 여러분의 뜨거운 성원을 바라마지 않는다.
1981년 6월 한국 SF작가클럽 회장 서광운

이 인용문은 1970년대를 마무리하면서 1981년 진영출판사가 간행한 SF전집의 추천사다. 서광운은 1967년 SF작가 클럽을 결성해, 1970년대 SF의 번역과 창작에 왕성하게 참여했다. 이 추천사처럼 SF

하면 은하계, 우주 생물, 우주인 등과 같은 단어가 우선 떠오르듯이, 1970년대에는 '우주를 소재한 과학소설'이 주류를 이루었다. 유럽이나 미국, 일본 등 선진국의 과학기술의 발달에 맞추어 SF작품을 애독하는 풍조가 압도적이었다는 서광운의 말은 당시 과학기술의 발전을 통한 선진국 대열에 합류하려던 국내 풍토를 반영한다. 1970년대의 과학소설에서 과학기술의 발전이란 우주과학, 즉 천문학의 발달을 의미한다. 미소의 우주개발 경쟁에서 선점을 차지하려는 당시 분위기는 자연과학을 강조하는 교육과정으로 개편하게 했으며, '우주과학소설'의 발달을 가져왔다. '우주시대의 도래'는 유럽 선진국들에게는 꿈이 실현된 것이었지만, 우리에게는 여전히 멀고 먼 이상이었으며 낯선 공상에 가까웠다고 볼 수 있다. 이 장에서는 '우주시대의 상상력'이 1970년대의 아동전집 SF에서 어떻게 구현했는지를 살피면서, 그것이 국내의 과학담론이나 정서와 어떻게 맞닿아 있는지를 들여다보기로 하겠다. 그리고 (우주)과학소설을 통해 우리가 욕망한 것은 무엇인지를 살펴보기로 하겠다.

과학소설전집은 세계문학전집의 붐이 인 1960년대를 거쳐서 1970년대에 본격적으로 등장했다. 국내에서 과학소설전집은 '소년소녀'라는 표제가 달린 아동용으로 들어왔다.[5] SF(과학소설)전집은 1970년대 광음사의 '소년소녀 세계과학모험전집', 아이디어회관의 '에스에프 세계명작'이 대표적이다. 이 외에도 1980년대에 진영출판사, 서영사, 아동문학사, 육영사, 훈민사 등에서 소년소녀 SF전집이 나왔는데, 주로 1970년대의 것을 중복해서 출판하거나 미스터리, 추리와 함께 묶어서 간행했다. 1970년대 소년소녀 SF전집을 집중적으로 다룰 것이지만, 논의 전개에 따라 1980년대 전집까지도 언급할 예정이다.

우주시대 과열과 공상과학모험 전집 열풍

웰스의《투명인간》과 헉슬리의《멋진 신세계Brave new world》는 1959년에 국내에서 번역되었다.[6] 1965년은 창작 SF 문윤성의 〈완전사회〉[7]가《주간한국》에 당선된 해이기도 하면서,《학생과학》이 창간된 해이기도 하다. 이후 1967년《학원》8월호에 웰스의 〈공상과학소설 타임머시인〉이 게재되었고, 같은 해에 이전에 문고본으로 나왔던《투명인간》이 아동용으로 다시 간행되었으며, 장수철이 번역한《우주전쟁》이 성인용 문고본으로 성문각에서 나왔다. 1967년은 웰스의 과학소설이 국내 아동독자에게 수용되어 '과학소설'이란 장르가 확산되는 계기가 된 해이다. 1968년 문예출판사에서 하인라인과 같은 작가들이 새로 유입되어 번역되었다.[8] 1970년대의 과학소설전집이 등장하기 전에 이미 1960년대에 포석들이 깔리고 있었다. 간간이 간행되는 전집들과 함께《학생과학》과 같은 과학잡지를 통해 SF는 1960년대에 이미 미국과 거의 동시에 소개되고 있었다.[9]

　1970년대에 들어서면서 광음사는 공상과학모험 전집을 간행하고, 성인용으로 SF 번역물들이 간간이 나오기 시작했다. 1970년대

SF마니아를 양산했던 추억의 전집인 아이디어회관에서 1975년부터 1978년까지 60권으로 간행되었던 에스에프 세계명작의 원본은 일본의 'SF 어린이도서관'이다. 일본 이와자키 서점에서 'SF 어린이도서관'을 1967년 'SF세계명작'으로 재발행했는데, 아이디어회관의 'SF세계명작'은 그것을 그대로 가져온 것이었다. 아이디어회관의 이 전집은 국내에 SF라는 낯선 장르의 독자를 형성하는 데 기여했다.[10] 그리고 그 중심에 웰스의 《우주전쟁》과 1968년 문예출판사에서 '세계과학명작'으로 국내에 유입된 하인라인과 아시모프가 있었다. 뒤이어 1969년 '소년소녀 우주과학모험전집'이 교학사에서 간행된다. '우주과학'을 표제로 달았다는 사실이 눈에 띈다. 과학소설이라 하면 '우주과학'이라고 생각하는 시대가 도래한 것이다. 《우주인 비그스의 모험》, 《우주의 밀항 소년》, 《얼어 붙은 우주》, 《사라진 토성 탐험대》, 《4호 위성의 수수께끼》, 《우주 형제의 비밀》, 《월세계지저 탐험》(웰스), 《우주 대올림픽》, 《유령 위성 테미스》, 《타임머시인》(웰스)이 포함된 이 전집은 말 그대로 '우주과학소설' 전집이다. 1969년 문예출판사의 '세계과학명작전집'과 교학사의 '우주과학모험전집'을 기점으로 1970년대 본격적인 '과학소설전집'의 시대가 열린다. 대표적으로 광음사의 '세계과학모험전집'과 아이디어회관의 '에스에프 세계명작'을 들 수 있다.

소년소녀 세계과학모험전집 전 12권, 광음사, 1970∼1973

  1권 레이몬드 존스 지음, 장수철 옮김, 《별 나라에서 온 소년》(미국)

  2권 해밀튼 지음, 김영일 옮김, 《백만 년 후의 세계》(미국)

3권 라이트 지음, 안동민 옮김,《수수께끼의 떠돌이별 X》(미국)

4권 하인라인 지음, 박화목 옮김,《미래로의 여행》(미국)

5권 이람 지음, 이주훈 옮김,《소년 화성 탐험대》(미국)

6권 러셀 지음, 장수철 옮김,《보이지 않는 생물 바이튼》(영국)

7권 가일 지음, 김영일 옮김,《한스 달나라에 가다》(독일)

8권 아시모프 지음, 이주훈 옮김,《로봇 나라 소라리아》(미국)

9권 하인라인 지음, 장수철 옮김,《붉은 혹성의 소년》(미국)

10권 카폰 지음, 김영일 옮김,《로봇 별의 수수께끼》(영국)

11권 와일리 지음, 안동민 옮김,《지구 마지막 날》(미국)

12권 하인라인 지음, 박화목 옮김,《우주전쟁》(미국)

광음사 '세계과학모험전집'에서 가장 부각된 작가는 하인라인이다. 하인라인은 1968년에 처음으로 국내에서 번역되었는데, 이후 국내 SF의 역사를 '미국' 중심으로 바꿔 놓았다. 그 전까지 굳건히 SF의 자리를 지킨 작가는 쥘 베른과 웰스였다. 쥘 베른은 우리나라에서 가장 먼저 소개된 SF작가이지만, SF전집보다는 세계문학전집으로 구성된 경우가 많았다. 웰스는 1970년대의 SF전집에서 빈번히 거론되며, 해방 이후 다른 SF작가들의 작품이 새로 번역되는 와중에도 여전히 후광효과를 발휘하며 제왕의 자리를 지켰다. 1970년대의 SF전집에서 쥘 베른보다 웰스가 부각된 것은 1968년에 새로 번역된《우주전쟁》때문이다. 이 작품이 번역되기 전까지 웰스의 대표작은《타임머신》이거나 다른 작품이었다. 똑같은 제목의 하인라인의《우주전쟁》도 있어, 1970년대의 아동SF전집에서 가장 떠오른 소재는 '우주'이며, 가장 인상적인 제목은 '우주전쟁'이다. 우주에 대한 지대한 관심으로 지구 주변의 다른 행성들에 대한 호기심이라든가, 우주인에 대한 상상과 UFO에 대한 끊임없는 소문들, 그리고 미소의 우주경쟁이 겹쳐지면서 '우주시대'를 맞이했다.[11] 세계는 '지구인'과 '우주인'으로, 지구는 미국과 소련으로 나눠졌다. 미소의 인공위성 발사 계보는 광음사가 발간한 '소년소녀 세계과학모험전집'의 해설에서 반복적으로 등장한다.

> 1957년 인류가 만든 최초의 인공 위성 스프트니크 1호가 발사된 뒤 인류의 우주개발의 역사가 시작되었습니다. / 그 뒤 우주과학은 해가 거듭할수록 굉장한 속도로 진보하여 1959년에는 달의 뒤쪽 촬영(소련 루니크 3호), 1961년에는 첫 번 인간 우주선(소련 보스토크 1호, 가가린 소령), 1962년에는 금성에의 자동관측 로켓(미국 마리나 2호), 1965년 3월에는 인류 최초의 우주유영宇宙游泳(소련 보스호드 2호, 오노프 중령, 베리에프 대령), 같은 해 7월에는 화성 로켓이 화성 바로 가까이 다가갔고, 역사 이래 지상 촬영에 성공하는 등(미국 마리나 4호) 착실히 그 성과를 올려 온 터입니다.[12]

광음사의 전집이 1968~1969년 문예출판사의 것을 그대로 가져왔다는 사실은, 우주개발의 역사에서 1969년에 미국의 닐 암스트롱이 인류 최초로 달에 착륙한 대대적 사건이 빠져 있다는 데서도 입증된다. 1970년대의 전집에서 미소의 우주개발 경쟁이 해설마다 반복적으로 들어가 있는데도 1969년의 역사적인 사건에 대한 언급이 빠진 것은 그들 전집이 이미 이전에 출판된 것 그대로 재판됐기 때문이다. 따라서 1980년대 전집에서 새롭게 들어간 부분은 미국의 우주선 아폴로 11호가 달에 착륙했다는 역사적 사건이다. 1970년대의 아동전집SF를 통해 확인할 수 있는 것은 1957년 소련의 스푸트니크 발사 이후부터 과열된 '우주 정복의 꿈'이었다. 특히 첫 스타트를 소련에 빼앗긴 미국이 우주 정복의 지위를 새롭게 차지하려는 패권 다툼은 SF전집에서 치열하게 나타났을 뿐만 아니라, 1957년 이후 청소년종합잡지《학원》에서도 '우주 정복의 꿈'을 실현하려는 욕망이 드러났다.

20세기의 수수께끼-히말라야 산중의 괴물, 젯트기가 날을 우주 정복의 꿈을 실현하기 위해. 현대과학의 힘으로는 그 정체를 알 수 없는 수수께끼의 괴물.[13]

20세기 후반의 인류의 꿈. 20세기 후반의 인류들의 꿈은 과연 이루어질 것인가? 그 꿈이란 어떤 것일가? 지난 8월 17일 미국의 케프·케나베랄에서 발사한 달로켓트는 우주에로 뻗치는 인류의 꿈이 달성되려는 그 첫 번째의 시도였고 이제 머잖아 인류가 우주를 정복할 것이다.[14]

위의 글에서 보면, 소련이 이미 첫 스타트를 끊은 상태에서 머잖아 인류가 우주를 정복할 것이라는 꿈은 미국을 통해 실현되어야 한다는 전제가 깔려 있음을 알 수 있다. 미소 우주경쟁은 우주를 탐사하는 것

이 아니라, 누가, 어떤 국가가, 우주의 다른 행성에 깃발을 꽂을 것인가
의 문제로 첨예하게 대립했다. 미소 우주경쟁에 힘입어 과학소설에서
도 우주를 소재로 한 것들이 대세였다.

1970년대의 국내에서 우주개발이란 그야말로 실현 불가능한 '공
상'이었다. 그리고 우주개발 '공상'은 미국의 개척 역사를 이상적 모델
의 자리에 놓고 좋은 미래를 향한 '욕망'의 반영이었다. 1970년대에 광
음사판 말고 대표적인 아동SF전집은 아이디어회관이 간행한 '소년소
녀 에스에프 세계명작'이다. 미국 SF의 선구자인 휴고 건즈백을 1권으
로 내세워 낙관론적 미래관을 담은 이 전집은, 광음사의 '세계과학모험
전집'의 구성 목록과 차이를 보인다. 아이디어회관의 전집은 일본판을
고스란히 가져온 것으로, '우주 정복'을 향한 욕망보다 의학의 진보, 불
멸의 인간, 인간로봇의 발명, 타임머신 개발 등 '발전되고 진보된 미래
사회'를 향한 욕망이 더 강하게 투영되어 있었다.

Science Fiction 세계명작, 전 40권, 아이디어회관, 1975~1978

1권 휴고 건즈백 지음, 이원수 옮김, 《27세기 발명왕》(미국)

2권 엔레이 지음, 《도망친 로봇》(미국)

3권 벨랴에프 지음, 이인석 옮김, 《합성인간》(소련)

4권 존 윈덤 지음, 이원수 옮김, 《심해에서 온 괴물》(영국)

5권 스테풀튼 지음, 박홍근 옮김, 《이상한 존》(영국)

6권 코난 도일, 김성묵 옮김, 《공룡의 세계》(영국)

7권 애시모프 지음, 이원수 옮김, 《로봇 머시인 X》(미국)

8권 홀덴 지음, 박홍근 옮김,《백설의 공포》(미국)

9권 바로스 지음, 최인학 옮김,《화성의 존 카아트》(미국)

10권 엘리어트 지음, 김성묵 옮김,《우주소년 케무로》(영국)

11권 베르느 지음, 김성묵 옮김,《지저 탐험》

12권 R. 존스 지음, 이원수 옮김,《합성 뇌의 반란》(미국)

13권 E. E. 에반스 지음, 박홍근 옮김,《별을 쫓는 사람들》(영국)

14권 셰리프 지음, 이인석 옮김,《추락한 달》

15권 레이 커밍스 지음, 이원수 옮김,《시간 초특급》(미국)

16권 하인라인 지음, 박홍근 옮김,《초인부대》(미국)

17권 에드먼드 해밀턴 지음, 최인학 옮김,《싸우는 미래인》(미국)

18권 클라아크 지음, 김성묵 옮김,《해저 정찰대》(영국)

19권 E. E. 스미스 지음, 최인학 옮김,《스카이 라아크호》(미국)

20권 돌레잘 지음, 이인석 옮김,《태양계 요새》(오스트리아)

21권 브리시 지음, 박홍근 옮김,《우주 대작전》(미국)

22권 H. G. 웰즈 지음,《타임머신》(미국)

23권 아시모프 지음,《강철도시》(미국)

24권 에드레모프 지음, 박홍근 옮김,《안드로메다 성운》(소련)

25권 세킬리 지음, 이원수 옮김,《불사판매 주식회사》

26권 알렉산드르 벨랴에프 지음, 김성묵 옮김,《양서인간》(소련)

27권 오그트 지음, 이원수 옮김,《비이글호의 모험》(영국)

28권 아서 클라크 지음, 최인학 옮김,《우주 스테이션》(영국)

29권 코난 도일 지음, 김성묵 옮김,《해저의 고대제국》(영국)

30권 와일러 지음, 최인학 옮김,《지구의 마지막날》(영국)

31권 로버트 실버벡 지음, 김항식 옮김,《살아 있는 화성인》(미국)

32권 P. 라이트슨 지음, 이원수 옮김,《흑성에서 온 소년》(오스트레일리아)

33권 마크 트웨인 지음, 박홍근 옮김,《아아더왕을 만난 사람》(미국)

34권 F. 폴. J. 윌리암슨 지음, 이인석 옮김,《해저 지진 도시》(미국)

35권 E. E. 스미스 지음, 이원수 옮김,《은하계 방위군》(미국)

36권 F. 앤더슨 지음, 박홍근 옮김,《저주 받은 도시》(미국)

37권 K. 브루크너 지음, 이인석 옮김,《로봇 스파이 전쟁》(오스트리아)

38권 L. 데이비스 지음, 이원수 옮김,《4차원 세계의 비밀》(영국)

39권 C. 메인 지음,《동위원소 인간》

40권 R. 커밍스 지음,《280세기의 세계》(미국)

1권은 휴고 건즈백의 *Ralph 124C 41+*이란 작품을《27세기의 발명왕》으로 번역한 것도 일본의 발전·선진에 대한 욕망[15]의 반영으로 여겨진다. 아이디어회관 전집의 구성 목록은 광음사 전집뿐만 아니라 이후 국내 SF전집과도 차이를 보인다. 일단 소련의 벨랴에프 작품이 두 권이나 들어갔다. 소련의 벨랴에프는 SF에서 중요한 인물임에도 국내 SF전집의 목록에서 빠졌다. 그뿐만 아니라 클라크의 작품이 보여 반가울 정도다. 클라크는 하인라인과 아이작 아시모프와 함께 SF의 3대 거장으로 일컬어진다. 그런데 아이러니하게도 1970~1980년대 국내 아동SF전집의 구성 목록에서 아이디어회관의 'SF세계명작'을 제외한다면, 영국 태생의 클라크는 찾아볼 수 없다.

광음사에서 눈에 띄던 '우주과학'보다 오히려 메리 셸리의《프랑켄슈타인》을 연상케 하는《합성인간》,《양서인간》,《합성 뇌의 반란》과 같은 작품이 두드러진다. 또한 우주시대의 상상력과 함께 인류가 발전할 것이라는 광음사 전집을 떠받친 미래관은《지구 마지막 날》,《저주 받은 도시》,《로봇 스파이 전쟁》과 같은 인류종말에 대한 조심스러운 두드림으로 바뀌었다.[16] 1970년대《일본침몰日本沈没》을 통해 일본이 침몰할지도 모른다는 상상력이 영향을 미친 것으로 보인다. '원자폭탄'으로 인류의 평화[17]가 위협될지도 모른다는 공포는 2차 세계대전 이후 일본인들에게 강하게 남았을 것이다.[18] 지구가 멸망할지도 모른다는 회의적 사고, 인간에 대한 환멸과 환경 파괴로 인한 재앙에 대한 공포가 아이디어회관의 'SF세계명작'에서 드러나는 것을 볼 수 있다.

그러나 아이디어회관은 인류재앙에 대한 공포를 감지하면서도 다른 한편으로는 과학으로 더 편리하고 발전한 미래사회가 올 것이라는 기대도 담았다. 광음사 전집에서 우주과학이 강조되었다면, 아이디어회관의 전집은 로봇공학이 두드러진다. 로봇에 대한 상상력의 근원은 메리 셸리의《프랑켄슈타인》으로 거슬러 올라간다. 프랑켄슈타인의 자기 자신의 정체성에 대한 고민은 아이작 아시모프의 로봇 나라로 오면 더는 볼 수 없다. 미래사회는 로봇으로써 편리해지고 더욱 발전할 것이라는 유토피아적 세계관이 지배적으로 자리를 잡았기 때문이다. 아시모프가《로봇 나라 소라리아》에서 '로봇의 삼원칙'으로 만든 제한을 살펴보자.

1. 로봇은 인간을 해쳐서는 안 된다. 또 인간이 다른 인간을 해치려는 것을 보았을 경우에는 말리지 않으면 안 된다.
2. 로봇은 인간의 명령에 복종하지 않으면 안 된다. 그러나 인간을 해치게 되는 명령에 복종해서는 안 된다.
3. 로봇은 자기 자신을 지키지 않으면 안 된다.

로봇이 인간을 쓰러뜨리고 자기들의 세계를 만들고자 하면 막을 수 없다고 하며, 이를 경계해 제한회로를 만든다는 아시모프의 상상력은 로봇과 같은 '인조인간'이 철저하게 인간의 부속물로 기능할 것을 선언한다. 《프랑켄슈타인》에서 창조주에게 자신을 왜 만들었는지를 묻는 인조인간은 존재할 필요가 없었던 것이다. 과학소설은 인간 또는 인류에 대한 근원적 물음을 품은 철학적 사유보다는 미국식 실용주의의 관점에서 식민 이데올로기와 지배 이데올로기를 전파하기 위한 도구로 기능했다.

아이디어회관 전집에서 보이던 합성인간에 대한 회의적 사고나 미래에 대한 불안은 국내 다른 SF전집에서는 찾아보기 힘들다. 1970년대 전집에서 과학발달에 대한 공포가 그려졌다면, 그것은 내 편이 아닌 '상대편'의 과학 발달, 즉 냉전체제에서 기인한 것이다. 1970~1980년대까지 아동SF전집에서 역설한 것은 과학의 진보로 더 발전한 미래사회가 올 것이라는 낙관적인 기대와 전망이었다.

영국 웰스의《우주전쟁》시대에서
미국 하인라인의《우주전쟁》시대로

1970년대 아동전집을 통해 들어온 SF에서 우주과학소설의 선구자는
《우주전쟁》의 웰스였다. 세계문학전집의 목록에도 종종 들어갔으며,
문인들이 1950년대 읽었던 작가나 사상가의 이름으로 거론할 정도로[19]
웰스의 영향력은 대단했다고 볼 수 있다. 웰스의《우주전쟁》은 뒤따르
는 SF작가들에게 '우주인' 형상화의 전범典範이 되었다. 웰스가《우주전
쟁》에서 묘사한 '괴물'과 같은 낯설고 이질적인 화성인의 모습은 이후
에도 우주과학소설의 모델로 종종 등장한다.[20] 웰스의《우주전쟁》에서
화성인은 지구인의 공동의 적으로 묘사된다. 화성인과 우주인을 '적'으
로 간주한 관점은 해방 이후에도 별로 달라진 것이 없어 보인다. 그러나
하인라인의《우주전쟁》에서 화성인은 지구 공동의 적이 아니다. 지구
인에게 화성인이나 금성인은 각각 상대적인 적이다.

　웰스의《우주전쟁》은 어느 날 갑자기 화성인의 둥근 물체가 지구
에 착륙해 거기서 어떤 폭탄이 터지고 사람들이 죽어 나가는 공포를
그렸다. 24시간에 한 대씩 화성인의 지원병인 둥근 비행접시가 날아온
다. 화성인이 지구에서 적응하지 못할 것이라는 처음 예측과는 달리,
점점 자리를 잡는 화성인이 인류를 멸망하게 할지도 모른다는 공포는
마치 '세계대전'을 방불케 한다. 뉴스에서 보도되는 화성인은 그야말
로 낯선 '괴물'의 형상이며, 런던에 엄습한 공포는 도시 전체, 전 국가,
전 지구에 빠르게 퍼진다.〈투모로우〉와 같은 인류의 재앙을 다루는 영

화에서 자주 볼 수 있는 좀 더 나은 다른 지역으로의 이동, 전 지구적인 피난이라는 모티프는 이미 《우주전쟁》에서도 활용되었다. 웰튼과 웨이브리지에서 런던으로, 다시 남쪽으로 이동하는 모습은 동물들이 북극의 얼음이 녹아 대이동을 하는 것과 흡사한 양상이다. 하루에 일어난 일이었기 때문에 런던은 실감하지 못하다가, "무서운 사건! 웨이브리지에서 벌어진 전투의 보고! 화성인 겨우 1명 쓰러지다! 런던도 위험!"[21]이라는 제목의 방금 찍어낸 신문을 보고 나서야 사실임을 알고 경악한다.

나는 뒤에서 떼미는 사나이를 팔꿈치로 쥐어박고 원통 쪽으로 눈을 돌렸다. 원통의 열린 뚜껑 안쪽은 새까맣다. 아마 석양에 눈이 부셨기 때문에 그렇게 생각되었는지도 모른다./ 나는 그 속에서 우리 지구인과는 좀 다르지만 그래도 비슷하게 생긴 사람이 나오리라는 막연한 기대를 가지고 있었던 것 같다. 그러나 그 생각은 틀렸다./ 자세히 살펴보니 그 캄캄한 원통 속에서 무엇인가 천천히 움직이는 것 같았다. 그것은 말로는 정확히 표현할 수 없는 회색 빛깔의 것으로 꿈틀거리고 있었다. 그것은 둥글넓적한 원반 모양의 두 눈을 번쩍이는 것이었는데, 거기에 뱀처럼 생긴 지팡이만한 것이 여러 개 달려 있었다./ 뱀 모양의 물건은 둘둘 감겨 있다가 서서히 풀리더니 꿈틀거리며 이쪽으로 뻗쳐 왔다. 그것도 한두 개가 아니었다. 나는 갑자기 소름이 끼쳐 왔다.[22]

미래는 우리들의 것이 아니라, 화성인들의 것인지도 모른다.[23]

아무튼 둘째 번의 화성인 침입을 각오하건 아니 하건, 이번 사건으로 우리는 인간의 장래에 대한 생각이 크게 달라지지 않을 수 없었다. 이제 우리는 이 지구가 담장을 높게 두른 안전한 보금자리가 아니라는 것을 깨닫게 되었다. 언제 어느 때 우주 공간 저 쪽에서 뜻밖의 불행이 다시 닥쳐올지 알 수 없기 때문이었다.[24]

인류가 마지막이라는 것을 선생님은 아직 이해하지 못하시겠어요? 나는 모두 알았습니다. 우리는 지고 말았습니다.[25]

이건 전쟁이 아닙니다. 처음부터 전쟁이라고 할 수가 없었습니다. 사람과 개미가 서로 싸울 수 없는 것과 마찬가지지요![26]

웰스의 작품에서 화성인의 침입은 그야말로 아비규환의 '공포'이다. 그리고 그 공포는 '인류의 멸망'에 닿아 있다. 화성인이 침입하면, 과연 지구에서 인류는 살아남을 것인가 하는 문제가 두려움의 근원이다. 그러나 1968년 처음 번역된 하인라인의 작품은 웰스의 미래사회에 대한 불안과 우주에 대한 비관적 상상력을 진보·발전의 상상력으로 뒤바꾼다.

하인라인의 《우주전쟁》은 설정 자체가 웰스의 《우주전쟁》과 다르다. 하인라인의 《우주전쟁》에서 전쟁은 지구인과 우주인의 전쟁이라는 이분법적인 대립이 아니다. 지구인, 금성인, 화성인은 각각의 국적을 가진 것으로 설정되어 있다. 하인라인은 아버지는 지구인이고 어머

니는 금성 이민 2세이며, 지구도 금성도 아닌 우주를 날고 있는 우주
비행선 안에서 태어난 단이라는 인물을 등장시켰다. 단의 부모는 현재
화성에 살고 있다. 화성은 마치 중립국과 비슷하게 묘사된다. 지구의
학교에 다니는 단에게 어느 날 화성에서 전보가 날아온다. 지구와 금
성 사이에 전쟁이 벌어질지도 모르니 속히 화성으로 돌아오라는 전갈
이다. 금성이 지구에서 자유롭기를 선언하는 것은 마치 미국이 영국에
서 독립을 선언하는 상황을 연상하게 한다.[27]

《우주전쟁》에 나오는 뉴턴을 금성인으로 내세운 것에서도 금성
이 미국을 대변하는 것으로 유추해 볼 수 있다. 금성이 미개한 원시인
이라는 비유는 과거 영국, 프랑스 등의 서구 열강들에 의해 제국주의
가 번져 나가던 시절에, 식민지국가를 미개하고 야만적인 것으로 보던
시선을 반영한 것이다. 뉴턴이라는 금성인이 "내가 식인종이 아니라는
것을 저 부인에게 이야기해 드리고 싶습니다만"이라고 말한 부분이나,
"야, 화가 났구나. 안개 먹는 인종이"[28]라는 언급들은 우주전쟁이 지구
인과 우주인의 문제가 아니라, 강대국과 약소국, 지배국과 식민국, 백
인종과 흑인종 등의 문제라는 것을 드러낸다. 과학이 발달해도 여전히
존재하는 식민지 문제는 화성으로 돌아가려는 단에게 지구인이냐 금
성인이냐 하는 '국적'의 불분명성이 문제시되는 것과 같은 맥락이다.

"금성공화국은 이곳을 점령하여 모두 떠나게 하기로 했습니다. 지구에서
온 사람들은 곧 지구로 돌려보내지만, 금성에 본적이 있는 이들은 전부
금성으로 보냅니다. 이제부터 신분을 조사하겠습니다."

"너는 네 국적이 어떻게 되어 있는지 알고 있냐?"

"너는 정말 화성으로 돌아가는 거냐? 금성에 가서 군대에 입대하는 게 아니냐?"[29]

하인라인의 《우주전쟁》에서 중요한 것은 '국적'의 문제이다. 지구인이 낯선 우주인과 맞서 싸우는 문제가 아니라, 소속이 어디이냐 어느 국가의 사람이냐 금성인이냐 지구인이냐 하는 국적의 문제였다. 우주도 아직 정복되지 않은 땅일 뿐이어서, 누가 빨리 식민지로 개척하느냐의 문제가 우주과학소설의 핵심이었다. 웰스에서 보이던 우주인(화성인)의 침입으로 인한 공포는 더는 볼 수 없다. 어서 빨리 우주를 정복해 국가의 땅을 넓히는 것만이 관건이었다.

하인라인의 《붉은 혹성의 소년》에서는 이러한 문제가 좀 더 첨예하게 드러난다. 《붉은 혹성의 소년》에는 '화성 남식민지'에서 사는 지구인 짐과 마크레이 박사가 등장한다. 짐은 그냥 이대로의 화성이 좋다고 생각한다. 더는 지구와 같이 만들 필요는 없다고 생각한다. 그의 기억 속에 지구는 그다지 좋은 곳이 아니었기 때문이다. 짐과 프랭크가 간 학교는 식민지인들을 다루듯 학생들에게 복종과 규율을 강조했다. 짐과 프랭크가 학교에서 도망쳐 체포영장이 발부되고 난리를 겪는 동안, 화성 식민지인들은 지구인에게 화성에서 떠나라고 명령하고 화성자치선언을 한다. 화성이 자치를 선언하게 되기까지의 과정은 미국의 독립선언을 닮아 있으며, 일종의 비유로서 작용하기도 한다. 《우주전쟁》과 마찬가지로 《붉은 혹성의 소년》에도 미국의 독립선언 이후에 백인과 인디언 사이의 인종 문제가 남았음을 보여 준다. 하인라인의 SF 는 종종 미국 독립의 상징으로 기능하기도 하지만, 우주전쟁을 2의 인종전쟁으로 보는 시각도 포함되어 있다. 그러나 그의 SF 또한 백인과 다른 인종을 여전히 '미개인'으로 본다는 사실을 숨길 수 없다. 그가 제시하는 미래사회는 의학이 진보하면 할수록, 과학이 발달하면 할수록 선진국과 후진국, 문명인과 미개인의 간극은 커질 수밖에 없다는 것이 전제로 깔려 있다.

> 예를 들어 이 세상에서 감기라는 것이 완전히 없어진 것도 하나의 놀라움이었다. 의학의 진보로 감기의 원인이 되는 바이러스(전멸체)를 전멸시키는 방법이 발견되었고, 그 덕분으로 감기에 걸리는 사람이 없게 되었다. 그 결과, 감기는 남아메리카나 아프리카 등지에 있는 극히 일부의 미개인들 사이에서밖에는 찾아볼 수 없는 희귀한 병이 되어 버렸다.[30]

염상섭의 〈우주시대 전후의 아들딸〉[31]에는 과학이 발달해 인공수정을 해서 아들딸의 구분이 없어짐에도 좋은 유전자를 받으려는 우생학적 사고가 깔려 있다. 우주시대가 열려도 미개한 나라를 식민지화하려는 서구 열강들의 정복 역사는 반복될 것이라고 예언한 것과 다름없었다. 하인라인의 《우주전쟁》은 결국 지구인과 다른 행성 간의 '우주전쟁'이 아니라 기독교와 다른 종교의 갈등,[32] 백인과 다른 종의 인종전쟁, 미국과 소련의 냉전이 반영됐다. 1970년대 SF에서 하인라인의 시대가 새롭게 열린 것이다. 1970년대 SF에는 공포의 역사가 아니라, 진보·발전·개척의 역사가 담겼다. SF에서 일어나는 우주국가, 우주탐험, 로봇시대, 떠돌이별, 전자인간 등을 둘러싼 갖가지 경험들이 '공상'으로 비춰진 것은 그 욕망의 실현이 현실적으로 불가능해 보였기 때문이다. 전쟁 이후 1950년대 남한의 상황은 '과학'의 힘으로 적을 맞서 싸우기가 힘들 정도로 피폐해 보였고, '우주시대'라는 것도 아주 먼 미래의 일에 지나지 않았다. 그러나 미국의 우주선 아폴호의 달 착륙은 공상이 실현될 수 있다는 낙관적 미래로 감지되었고, 그 '공상'은 강력한 '욕망'을 불러일으키는 국가적 상상력과 맞닿아 있었다. '공상과학'은 힘 있는 국가를 건설하기 위한 '진보'를 향한 '욕망'의 다른 이름이었다.

> 그때의 세계 여러 나라들은 지금의 UN을 바탕으로 하여 이루어진 세계 정부 아래 하나의 나라처럼 단결이 되어 있을 것입니다./ 그리고 달이나 화성 금성 등에 이룩된 우주 도시는 저마다 달 식민지, 화성 식민지, 금성 식민지라고 불리워져 세계 정부 우주성宇宙省의 지도를 받게 될 것입니다./ 세월이 지남에 따라 우주 식민지는 차차 발전해 갑니다. 인구도 늘고 생활도 풍족해지고 저마다 별의 특징을 살린 산업이 일어나서 문화수준도 높아질 것입니다. 그리고- 이윽고 이들 식민지들은 마치 옛날의 영국의 식민지였던 미국이 본국 정부와 떨어져 독립국가가 된 것처럼 차례차례 독립선언을 하여 하나의 구실을 하는 떠돌이별국가가 되어갈 것입니다.[33]

SF세계에서는 이미 화성 여행이 시작되고 있습니다. 화성에는 식민지가 개척되어 많은 사람들이 생활하고 있습니다. 아이들은 식민지 학교에 다니고 있고, 우주복을 입고 화성의 사막을 걸어다니고 있습니다. 그곳에서 아득한 옛날에 전멸하고 말았다는 고대 화성인을 우연히 만날는지도 모릅니다./ 지금까지 SF에 등장한 화성인은 모두 흉측하고 무서운 모습으로 그려져 있습니다. 과연 화성인의 모습은 어떻게 생겼을까요?[34]

1970년대 아동SF전집은 '여러분은 우주인이 정말로 있다고 생각하십니까?'라는 질문에 대답이라도 하듯이 대부분 우주에 사는 생물이 소재로 다루어졌다. SF는 주로 우주인, 우주 생물에 대한 상상에서 프랑켄슈타인의 '괴기' 장르와 연결된다. 지구인과는 다르게 생겼을 거라는 인식, 마치 인종이 다르듯이 그 인종이 미개할 것이라는 인식은 '우주 정복'의 꿈을 키우게 하는 전제였다. 우주를 식민지로 개척해 강력한 미래사회를 건설하려는 서구 열강들의 세계를 재패하겠다는 꿈은 영국에서 미국으로 이동했을 뿐이었다.

작자 하인라인은 인간은 반드시 진보하며, 그러한 힘을 몸에 지닌다. 단 그 때에 초인들은 그 힘을 올바른 데 사용하지 않으면 안 된다. 힘에는 힘, 눈에는 눈으로 맞서고, 정의를, 우리 지구를 지키지 않으면 안 된다. 그 때문에 귀중한 것은 젊은 사람은 예의를 지키고, 엄격한 규율을 지키는 일입니다. 또 나쁜 일을 한 사람에게는 벌을 가하지 않으면 안 된다고 말하고 있습니다./ 나쁜 일을 한 아이는 채찍으로 때리지 않으면, 세상은 잘되지 않는다고 말하고 있습니다.[35]

SF작가 하인라인의 사고는 미국의 실용주의(프래그머티즘) 교육에서 계몽의 변증법이 결합하는 과정을 고스란히 드러낸다. 미국 SF의 사고는 미국식 교육학이 우리에게 유입되는 과정에도 영향을 미친다. 선악이 명확히 구분되는 SF의 세계는 아동전집을 통해 들어오면서 착한 사람 되기, 사회 정의 실천하기와 같은 계몽주의를 역설한다. 국가의 방침에 어긋나게 행동하는 것을 가혹할 정도로 '훈계'하는 하인라인의 SF는 국내의 반공 이데올로기와 맞물려 애국심을 고취하도록 조장했다. 과학과 계몽, 과학과 실용이 결합해 아동의 교육관을 형성한 당시 실용주의 교육관이 해방 이후 우리나라에 도입된 SF와 함께 발달했다는 것을 짐작케 한다. 스푸트니크 충격으로 1960년대 미국에서는 경험주의 교육과정에서 과학주의 교육과정으로 대대적인 교과 개혁운동을 감행했는데, 미국의 동기를 살펴보면 다음과 같다.

국제정세에 있어서의 미국의 위치와 권력의 증강을 위한 필요의 재인식에 관한 문제이다. 동서냉전을 중심으로 한 과학의 경쟁과 전반에 있어서의 국민의 높은 지적 수준의 요청이 그것이다. 여기에서 교육에서의 새로운 책임이 부과되어 지적 교육의 공헌을 위한 교과자체의 재편이 요구되었다.[36]

그리고 미국의 1960년대 교과 개혁운동은 1970년대 우리나라의 교육과정에도 큰 영향을 미쳤다.[37] 1972~1973년의 3차 교육과정 개혁에 '산수교과'와 '자연교과'가 강조된 것은 말할 나위도 없다.[38]

힘으로서의 과학,
강력한 미래국가 건설을 향한 우주과학 병기

우주시대가 열리면 국경이 없어지고 초국가적 상상력으로 전 지구인은 마치 한 국가에 속한 것처럼 인식될 것 같았다. 그러나 1970년대 SF 전집의 상상력은 철저하게 '국가'의 경계선을 명확히 그어 국방을 튼튼히 하는 것으로 점철되어 있다. 지구인은 우리 편, 우주인은 적이라는 상대적 논리는 각 나라의 SF에서 조금씩 다르게 나타나기도 하지만, 일단 우주인이 적의 상징이라는 것만은 분명하다.

SF의 상상력이 비밀 병기의 역사로 점철되는 것은 식민지시기부터 이어져 왔다. 다만 1950년대 이후의 SF 작품에서의 공포는 '동서 냉전체제'에 대한 것으로 굳어진다. 핵병기나 화학병기는 우리 편에 없을 경우 공포가 되지만 우리 편에 있다면 힘으로 부상한다. SF의 역사는 쥘 베른의《해저 2만리》의 잠수함, 쥘 베른의《악마의 발명》의 미사일과 원자폭탄, 웰스의《우주전쟁》의 독가스와 살인광선, 코난 도일의《마라코트 심해The Maracot Deep》의 심해 잠수정까지 과연 최첨단 무기의 발명과 전시라 칭할 만하다. 실제로 2차 세계대전 중 1933~1934년에 미국의 SF작가가 스파이 용의자로 헌병의 취조를 받기도 했다.[39] 냉전 시대에 SF에 만연한 공포는 인간 자체에 대한 환멸이나 환경파괴, 지구 멸망과 같은 인간과 과학의 대립이라기보다 미국과 소련으로 양분된 체제에서의 '공산주의'에 대한 공포로 점철되었다.

광음사 전집의 1권인 레이몬드 존스의《별 나라에서 온 소년》을 살펴보자. 광음사는 존스의《별 나라에서 온 소년》을 1권으로 내세운 반면, 아이디어회관은 존스의 작품 중 전집의 구성으로 채택한 것은 《합성 뇌의 반란》이다.《합성 뇌의 반란》은 과학잡지에도 실린 것으로, 아이디어회관이 이 작품을 선택한 것은 SF의 발달사에서 그리 특이한 일은 아니다. 오히려 왜 1970~1980년대에 국내 아동SF전집의 구성이 아이디어회관의 'SF세계명작'과는 달리 '우주활극', '우주과학소설'을 대거 실었냐는 것을 물어야 한다.

《별 나라에서 온 소년》에는 어느 날 떠돌이별의 그로나르라는 소년이 지구에 불시착한다. 그러나 그가 타고 온 우주선은 군이 수거했고 우주선 안에서 죽은 그로나르 가족의 시체는 실험용으로 해부된다. 골짜기에 뚜껑을 덮은 것과 같은 모습으로 추락한 비행접시는 발견되자마자 "미국이 개발한 비밀무기인 것일까? 그렇지 않으면 외국의 비밀무기인 것일까?" 하는 궁금증을 자아낸다. 우주과학소설에서 우리가 쏘아 올린 인공위성이나 우주선은 과학의 발달을 의미하지만, 낯선 비행접시는 적의 '무기'로서의 공포를 조성한다. 정체불명의 '비행접시'는 지구에 낯선 무기, 군에 경계를 주는 대상으로 인식되었다. '하늘을 나는 비행접시'는 UFO로, 우주인은 '외계인'으로 명명함으로써 그것들은 국가 경계선 밖의 대상, 적으로 분류됐다.

그는 저 우주선을 전쟁용의 무기로서 밖에 생각지 아니할거다. 그 우주선에다가 수소폭탄을 싣고 적을 공격한다면, 이 세계에서 아무 나라도 당할 수 없을 테니까 말이다. 그로나르 역시 그렇다. 그는 그로나르를 우리들

지구인들보다 백 년, 아니 어쩌면 천 년 가량 과학이 더 발달된 인간의 표본이라고 밖에 생각하지 않을 게 분명하니까 말이다.[40]

당국에서는 그렇게 생각하지 아니할 게다. 이 우주선은 우리로서는 감히 상상도 할 수 없을 만큼 중대한 군사적인 가치가 있는 것이란 말이다. 이런 우주선 한 척만 있다면, 미국은 세계에서 제일가는 강력한 힘을 갖게 된다. 공군 사령관은 틀림없이 이것을 보면, 곧 비밀로 해서 아무도 가까이 오지 못하게 할 게 틀림없을 거다.[41]

"이곳은 유도병기의 기지인 곳이요. 여기서라면 지구의 어떤 도시도 폭격할 수 있는 것이오"라는 '써컴텔러'의 설명에서도 알 수 있듯, 인공위성 또한 군사적 목적으로 쏘아 올렸던 것이다. 우주 자체도 정복의 대상이며, 정복한 곳에 자신들 국가의 깃발을 꽂아 두는 것도 영역 표시를 하는 땅에서의 역사를 반복하는 과정이었다. 우주개발은 우주가 지구보다 미개할 것이라는 전제를 깔고 있다. 화성인이 지구인보다 훨씬 문명이 발달한 종족일지도 모른다는 상상은 그야말로 공상이고, 지구(미국)의 욕망은 그 화성인도 정복해서 우주에서 가장 강력한 국가가 되는 것이었다. 화성인이 타고 온 '우주선은 군대의 것'으로 여겨, 진짜 주인인 그로나르의 의사는 묻지도 않는다. 비상계엄상태에서 명령을 내려 버리듯이 헌병이 찾아와 우주선을 군의 것으로 간주하고, 우주선 착륙 구역을 미국군의 군용지로 출입금지구역으로 설정해 버린다. 화성의 우주선이 미국 '국가방위선'을 넘는 순간, 그것은 국가의 것이 되어 버렸다.

존스는 그의 *The Alien Machine*이 원작인 〈우주 수폭전This Is-land Earth〉이라는 영화가 1959년 국내에 개봉되면서 알려진 미국 SF 작가이다. UFO에 대한 존스의 상상력은 1982년에 개봉된 〈E.T.〉로 이어진다. E.T로 종지부를 찍으며 마치 UFO는 미국이 접수한 것 같은 인상을 심어 주었다.

영국의 카폰이 쓴 《로봇 별의 수수께끼》는 포보스라는 미확인비행물체가 달의 인공위성이었다는 것을 소재로 다룬 SF이다. 《별나라에서 온 소년》의 해설에는 1948년 미국 공군 대위가 비행물체를 발견하고 추격하던 중 실종되어 온 세계가 떠들썩해졌다는 사실이 나온다. 그러나 미국이 UFO(미확인비행물체)가 허깨비에 지나지 않는다고 조사 결과를 발표한 것과 달리, 《로봇 별의 수수께끼》는 영국 해안에 나타난 하늘을 나는 비행접시가 인공위성이었다고 밝힌다.

> 포보스는 화성의 달도 아니고, 보통 인공위성도 아닙니다. 포보스는 누가 만들었는가? 그것은 화성인이 만든 것입니다. 수백 년-수천 년-수만 년 전일까. 그건 난 알 수 없습니다./ 로봇을 과학자 박람회 같은 데서 본 일이 있지요? 전자 두뇌를 가진…그것의 더 한층 진보한 것으로, 그리고 사람만한 크기가 아니고, 포보스만한 크기의 로봇이 있다고 한다면…그것이 즉 포보스입니다. 포보스는 굉장히 큰 복잡한 로봇입니다. 조그만 로봇이 포보스를 운전하고 있는 것이 아닙니다. 포보스 자신이 하나의 로봇입니다. 포보스는 생각하는 일도 할 수 있습니다.[42]

지금까지 우주과학소설은 설사 지구인보다 뛰어난 우주인이 등장한다고 해도 어쨌든 지구가 우주 정복에 앞장서서 다른 행성을 개척할 것이라는 게 기본 전제였다. 그러나 미래의 과학이 안전한 지구를 보장해 주지 못할 것이라는 웰스의 우주인에 대한 상상력은, 하늘을 나는 정체불명의 비행접시가 나타나면서 다시 수면 위로 떠오른 것이다. 미국이 미확인비행물체를 지구보다 훨씬 이전에 화성이나 다른 행성에서 띄운 인공위성이라는 사실을 받아들이기보다, '허깨비'라고 결론을 내려 사람들의 이목을 분산한 것은 그것이 무너지면 자신들의 국가의 기반이 되는 '진보된 첨단 과학'의 힘을 잃기 때문으로 여겨진다.

《로봇 별의 수수께끼》에서는 미국에서 놀러 온 스티브와 영국 해안에서 사는 사르가드가 각각의 국가를 대변하는 대화 장면이 눈에 띈다. 미국인 스티브가 "나는 과학자, 특히 천문학자를 가장 존경해"라고 하는 반면, 영국인 사르가드는 "나는 예술가가 가장 훌륭하다고 생각해"라고 받아친다. 영국의 카폰이 쓴 《로봇 별의 수수께끼》에서 영국은 예술의 나라로, 미국은 '과학'의 나라로 비유된다. 영국은 《로봇 별의 수수께끼》에서 셰익스피어를, 미국은 《우주전쟁》에서 뉴턴을 내세운다. 실제 각 나라의 인물을 내세움으로써 그 인물이 곧 국가의 상징과 같은 역할을 하게 했다. 세계문학전집의 세계지도에 각 나라의 유명 인물을 집어넣은 것 또한 같은 맥락이다. 영국은 문호를 내세운 반면, 미국이 내세운 인물은 '과학자'이자 발명가이다. 미국에게 '과학'이란 영국의 식민지에서 벗어나 개척의 역사를 쓸 수 있는 새로운 문명의 힘이었다. '과학'으로 강력한 국가만들기에 나섰던 것이다. 따라서 땅따먹기가 '우주'로 확장되었을 때 우주개발의 역사는 강력한 문명국가의 역사를 만드는 것이기도 했다.

《로봇 나라 소라리아》에 작자인 아이자크 아시모프는 이런 로봇과 사람 사이에 싸움이 있었던 시대를 무대로 엮은 《강철 도시》라는 걸작이 있습니다. 《강철 도시》의 시대는 지금부터 100년쯤의 미래입니다. 이 시대에 인류는 여기저기 태양계의 혹성惑星(떠돌이별)을 개척하고, 거기다 새 문명을 이룩하여 50여 개나 되는 우주 국가를 만들고 있습니다.[43]

언젠가는 반드시 지구를 떠나고, 태양계를 떠나서 대우주로 그 문명을 널리 퍼뜨리고 다닐 겁니다. 그리고-또한 머나먼 미래에는 인류의 태어난 고향인 지구의 일조차도 잊어버리고 말지도 모를 일입니다./ 미국의 유명한 과학소설 작가인 아이자크 아시모프의 소설에도, 인류가 차례로 우주로 이민을 가고, 드디어는 은하계 전체에 퍼져, 은하제국이라는 거대한 우주 국가를 만든다는, 굉장히 규모가 큰 과학소설이 있습니다만, 그 속에서도 역시 지구는 완전이 기억에서 조금 남아 있을 따름입니다.[44]

1970년대 광음사의 전집에서 강조되는 것 하나가 '우주시대'라면, 다른 하나는 미국이다. 특히 미국 SF작가인 하인라인과 아시모프는 그 작가에 대한 해설이 아님에도 반복적으로 언급되었다. 마치 SF의 계보를 '미국'으로 구성하려는 듯이, 영국의 클라크나 소련의 벨랴에프 같은 작가의 언급은 철저하게 회피했다.[45] 이로써 세계문학에서 영국에 밀려났던 미국은 SF에서 확고부동한 지위를 획득한다.

　　미국은 소련과 우주경쟁을 벌이며 '과학경쟁'을 했으며, 과학은 곧 동서 냉전체제에서 미국의 힘을 상징하는 것이었다. 1970년대의 SF가 미국으로 점철된 것은, SF도 미국 '과학경쟁'의 상징적 표상이었기 때문이다. 미국 교육과정을 그대로 들여오고, 미국의 잡지를 그대로 번역하던 국내에서 아동전집 SF는 아동교육과 연계되어 세계 강국으로 우뚝 서는 미국, 미국 중심으로 재편되는 세계를 강렬하게 각인하는 데 유효적절한 도구였다.

우주경쟁 못지않은
아동SF전집 자리다툼

미국은 1960~1970년대에 우주경쟁은 소련과, SF전집에서 1권의 자리다툼은 웰스와 벌였다. 세계문학에서 고전이나 영국문학이 차지하던 1권을 SF전집에서는 여지없이 미국이 차지했다.

　　세계아동문학전집의 구성이 영국, 미국, 프랑스, 독일의 순으로 제국주의적 이데올로기의 수순을 따랐다면, 과학전집은 미국 작가가 가장 큰 비중을 차지할 뿐만 아니라 각 전집의 1권이 '미국'이다.[46] 그야말로 미국의 선진국화를 모델로 삼고자 하는 발전·선진에 대한 이데올로기를 고스란히 담아냈다. 미국은 1970~1980년대의 아동SF전집을 통해 우주신화 역사를 새로 썼다.

아폴로 우주선이 달에 착륙했다가 지구로 돌아온 지금, 인류가 화성에 또는 금성에 우주여행을 떠나게 되는 것은 결코 꿈이 아니게 되었다./ 그러나 아무리 기계가 발달하고, 컴퓨터가 무엇이든 계산하여 처리할 수 있게 되더라도 그것을 움직이는 것은 역시 인간이다. 그 어떤 위험한 일을 당하더라도 기계는 인간처럼 무서워 하거나 당황하지 않는 대신, 최후까지 포기하지 아니하고 수많은 사람들을 위하여 스스로 희생까지 해가며 힘을 써주는 의지는 없다./ 태양계를 비롯하여 온 우주에 수없이 펼쳐진 신비의 세계로 향한 인간의 꾸준한 도전과 노력은 이제 그 실현의 첫발을 디딘 것이다. SF(공상과학소설)는 공상과 모험을 즐기려는 우리 어린이들에게 손에 땀을 쥐게 할 것이고 마음속으로 무한한 감동과 용기를 북돋우게 될 것임에 틀림이 없다./ 무어라 하더라도 인간만이 이 세상의 주인공이라는 사실을, 그리고 인간들을 위하여 노력하는 사람이야말로 참된 인간이라는 사실을 알게 될 것으로 생각된다.
서기 1985년 2월, 서영출판사 편집국

1980년대의 SF전집에서 우주의 역사는 1969년 미국의 닐 암스트롱이 아폴로 11호에 탑승해 인간 최초로 달에 착륙한 사건에서 시작한다. SF전집에서 우주개발의 역사를 1957년 소련의 스푸트니크 사건에서 1969년 아폴로 11호 사건으로 새롭게 써나가며 우주개발 경쟁에서 미국이 선점을 차지한 것으로 인식시켰다. 1957년 소련의 스푸트니크가 우주개발의 시작을 알린 충격을 지우고(1969년 아폴로 11호 사건 이전의 전집에는 스푸트니크 사건이 필수적으로 우주개발의 역사의 시작으로 들어갈 수밖에 없었다) 미국 중심으로 새롭게 써나가기 시작한 SF전집의 우주 과학의 역사는 한국사회의 미래관에도 영향을 끼쳤다. 인류가 멸망할지도 모른다는 웰스의《우주전쟁》의 공포는 이제 인간만이 이 세계를 지배할 수 있다는 우월감과 무한한 가능성을 지닌 발전·진보의 미래관으로 바뀐다. 인간의 도전과 노력으로 과학은 계속해서 발달할 것이고, 그 발달된 과학에 힘입어 이제는 화성이나 금성과 같은 우주의 다른 행성의 생명체는 위협의 존재가 되지 않는다. 1970년대에 메리 셸리의《프랑켄슈타인》이 '괴기명작'으로 번역되었으나, 국내에서는 아무런 영향력을 발휘하지 못했다. 미국의 아폴로 11호가 인류 최초로 달에 착륙한 이후 미국식 과학 발전주의를 좇아가기에 급급했던 실정이었다. 과학발전의 부작용이나 인간의 정체성에 대한 근본적인 질문을 던지기에는 우주개발에 담긴 선진국을 향한 욕망이 너무 강렬했다. 프랑켄슈타인이 던진 합성인간에 대한 물음이나 회의, 과학이 발달하면 할수록 인류가 멸망할 수 있다는 비관적 미래관은 '우주시대'의 상상력에는 어울리지 않았다. 어떻게 하면, 미국을 좇아 선진국의 대열에 합류할 수 있을까. 어떻게 하면 강력한 국민국가로 성장할 수 있을까 하는 것만이 관건이었다.

1970년대를 이어 1980년대의 아동SF전집에서 1권을 모두 미국이 차지한 것은, 세계문학전집에서 1권을 차지하던 영국에서 '미국' 중심으로 세계가 재편되었음을 알리는 하나의 상징적 징후라 볼 수 있다. 식민지시기에 이미 번역된 차페크의 작품도, 과학잡지에서 만날 수 있는 클라크도, SF의 창시자라고 일컬어지는 소련의 벨랴에프도 좀처럼 찾아볼 수 없는 1970~1980년대의 SF는 아동전집을 통해 들어오면서 획일화된 입장을 취했다. 웰스로 대표되는 SF의 역사를 미국 중심으로 다시 쓰기 위해 해설에서 빠짐없이 등장하는 웰스를 제일 마지막 권에 배치한 서영출판사의 세계 SF·추리문학선집이나 해문출판사의 팬더 SF걸작시리즈의 구성 목록은 의미심장하다. 미국은 영국에서 독립하기 위해, 영국에서 세계문학의 자리를 빼앗지는 못했지만 다가오는 미래사회를 미국으로 돌려놓기 위해 SF의 역사로 '미국 신화'를 새롭게 써나갔다. 그리고 1970년대의 한국사회는 영국을 염두에 둔, 소련과 우주경쟁을 벌이던 미국 SF와 미국의 발전·진보를 향한 욕망을 고스란히 밟아갔다. '우주시대의 아들딸들'이 책을 많이 읽으면 읽을수록, 또는 교육을 많이 받으면 받을수록 발전할 것이라는 진보적·계몽적 교육관은 바로 1970년대 독서 열풍과 함께 불었던 SF의 세계관과도 맞닿아 있었다.

소년소녀 세계공상과학, 아동문학사, 1981[47]

1권 휴고 건즈벡 지음,《21세기의 발명왕》(미국)

옹달샘 소년소녀 SF세계문학전집, 진영출판사, 1981

1권 로버트 하인라인 지음, 윤현 옮김,《방황하는 도시 우주선》(미국)

2권 존 윈덤 지음, 황명 옮김,《괴기식물 트리피드》(영국)

3권 해리 해리슨 지음, 이흥섭 옮김,《우주선 의사》(미국)

4권 코넌 도일 지음, 신성순 옮김,《공룡 세계의 탐험》(영국)

5권 아더 K. 버언스 지음, 윤현 옮김,《우주의 사냥군》(미국)

소년소녀 공상과학문학전집 전 12권, 훈민사, 1984[48]

1권 로버트 실버베그 지음,《살아 있는 화성인》(미국)

2권 아이작 아지모프 지음,《강철도시》(미국)

3권 웰스 지음,《타임머시인》(영국)

4권 고마쓰 사코 지음,《공중도시 008》

5권 브루스 카터 지음,《지하왕국》(영국)

6권 줄르 베른느 지음,《2년간의 모험》(프랑스)

7권 코난 도일 지음,《공룡세계의 모험》(영국)

8권 파트리스 길로와·휴 로프팅 지음,《별에서 온 사람 퓨티노·드리틀 선생의 항해기》(프랑스·스웨덴)

9권 잭 런든·라이만 바움 지음,《광야의 소리·오즈의 마술사》(미국)

10권 플로이 슬러 지음,《대도둑 홋첸플로즈》(독일)

11권 바이코프 지음,《위대한 숲의 왕》(러시아)

12권 모리스 르블랑 지음,《녹색눈의 소녀》(프랑스)

팬더 SF걸작시리즈 10권, 해문출판사, 1985

1권 에드워드 스미스 지음,《우주 대전쟁》(미국)

2권 아이작 아시모프 지음,《우주인 살인사건(강철도시)》(미국)

3권 해리 해리슨 지음,《우주 SOS》(미국)

4권 라이트슨 지음,《우주 소년 마틴(혹성에서 온 소년)》

5권 로버트 하인라인 지음,《우주 방랑 도시》(미국)

6권 아서 번즈 지음,《우주사냥꾼》(미국)

7권 로버트 실버베그 지음,《우주인의 멸망(사라진 화성인)》(미국)

8권 에드워드 해밀튼 지음,《우주위기일발》(미국)

9권 페트릭 무어 지음,《우주핵폭발》(영국)

10권 웰스 지음,《우주침략자》(영국)

어린이를 위한 세계 SF · 추리문학 전 16권(SF는 앞의 6권), 서영출판사,

1985

1권 로버트 실버베그 지음,《대빙하의 생존자》(미국)

2권 레이 커밍스 지음,《타임머시인》(미국)

3권 라이트슨 지음,《우주에서 온 소년》(오스트레일리아)

4권 레셔 지음,《우주의 대올림픽》(미국)

5권 데이비스 지음,《4차원의 세계》(영국)

6권 도널드 올헤임 지음,《제 9 혹성의 비밀》(미국)

16권 웰스 지음,《별들의 대전쟁》(영국)

100년 뒤
　공상과학과
인간의 꿈

100년을 건너뛰어 2022년 현재 다시 공상과학의 붐이 일고 있다. 코로나19라는 바이러스와 싸우면서 '미래'를 생각하지 않을 수 없는 것이다. 바이러스와 좀비 영화가 제작되고, 미래에 대한 불안과 기대가 한껏 다시 부풀어 오른 시기에 과거 100년 전처럼 '미래'를 다룬 소설이 속속 출간되고 있다. 더불어 그동안 회피해 온 공상과학이란 용어도 다시 등장한다. 어디까지가 실현할 수 있는 세계인지를 가늠할 수 없다는 것을 깨달았기 때문이다. 인류가 꿈꾼 실현할 수 없다고 믿었던 공상과학이 실제로 일어나는 것을 목도한 순간, 공상과학은 2022년 이 순간에도 미래에 대한 우리의 상상과 기대를 담아낸다. 바이러스가 창궐해 인간이 좀비가 되고 현 인류가 멸망하고 새로운 인간 종이 올 것이라는 암울하고 불안한 미래에도, 인공지능과 자율화 기계 등의 발명과학은 여전히 더 나은 미래를 향해 나아가고 있다.

신대륙을 발견한 콜럼버스와 달걀에 얽힌 일화를 기억하는가. 끝도 없이 펼쳐지는 바다 저 너머에 그 누구도 신대륙이 있을 거라고는 상상하지 않았다. 계속해서 끝없이 바다가 펼쳐질 뿐이라고 믿어 의심치 않았다. 놀랍게도 그 바다 저편에서 신대륙을 발견한 콜럼버스에게 발명(발견)이 무엇이냐고 물었을 때의 답변으로 달걀을 깨트려서 세워 보인 이야기를 들어본 적이 있을 것이다. 발명과학은 누구나 불가능할 것이라고 믿어 의심치 않는 확신에 의심과 호기심으로 가득 찬 공상을 불어넣는 일이다. 즉 현실 너머, 발상의 전환에서 비롯된다는 것이다. SF가 과학에 바탕을 둔 실현할 수 있는 미래 세계를 그리는 것이라는 정의는 이제 유효하지 않다. 오히려 SF는 과거에도 현재에도 불가능을 꿈꾸는 '공상과학'이었음을 1930년대의 발명과학을 통해 알 수 있다. 발명과학으로 세상이 바뀌기 위해서는 우스꽝스럽고 엉뚱한 공상이 필수조건이었다. 공상을 지우고 그 자리를 과학이라는 이름 아래 성실·노력·모범·현실로 채운 것은 식민지시기부터 이어져 온 지배 이데올로기의 통치전략이었다고 볼 수 있다.

1930년대에 우리에게 발명가로 떠들썩했던 에디슨은 전기의 발명가로 알려져 있다. 최근 영화 〈커런트 워〉는 에디슨과 테슬라의 두 발명가의 대립을 다룬다. '전기의 발명'은 19세기에 가장 혁신적인 생활의 발명이었다. 그러나 전기의 발명에서 발명가 테슬라가 아닌 전략가인 에디슨의 이름만이 후세에 남았다. 유전자의 나선형 구조를 발견한 프랭클린이 아닌 왓슨과 크릭의 이름이 남은 것처럼 말이다. 발명이 공상에서 현실이 될 때 과학은 더는 낭만적이지도 아름답지도 않다. 과학발명의 역사는 인간의 욕망과 함께해 왔다. 그 욕망에는 온갖 인간의 이기심이 깃들어 있다. 오래 살고 싶거나 시간을 되돌리고 싶은 욕망뿐만 아니라 힘을 가지고 다른 사람보다 우위에 서고 싶은 지배욕이나 권력욕도 뒤섞여 있다. 그래서 공상과학의 역사는 온전히 대중의 산물이라기보다 강대국의 식민지 기획이나 국가의 국민 기획과 무관할 수 없다. 달나라에 가는 공상은 미지의 세계를 그리는 것이라 '우주여행'이 미래를 향한 꿈이지만, 달로 가는 실제 우주선을 만들고 달로 띄워 보내는 것은 주인이 없는 달나라에 누가 먼저 착륙하느냐 하는 힘겨루기 '우주전쟁'이 된다.

과학자는 생활이나 문명의 이기를 추구하는 발명과 달리, 군수품이나 신병기, 살인 무기의 발명에 대한 유혹이나 제안도 받는다. 과학자, 발명가는 과학이 사람을 이롭게 할 수도 해롭게 할 수도 있는 대립적인 입장에 섰을 때 자신의 신념을 유지할 수 있을까 하는 생각이 든다. 우리는 주로 발명가의 세상에서 편리하고 이롭게 하려는 동기와 발명으로 인한 낙관적인 미래만을 보고 싶어 한다. 그러나 2차 세계대전 당시의 발명은 제국주의 열강들의 전쟁 병기 개발의 경쟁 도구로 이용되었다. 제국주의 열강의 대열이 아니라 식민지 입장이었던 조선인에게 발명은 바늘구멍으로 보이는 실낱같은 기대와 희망이었다. 공상과학에 담긴 인간의 욕망은 모순투성이이고 그것으로 인해 더 나은 미래가 올 것이라는 기대와 암울한 디스토피아가 도래할 것이라는 불안이 함께 도사리고 있다. 그렇지만 디스토피아가 도래할 것이라고 하여 인간이 욕망하는 것을 멈추지는 않는다. 그리고 늘 인간의 욕망은 더 나아질 것이라는 낙관적 기대가 암울한 디스토피아를 누른다. 실현되기 이전의 '공상과학'은 그래서 늘 설레게 하고 가슴을 뛰게 한다.

SF가 실현할 수 있고 예측할 수 있는 현실을 바탕으로 해야 한다는 정의는 새롭게 규정되어야 한다. 더불어 공상과학에 대한 인식에 부정적인 영향을 끼친 공상이란 용어도 다시 찾아와야 한다. 누구도 예측하지 못한 그야말로 공상에 그칠 것이라 믿었던 미래가 열리고 있다. 그리고 현실과 괴리감과 이질감이 클수록 대중이 느끼는 공상과학의 매력과 재미는 배가된다. 현실과는 완전히 다른 낯선 세계가 펼쳐질 것이라는 기대감과 경험해 보지 못한 세계를 들여다보고 싶은 심리가 공상과학을 끊임없이 부활하게 하고 작동하게 하는 대중의 욕망 구조이다. 인류가 언젠가 좀비가 되거나, 신인류가 탄생하거나, 인류가 아닌 안드로이드의 시대가 오거나 하는 미래가 우리를 기다리는지도 모른다.

우리는 지금 공상과 과학(현실)의 구분이 없어진 세상에서 살고 있다. 가상과 현실의 구분, 공상과학과 현실의 경계가 사라진 지 오래다. 공상과 과학을 구분하며 공상을 실현 불가능하다고 여기며 오락일 뿐이라 여기기보다, 오히려 '공상'이 현실에서 그릴 수 있는 선을 넘어 인간의 한계를 극복하는 미래 인류의 꿈을 담아내고 있다고 보아야 한다. 그런 면에서 SF에서 과학소설에 밀려난 '공상과학'이 다시 소환되었으며 자신의 지위를 복권했다. '공상과학도 과학이야'가 아니라 과학은 공상에서 비롯되어 서로 뗄 수 없는 상보적 관계에 놓여 있다. 공상과학이 과학에 한정되지 않는 이유는 그 안에 인간의 미래에 대한 욕망이 담겨 있기 때문이다. 그리고 미래 인간은 노동하는 인간에서 유희의 인간으로 거듭날 것이다. 마음껏 놀 자유가 있듯이 마음껏 공상하는 것은, 인간이 인간으로 살아간다는 것에 대한 증명이다.

주

들어가며: '공상과학'에 대한 오해를 넘어

1   복거일 지음, 〈과학소설의 세계〉, 박상준 엮음, 《멋진 신세계》, 현대정보문화사, 1992, 12~13쪽 참조.

2   한국 SF작가클럽 회원이며, 1981년 진영출판사에서 옹달샘 SF전집을 펴낸 당시 《학생과학》 가이드 포스트 편집부장이었다.

3   고장원, 〈SF의 여러 가지 이름〉, 《세계과학소설사》, 채륜, 2008, 21~47쪽 참조.

4   보흐메이어·쯔메각 지음, 진상범 옮김, 〈과학소설〉, 대중문학연구회 편, 《과학소설이란 무엇인가》, 국학자료원, 2000, 25쪽.

5   조성면, 〈SF와 한국문학〉, 《대중문학과 정전에 대한 반역》, 소명출판, 2002, 183~185쪽 참조.

6   조성면의 연구에 의하면 1960년 일본에서 《SFマガジン》이라는 SF 전문잡지가 최초로 간행되었는데, 이 잡지는 미국의 *The Magazine of Fantasy and Science Fiction*을 거의 그대로 복사하다시피 한 잡지였다고 한다. 《SFマガジン》은 자사 잡지를 홍보하고 미국 SF를 계승했다는 것을 내세우기 위해 'Fantasy and Science Fiction'의 번역어에 해당하는 '공상과학소설'을 작은 제목으로 표지 상단부에 달아 놓았다고 한다. 판타지와 과학소설을 한데 묶어 공상과학소설로 번역한 것을 우리가 SF의 번역어로 '공상과학소설'을 차용한 연유이다(조성면, 〈SF와 한국문학〉, 《대중문학과 정전에 대한 반역》, 소명출판, 2002, 183~184쪽).

7   잡지 《학원》에서는 장르명이 혼재해서 나올 뿐만 아니라, 한낙원은 《잃어버린 소년》

의 철이는 "마치 자기가 읽던 과학모험소설의 주인공이 된 것같이 신바람이 나기 시작하였다"라고 표현했고, 《우주 항로》에서는 "민호의 머릿속에는 그가 즐겨 읽은 과학소설의 장면들이 스치고 지나갔다"처럼 묘사되어 시기에 따라 용어가 변화했음을 유추해 볼 수 있다.

8 '공상'이 비현실적이라고 하여 버려야 할 것이 아니라 현대에는 오히려 공상이 내 삶을 긍정적으로 바꾸는 계기가 되거나 창의적 사고의 연장이 된다고 하여 적극적으로 장려하기도 한다(이시다 히사쓰구 지음, 이수경 옮김, 《하루 5분의 공상은 현실이 된다》, 세 개의 소원, 2021; 김노주, 《사고와 언어 그리고 과학과 창의성》, 역락, 2015; 김노주, 〈창의, 상상, 공상〉, 《경북대신문》, 2017년 4월 3일).

9 SF 연구자들은 공상과학이란 용어가 SF를 폄하하는 것이라 하여 쓰지 않으려 했다. 그러나 연구자 사이에서 과학소설이란 번역어가 통용되던 때에도, '공상과학'은 SNS 에서 계속 상용되었으며 대중에게 훨씬 익숙하게 통용되는 용어이다. 백과사전에도 여전히 SF의 번역어로 과학소설 또는 공상과학소설로 같이 쓰이고 있으며, 김혁준도 〈공상과학도 과학이야〉에서 '웰스가 예견했던 투명망토, 타임머신' 등과 같이 현실에서 이루어지지 않은 것을 다루었다(김혁준, 〈공상과학도 과학이야〉, 과학기술정보통신부 블로그, 2019년 9월 25일).

10 한국과학기술출판협회, 〈과학기술출판협회 제1회 공상 과학소설(SF) 공모전 공고: 상상 현실이 되다〉, 2021년 8월 9일; 함예솔, 〈SF 소설 많이 읽으면 좋은 이유〉, 이웃집과학자 블로그, 2020년 6월 18일. 함예솔은 공상과학소설이 코로나 시기 청소년의 스트레스와 우울을 덜어 주는 역할을 할 수 있고, 《허클베리 핀의 모험》이 금서이던 시절이 있었던 것처럼 여전히 공상과학을 바라보는 시선이 부정적인 측면이 있지만, 감정을 순화하는 교육적인 효과가 있다고 했다. 여기서 함예솔은 과학소설이란 용어보다 '공상과학'이라는 용어를 사용했다. 2007년까지만 하더라도 SF 전문 블로그 The Science Times에서 〈'공상과학소설'은 잘못된 용어〉(2007년 4월 30일)라고 강조해서 내세우던 것과는 확연한 차이가 있다.

11 이상욱은 "과학소설이 대중성을 확보하지 못한 이유는 어린아이들에게나 적합한 저급한 '공상'이 넘쳐 나서가 아니라 상당한 수준의 첨단 과학기술의 내용이 포함되어 있기 때문이다"라고 하며, 어린시절 보았던 황당무계한 로봇만화영화의 이미지를 떠올리기 때문에 '공상'과학소설이라는 명칭을 붙이는 데 주저함이 따른다고 한다(이상

욱, 〈과학소설에는 '공상'이 없다〉,《경향신문》, 2016년 9월 18일).

12 최근 한 TV 프로그램에서는 '공상가들'이라는 제목을 내걸고 패널들이 미래에 관한 이야기를 나누고 토론을 벌이는 것을 볼 수 있다.

13 서동수, 〈1장 북한 과학환상문학의 개념과 창작원리〉,《북한 과학환상문학과 유토피아》, 소명출판, 2018, 15~33쪽 참조.

1. 서구를 향한 동경: 공상과학의 시작

1 최근 강현조가 이 작품의 원작자가 쥘 베른이 아니라 프레드릭 데이라고 바로잡아 주었다. 원작은 미국의 다임 노블 잡지에 1907년 3월 16일부터 4월 20일까지 연재된 닉 카터 연작물 중 4회분에 해당하는 에피소드이다. 강현조는《과학소설 비행선》이 이를 바로 번역한 것이 아니라 중국어 번역본인《신비정》을 대본으로 중역한 것이라 밝혔다(강현조, 〈김교제 번역·번안소설의 원작 및 대본 연구〉,《현대소설연구》 48, 2011, 197~225쪽 참조). 그런데 신기한 것은 닉 카터는 탐정이다. 더불어 닉 카터 연작물은 '미스테리' 또는 '탐정소설'에 가깝다. 탐정물에 가까운데도 '과학소설'이라고 달았다는 점에서, 1950년대 이후 '과학소설'이란 용어를 성인문학이나 본격문학 쪽에서 사용하지 않고 '추리소설'이라고 했던 것과 확연히 대비되는 것을 볼 수 있다.

2 최원식은 1910년대 계몽문학의 양상으로 이인직을 계승한 최찬식과 이해조를 계승한 김교제의 두 갈래를 제시했다. 이인직과 최찬식이 친일적인 성향을 드러낸 반면, 이해조와 김교제는 애국계몽의 성향을 드러냈다고 설명한다(최원식,《계몽주의 문학사론》, 소명출판, 2002, 108~135쪽 참조).

3 강현조, 〈김교제 번역·번안소설의 원작 및 대본 연구〉,《현대소설연구》 48, 2011, 197~225쪽.

4 식민지 조선에서는 공상과학에 지나지 않았던 비행선 기술에 대해 호기심과 관심이 일었던 것으로 유추된다(〈비행술 연구 자료의 동물〉,《신문계》 13, 1914).

5 최원식, 〈이해조의 계승자, 김교제〉,《민족문학사연구》 2-2, 1992, 212쪽.

6 노연숙, 〈1900년대 과학 담론과 과학소설의 양상 고찰〉,《한국현대문학연구》 37, 2012, 45쪽.

7 일본은 서구 근대화를 일찍 받아들여 서구와 나란한 대열에 올라선 반면, 중국은 쇄
국을 펼치다 동북아시아의 중심에서 밀려난다. 청일전쟁은 서구문명과 동양문명의
충돌에서 서구문명의 승리를 상징하는 것으로 이해되어 이후 동북아시아의 중심이
일본을 중심으로 재편되는 데 결정적 영향을 끼쳤다(김연신, 〈구한말 동북아에 대한 서
구인의 인식 패러다임〉, 《혜세연구》 42, 2019, 183~184쪽 참조).

8 김교제, 〈비행선〉, 한국학문헌연구소 편, 《(한국개화기문학총서) 신소설·번안(역)소설》
제9권, 아세아문화사, 1978, 240쪽.

9 김교제, 〈비행선〉, 한국학문헌연구소 편, 《(한국개화기문학총서) 신소설·번안(역)소설》
제9권, 아세아문화사, 1978, 296~297쪽.

10 김교제, 〈비행선〉, 한국학문헌연구소 편, 《(한국개화기문학총서) 신소설·번안(역)소설》
제9권, 아세아문화사, 1978, 309~310쪽.

11 일본에 의한 동북아의 근대화 문제는 외국인의 시선에서 구한말부터 인식되던 것이
었다(김연신, 〈구한말 동북아에 대한 서구인의 인식 패러다임〉, 《혜세연구》 42, 2019, 179쪽,
187~195쪽 참조).

12 김교제, 〈비행선〉, 한국학문헌연구소 편, 《(한국개화기문학총서) 신소설·번안(역)소설》
제9권, 아세아문화사, 1978, 219쪽.

13 김교제, 〈비행선〉, 한국학문헌연구소 편, 《(한국개화기문학총서) 신소설·번안(역)소설》
제9권, 아세아문화사, 1978, 219쪽.

14 김교제, 〈비행선〉, 한국학문헌연구소 편, 《(한국개화기문학총서) 신소설·번안(역)소설》
제9권, 아세아문화사, 1978, 242~243쪽.

15 김연신, 〈구한말 동북아에 대한 서구인의 인식 패러다임〉, 《혜세연구》 42, 2019, 182
쪽 참조.

16 김교제, 〈비행선〉, 한국학문헌연구소 편, 《(한국개화기문학총서) 신소설·번안(역)소설》
제9권, 아세아문화사, 1978, 253쪽.

17 김교제, 〈비행선〉, 한국학문헌연구소 편, 《(한국개화기문학총서) 신소설·번안(역)소설》
제9권, 아세아문화사, 1978, 287쪽.

18 김교제, 〈비행선〉, 한국학문헌연구소 편, 《(한국개화기문학총서) 신소설·번안(역)소설》
제9권, 아세아문화사, 1978, 310쪽.

19 김교제, 〈비행선〉, 한국학문헌연구소 편, 《(한국개화기문학총서) 신소설·번안(역)소설》

제9권, 아세아문화사, 1978, 310~311쪽.

20 　김교제, 〈비행선〉, 한국학문헌연구소 편, 《(한국개화기문학총서) 신소설·번안(역)소설》 제9권, 아세아문화사, 1978, 311~312쪽.

21 　김교제, 〈비행선〉, 한국학문헌연구소 편, 《(한국개화기문학총서) 신소설·번안(역)소설》 제9권, 아세아문화사, 1978, 327쪽.

22 　김교제, 〈비행선〉, 한국학문헌연구소 편, 《(한국개화기문학총서) 신소설·번안(역)소설》 제9권, 아세아문화사, 1978, 399쪽.

23 　김교제, 〈비행선〉, 한국학문헌연구소 편, 《(한국개화기문학총서) 신소설·번안(역)소설》 제9권, 아세아문화사, 1978, 389쪽.

24 　김교제, 〈비행선〉, 한국학문헌연구소 편, 《(한국개화기문학총서) 신소설·번안(역)소설》 제9권, 아세아문화사, 1978, 400쪽.

25 　동양을 야만적인 식인국처럼 묘사하는 것은 《로빈슨 크루소》를 비롯하여 당대 번역된 모험소설 전반에 걸쳐 나타나던 특성으로, 제국주의 열강들이 서양을 문명으로 동양을 야만으로 묘사하고 있었다. 식인국의 이미지로 덧씌우는 것도 같은 맥락으로 볼 수 있다(〈식인국의 화〉, 《신문계》 17, 1914).

26 　서구의 과학기술이나 기계발명에 대해 '문명'이라는 표현을 쓰며, 서구는 과학기술의 발전으로 문명을 이루었고, 동양은 문명화되기 위해 과학을 발전하게 해야 한다는 논리가 팽배했던 시기였음을 알 수 있다(〈자동차는 문명적 교통기관〉, 《신문계》 10, 1914; 〈동서문명〉, 《신문계》 11, 1914).

27 　김주리, 〈1910년대 과학, 기술의 표상과 근대 소설〉, 《한국현대문학연구》 39, 2013, 44~51쪽 참조.

28 　강민구, 〈19세기 조선인의 기술관과 기술의식〉, 《퇴계학과 한국문화》 35-1, 2004, 60쪽.

29 　〈무정〉의 이형식과 김선형도 미국으로 유학을 가고, 박영채도 새로 태어나기 위해 일본 유학을 결정한다. 김병욱과 신우선도 유학으로 새로운 세계를 향한 의지를 표출한다.

30 　〈과학호발행의 동기〉, 《신문계》 18, 1914.

31 　김형복, 〈조선의 과학사상〉, 《신문계》 18, 1914.

312 　32 　이상춘, 〈기로〉, 《슬픈 모순 (외)》 5, 범우, 2004, 265~266쪽.

2. 이상사회 건설과 유토피아 지향: 1920년대 미래과학소설

1 이상원, 〈디지털 트랜스포메이션 사회와 새 정부의 산업정책 방향〉, 《언론정보연구》 54, 2017, 41쪽.

2 김종식·박민재, 《디지털 트랜스포메이션 전략》, 지식플랫폼, 2019; 이호근, 《성당에서 시장으로》, 연세대학교 대학출판문화원, 2018; 김형택, 《디지털 트랜스포메이션 시대》, e 비즈북스, 2015; 김진영·김형택·이승준, 《디지털 트랜스포메이션 어떻게 할 것인가》, e 비즈북스, 2017; 권병일·안동규·권서림, 《4차 산업혁명의 실천 디지털 트랜스포메이션》, 도서출판 청람, 2018.

3 이건명 외, 《인공지능 시대의 인문학》, 신아사, 2018.

4 김종식과 박민재는 강국들의 역사적 트랜스포메이션 사례들을 언급하며 그것이 국가 발전에 끼친 영향에 대해 서술했다. 특히 조선시대 한반도 트랜스포메이션의 역사로 세종시대의 과학기술의 발전과 혁신과 그 의미를 분석해 놓은 부분이 인상적이다. 김종식과 박민재는 과학기술의 발전과 혁신이 역사적인 순간을 만들었으며, "역사는 기술과 혁신의 트랜스포메이션이다"라고 주장한다(김종식·박민재, 〈4장 역사는 기술과 혁신의 트랜스포메이션이다〉, 《디지털 트랜스포메이션 전략》, 지식플랫폼, 2019, 151~204쪽).

5 송명진, 〈1920년대 과학소설 수용 양상 연구〉, 《대중서사연구》 10, 2003, 119~141쪽; 김종방, 〈1920년대 과학소설의 국내 수용과정 연구〉, 《현대문학의 연구》 44, 2011, 117~146쪽; 김미연, 〈1920년대 식민지 조선의 H. G. 웰스 이입과 담론 형성〉, 《사이間SAI》 26, 2019, 13~54쪽. 이외에 김종수는 유토피아 담론에 관한 논문에서 웰스의 〈팔십만 년 후의 사회〉를 거론했다(김종수, 〈"유토피아"의 한국적 개념 형성에 대한 탐색적 고찰〉, 《비교문화연구》 52, 2018, 253~275쪽).

6 모희준, 〈정연규의 과학소설 《이상촌》(1921) 연구〉, 《어문논집》 77, 2019, 255 ~276쪽.

7 〈이상의 신사회〉는 지금까지 연구된 바가 없었다. 2019년 12월 14일에 성균관대 동아시아학술원과 국어국문학과·반교어문학회가 개최한 학술행사 '디지털 전환과 미래 한국 인문학'에서 김미연이 발표한 〈중역된 유토피아 소설〉이 있을 뿐이다. 김미연은 이 학술대회 발표를 바로 논문으로 게재했다. 그동안 해결이 되지 않았던 번역

의 원서나 중역 문제에 관해서 김미연의 〈유토피아 '다시 쓰기'〉(《현대문학의 연구》 70, 2020, 189~240쪽)에서 도움을 받아 참조했음을 밝힌다.

8 　허영숙, 〈공상이 실제화합니다〉, 《별건곤》 2-1, 1927, 80쪽.

9 　허버트 웰스 지음, 영주 옮김, 〈팔십만 년 후의 사회〉, 《별건곤》 창간호, 1926, 39~40쪽.

10 　허버트 웰스 지음, 영주 옮김, 〈팔십만 년 후의 사회〉, 《별건곤》 창간호, 1926, 40쪽.

11 　허버트 웰스 지음, 영주 옮김, 〈팔십만 년 후의 사회〉, 《별건곤》 창간호, 1926, 131쪽.

12 　허버트 웰스 지음, 김백악 옮김, 〈팔십만 년 후의 사회〉, 《서울》 4, 1920, 80쪽.

13 　허버트 웰스 지음, 김백악 옮김, 〈팔십만 년 후의 사회〉, 《서울》 4, 1920, 81쪽.

14 　허버트 웰스 지음, 김백악 옮김, 〈팔십만 년 후의 사회〉, 《서울》 4, 1920, 81쪽.

15 　비행기의 발명이 당대 대중에게 새롭고 낯선 세계의 표상이었음은 〈팔십만 년 후의 사회〉의 소제목뿐만 아니라 김교제가 닉 카터의 탐정물을 《비행선》이라는 제목으로 번안한 것에서도 엿볼 수 있다. 《비행선》의 원작이 오랜 기간 쥘 베른의 《기구를 타고 5주간》인 것으로 알려졌던 것에는 제목이 끼친 영향이 컸을 것으로 사료된다. 살인사건이 벌어지고 그것을 해결하는 탐정소설임에도 마치 과학소설인 것처럼 제목이 달리고 비행선에 관한 부분에 대한 묘사를 상세하게 해 놓고 있다. "경귀구는 발명훈지가 오러니 공즁에 써 단이는 것을 만이보앗지마는 비힝션은 이째 지 보도듯도 못힛슬쑨더러 비힝션의 공용이 그리신묘흠은 밋부지가안소이다"(《과학소설 비힝션》, 신소설·번안(번역)소설 9》, 아세아문화사, 1978, 81쪽). 김교제의 제목과 번안은 비행기와 새로운 기계의 발명에 대한 당대 대중의 호기심을 끌어올리기 위한 것이라 볼 수 있다.

16 　〈과학세계〉, 《동광》 4, 1926, 45쪽.

17 　뒷부분은 웰스의 급진적 사회주의로 체제전복적인 측면이 있기 때문에 일제의 검열에 걸렸을 수 있다. 실제로 웰스는 점진적 사회주의자들과 충돌하기도 했다(허혜정, 〈논쟁적 대화〉, 《비평문학》 63, 2017, 234쪽 참조).

18 　모희준, 〈정연규의 과학소설 《이상촌》(1921) 연구〉, 《어문논집》 77, 2019, 261쪽.

19 　모희준, 〈정연규의 과학소설 《이상촌》(1921) 연구〉, 《어문논집》 77, 2019, 263쪽. 그래서 모희준은 《이상촌》을 《뒤돌아보며》와 비교분석했다.

20 　김미연은 《이상촌》의 서사에 세 가지 소설이 자리했다고 전제한다. 《유토피아에서 온 소식》과 《뒤돌아보며》, 그리고 사카이 도시히코의 〈쇼켄이 135세가 되었을 때小

劍が百 五になった時〉이다. 〈쇼켄이 135세가 되었을 때〉는《유토피아에서 온 소식》의 '다시 쓰기' 소설이다(김미연, 〈유토피아 '다시 쓰기'〉,《현대문학의 연구》70, 2020, 222쪽 참조).

21 이석, 〈사카이 도시히코의 번역 작품《이상향》의 미학〉,《일본학보》112, 2017, 123쪽.

22 김미연, 〈유토피아 '다시 쓰기'〉,《현대문학의 연구》70, 2020, 195쪽 참조.《이상촌》이 사카이의 번역과 '다시 쓰기' 소설의 영향을 받았다는 것은 김미연의 논문 참조.

23 남상욱, 〈유토피아소설로서《아름다운 마을》의 가능성과 한계〉,《일본학보》112, 2017, 107~122쪽.

24 정연규,《이상촌》, 한성도서주식회사, 1921, 25~27쪽.

25 정연규,《이상촌》, 한성도서주식회사, 1921, 16~17쪽.

26 삼십 년 후의 미래 런던을 그린 묘사 중에 자동차에 관한 부분에서 다음과 같은 구절이 눈에 띈다. "아이가 학교에 다니면서 혼자 운전할 수 잇도록 매우 간단하게 되엇다"(윗치만, 〈탑(길드소시알리슴의 유토피아)〉,《동광》5, 1926, 15쪽).

27 이 부분 때문에 정연규가 벨러미의 원작을 번안했을지도 모른다는 의심이 제기되기도 했다(모희준, 〈정연규의 과학소설《이상촌》(1921) 연구〉,《어문논집》77, 2019, 265쪽).

28 정연규,《이상촌》, 한성도서주식회사, 1921, 59쪽.

29 정연규는 작품이 일제의 검열에 걸려 더는 활동하지 못하자 일본으로 건너가 일본어로 작품활동을 했다. 애국주의자이자 사회주의자로서 독립운동을 하던 정연규가 일본으로 건너간 뒤에 친일로 돌아선 것은 안타까운 일이다(김태욱, 〈정연규의 삶과 문학〉,《일본어문학》27, 2005, 195~214쪽 참조). 1921년의 그의 애국심이나 피 끓는 열정과 식민지 조선을 바꾸고 싶은 절절한 심정이《이상촌》에 담겨 있다고 볼 수 있다.

30 정연규가《이상촌》을 쓴 이유는 사카이가 사회주의사상을 전파하기 위해 모리스와 벨러미의 작품을 번역하고 모리스의 작품을 '다시 쓰기' 했듯이, 식민지 조선에서 사회적 목표를 달성하는 수단이었기 때문이라고 유추해 볼 수 있다.

31 《뒤돌아보며》를 비판하기 위해 창작한 작품이《유토피아에서 온 소식》이다. 모리스는 벨러미의 모두가 노동하는 세계를 비판하고, 일이 자유롭고 즐거운 활동이 되어야 한다고 역설했다.

32 정연규는 사카이가 사회주의 전파를 위해 모리스의 작품을 번역하고 '다시 쓰기'를

했던 것의 영향을 받아서 자신도《이상촌》에 그의 이전 작품인《혼》을 가져와 사회주의사상을 전파하려 했다고 보인다(김미연,〈유토피아 '다시 쓰기'〉,《현대문학의 연구》70, 2020, 225~226쪽 참조).《이상촌》에서 감정적인 언어가 폭발적으로 나타나는 것은 그런 연유에서이다.

33   정연규,《이상촌》, 한성도서주식회사, 1921, 65~66쪽.

34   정연규,《이상촌》, 한성도서주식회사, 1921, 1~2쪽.

35   김미연,〈유토피아 '다시 쓰기'〉,《현대문학의 연구》70, 2020, 217~219쪽 참조. 김미연은 사카이의《뒤돌아보며》를 번역한 첫 단행본인《백 년 후의 신사회》(평민사, 1904)와 이것을 다시 펴낸《사회주의 세상이 되면》(1920)과 욕명생의〈이상의 신사회〉의 목차와 내용을 비교분석했다. 이로써〈이상의 신사회〉가 사카이 번역의 중역임을 밝혔다.

36   이석,〈사카이 도시히코의 번역 작품《이상향》의 미학〉,《일본학보》112, 2017, 125쪽.

37   에드워드 벨러미 지음, 욕명생 옮김,〈이상의 신사회〉,《동명》2-2, 1923.

38   〈이상의 신사회〉가 연재되던 1923년《동명》에는 사회주의에 대한 기사가 여럿 실렸다. 특히 사회주의를 사회개조의 대안으로 제시했음을 알 수 있다.〈사회주의의 실행 가능방면〉은 2회에 걸쳐 연재되었는데, 1장에서 사회개조안으로서의 사회주의를 내세우고 현 사회의 문제점을 꼬집었다. 이외에〈사회주의의 요령〉도 5회에 걸쳐 연재되는 등 사회주의 관련 기사나 작품을 볼 수 있다. 잭 런던의〈마이더스의 노예들The minions of midas〉도〈멧돌틈의 희생〉으로 번역되어 실렸다.

39   에드워드 벨러미 지음, 욕명생 옮김,〈6. 동정의 손〉,〈이상의 신사회〉,《동명》2-4, 1923.

40   에드워드 벨러미 지음, 욕명생 옮김,〈7. 균일한 분배〉,〈이상의 신사회〉,《동명》2-5, 1923.

41   에드워드 벨러미 지음, 욕명생 옮김,〈7. 균일한 분배〉,〈이상의 신사회〉,《동명》2-5, 1923.

42   에드워드 벨러미 지음, 욕명생 옮김,〈7. 균일한 분배〉,〈이상의 신사회〉,《동명》2-5, 1923.

43   에드워드 벨러미 지음, 욕명생 옮김,〈8. 물품진열장〉,〈이상의 신사회〉,《동명》2-5,

1923.

44 에드워드 벨러미 지음, 욕명생 옮김, 〈8. 물품진열장〉, 〈이상의 신사회〉, 《동명》 2-5, 1923.

45 윤기영, 〈디지털 범용기술의 출현과 디지털 트랜스포메이션의 전개〉, 《미래연구》 3-2, 2018, 159쪽.

46 윤기영, 〈디지털 범용기술의 출현과 디지털 트랜스포메이션의 전개〉, 《미래연구》 3-2, 2018, 160쪽.

47 잭 런던은 조선인을 게으름과 두려움으로 가득 찬 민족이라고 분류하면서, 조선인 자신들의 나라가 침입한 외국인에게 반항할 줄도 모르고 두들겨 맞거나 가진 걸 전부 빼앗기다가 결국 도태되고 말 것이라고 예언한다(방인식, 〈잭 런던의 조선〉, 《동서비교문학저널》 37, 2016, 118~121쪽 참조).

48 1920년대 산미증식계획으로 일본의 조선인 노동자의 삶도 비참했지만, 국내 조선 노동자의 삶도 피폐하기가 말로 형용할 수 없었다. 사회주의사상이 전파된 데는 산미증식계획과 노동자의 피폐해진 삶이 전제되었다고 볼 수 있다(허혜정, 〈논쟁적 대화〉, 《비평문학》 63, 2017, 232쪽).

49 〈세계개조안〉, 《동명》 2-17, 1923, 4쪽.

50 〈세계개조안〉, 《동명》 2-17, 1923, 4쪽.

51 〈사회주의의 실행가능방면〉, 《동명》 1-16, 1922, 8쪽.

52 일본에서 근대 유토피아 문학의 효시로 사카이의 작품이 꼽히며, 사회주의사상의 영향이 전근대와 근대의 유토피아 소설을 구분하는 하나의 기준이 될 수 있다고 한다. 일본에서 《개조改造》와 더불어 널리 읽힌 《해방解放》에 1927년 1월 실린 〈유토피아 호 ユートピア號〉에서 토머스 모어의 유토피아가 고대 및 중세의 유토피아로 다루어졌고, 근세의 유토피아로 《뒤돌아보며》와 《유토피아에서 온 소식》이 다루어졌다(이석, 〈사카이 도시히코의 번역 작품 《이상향》의 미학〉, 《일본학보》 112, 2017, 125쪽).

53 사카이는 사회주의운동의 일환으로 《뒤돌아보며》를 번역했음을 밝히고 이 작품을 통해 사회주의사상을 알 수 있다고 적극적으로 홍보해 화제를 모았다고 한다(이석, 〈사카이 도시히코의 번역 작품 《이상향》의 미학〉, 《일본학보》 112, 2017, 125쪽). 이런 사카이의 영향은 국내 번역본 서문에서도 고스란히 드러난다.

54 박종린, 〈1920년대 사회주의사상의 수용과 《社會改造の諸思潮》의 번역〉, 《역사문제연

구》35, 2016, 327~338쪽 참조.

55 윗치만, 〈탑(길드소시알리슴의 유토피아)〉,《동광》5, 1926, 16쪽.

56 웰스가 제시하는 미래사회에는 다윈의 진화론에 따른 강자가 약자를 먹어버리는 약
육강식의 세계가 놓여 있다. 조선의 미래를 생각할 때, 다윈의 진화론과 우생학적 관
점이 들어 있는 미래사회를 식민지 조선인이 받아들이기 힘들었을 것이다(허혜정, 〈논
쟁적 대화〉,《비평문학》63, 2017, 240~242쪽 참조). 앞부분에 항시기의 발명이 미래사회
과학기술에 대한 낙관적인 전망을 담은 반면, 우생학적 관점에 따라 강자가 승리하는
약육강식의 디스토피아는 당시 받아들이기 힘들었을 것으로 사료된다.

57 유토피아: 〈文〉. 이상향, 공상세계 등의 의미로 영국정치가 토마스 모어가 1516년에
저작한 소설의 명(박영희 엮음, 〈중요술어사전〉,《개벽》49, 1924, 25쪽 참조).

58 〈현실에 통괄되는 이상 이상에 정화되는 현실〉,《동명》, 2-5, 1923.

3. 발명 · 발견에 대한 기대: 1930~1940년대 《과학조선》

1 복도훈,《SF는 공상하지 않는다》, 은행나무, 2019; 복거일, 〈과학소설의 세계〉, 박상준
엮음,《멋진 신세계》, 현대정보문화사, 1992, 12~13쪽.

2 김혁준, 〈공상과학도 과학이야〉, 과학기술정보통신부 블로그, 2019년 9월 25일. 최근
다시 화제가 되는 공상과학에서 주로 다루는 대상은 투명망토, 타임머신 등이다.

3 정선아, 〈과학데이(1934~1936)의 스펙타클〉,《인문사회 21》5-2, 2014, 79~95쪽; 황
지나, 〈"과학조선 건설"을 향하여〉, 전북대학교 석사학위논문, 2019.

4 정선아는 대중과 전문가 사이의 과학발명이나 과학 인식에 괴리가 있었다고 한다. 대
중은 환상으로 인식한 반면,《과학조선》의 기사들은 실제 가능성에 무게를 두었다고
한다. 그리고 그 간극을 메우기 위해 시도한 것이 과학데이 행사였다고 한다(정선아,
〈과학데이(1934~1936)의 스펙타클〉,《인문사회 21》5-2, 2014, 82~91쪽 참조).

5 복도훈,《SF는 공상하지 않는다》, 은행나무, 2019.

6 정선아, 〈과학데이(1934~1936)의 스펙타클〉,《인문사회 21》5-2, 2014, 85~91쪽 참
조.

7 조웅천, 〈발명과 공상〉,《조선중앙일보》1935년 5월 2일.

8   권정희는 김우진의 〈공상문학〉에서 '공상'과 '가정의 비극'의 관계를 탐색하는 장르
    인식 속에서 번역어로서의 '공상' 개념에 회수될 수 없는 '공상'의 작동방식 분석의 과
    제가 대두된다고 한다. 전기소설을 "일반적인 공상적인 소설"로 규정했던 황당무계
    하고 괴이한 소설에서 '가정'의 실재성에 기초한 비실재적 상상을 구동시키는 형태로
    '공상'은 장르와 결부되어 근대소설에 대한 상상을 구성하게 했다고 한다(권정희, 〈문
    학의 상상력과 '공상'의 함의〉, 《한국극예술연구》39, 2013, 68쪽)

9   조인행, 〈발명의 외곽에서〉, 《과학조선》 10월호, 1940, 25~28쪽.

10 조인행, 〈발명의 외곽에서〉, 《과학조선》 10월호, 1940, 25쪽.

11 〈세계문명의 은인거인〉, 《동아일보》 1934년 9월 7일.

12 조동식, 〈발명학회지의 창간을 축함〉, 《과학조선》 7·8월 특집호, 1933, 32쪽.

13 이인, 〈발명가의 정신적특징 1〉, 《과학조선》 7·8월 특집호, 1933, 34쪽.

14 이인, 〈발명가의 정신적 특징 2〉, 《과학조선》 9월 증대호, 1933, 73쪽.

15 이인, 〈발명가의 정신적 특징 2〉, 《과학조선》 9월 증대호, 1933, 73쪽.

16 이인, 〈발명가의 정신적 특징 3〉, 《과학조선》 1-4, 1933, 13쪽.

17 이인, 〈발명가의 정신적 특징 3〉, 《과학조선》 1-4, 1933, 9쪽.

18 이인, 〈발명가의 정신적 특징 2〉, 《과학조선》 9월 증대호, 1933, 71쪽.

19 성당, 〈발명에 대한 인내력과 전일력〉, 《과학조선》, 9월 증대호, 1933, 74쪽.

20 〈조선해협 '턴넬' 구체적계획연구 공상? 실현? 주목의 초점〉, 《동아일보》 1937년 7월
    10일.

21 〈발명왕 '에듸손'옹 또 일대신발명, 풀로 고무생산하는 법 발견〉, 《동아일보》 1929년
    12월 8일.

22 《동아일보》 1936년 1월 1일.

23 《동아일보》 1936년 1월 1일.

24 김용관, 〈조선과학계의 전망〉, 《과학조선》 3-6, 1935, 2쪽 참조.

25 《과학조선》 2-4, 1934, 4쪽.

26 大河內正敏, 〈科學과 實生活〉, 《과학조선》 9월 증대호, 1933, 82~83쪽.

27 大河內正敏, 〈科學과 實生活〉, 《과학조선》 9월 증대호, 1933, 84쪽.

28 이상열, 〈노동자없을 장래의 화학공장〉, 《과학조선》 속간 2집 4월호, 1940, 48쪽.

29 〈과학의 경이〉, 《과학조선》 속간 3집 5월호, 1940, 12쪽.

30 〈과학의 경이〉,《과학조선》속간 3집 5월호, 1940, 12쪽.

31 윤주복, 〈발명과 과학〉,《과학조선》, 7·8월 특집호, 1933, 32쪽.

32 〈발견과 발명과의 관계〉,《과학조선》1-2, 1933, 36쪽.

33 〈공업화학회조선지부발회식과 제 십륙회 일본학술협회대회〉,《과학조선》8·9월 합본호, 1940, 53~54쪽.

34 김동인, 〈K박사의 연구〉,《천공의 용소년》, 아직, 2018.

35 김동인, 〈K박사의 연구〉,《천공의 용소년》, 아직, 2018.

36 김자혜, 〈라듸움〉,《신동아》3-2, 1933, 125쪽.

37 김용관, 〈과학지식보급에 대하여〉,《과학조선》2-4, 1934, 7쪽.

38 안동혁,〈화학공업의 현재와 장래〉,《과학조선》2-4, 1934, 9쪽.

39 〈K박사의 연구〉 탄생의 외적 배경은 일본의 산아제한운동과 체코의 카렐 차페크의 작품을 수용하는 것과 겹쳐 있지만, 내적 요인은 식민지시기 발명, 발견에 대한 관심과 기대의 산물이었다고 볼 수 있다.

40 안동혁, 〈화학공업의 현재와 장래〉,《과학조선》2-4, 1934, 10쪽.

41 〈과학지식보급의 기초(《동아일보》4월 20일 사설)〉,《과학조선》2-4, 1934, 17쪽.

42 〈과학지식보급의 기초〉,《과학조선》2-4, 1934, 17쪽.

43 김동인을 비롯한 남성 작가 사이에서 여성을 비하하거나 천시하는 풍토가 만연했다. 일본 사회도 마찬가지였으며, 일본 사회의 분위기가 국내 남성 작가들에게 영향을 끼친 면도 배제할 수 없다.

44 이광수,《흙, 그 여자의 일생, 선도자》, 삼중당, 1971, 29쪽.

45 이북명, 〈질소비료공장〉,《김남천·강경애 외》, 창비, 2005, 187쪽.

46 이북명, 〈질소비료공장〉,《김남천·강경애 외》, 창비, 2005, 188쪽.

47 이북명, 〈질소비료공장〉,《김남천·강경애 외》, 창비, 2005, 188쪽.

48 방인근, 〈여신〉,《과학조선》속간 2집 4월호, 1940, 67쪽.

49 방인근, 〈여신〉,《과학조선》속간 3권 5월호, 1940, 70쪽.

50 방인근, 〈여신〉,《과학조선》속간 4권 6월호, 1940, 56쪽.

51 칼모틴. 아큐타가와 류노스케의 자살, 다자이 오사무의 자살 시도, 1927년 이후 다자이 오사무의 카페 여급과 자살 시도, 마지막에 동반 자살 정사는 식민지 조선의 작가에게도 영향을 끼쳤다.

52 〈삼대관의 괴사사건〉,《과학조선》 11월호, 1935, 37쪽.

53 박길룡, 〈물질의 정체〉,《과학조선》 속간 2집 4월호, 1940, 28쪽.

54 1930년대에는 탐정소설을 쓰던 김내성이 1940년대에 들어서면서 〈비밀의 문〉이나 《태풍》과 같은 방첩소설을 쓰기 시작했다.

55 김내성 지음, 정현웅 그림, 〈어떤 여간첩〉,《과학조선》 10월호, 1943, 40쪽.

4. 디스토피아적 전망에서 낙관적 전망으로: 1950년대 만화와 소설

1   박기준, 〈박기준의 사진으로 보는 만화야사 13〉,《디지털 만화규장각》, 2015. 박기준에 따르면 최상권은 초지일관 청소년 만화계에 몸담은 단행본 극화의 개척자인데, 그의 독특한 극화류는 박기당, 서정철, 계월희, 조치원, 이두호 등의 계보로 이어져 온다고 한다.

2   권보드래, 〈과학의 영도, 원자탄과 전쟁〉,《한국문학연구》 43, 2012, 332~340쪽 참조.

3   이영재, 〈1950년대 미국과 일본의 괴수영화와 핵〉,《사이間SAI》 25, 2018, 64쪽.

4   《정의의 사자 라이파이》는 1960년대 공상과학 영웅 만화의 선구적인 작품인데도 아직 연구한 사례가 없다. SF에 대한 연구가 활발히 진행되고 많은 창작이 나오지만, 1960년대와 1970년대 공상과학만화 연구는 진척되지 않고 있다.《정의의 사자 라이파이》도 한국만화박물관에서 복원 작업을 거쳐서 대중이 접할 수 있는 것도 2000년이 지나서이다(김산호,《정의의 사자 라이파이》, 부천만화정보센터, 2003). 이 책도 한 권한 권 소장한 사람들의 도움으로 4부작 총 32권 중 21권을 모아서 복간했다고 한다(김산호,《정의의 사자 라이파이》, 부천만화정보센터, 2003, 10쪽). 40년이 넘는 세월이 흐르는 동안 소장했다는 것만으로 보아도 이 작품이 얼마나 그 세대의 뜨거운 열정과 환호를 담아냈는지를 알 수 있게 한다.

5   권보드래, 〈과학의 영도, 원자탄과 전쟁〉,《한국문학연구》 43, 2012, 332~340쪽 참조.

6   한낙원은 라디오 방송극 〈원자력이 나올 때까지〉를 비롯해《새로운 원자력 지식》에서 원자력의 평화적 이용에 대해 역설한 바 있다. 그의 과학소설에서 원자력을 로켓

이나 우주선의 추진 동력으로 이용하거나 미국의 원자력 잠수함 발명을 필두로 하여 앞으로 나올 가능성이 농후한 원자력 비행기, 원자력 기차에 대한 선망을 드러냈다.

7 모희준은 한낙원의 《잃어버린 소년》의 종말의식을 고찰하면서 한낙원이 핵무기가 결국 인류의 종말을 몰고 올 것이라 우려하는 시선을 가지고 있으면서도, 서양 과학소설과 달리 한국이 입는 피해가 다른 국가에 비해 축소했다고 한다(모희준, 〈냉전시기 한국 창작 과학소설에 나타난 종말의식 고찰〉, 《어문논집》 65, 2016, 130~131쪽 참조).

8 일본은 1940년 미국을 상대로 싸우기 위해 제주도를 병참기지로 만들었다. 그리고 전쟁이 끝난 후 돌아갈 때 제주도 바다에 수많은 무기를 버리고 갔다. 원자탄을 쏘아 올린 곳도 태평양 한가운데이고 전쟁이 끝난 후 제국들이 무기를 매장한 곳도 식민지 국의 바다였다(이성돈, 〈일제강점기, 제주인의 삶〉, 《헤드라인 제주》, 2019년 11월 28일; 강미경, 〈제주 평화박물관을 아시나요?〉, 《순국》 353, 2020, 112~117쪽).

9 이영재, 〈1950년대 미국과 일본의 괴수영화와 핵〉, 《사이間SAI》 25, 2018, 60~73쪽 참조.

10 김이구 엮음, 《한낙원 과학소설 선집》, 현대문학, 2013, 120~121쪽.

11 김이구 엮음, 《한낙원 과학소설 선집》, 현대문학, 2013, 131쪽.

12 김이구 엮음, 《한낙원 과학소설 선집》, 현대문학, 2013, 149쪽.

13 최윤필, 〈라디오 드라마 '우주전쟁'의 피난 소동, 오손 웰스 전설의 시작〉, 《한국일보》 2015년 10월 30일. 오손 웰스의 라디오 방송 〈우주전쟁〉은 1938년에 실제로 도시를 공포와 충격으로 몰아넣었던 사건으로 유명하다. 오손 웰스는 이 라디오 방송으로 스타덤에 올랐다. 라디오 방송이 실감나게 연출된 측면도 있었겠지만, 당시 적이 침입해 도시 하나가 쑥대밭이 되는 것이 영화 속 한 장면이 아니라 실제로 있었던 만큼 현실 그 자체로 인식되었음을 말해 준다.

14 김이구 엮음, 《한낙원 과학소설 선집》, 현대문학, 2013, 212~213쪽.

15 김이구 엮음, 《한낙원 과학소설 선집》, 현대문학, 2013, 213쪽.

16 김이구 엮음, 《한낙원 과학소설 선집》, 현대문학, 2013, 106~107쪽.

17 홍성주, 'Ⅳ. 국방, 농업, 원자력 연구의 약진', 〈전쟁과 전후의 복구, 과학기술의 재건〉, 《과학기술정책》 187, 2012, 154~155쪽 참조.

18 장수경은 한낙원의 초기 SF에서 인류의 미래에 대한 낙관적인 전망을 보여 준다고 했다. 이러한 낙관주의적 전망은 1960년대 SF에서 유토피아를 지향하는 것과 맥을

같이함도 짚어주었다(장수경, 〈한낙원의 초기 SF의 양상과 낙관주의적 전망〉, 《우리어문연구》 71, 2021, 335~366쪽).

19 그러나 원자력 에너지에 대한 한국의 기대와 전망은 당시 현실과는 거리가 있었다. 1959년 미국으로부터 원자로가 유입될 때도 한국은 에너지용과 군사용을 기대하고 부지를 도심과 떨어진 외딴 시골에 잡으려고 했지만, 미국은 서울과 가까운 대학교 연구소로 사용할 수 있는 부지를 추천한다. 처음 도입된 원자로는 연구용으로 사용하기에도 전력이 부족한 교육용이었으며, 연구용 원자로도 1962년이 되어서야 들어오게 된다. 1950년대 원자력을 둘러싼 국내의 기대와 미국 등이 바라본 현실은 괴리가 있었다. 그런데도 한국은 원자력은 미래의 에너지원으로 부각하고 원자력연구소를 필두로 과학진흥을 꾀하고자 했다(김성준, 〈1950년대 한국의 연구용 원자로 도입 과정과 과학기술자들의 역할〉, 《한국과학사학회지》 31-1, 2009, 140~142쪽, 159~160쪽 참조).

20 한낙원, '인류의 꿈', 〈평화를 위한 원자력〉, 《새로운 원자력 지식》, 신생출판사, 1962, 179~180쪽.

21 국립중앙도서관 서지사항에서는 발행연도가 1961년으로 되어 있으나, 실제 책의 판권 면에는 1962년으로 되어 있다.

22 김성준, 〈1950년대 한국의 연구용 원자로 도입 과정과 과학기술자들의 역할〉, 《한국과학사학회지》 31-1, 2009, 149쪽.

23 한낙원의 《새로운 원자력 지식》 속표지에는 원자력연구소 이미지가 삽입되어 있다. 또한 문교부장관이 선정한 우량도서 도장이 찍혀 있어서 학생들에게 이 책을 적극적으로 읽히고 장려했음을 알 수 있다.

24 김이구 엮음, 《한낙원 과학소설 선집》, 현대문학, 2013, 135쪽.

25 수전 손택 지음, 이민아 옮김, 〈재앙의 상상력〉, 《해석에 반대한다》, 이후, 2013, 334~335쪽 참조. 수전 손태그는 공상과학영화의 환상은 전 세계인의 불안감을 반영하며, 또 그것을 가라앉히는 데 이바지한다고 한다. 상상을 초월하는 공포를 자아내는 괴물이 나타나지만, 또 그 괴물을 극복하고 살아갈 수 있게 해 주는 것이 바로 대중문화의 환상이라고 했다.

26 에릭 홉스봄 지음, 이용우 옮김, 《극단의 시대》, 까치글방, 1997.

27 수전 손택 지음, 이민아 옮김, 〈재앙의 상상력〉, 《해석에 반대한다》, 이후, 2013, 316쪽 참조.

28   《정의의 사자 라이파이》의 고아 모티프는 〈로버트 태권V〉의 훈이나 〈황금날개〉의 현이와 같이 부모를 잃은 고아가 박사의 손에 길러져서 지구를 지키는 영웅으로 거듭나는 것으로 반복 재현된다.

29   로버트 스콜즈와 에릭 라프킨의 《SF의 이해》에는 SF의 한 계보에 SF 영화를 서술한 장이 있다. 그런데 SF 영화의 계보라고 하기보다 영웅 서사의 계보라고 할 만한 〈슈퍼맨〉, 〈배트맨〉, 〈스파이더맨〉과 같은 작품이 언급되어 있다. 비슷한 시기 〈심해에서 온 괴물〉, 〈고지라〉, 〈지구가 멈추는 날〉과 같은 방사능 피폭 괴수나 디스토피아를 다룬 영화는 잠깐 언급하고 말거나 아예 언급하지 않거나 한다. 슈퍼맨도 스파이더맨도 방사능의 부산물이라는 점을 고려하면, 원자탄의 부작용이나 디스토피아적 전망은 일부러 배제하고 영웅 탄생의 서사로 계보화했음을 알 수 있다(로버트 스콜즈·에릭 라프킨 지음, 김정수·박오복 옮김, 《SF의 이해》, 평민사, 1993, 135~147쪽 참조).

30   〈홈페이지 수록글〉, 《정의의 사자 라이파이》, 부천만화정보센터, 2003, 8~9쪽 참조.

31   미국에서는 배트맨은 인간이지만, 슈퍼맨은 지구 밖에서 온 초능력을 가진 우주인이어서 훨씬 더 강력해서 슈퍼맨의 인기가 더 높았다고 한다(로버트 스콜즈·에릭 라프킨 지음, 김정수·박오복 옮김, 《SF의 이해》, 평민사, 1993, 143~147쪽). 그러나 국내에서는 로봇이나 초능력을 가진 슈퍼맨보다 '인간' 영웅을 선호했음을 알 수 있다. 라이파이도 배트맨을 모티프로 했다고 작가 스스로 밝혔으며, 배트맨이 삽화의 한쪽에 살짝 등장하는 컷도 있다.

32   《정의의 사자 라이파이》보다 《학생과학》에는 공상과학소설뿐만 아니라 기사와 공작(만들기)에서 전투기의 성능과 부분의 명칭들을 비롯해 실제 전투에서 활용된 사례에 이르기까지 상세하게 보여 줬는데, 실제 베트남전에서 사용된 전투기라고 강조되기도 했다. 이를 통해 한국전쟁 이후 세계가 3차 세계대전의 불안과 긴장 속에서 살았음을 알 수 있다.

33   김산호, 《정의의 사자 라이파이》, 부천만화정보센터, 2003, 265~266쪽.

34   김산호, 《정의의 사자 라이파이》, 부천만화정보센터, 2003, 266쪽.

35   추리소설은 불량도서로 간주했지만 과학소설은 아동·청소년에게 과학교육의 목표로 장려했다. 공상과학만화는 어린이들에게 자극적이고 폭력적이라는 비판이 일었는데도, 〈로버트 태권V〉는 국가가 지원해 만들어졌다.

5. 공상과학만화의 꿈과 현실: 1960~1970년대 만화와 영화

I '공상과학', '순정'을 가장한 조잡한 내용이 대부분이라고 폄하하거나(〈흥미 위주 …저속만화 너무 많아 '꿈'이 없는 어린이잡지〉, 《조선일보》 1977년 9월 8일), 건강한 꿈이나 상상력을 길러 주지 않고 폭력, 파괴, 현실 무시, 현실도피를 부추긴다고 비판했다(〈어린이만화 성인용 닮아간다〉, 《한겨레》 1989년 8월 25일; 〈어린이 만화 '어두운 내용' 많다〉, 《조선일보》 1989년 5월 2일).

2 뉴스 라이브러리에 들어가면 디지털 작업이 되어 있어 신문 기사를 볼 수 있다. 그런데 여기에 《소년조선일보》나 《소년동아일보》는 없다. 《소년동아일보》에 15년이나 연재된 김삼의 〈소년 007〉은 당시 읽었던 독자의 추억 속에만 있을 뿐 우리가 접할 길이 없었다. 2010년 단행본으로 복간돼 겨우 독자를 만날 수 있었다(김삼, 《우주에서 온 소년 007》, 씨엔씨레볼루션, 2010).

3 국내에서 〈우주소년 아톰〉을 언급한 연구는 박노현의 〈아니메와 일본 소년(상)의 형성〉(《한국학연구》 57, 2020, 285~316쪽)이 있다. 일본에서 《철완아톰》에 관한 연구가 왕성하게 나왔던 것에 반해, 국내에서는 1960~1970년대 공상과학만화나 공상과학만화영화를 다룬 연구는 거의 없다. 〈로보트 태권V〉 부활프로젝트의 일환으로 2010년대의 웹툰을 연구한 서은영의 〈로보트 태권V 부활프로젝트〉(《한국문예비평연구》 44, 2014, 181~213쪽)가 있다. 서은영의 논문에서도 연구대상은 2010년대의 웹툰이지 1970년대의 만화영화는 아니다. 공상과학이라는 이유로 밀려난 것인지, 만화라는 이유로 제외된 것인지는 좀 더 따져 보아야 하겠지만, 그동안 연구에서 '1960~1970년대 공상과학만화(영화)'를 다루지 않았다는 것은 주목되지 못했거나 가치가 없다고 판단했기 때문이라 사료된다.

4 고장원도 《한국에서 과학소설은 어떻게 살아남았는가》에서 아동·청소년문학으로 축약되어 간행된 아동·청소년 대상 SF에 대해서 깊게 논의하지 않고 소략해서 언급하고 지나갔다. 내용의 분석보다는 서지를 나열한 정도에 그쳤으며, 심지어 그것과 관련된 논문도 초록만 읽고 의도를 파악하지 않았다. 예를 들어 아동·청소년 공상과학모험 전집의 1권이 미국 중심으로 재편된 것을 보여 주며 하인라인과 아시모프가 부상했다는 논리에 대해 논문 내용은 보지 않고, 웰스와 쥘 베른이 계속 공상과학모험 전집에서 보인다는 점만을 들면서 사료와 이해가 부족하다고 지적한다(고장원, 《한

325

국에서 과학소설은 어떻게 살아남았는가》, 부크크, 2017, 146쪽). 아동·청소년 공상과학은 축약본이거나 복사본이라는 이유로 연구논문도 초록만 읽는 데 그치거나 작품도 분석대상에조차 오르지 않음을 알 수 있다. 그러나 축약본이라고 하더라도(축약본은 아동·청소년을 대상으로 하는 경우 지금도 간행된다) 왜 그런 내용들이 당시에 읽혔는지를 따라가 보는 작업이 중요하다고 판단한다. 아동·청소년 공상과학소설에 대한 SF 연구자들의 인식은 1960년대와 1970년대의 공상과학(소설, 만화, 만화영화에 이르기까지)을 연구대상에서 제외하게 하는 데 영향을 끼쳤다. 서지의 정리라면 이미 김병철이 《세계문학번역서지목록총람》에서 이루었다. 서지의 정리 차원에서 그치는 연구에서 더 나아가 작품을 꼼꼼히 읽고 그 시대에 어떻게 수용되었는지를 함께 고찰해 보는 사회문화사적인 계보를 잇는 작업이 필요하다고 본다. 최근 '공상과학'의 붐과 함께 '공상과학' 하면 가장 먼저 떠올리는 만화와 만화영화의 계보를 건너뛰고 현재의 웹툰이나 애니가 창작될 수는 없다. 공상과학만화도 계보적으로 고찰하는 작업은 중요하다고 판단한다.

5   서은영, 《이정문》, 커뮤니케이션북스, 2019.

6   공상과학만화의 재미와 학습의 연관성을 강조해 신문의 홍보로 활용하기도 하고《소년조선일보》기획 창간 3주년 새 연재만화 〈별나라 소년〉이 실리게 되었습니다. 이 만화는 공상과학만화로 손에 땀을 쥐게 하는 재미도 재미려니와 학생들 **학습에도 많은 도움**을 주게 될 것입니다"(〈창간 세 돌 맞는 자매지 《소년조선일보》 학습란 등 크게 혁신〉, 《소년조선일보》 1968년 2월 13일), 어린이뿐만 아니라 **어른들에게도 흥미와 지혜를 가져다주는 우주과학을 소재로 한 만화영화**로 〈마징가Z〉를 소개하기도 했다(〈흥미, 드릴 넘치는 공상과학 만화영화 마징가Z〉, 《경향신문》 1975년 8월 7일).

7   박석환, 〈소년의 꿈을 로봇에 담았던 멀티크리에이터〉, 《플랫폼》, 2009, 14~19쪽; 건신, 〈80년대의 공상과학만화〉, 9dreams 블로그, 2004년 5월 1일. "70년대 말, 80년대 초 소년들의 영웅은 SF물의 로봇과 그 조종사, 그리고 로봇을 발명해 낸 저 위대한 박사였다. 어릴 적에 당시의 소년들에게 장래희망을 물으면 약 30퍼센트는 장군, 대통령, 그리고 그 이상이 과학자라고 답했던 것 같다. 로봇만화의 영향력을 가히 짐작할 수 있을 듯하다"(건신, 〈80년대의 공상과학만화〉, 9dreams 블로그, 2004년 5월 1일)라고 당시를 회상했다. "한국 에너지연구소장이 국민학교 학생들에게 "너는 장차 무엇이 되고 싶으냐"고 물었더니 최다수가 "과학자가 되고 싶다"고 대답했다는 것은 어느

텔레비전 방송프로에서 나온 이야기였다. 어렸을 때는 우주선이나 로봇이니, 살인광 선이니 하는 과학공상을 좋아하고 이를 실현시키고 싶은 꿈을 한번은 가져 본다"(〈과 **학자의 꿈**〉,《경향신문》 1981년 3월 26일)라는 기사도 나왔다. 1970년대부터 공상과학 만화를 보는 어린이들이 나쁜 영향을 받을 것이라고 걱정했던 것과 달리, 어린이들은 그것을 보며 과학자 꿈을 키웠다.

8   최재윤, 〈게임이 범죄에 미치는 영향〉, 명지대학교 석사학위논문 2016; 안은경·윤혜 영·권정혜, 〈폭력적 온라인 게임과 공격성이 공격행동에 미치는 영향〉,《한국심리학 회지 임상》 27-2, 2008, 355~371쪽; 이태우, 〈청소년 인터넷 게임중독이 모방폭력 에 미치는 영향〉, 명지대학교 석사학위논문, 2010; 윤주성, 〈폭력적 비디오게임의 사 용자 경험과 공격행동성에 대한 연구〉,《한국콘텐츠학회논문지》, 2015, 215~226쪽. 이외에도 게임이 청소년에게 미치는 공격성과 폭력성, 그로써 발생할 범죄를 우려하 고 경계하는 연구결과와 통계, 기사가 끊임없이 올라왔다. 1994년에 이미 이혜갑이 〈부정적 인식 부추기는 일방적 논의〉(《저널리즘 비평》 14, 1994, 74~76쪽)에서 문제를 제기했지만, 이런 논의보다는 부정적 인식의 글이 너무 많이 나와서 우리에게 게임에 대한 부정적 인식이 남는 결과를 초래했다.

9   최인호, 〈견습환자〉,《조선일보》 신춘문예 당선작, 1967.

10   한낙원, '**인류의 꿈**', 〈평화를 위한 원자력〉,《새로운 원자력 지식》, 신생출판사, 1962, 179~180쪽 참조.

11   〈(화제의 초점) 고요한 '붐' 일으킨 세계 원자력발전〉,《마산일보》 1966년 6월 24일; 〈원자력발전소 적지 조사〉,《마산일보》 1965년 6월 19일; 〈원자력으로 황무지 개 척〉,《마산일보》 1963년 11월 15일; 〈한국의 원자력 사업 발전의 소지 충분〉,《조선일 보》 1961년 8월 23일; 〈원자력협조 한일간에 논의〉,《경향신문》 1967년 10월 25일; 〈대표단 5명을 파견 국제원자력총회에〉,《경향신문》 1965년 9월 15일; 〈원자력발전 소 기공〉,《매일경제》 1971년 3월 19일. 이러한 자료들을 통해 〈원폭소년 아톰〉이 연 재될 무렵 원자력 에너지를 국가 발전의 원동력으로 삼고 추진하려는 기획을 엿볼 수 있다. 그런데 이 와중에 간간이 원자력발전에 대한 우려를 표방하는 기사가 있어 1970년대에 원자력발전소를 건립하기 전까지 원자력에 대한 양가감정을 볼 수 있다 (〈원자력발전의 폐물 죽음의 재〉,《마산일보》 1966년 9월 11일).

12   007 영화에 나오는 과학장치들에 관해서는 1966년 4월에 실린 후 7월에 한 차례 더

실린 것으로, 당시 007 영화의 인기를 짐작할 수 있다(편집부, 〈스릴러 영화에 나오는 기묘한 과학 장치들〉, 《학생과학》 4월호, 1966, 20~22쪽). 007 영화가 성인뿐만 아니라 어린이·청소년에게도 인기가 상당했음을 짐작할 수 있다. 1965년에 풍년사는 007 시리즈를 안동민, 유정 등의 번역으로 출간했으며, 미국에서 성인 영웅이 주인공인 007, 슈퍼맨, 배트맨이 흥행하는 동안 국내에서는 007 영화의 인기에 힘입어 〈소년007〉처럼 소년 영웅이 주인공으로 등장한다는 점에 주목할 필요가 있다.

13   《학생과학》 1966년 11월호에는 한국과학기술연구소 소장 최형섭 박사가 '21세기는 원자력시대, 우주시대'라고 언급한 내용이 나온다. 원자력이 다방면으로 이용되고 가장 강력한 에너지원으로 대두되던 시기이기도 했다.

14   〈(아톰의 100만 다인의 위력) 산업에 이용될 원자력〉, 《학생과학》 2월호, 1968; 〈원자력 항공모함 엔터프라이즈〉, 《학생과학》 3월호, 1968.

15   1967년에 〈대괴수 용가리〉와 권혁진의 〈우주괴인 왕마귀〉가 개봉되었다. 일본의 〈고지라〉나 미국의 〈심해에서 온 괴물〉 등 원자력의 부작용과 공포의 산물인 거대 괴수 영화가 다른 나라에서 일찍 나타난 것에 비하면 국내에서는 한참 뒤인 1967년 나타났다는 사실에 주목할 필요가 있다.

16   '아톰대사' 편은 단행본 제작에 맞춘 장편만화라서 잡지만화의 성격과는 달랐음을 편집장이 지적한다. 잡지만화에서는 주인공에게 매력이 있어야 한다고 하며, 조연으로 있었던 아톰이라는 로봇 소년을 주인공으로 해서 써 보면 어떨까 하고 제안했다고 한다. 그래서 새롭게 단장해 탄생한 것이 《소년少年》에 1952년 4월호부터 1968년 3월호까지 연재된 〈철완아톰〉이라고 한다(데쓰카 오사무·반 도시오 지음, 김시내 옮김, 《데즈카 오사무 이야기》 2, 학산문화사, 2013, 94~95쪽).

17   정미지, 〈1960년대 국가주의적 남성성과 젠더 표상〉, 《우리문학연구》 43, 2014, 682~684쪽 참조.

18   공영민, 〈공상과 과학의 시대〉, 《한국학연구》 52, 2019, 325쪽.

19   앞서 언급한 《정의의 사자 라이파이》에서 라이파이의 부모는 배트맨의 부모처럼 교통사고로 사망한다. 〈로보트 태권V〉에서 태권V 조종사 훈이의 부모는 비밀 설계도를 노리는 적에게 살해된다. 국내 공상과학에서는 절대 '가족'이나 부모를 원수나 적으로 만들지 않는다. 부모가 버리는 것이 아니라 부모가 살해돼 부모의 원수를 갚는 설정이 국내 독자에게는 익숙하다.

20 박명기, 〈원자력 잠수함〉, 《학생과학》 9월호, 1966, 34~35쪽; 박명기, 〈원폭과 수폭은 어떻게 다른가〉, 《학생과학》 6월호, 1966, 24~26쪽; 편집부, 〈남대문 상공에 원폭이 떨어지면〉, 《학생과학》 12월호, 1966, 43~47쪽. 〈원폭소년 아톰〉이 실리던 1966년에 《학생과학》은 원폭에 대한 두려움을 시시하다고 하면서도 원폭이 모든 것을 파괴할 위력을 지녔다는 데서 오는 매혹도 드러냈다. 《학생과학》 1967년 7월호 화보에는 '한국 과학의 선봉: 원자력연구소'가 실려 있어 눈길을 끈다.

21 당시를 기억하는 세대의 만화 독자들은 일본 만화 〈우주소년 아톰〉의 인기를 회고한다(이정문, 〈추천의 글〉, 《한국 슈퍼로봇 열전(만화편)》, 한스미디어, 2017, 4쪽). 1970~1980년대 세대는 '태권V가 이길까, 마징가Z가 이길까'를 놓고 친구들과 옥신각신했다면, 한 세대 전인 1960년대 독자들은 '철인28호가 이길까 아톰이 이길까'를 놓고 설전을 벌였다고 한다. 그만큼 아톰은 1960년대 텔레비전 만화영화가 방영되기 전부터 독자들에게 인기를 끌었음을 알 수 있다(페니웨이 지음, Lennono 그림, 《한국 슈퍼로봇 열전(만화편)》, 한스미디어, 2017, 24쪽).

22 〈우주소년 아톰 방영〉, 《조선일보》 1973년 8월 28일.

23 공영민, 〈공상과 과학의 시대〉, 《한국학연구》 52, 2019, 321~343쪽. 공영민은 한국영화 흥행 순위 10위에 오른 작품 중 그동안 없었던 어린이를 대상으로 한 두 작품에 주목해 분석했다.

24 서광운, 〈관제탑을 폭파하라〉, 《학생과학》 1월호, 1968, 86~87쪽.

25 1960년대는 강원도 영월 탄광산업이 호황을 누리던 시절이었다. 이곳에서 캔 석탄으로 에너지를 만드는 영월화력발전소는 1960~1970년대 남한 전기공급의 중추 역할을 했다.

26 프랑켄슈타인은 일본 만화를 통해 간접적으로 접했을 가능성이 크다. 프랑켄슈타인의 탄생에 얽힌 이야기를 상세하게 알기보다 괴물(인조인간)이라는 것만으로 두려움을 키워 간 것으로 보인다. 그리고 프랑켄슈타인을 괴물의 이미지보다 나쁜 악당으로 그린 것은 1950~1960년대에 국내에서 '인조인간'에 대한 수용이 부정적이었음을 보여 준다고 볼 수 있다.

27 〈로버트 태권V〉 2탄 수중특공대는 〈태권동자 마루치 아라치〉와 동시에 개봉되어 흥행에서 부진을 면치 못했다. 로봇보다는 태권 동자인 인간 영웅 마루치 아라치가 더 선호된 캐릭터가 아니었을까 한다. 여기에 〈태권동자 마루치 아라치〉가 오랜 기간 라

디오극장에서 인기를 끌었던 것도 영향을 끼쳤을 것이나, 전작의 인기를 감안할 때 〈태권동자 마루치 아라치〉가 이겼다는 것은 캐릭터 자체의 승리로 이어진다고 볼 수 있다.

28   〈R. 로케트군〉은 시작 장면부터 모티프까지 《정의의 사자 라이파이》와 구성이 흡사하다.

29   과학기술의 진흥을 위해 기술인력을 양성하고 훈련하는 것이 중요하다는 사실을 경제개발 5개년계획 추진 초기 단계부터 인식했다. 이에 따라 우수한 청소년이 기술교육을 선택하고 이들이 열심히 기술을 연마해 국가 기술발전에 이바지하도록 과학기술 정책을 추진했다. 공업계 고등학교는 1960년대와 1970년대에 공업화를 활발하게 추진하는 과정에서 우수한 기능인력을 양성해 산업현장에 배출함으로써 우리나라 산업이 발전하는 데 큰 기여를 했다(강광남, 〈서언〉, 이공래 외, 《정책연구 99-10 공업계 고등학교 기술교육 진흥방안》, 과학기술정책연구원, 1999, 참조).

30   1968년 12월 국민교육헌장이 공포된 이후 이를 실천하기 위해 1969년 9월에 교육과정 개정령이 내렸고 1970년 3월부터 시행되었다. 이때 '교련'이 고등학교의 독립 교과목으로 설정되어서 고등학교 단계에서 '국방교육'을 강조했다(함종규, '1961~1980년의 고등학교', 〈고등학교 변천〉, 한국민족문화백과사전 참조).

31   전국체육대회를 통해 스포츠를 전국적으로 확산하고 애향심을 고취하고자 했다(전용배, 〈전국체전 100년 발자취와 과제〉, 《국제신문》 2019년 10월 2일). 《소년세계》 1977년 12월호에는 〈굳센 체력 알찬 전진〉이라는 제목으로 58회 전국체육대회가 열린 장면을 기사로 싣고 사진도 함께 실었다. "이번 전국체전에는 한국신기록이 대량 쏟아져 나왔고 대회신기록도 풍년을 이루었으며 또 7년패를 노리는 서울을 **물리치고** 경기도가 1위를 차지하였다./ 경기도는 대회사상 첫 우승의 영광을 차지했고 서울이 그다음, 전라북도가 3위를 했으며 경상북도, 부산이 각각 4, 5위를 차지했다"(〈굳센 체력 알찬 전진〉, 《소년세계》 12월호, 1977)라고 대회 결과를 기록했다. 물리쳐야 하는 적을 상정하고 각 도마다 경쟁을 붙이는 체육대회는 '강인한 신체'의 대결로, 군대의 대열처럼 일렬로 서 있는 선서 장면을 통해 전투에 임하는 것과 같은 투지를 불사르게 했던 것으로 사료된다.

32   〈초인을 만드는 기계〉, 《학생과학》 4월호, 1966, 30쪽.

33   책임감, 참을성, 성실은 취업 현장에서 청소년의 덕목이었다(한낙원, 《우주 항로》, 계몽

사문고, 1987, 13쪽). 또한 과학자가 되기 위한 가장 큰 덕목은 '학교에 가겠다는 굳은 신념'에 이어 '학교에서 공부를 열심히 하는 성실함'이 꼽혔다(《여러분은 과학자가 될 수 있다》,《학생과학》6월호, 1967). 책임감, 성실, 인내가 1960년대와 1970년대의 청소년에게 끊임없이 요구된 윤리 덕목이었다.

34   《우주 항로》에서 민호는 낮에 신문사에서 교정일을 보고, 밤에 야간학교를 다니는 15살 소년이다. 신문사 주필이 특별임무에 민호를 추천하며 "열성적이고 책임감이 강한 데다 또 참을성이 많은 소년"이라고 한다. 참을성이 많다는 것이 장점으로 추천의 이유가 되는 것이었다. 1960년대와 1970년대의 공상과학에서는 청소년이 고된 취업 현장에 나가 있어도 불평을 하지 않거나 힘듦을 내색하지 않고 참는 것이 미덕인 것처럼 그려졌다.

35   〈로보트 태권V〉와 〈황금날개〉를 보며 자란 세대들은 이들 만화가 표절 시비에 걸려서 한국문화의 부끄러운 일면으로 평가되기도 한 사실을 알고 있다. 그렇다고 하더라도 1970년대의 이런 시절을 다 부정한다면 지금의 한국문화 콘텐츠가 나올 수 있었을까라고 반문하기도 한다. 일본문화의 영향에서 자유로울 수 없었던 1970년대와 1980년대의 한국문화를 부정한다면 오늘날의 성장한 한국 대중문화도 만나지 못했을 것이라 한다. 무엇보다 자신들의 어린 시절 추억도 부정되는 것을 안타까워한다(〈추억의 만화, 황금날개 문고판 만화 시리즈〉, spacehoho 블로그, 2022년 3월 26일).

36   〈어린이 만화영화 풍년〉,《동아일보》1979년 7월 5일.

37   〈우주의 왕자 빠삐〉가 끝나고 "어린이뿐만 아니라 어른들에게도 흥미와 지혜를 가져다주는 우주과학을 소재로 한 만화영화 1년 동안 MBC TV에서 방영되다"와 같은 문구로 〈마징가Z〉를 홍보하는 기사가 나가는 등 신문기사 곳곳에서 만화영화의 방영 소식을 접할 수 있었다(〈흥미, 드릴 넘치는 공상과학만화영화 마징가Z〉,《경향신문》1975년 8월 7일). 만화영화는 한마디로 단순한 선으로 주인공들의 동작을 그려 내면서 실제 없는 상상의 세계를 보여 줌으로써 어린이들에게 신비를 안겨다 주고 꿈과 지혜를 심어 주는 역할을 했다(〈어린이 만화영화 풍년〉,《동아일보》, 1979년 7월 5일).

38   박병률,〈과학의 시간〉,《주간경향》2021년 4월 16일.

39   박병률,〈우리나라 자살률, 절반으로 낮추는 것이 인생의 목표이자 꿈〉,《경향신문》2021년 4월 17일.

40   서은영,〈로보트 태권V 부활프로젝트〉,《한국문예비평연구》44, 2014, 195~196쪽

참조.

41 최애순은《학생과학》과학소설이 종종 전투(전쟁)소설이나 방첩소설의 경향으로 흘러가는 것은 우리에게 우주는 현실과 너무 먼 환상이었고 전쟁은 실제 겪었으며 가능한 현실이었기 때문이라고 분석한 바 있다(최애순,〈1960~1970년대 과학소설에 대한 인식과 창작 경향〉,《대중서사연구》23-1, 2017, 274~276쪽 참조; 최애순,〈초창기 SF 아동청소년문학의 전개〉,《아동청소년문학연구》21, 2017, 68쪽 참조).《학생과학》의 SF작가클럽의 상상력과 아이디어는 '우주'로 넘어가면 언제 그랬었냐는 듯이 증발해 버리고 마치 6·25를 연상하게 하는 듯한 폭탄, 지뢰, 땅굴기지 등의 용어와 함께 전쟁소설로 흘러가 버려서 SF에서의 무한한 우주공간을 원했던 학생 독자의 기대에 부응하지 못했던 것으로 보인다.

42 주부들의 좌담이 열린 자리에서 주부들은 어린이 만화영화를 아이들이 하도 졸라서 보러 가긴 하지만 "로봇이니 괴물이니 하는 엉터리 공상극 아니면 싸우고 부수는 내용뿐"이라는 불만을 토로한다. 허무맹랑한 TV의 만화영화부터 없애야 하며, 어린이들의 인격 형성에 도움이 될 영화를 만들어야 한다고 이구동성으로 말한다(정중헌,〈조선일보 좌담 주부끼리 얘기합시다〉,《조선일보》1978년 8월 10일).

43 〈조선대학교 병설 공업 전문교 탐방〉,《학생과학》12월호, 1966년;〈청주 공업고등학교 과학반〉,《학생과학》1월호, 1967년.

44 《학생과학》을 비롯해《새소년》,《소년세계》의 어린이잡지에는 문화텔레비학원의 '라디오 TV 기술자 양성' 광고가 종종 중간에 삽입되었다. 국제TV기술학원의 '기술은 무한한 자본이다'의 반복적인 홍보문구도 눈길을 끈다.

45 최애순,〈초창기 SF 아동청소년문학의 전개〉,《아동청소년문학연구》21, 2017, 71~72쪽.

46 실업기술교육 정책만으로 경제개발 5개년계획에 필요한 인력을 양성할 수 없다는 인식으로 1963년에〈산업교육진흥법〉을 제정해 정부, 지방자치단체, 학교가 지원해야 할 의무사항을 규정했다. 이때 청소년 교육은 '국가 경제성장에 기여하는' 것을 목표로 하여 산업현장에 배출하기 위함이었다(행정안전부 국가기록원 홈페이지 '과학·기술 교육' 참조).

47 대표적으로 현대자동차 기술자들이 최고의 대우를 받는 직업 중 하나였다.

48 〈카메라에 비친 솜씨의 절정〉,《학생과학》12월호, 1966.

49 《소년세계》10월호, 1976.

6. 발전 · 진보를 향한 욕망: 1970~1980년대 공상과학모험 전집

1 　김교제 옮김,《(과학소설) 비행선》, 동양서원, 1912. 이에 대해서는 김주리의 《〈(과학소설) 비행선》이 그리는 과학의 제국, 제국의 과학〉(《개신어문연구》34, 2011, 169~196쪽) 참조.

2 　《개벽》5월호, 1925. 이에 대해서는 김종방 〈1920년대 과학소설의 국내 수용과정 연구〉,《현대문학의 연구》44, 2011, 117~146쪽 참조.

3 　1990년대 들어서면서 과학소설에 관한 기사가 실린 것을 볼 수 있다.〈아시모프 연작 과학소설 인기〉,《한겨레》1991년 8월 20일;〈외국 공상과학소설 대거상륙〉,《동아일보》1992년 3월 30일. 1990년대 차례로 과학소설의 붐을 알리는 기사가 신문에 실리며, 아시모프, 클라크, 로번 쿡, 프랭크 하버트 같은 SF작가들의 작품이 번역되어 속속 출간되었다.

4 　성인용으로는 웰스 작품 정도가 세계문학전집이나 문고본에 들어간 것을 제외한다면, 대부분 아동전집류나《학생과학》,《학원》과 같은 학생잡지를 통해 들어왔다. 물론 성인용으로 들어온 것들을 간간이 더 찾을 수는 있겠지만, 여러 목록을 참고해 보면 아동잡지를 통해 들어온 것이 대부분이었다. SF번역목록들은 김창식의 〈서양 과학소설의 국내 수용 과정에 대하여〉(《과학소설이란 무엇인가》, 국학자료원, 2000, 55~91쪽)와 김병철의 〈아동문학문헌서지편〉(《세계문학번역서지목록총람》, 국학자료원, 2002), 그리고 박상준의 〈한국에서 SF는 어떻게 다가왔는가〉(《아웃사이더》15, 2003)를 참고했다.

5 　이 장에서 다룰 대상은 1970년대 소년소녀란 표제가 달린 과학소설전집이다. 소년소녀라는 용어는 초등학교 3~4학년부터 중학교 2학년 정도를 대상으로 한다. 여기에서 아동과 동일한 의미로 사용하는 것은 1970년대 전집이나 문고에서 소년소녀가 붙은 것은 성인본이 아니라는 의미와도 상통하기 때문이다. 현재 '아동문학'이라고 칭할 경우 그것은 어린이와 청소년을 아우르는 포괄적인 개념이다. 김이구는《한낙원 과학소설 선집》을 내면서 '어린이·청소년 과학소설'이라 불러야 한다는 점을 강조하기도 했다. 여기에서의 '아동'은 성인과 대비되는 용어로 편의상 사용하고자 한다.

6   김창식, 〈서양 과학소설의 국내 수용 양상〉, 대중문학연구회 편, 《과학소설이란 무엇인가》, 국학자료원, 2000

7   혹자들이 해방 이후 가장 앞선 창작 SF로 꼽는 문윤성의 〈완전사회〉에 관해서는 임태훈, 《우애의 미디올로지》, 갈무리, 2012 참조. 그러나 《학원》과 같은 청소년 잡지나 아동잡지에서는 문윤성 이전에 이미 계몽사의 쥘 베른 소설과 SF의 번역자로 활동하면서 《금성탐험대》를 비롯하여 여러 편의 SF 창작물을 남긴 한낙원 같은 SF작가가 있었다(김이구 엮음, 《한낙원 과학소설 선집》, 현대문학, 2013 참조).

8   문예출판사에서 간행된 것은 '세계명작'이라고 달렸지만, 구성을 보면 과학소설의 목록들이다(김병철 엮고 씀, 〈아동문학문헌서지편〉, 《세계문학번역서지목록총람》, 국학자료원, 2002 참조). 국립어린이청소년도서관에 소장된 이 판본은 1968년부터 1969년에 걸쳐 문예출판사에서 '세계과학명작'으로 간행된 것을 확인했다. 이에 '세계명작'을 '세계과학명작'으로 바로잡는다.

9   1960년대 남한 SF의 상상력에 관해서는 임태훈, 《우애의 미디올로지》, 갈무리, 2012 참조. 1960년대 《학생과학》의 주요 소재인 '핵'과 '우주개발'이라든가 〈완전사회〉 같이 타임캡슐이 등장하는 창작 SF를 분석한 내용이 흥미롭다. 1970년대 과학전집이 등장하기 전에 이미 1960년대 과학소설에 대한 관심은 잡지를 통해 전파되고 있었다.

10 SF 마니아들의 블로그에서 '아이디어회관의 SF세계명작'으로 SF세계에 입문했다는 이야기를 종종 접할 수 있다. 계몽사의 소년소녀 세계문학전집이 세계문학에 대한 꿈을 키우는 대표 전집으로 각인되었다면, 아이디어회관의 SF세계명작은 SF의 대표 전집으로 마니아들에게 기억된다.

11 임태훈, 〈10장 1960년대 남한 사회의 SF적 상상력〉, 《우애의 미디올로지》, 갈무리, 2012, 239~273쪽, 특히 258쪽 참조. 임태훈은 1960년대의 《학생과학》에는 미소의 우주개발 경쟁에 관한 뉴스가 미국발 과학 기사와 거의 시차가 없이 실렸다고 한다. 특히 〈소련의 유인 우주선 비행은 전혀 가짜다〉라는 글에 대해 이 글의 원출처와 이 글이 실렸을 경우의 효과를 분석한 부분을 주목하면서 남한 사회와 미국의 혈맹을 짚어 낸 부분은 흥미로웠다. 1960년대 《학생과학》과 같은 과학잡지에 실린 우주과학에서 미국의 선점은 1970년대가 되면 아동전집을 통해 국내에 전파되었다.

12 〈해설〉, 《우주전쟁》, 광음사, 240쪽.

13 《학원》12월호, 1958.

14 《학원》1월 신년증간호, 1959.

15 고모리 요이치 지음, 송태욱 옮김,《포스트콜로니얼》, 삼인, 2002.

16 아이디어회관의 'SF세계명작'이 일본의 '어린이도서관'을 베낀 것임을 감안할 때, 이
    전집은 2차 세계대전 후 일본의 핵공포로 인한 미래에 대한 불안의식을 담아냈다고
    여겨진다. 일본은 1973년 고마쓰 사쿄가《일본침몰》이라는 과학소설을 연재했고, 바
    로 그해에 영화로 상영되기도 했다. 이는 미국이 지향하는 낙관론적 미래관과는 다른
    일본 과학소설의 영역이라 할 수 있다.

17 《로봇 스파이 전쟁》, 아이디어회관, 225~226쪽 해설 제목.

18 임태훈,〈10장 1960년대 남한 사회의 SF적 상상력〉,《우애의 미디올로지》, 갈무리,
    2012, 253~257쪽 참조.《학생과학》의 주요 소재의 하나가 핵이고, 다른 하나가 우주
    개발이라 분석했다.

19 오천석,〈나의 사랑하는 생활〉,《사상계》30, 1956. 오천석은 이 글에서 자신의 서재
    에 있는 책들을 자랑한다. 철학자, 인문학자, 자연학자 등 여러 부류의 책이 있다고 하
    며, 소크라테스, 플라톤, 아리스토텔레스, 예수와 같은 2000년 전의 스승이 있는 반
    면, 프로이트, 웰스, 러셀, 듀이와 같은 선생도 있다고 한다. 웰스는 단순한 SF작가로
    서 인식되지 않았고, 프로이트, 러셀, 듀이와 같은 스승으로 인식되었다. SF작가들을
    대접하지 않는 현실에 비추어 볼 때, 웰스는 SF작가가 아니라 세계문학의 거장 또는
    미래를 내다보는 사상가의 대접을 받은 것으로 사료된다. 해방 이후 쥘 베른의 작품
    이 주로 아동용으로 굳어졌다면, 웰스는 '고전'으로 분류되어 성인에게도 읽힌 것으
    로 보인다. 웰스의《투명인간》이 성인용 문고본(1973년 서문문고 시리즈)에 포함된 것
    도 같은 연유이다.

20 특히 웰스가 묘사한 화성인의 모습에 영향을 받은 국내 창작 SF에서도 우주인을 주
    로 '괴물'에 비유한다거나 이질적이고 인간과 다른 동물의 모습으로 묘사했다. 해방
    이후 최초의 과학소설가이자 1960~1980년대의 국내 아동과학소설가로서 최근 선
    집이 간행된 한낙원의 과학소설《잃어버린 소년》과 같은 작품에서도 우주인이 '괴물'
    로 묘사되었다(김이구 엮음,《한낙원 과학소설 선집》, 현대문학, 2013).

21 허버트 웰스,《별들의 대전쟁》, 서영출판사, 1985, 93쪽.

22 허버트 웰스,《별들의 대전쟁》, 서영출판사, 1985, 34~35쪽.

23   허버트 웰스,《별들의 대전쟁》, 서영출판사, 1985, 212쪽.

24   허버트 웰스,《별들의 대전쟁》, 서영출판사, 1985, 210쪽.

25   허버트 웰스,《별들의 대전쟁》, 서영출판사, 1985, 171쪽.

26   허버트 웰스,《별들의 대전쟁》, 서영출판사, 1985, 171~172쪽.

27   하인라인의 작품은 지구에서 독립하는 우주식민국가를 자주 그린다.《붉은 혹성의
      소년》에서도 '화성의 자치 선언'으로 작품을 끝맺었다. 하인라인의 SF에서 지구는 영
      국, 지구 이외의 다른 행성은 미국으로 상징된다.

28   하인라인 지음, 박화목 옮김,《우주전쟁》, 광음사, 1970~1973, 22쪽.

29   하인라인 지음, 박화목 옮김,《우주전쟁》, 광음사, 1970~1973, 23쪽.

30   하인라인 지음, 박화목 옮김,《미래로의 여행》, 광음사, 1973, 87쪽.

31   1957년 스푸트니크 발사사건 이후로 국내에도 우주시대의 바람이 분 것으로 여겨진
      다. 염상섭의 1958년 소설제목에 '우주시대'가 들어간 것은 말할 것도 없거니와 신문
      기사에도 우주시대를 제목으로 뽑아서 싣기도 했다(〈우주시대 1970년의 세계〉,《동아일
      보》 1960년 1월 1일).

32   하인라인의 작품 중 가장 유명한 것은《낯선 땅 이방인》이다. 1970년대에는 아직 국
      내에서 번역되지 않았지만, 미국에서는 재출간되면서 엄청나게 팔린 작품이다. 화성
      에서 교육을 받은 지구인 스미스는 지구에 와서 텔레파시 같은 초능력으로 기적을 보
      여 준다. 그리고 교단을 설립해서 그 힘을 어떻게 사용하는가를 가르치는데, 이는 크
      라이스트의 이야기로 읽힌다. 하인라인은 '화성'을 이제 막 국제정세에서 새롭게 힘
      을 뻗쳐 나가는 '미국'으로 상정해, 화성의 자치선언을 미국의 독립선언에 빗댄다든
      가(《붉은 혹성의 소년》), 화성인이 지구인에게 기독교를 전파하는 내용(《낯선 땅 이방
      인》)을 그렸다.

33   하인라인 지음, 박화목 옮김,《우주전쟁》, 광음사, 1970~1973, 244쪽.

34   로버트 실버벡 지음, 김항식 옮김,《살아 있는 화성인》, 아이디어회관, 1976.

35   하인라인 지음, 박홍근 옮김, 〈해설〉,《초인부대》, 아이디어회관, 1975, 158~159쪽.

36   함종규,《한국 교육과정 변천사 연구》, 교육과학사, 2003, 385쪽.

37   함종규, 〈제3차 교육과정기의 교육〉,《한국 교육과정 변천사 연구》, 교육과학사,
      2003, 379~389쪽 참조.

38   함종규, 〈제3차 교육과정기의 교육〉,《한국 교육과정 변천사 연구》, 교육과학사,

2003, 386~389쪽 참조.

39   가일 지음, 김영일 옮김, 〈과학과 공상〉, 《한스 달 나라에 가다》, 광음사, 1970~1973, 231쪽.

40   존스 지음, 장수철 옮김, 《별 나라에서 온 소년》, 광음사, 1970~1973, 68~69쪽.

41   존스 지음, 장수철 옮김, 《별 나라에서 온 소년》, 광음사, 1970~1973, 65쪽.

42   카폰 지음, 김영일 옮김, 《로봇 별의 수수께끼》, 광음사, 1973, 100쪽.

43   카폰 지음, 김영일 옮김, 《로봇 별의 수수께끼》, 광음사, 1973, 228쪽.

44   해밀튼 지음, 김영일 옮김, 〈해설〉, 《백만 년 후의 세계》, 광음사, 1973, 245쪽.

45   그러나 과학잡지에는 클라크의 작품이나 벨랴에프의 《합성인간》이 실렸음을 감안할 때, 전집이 잡지보다 좀 더 국가의 이데올로기나 교육과정과 밀접한 매체였음을 알 수 있다. 클라크의 1961년 *A Fall of Moondust*는 국내에서 1964년에 〈달세계의 죽음의 잿속에 묻힌 사람들〉로 번역되었다. 잡지에 실린 클라크나 벨랴에프 같은 작가의 작품이 전집에서 사라졌다는 것은 1970년대 아동전집들은 1973년 3차 교육과정을 염두에 두어서 미국 중심의 SF로 목록을 구성했음을 짐작케 한다.

46   1957년부터 일본 출판사 하야카와서방이 발간한 하야카와 SF문고 시리즈와 도쿄소 겐샤가 출간한 소겐 추리문고의 SF 시리즈가 국내에도 유입되었다. 초기 하야카와문 고와 소겐추리문고도 미국 작품의 비중이 압도적으로 많았다. 그런데 1968~1971년 에 하야카와서방이 내놓은 세계SF전집의 1권과 2권은 쥘 베른과 웰스이다. 미국 작 가는 4권의 휴고 건즈백부터 포함되었다. 하야카와서방의 세계SF전집과 비교해 볼 때도 1970년대 우리의 아동SF전집에서 미국의 작품이 1권을 차지한 것은 흥미로운 지점이다.

47   1970년대 아이디어회관의 Science Fiction 세계명작과 구성 목록이 같다.

48   1972년 노벨문화사의 소년소녀 현대세계걸작선집과 구성 목록이 같다.

참고문헌

• 신문

《경향신문》《국민보》《독립신문》《독립신보》《동아일보》《마산일보》《매일경제》《매일신보》《부산일보》《시대일보》《조선일보》《조선중앙일보》《중앙일보》《중외일보》

• 잡지

《과학조선》《농업조선》《동광》《동명》《별건곤》《사상운동》《새소년》《서광》《서울》《소년세계》《신동아》《신문계》《신소설》《조선급만주》《주간한국》《카톨릭 소년》《태극학보》《학생과학》《학원》

• 단행본

가일 지음, 김영일 옮김,《한스 달 나라에 가다》, 광음사, 1970~1973

고모리 요이치 지음, 송태욱 옮김,《포스트콜로니얼》, 삼인, 2002

고장원,《SF의 법칙》, 살림, 2008

고장원,《세계과학소설사》, 채륜, 2008

고장원,《한국에서 과학소설은 어떻게 살아남았는가?》, 부크크, 2017

권병일·안동규·권서림,《4차 산업혁명의 실천 디지털 트랜스포메이션》, 청람, 2018

김교제 옮김,《(과학소설) 비행선》, 동양서원, 1912

김노주,《사고와 언어 그리고 과학과 창의성》, 역락, 2015

김병철 엮고 씀,《세계문학번역서지목록총람》, 국학자료원, 2002

김산호,《정의의 사자 라이파이》, 남훈사, 1959~1962

김산호,《정의의 사자 라이파이》, 부천만화정보센터, 2003

김이구 엮음,《한낙원 과학소설 선집》, 현대문학, 2013

김종식·박민재,《디지털 트랜스포메이션 전략》, 지식플랫폼, 2019

김중혁,《내일은 초인간》(전 2권), 자이언트북스, 2020

김진영·김형택·이승준,《디지털 트랜스포메이션 어떻게 할 것인가》, e비즈북스, 2017

김형배,《로보트 태권V》, 마나문고, 2022

김형택,《디지털 트랜스포메이션 시대 옴니채널 전략 어떻게 할 것인가》, e비즈북스, 2018

데쓰카 오사무·반 도시오 지음, 김시내 옮김,《테즈카 오사무 이야기》(전 4권) 학산문화사,
     2013

레이먼드 브렛 지음, 심명호 옮김,《공상과 상상력》, 서울대학교출판부, 1979

로버트 스콜즈·에릭 라프킨 지음, 김정수·박오복 옮김,《SF의 이해》, 평민사, 1993

로버트 실버벡 지음, 김항식 옮김,《살아 있는 화성인》, 아이디어회관, 1976

마거릿 애트우드 지음, 양미래 옮김,《나는 왜 SF를 쓰는가》, 민음사, 2021

민준호,《(모험소설) 십오소호걸》, 동양서원, 1912

박상준 엮음,《멋진 신세계》, 현대정보문화사, 1992

복도훈,《SF는 공상하지 않는다》, 은행나무, 2019

서동수,《북한 과학환상문학과 유토피아》, 소명출판, 2018

서은영,《이정문》, 커뮤니케이션북스, 2019

셰릴 빈트 지음, 전행선 옮김, 정소연 해제,《에스에프 에스프리》, 아르테, 2019

셰릴 빈트·마크 볼드 지음, 송경아 옮김,《SF 연대기》, 허블, 2021

수전 손택 지음, 이민아 옮김,《해석에 반대한다》, 이후, 2002

양건식 외,《슬픈 모순 (외)》, 범우, 2004

에드워드 벨러미 지음, 김혜진 옮김,《뒤돌아보며》, 아고라, 2014

에릭 홉스봄 지음, 이용우 옮김,《극단의 시대》(상·하), 까치글방, 1997

이광수,《흙, 그 여자의 일생, 선도자》, 삼중당, 1971

이시다 히사쓰구 지음, 이수경 옮김,《하루 5분의 공상은 현실이 된다》, 세개의소원, 2021

이오덕,《시정신과 유희정신》, 창작과비평사, 1977

이지용,《한국 SF 장르의 형성》, 커뮤니케이션북스, 2016

이해조 번안,《과학소설 텰세계》, 회동서관, 1908

이호근,《성당에서 시장으로》, 연세대학교 대학출판문화원, 2018

임종기,《SF 부족들의 새로운 문학 혁명, SF의 탄생과 비상》, 책세상, 2004

임태훈,《우애의 미디올로지》, 갈무리, 2012

장정희,《SF 장르의 이해》, 동인, 2016

정연규,《이상촌》, 한성도서주식회사, 1921

정연규,《혼》, 한성도서, 1924

조성면,《대중문학과 정전에 대한 반역》, 소명출판, 2002

존 루이스 개디스 지음, 정철·강규형 옮김,《냉전의 역사》, 에코리브르, 2010

존스 지음, 장수철 옮김,《별 나라에서 온 소년》, 광음사, 1970~1973

쥘 베른 지음, 김석희 옮김,《달나라 탐험》, 열림원, 2005

_____ 지음, 김석희 옮김,《인도 왕비의 유산》, 열림원, 2005

_____ 지음, 김석희 옮김,《지구에서 달까지》, 열림원, 2005

최상권,《헨델박사》, 일신사, 1952

최원식 등 엮음,《김남천·강경애 외》, 창비, 2005

최원식,《계몽주의 문학사론》, 소명출판, 2002

카폰 지음, 김영일 옮김,《로봇 별의 수수께끼》, 광음사, 1973

페니웨이 지음, lennono 그림,《한국 슈퍼 로봇 열전: 만화편》, 한즈미디어, 2017

하인라인 지음, 박화목 옮김,《미래로의 여행》, 광음사, 1973

_____ 지음, 박화목 옮김,《우주전쟁》, 광음사, 1970~1973

_____ 지음, 박홍근 옮김,《초인부대》, 아이디어회관, 1975

한낙원,《금성탐험대》, 창비, 2013

_____,《새로운 원자력 지식》, 신생출판사, 1961(1962)

_____,《우주 항로》, 계몽사, 1977

_____,《잃어버린 소년》, 배영사, 1963

한용환,《소설학 사전》, 고려원, 1992

함종규,《한국 교육과정 변천사 연구》, 교육과학사, 2003

해밀튼 지음, 김영일 옮김,《백만 년 후의 세계》, 광음사, 1973

허문일·김동인·남산수,《천공의 용소년》, 아작, 2018

허버트 웰스,《별들의 대전쟁》, 서영출판사, 1986

_____ 지음, 박기준 옮김,《투명인간》, 서문당, 1973

_____ 지음, 장수철 옮김,《우주전쟁》, 성문각, 1966

Jesse G.Cunningham, *Science Fiction*, Greenhaven Press, 2002

• 논문 외

강광남, 〈서언〉, 이공래 외,《정책연구 99-10 공업계 고등학교 기술교육 진흥방안》, 과학기
　　　술정책연구원, 1999

강미경, 〈제주 평화박물관을 아시나요?〉,《순국》 353, 2020

강민구, 〈19세기 조선인의 기술관과 기술의식〉,《퇴계학과 한국문화》 35-1, 2004

강용훈, 〈이해조의《철세계》〉,《개념과 소통》 13, 2014

강현조, 〈김교제 번역·번안소설의 원작 및 대본 연구〉,《현대소설연구》 48, 2011

공영민, 〈공상과 과학의 시대〉,《한국학연구》 52, 2019

권보드래, 〈과학의 영도, 원자탄과 전쟁〉,《한국문학연구》 43, 2012

_____, 〈현미경과 엑스레이〉,《한국현대문학연구》 18, 2005

권정희, 〈문학의 상상력과 '공상'의 함의〉,《한국극예술연구》 39, 2013

김교봉, 〈《철세계》의 과학소설적 성격〉, 대중문학연구회 편,《과학소설이란 무엇인가》, 국학
　　　자료원, 2000

김미연, 〈1920년대 식민지 조선의 H.G. 웰스 이입과 담론 형성〉,《사이間SAI》 26, 2019

_____, 〈유토피아 '다시 쓰기'〉,《현대문학의 연구》 70, 2020

김성준, 〈1950년대 한국의 연구용 원자로 도입 과정과 과학기술자들의 역할〉,《한국과학사
　　　학회지》 31-1, 2009

김연신, 〈구한말 동북아에 대한 서구인의 인식 패러다임〉,《헤세연구》 42, 2019

김이구, 〈과학소설의 새로운 가능성〉,《창비어린이》 3-2, 2005

김재국, 〈한국 과학소설의 현황〉,《대중서사연구》 5, 2002

김종방, 〈1920년대 과학소설의 국내 수용과정 연구〉,《현대문학의 연구》 44, 2011

김종수, 〈"유토피아"의 한국적 개념 형성에 대한 탐색적 고찰〉,《비교문화연구》 52, 2018

김종욱, 〈쥘 베른 소설의 한국 수용과정 연구〉, 《한국문학논총》 49, 2008

김주리, 〈《과학소설 비행선》이 그리는 과학의 제국, 제국의 과학〉, 《개신어문연구》 34, 2011

_____, 〈1910년대 과학, 기술의 표상과 근대 소설〉, 《한국현대문학연구》 39, 2013

김지영, 〈1960~70년대 청소년 과학소설 장르 연구〉, 《동남어문논집》 35, 2013

_____, 〈한국 과학소설의 장르소설적 특징에 대한 연구〉, 《인문논총》 32, 2013

_____, 〈한국 과학소설의 환상성 연구〉, 《한국문학논총》 69, 2015

김창식, 〈서양 과학소설의 국내 수용 과정에 대하여〉, 대중문학연구회 편, 《과학소설이란 무엇인가》, 국학자료원, 2000

김철균·최병근, 〈A. 쁠라또노프의 유토피아론〉, 《러시아어문학연구논집》 7, 2000

김태옥, 〈식민지시기의 왜곡된 근대〉, 《한국일본어문학회 학술발표대회논문집》, 2012

_____, 〈정연규의 삶과 문학〉, 《일본어문학》 27, 2005

김태호, 〈1950년대 한국 과학기술계의 지형도〉, 《여성문화연구》 29, 2013

남상욱, 〈유토피아소설로서 《아름다운 마을》의 가능성과 한계〉, 《일본학보》 112, 2017

노연숙, 〈1900년대 과학 담론과 과학소설의 양상 고찰〉, 《한국현대문학연구》 37, 2012

모희준, 〈냉전시기 한국 창작 과학소설에 나타난 종말의식 고찰〉, 《어문논집》 65, 2016

_____, 〈정연규의 과학소설 《이상촌》(1921) 연구〉, 《어문논집》 77, 2019

_____, 〈한낙원의 과학소설에 나타나는 냉전체제 하 국가 간 갈등 양상〉, 《우리어문연구》 50, 2014

문만용, 〈근현대 한국 과학사 연구의 현황과 과제〉, 《역사학보》 239, 2018

박노현, 〈아니메와 일본 소년(상)의 형성〉, 《한국학연구》 57, 2020

박상준, 〈한국에서 SF는 어떻게 다가왔는가?〉, 《아웃사이더》 15, 2003

박석환, 〈소년의 꿈을 로봇에 담았던 멀티크리에이터〉, 《플랫폼》, 2009

박종린, 〈1920년대 사회주의사상의 수용과 《社會改造の諸思潮》의 번역〉, 《역사문제연구》 35, 2016

방인식, 〈잭 런던의 조선〉, 《동서비교문학저널》 37, 2016

백지혜, 〈1910년대 이광수 소설에 나타난 '과학'의 의미〉, 《한국현대문학연구》 14, 2003

복도훈, 〈단 한 명의 남자와 모든 여자〉, 《한국근대문학연구》 24, 2011

_____, 〈한국의 SF, 장르의 발생과 정치적 무의식〉, 《창작과 비평》 36-2, 2008

서은영, 〈로보트 태권V 부활프로젝트〉, 《한국문예비평연구》 44, 2014

손종업, 〈문윤성의 〈완전사회〉와 미래의 건축술〉, 《어문논집》 60, 2014

송명진, 〈1920년대 과학소설 수용 양상 연구〉, 《대중서사연구》 10, 2003

송성수, 〈한국 과학기술활동의 성장과 과학기술자사회의 특징〉, 《과학기술정책》 14-1, 2004

송효정, 〈한국 소년SF영화와 냉전 서사의 두 방식〉, 《어문논집》 73, 2015

우미영, 〈한국 현대 소설의 '과학'과 철학적·소설적 질문〉, 《외국문학연구》 55, 2014

유봉희, 〈동아시아 전통사상과 진화론 수용의 계보를 통해 본 한국 근대소설 1〉, 《한국학연구》 51, 2018

윤기영, 〈디지털 범용기술의 출현과 디지털 트랜스포메이션의 전개〉, 《미래연구》 3-2, 2018

윤주성, 〈폭력적 비디오게임의 사용자 경험과 공격행동성에 대한 연구〉, 《한국콘텐츠학회논문지》 15-11, 2015

이상원, 〈디지털 트랜스포메이션 사회와 새 정부의 산업정책 방향〉, 《언론정보연구》 54-4, 2017

이석, 〈사카이 도시히코의 번역 작품 《이상향》의 미학〉, 《일본학보》 112, 2017

이숙, 〈문윤성의 〈완전사회〉(1967) 연구〉, 《국어문학》 52, 2012

이영재, 〈1950년대 미국과 일본의 괴수영화와 핵〉, 《사이間SAI》 25, 2018

이태우, 〈청소년 인터넷 게임중독이 모방폭력에 미치는 영향〉, 명지대학교 석사학위논문, 2010

이학영, 〈김동인 문학에 나타난 복잡성의 인식 연구〉, 《한국현대문학연구》 41, 2013

이혜갑, 〈부정적 인식 부추키는 일방적 논의〉, 《저널리즘비평》 14, 1994

장노현, 〈인종과 위생〉, 《국제어문》 58, 2013

장수경, 〈한낙원 과학소설과 포스트 휴머니즘〉, 《동화와 번역》 41, 2021

_____, 〈한낙원의 초기 SF의 양상과 낙관주의적 전망〉, 《우리어문연구》 71, 2021

정미지, 〈1960년대 국가주의적 남성성과 젠더 표상〉, 《우리문학연구》 43, 2014

정선아, 〈과학데이(1934~1936)의 스펙타클〉, 《인문사회 21》, 5-2, 2014

조계숙, 〈국가이데올로기와 SF, 한국 청소년 과학소설〉, 《대중서사연구》 20-3, 2014

주재원, 〈사회기술적 상상체로서의 원자력과 미디어 담론〉, 《한국언론정보학보》 89, 2018

최애순, 《《학원》의 해외 추리·과학소설의 수용 및 장르 분화 과정〉, 《대중서사연구》 21-3, 2015

_____, 〈1920년대 미래과학소설의 사회 구조의 전환과 미래에 대한 기대〉, 《한국근대문학

연구》 21-1, 2020

_____, 〈1960~1970년대 과학소설에 대한 인식과 창작 경향〉,《대중서사연구》 23-1, 2017

_____, 〈1960년대 유토피아의 지향과 균열 〈완전사회〉〉,《현대소설연구》 83, 2021

_____, 〈우주시대의 과학소설〉,《한국문학이론과 비평》 17-3, 2013

_____, 〈초창기 SF 아동청소년문학의 전개〉,《아동청소년문학연구》 21, 2017

최원식, 〈이해조의 계승자, 김교제〉,《민족문학사연구》 2, 1992

최재윤, 〈게임이 범죄에 미치는 영향〉, 명지대학교 석사학위논문 2016

최정원, 〈한국 SF 및 판타지 동화에 나타난 아동상 소고〉,《한국아동문학연구》 14, 2008

추재욱, 〈빅토리아 시대 과학소설에 나타난 진화론에 대한 연구〉,《영어영문학》 59-5, 2013

표세만, 〈명치 소설에서 현대 애니메이션과 만화까지〉,《일본어문학》 25, 2005

피종호, 〈1950년대 독일의 전쟁영화에 나타난 냉전의 수사학와 핵전쟁의 공포〉,《현대영화
　　　연구》 36, 2019

한금윤, 〈과학소설의 환상성과 과학적 상상력〉,《현대소설연구》 12, 2000

한상정, 〈1960년대 한국만화에서 드러난 반공주의의 몇 가지 양태〉,《대중서사연구》 15-2,
　　　2009

허혜정, 〈논쟁적 대화〉,《비평문학》 63, 2017

홍성주, 〈전쟁과 전후 복구, 과학기술의 재건〉,《과학기술정책》 22-2, 2012

홍윤표, 〈〈철완 아톰〉에 나타난 1960년대 일본의 가족주의〉,《일본학보》 97, 2013

황지나, 〈"과학조선 건설"을 향하여〉, 전북대학교 석사학위논문, 2019

• 기타

spacehoho, 〈추억의 만화, 황금날개 문고판 만화 시리즈〉, spacehoho 블로그, 2022년 3월
　　　26일

건신, 〈80년대의 공상과학만화〉, 9dreams 블로그, 2004년 5월 1일

김노주, 〈창의, 상상, 공상〉,《경북대신문》 2017년 4월 3일

김혁준, 〈공상과학도 과학이야〉, 과학기술정보통신부 블로그, 2019년 9월 25일

박기준, 〈박기준의 사진으로 보는 만화야사 13〉,《디지털 만화규장각》, 2015

박병률, 〈우리나라 자살률, 절반으로 낮추는 것이 인생의 목표이자 꿈〉,《경향신문》 2021년 4
　　　월 17일

박병률, 〈과학의 시간〉,《주간경향》2021년 4월 16일

이강봉 편집위원, 〈'공상과학소설'은 잘못된 용어- 국내 최초로 한국 과학소설(SF) 100년 전
        시회 열려…〉, *The Science Times* 2007년 4월 30일

이상욱, 〈과학소설에는 '공상'이 없다〉,《경향신문》2016년 9월 18일

이성돈, 〈일제강점기, 제주인의 삶〉,《헤드라인 제주》2019년 11월 28일

정중헌, 〈조선일보 좌담 주부끼리 얘기합시다〉,《조선일보》1978년 8월 10일

최애순, 〈임신하는 로봇과 불임의 인간〉,《르몽드 디플로마티크》2019

최윤필, 〈라디오 드라마 '우주전쟁'의 피난 소동, 오손 웰스 전설의 시작〉,《한국일보》2015년
        10월 30일

함종규, '1961~1980년의 고등학교', 〈고등학교 변천〉, 한국민족문화백과사전

찾아보기